私はアウシュヴィッツと5つの収容所を生きのびナチス・ハンターとなった

ヨセフ・レフコヴィチ／マイケル・カルヴィン
辻元よしふみ 訳／
辻元玲子 監訳

THE SURVIVOR

How I Survived Six Concentration Camps and Became a Nazi Hunter

Josef Lewkowicz with Michael Calvin

河出書房新社

私はアウシュヴィッツと5つの収容所を生きのび
ナチス・ハンターとなった

目次

本書をトゥヴィアの祝福された思い出に捧げる。
彼は事故で悲劇的に私たちから奪われてしまった。
彼の死後の平安を祈って。

訳註は〔 〕で示した。
その他のカッコは原書に準じた。

私はアウシュヴィッツと5つの収容所を生きのびナチス・ハンターとなった

序文

ラビ・ナフタリ・シフ、ジョナサン・カルマス

飢餓に苦しみ、奴隷にされ、暴行を受けた10代の少年が、ナチスの主要な6つの強制収容所を経験して、しかも生き延びたという実話は稀有なものである。この本はその点だけでもすでにユニークであり、「どうやって？」という疑問が尽きない。家族全員を殺害され、囚人として辱めを受ける孤児が、ジャガイモの皮や残飯を盗んで生き延びつつ、ナチスのもたらす人間性の劣化の極限にあって、いかにして抵抗し得たのか。「私はやつらのような動物になってはいけない」というマントラを唱えて人間性を維持したのである。「人間にそんなことができるものだろうか？」。しかし、彼はやったのである。やせ細って自分の命を危険にさらしてでも、飢えている仲間の囚人たちに食事を与えるという思いやりの心を見つけ、収容所に蔓延する残虐行為に抗議したのだ。彼は第二次世界大戦の後、自分の人生を再建している。ここから考えると、この物語の美しく力強いメッセージは、単純な弧を描くものに見えるかもしれない。だがこの少年は、縞模様の囚人服から米軍情報部の軍服に着替えて、ナチス・ドイツでも最も悪名高い大量殺人犯を見つけ出すのだ。それはさながら叙事詩のような展開ではないか。さあ、ヨセフの物語を読んでいただきたい。

比較的少数の人々の人生において、稀な瞬間が訪れることがあろう。つまり、世界中のほとんど誰もが知らないが、世界の注目を集めるべき何かが発見される、というような。２０１８年に私（シフ）はヨセフ・レフコヴィチに会って、ほとんど世間に知られていない彼の物語を聞いた。私はすぐに、「これは語られなければならない」と思った。ヨセフ本人は、「私はなんでもない者で、英雄ではない」と繰り返し言う。それでも彼は、映画『シンドラーのリスト（Schindler's List）』で一躍、悪名を高めた男、最も有名な強制収容所所長、アーモン・ゲートを裁判にかける契機を作った。著名な歴史家デービッド・クロウ教授は、ゲートこそ「ナチス・ドイツによるユダヤ人に対する絶滅作戦における真の怪物の一人」と評している。しかし、戦争の終結後、ゲートがどのようにして正体を暴かれたのかは、これまで謎に包まれていた。

ヨセフは、この重要な歴史における自身の役割について、ほぼ完璧な記憶を持つ生き証人だ。しかし、彼はそれを証明する証拠書類を何一つ持っていない。逮捕されたナチスの大量殺人犯については、博物館やアーカイブ、世界中のどこにも文書的な証拠は存在していないようだ。唯一あったのは、興味深いユニークな写真である。それはあのオスカー・シンドラーが自分の肖像写真に、「親愛なる友人ヨセフへ」と署名して贈ったものである。

ヨセフの話を証明する新たな発見について、画期的な貢献をしたのはジョナサン・カルマスである。映画製作者、ジャーナリスト、そして私（シフ）の同僚でもある彼は、ヨセフの経験を歴史的に検証するための重要な証拠基盤を構築し、実に10万件もの文書を精査した。アーモン・ゲートの逮捕と身元確認、そして最終的な裁判について、本書で明らかにされた新たな歴史を発掘したのは、もっぱらジョナサンの功績として認められるべきである。

そして、この本の執筆者、マイケル・カルヴィンは、こうした研究成果を芸術的な才能で見事な歴史ストーリーとして精力的に再構成し、ヨセフの長い人生に多くの側面を追加することでスケールを広げ、説得力のある完全な自伝を生み出した。本書の内容はヨセフの声と精神に忠実であり、この作品に対する私たちのアイデアが、ベストセラー作家のマイケルによる誠実、謙虚な達意の文章によって具体化したことは、まことに光栄であった。

ヨセフの物語は、歴史の謎を解くだけではない。それは私たちの人間性を定義する上で、重要な役割を果たすものだ。文明は巨大な規模の悪に対抗し、将来にわたって私たちは、何百万もの人々の集団を悪から守り続けることができる、と信じている。

第二次世界大戦後、違う方向性の世界に向かう危険があったのだが、新たな戦後世界の秩序が生まれる際、ヨセフのような多くの人々が共有した不屈の道徳的精神と大胆さがあって、これは回避された。ヨセフの物語を見つけるべく探し出された歴史文書の中には、人類がもっと危険な状況に陥ることもあり得た事実が記されていた。つまり、ナチスの殺人犯をニュルンベルク裁判で公正な裁判にかけず、真相を暴くこともなく処刑する可能性はあったのだ。イギリスは裁判なしの略式処刑を支持したし、ロシア〔ソ連〕も証拠を十分に集めず、あらかじめ決められた評決による見せしめ的な裁判の実施を主張した。もしアメリカの司法チームがここでの議論に勝てなかったら、1945年8月以後、世界は人道に対する罪や、国際法の支配を定義することはできなかったであろう。また、人類の最も重要な価値観の一つである普遍的人権の創設に向けた世界的合意を構築することもなかったであろう。私たちは今日、それを当然のことだと思っているが、決してそんな簡単なものではない。

アーモン・ゲートやその他の無数の大量殺人者は、戦争犯罪を捜査する調査官が、新設の国際刑事法廷のために証拠を集めなければ、おそらく釈放されていただろう。後の時代になってホロコーストとして知られるようになったもの、すなわち計算され、計画され、科学的に行われた大量虐殺の規模は、歴史上でも最も文書化された記録の一つには決してならなかったであろう。そうなっていた場合、当時も今も、ホロコースト否定派が多数を占めたものと思われる。私たちはホロコーストの断崖絶壁にずっと近いところに立ち続け、人類が目指す自由で憎悪のない平等な社会からは、はるかに遠ざかっていたに違いないのだ。その希望そのものが、私たちの心の中に植えられることすらなかったかもしれない。

極めて重要な歴史を超えて、人類が得るべきものはさらにたくさんある。このような生存者たちは貴重な先人であり、私たちにたくさんのことを教えてくれる。死と破壊だけではなく、人生そのものについても、あるいはまた、生きる喜びと命を大切にし、善意をもって悪と戦う姿勢なども。多くの悲劇の後、奇跡的に生活を取り戻し、家族を再建した彼の物語を知ると、ユニークな人々の中でも特にヨセフの物語が特異なものであることが分かる。彼の人生を知り、多くの教訓を得ることができるのである。

J Roots の創設者として、私（シフ）は人々が生存者の物語から学べるよう支援することに20年近くを捧げてきた。何万人もの若者がアウシュヴィッツやその他の死の収容所の跡地に行った。彼らはまた、破壊される前の豊かな人生、英雄的行為、遺産に関するさらに多くの場所や、個人的な物語からもインスピレーションを受けてきた。日々の慌ただしい生活を一時停止し、暗い過去と前向きな歴史の両方から教訓を得て、真剣に考えることは若い世代にとって重要で、明るい未来を確実にする強力な方法だ。しかし、生存者は高齢化とともにどんどん数を減らしている。私たちがヨセフを知ったのは、彼らの知恵を後世に残したいという願いを込めて、１００人を超えるホロコースト生存者の物語をフィルムに収めている時だった。インタビューに応じるよう彼を説得するのは簡単ではなかった。ホロコースト生存者は、自分の考えを率直に話すことはなく、控えめに言っても、この点でヨセフは例外ではなかった。しかし、我々は彼に、その経験とユニークな人間性を未来の世代が共有できるよう助けてほしい、と懇願した。なぜなら、彼の生存という事実こそ、私たち一人一人の中に浸透すべき忍耐と、人間精神の証だからである。

ヨセフは、私たちがこれまで知る機会に恵まれた中で最も明るく輝く人間精神の生きた実例である。この本では、彼の回復力と驚異の粘り強さ、より良い未来を築きたい、孤児たちを救いたいという切望に触れることになる。彼は鋭い道徳的明晰さと義務感を明らかにし、自分の忍耐力の多くは他人を助けるという信念によるものだと考えている。ポーランド語でよく言うように、「元気で、親切で、優しくしていれば、決して損することはない」。

それは彼の命を何度も救った。これらはすべて、彼が子供の頃に母親から学んだ価値観であり、ヨーロッパのユダヤ人の村、街、数え切れないほどの家で語られてきた一般的なユダヤ人の価値観でもある。その当時だけではなく、今も常に続く価値観だ。彼が圧倒的な逆境に直面しても道を切り開くことができたように、私たちにもそれができる、ということである。ヨセフが立ち上がって、正義、平和、そして普遍的道徳の価値観を守るために歴史に名を残すことができるのであれば、私たちも純粋な決意を持って、それができるであろうし、そうしなければならないと思う。この本を読んだ方々が結末部分のページを読んだだけで本を放り出すことのないように、そして、私たちのすべての未来のために、ヨセフの語る規範を実践してくれることを、私たちは望むものである。

プロローグ：幽霊たち

たとえ私が語っても、私の苦しみは和らげられない。
たとえ私が忍んでも、どれほどそれが私を去るであろうか。
ヨブ記16章6節

私は英雄ではない。今にも倒れてしまいそうなほど、恐怖を覚えている。私は深くため息をつき、腹部を殴られたかのように前かがみになった。もう流す涙はないと思っていたが、また泣いてしまう。私の心は張り裂けている。私が勇気を奮い立たせ、この呪われた場所に来るのに80年近くもかかってしまった。ここでは砕かれた岩や小石が積み重なり、黒と灰色の死にまみれた墓標のように見える。

オークの木々が尾根沿いに並んでいる。ナチスは大量殺人を隠蔽するためにモミの木を植えていたが、それを嫌悪したソ連軍が引き倒してしまった。オークはその後に生えたものだ。穏やかな雨が降り、東から冷たい風が吹いている。サッカー場3面分ほどしかない敷地の周囲の砂には、人骨や骨粉が混じっている。１９４２年３月から12月にかけて、ここで約60万人のユダヤ人が最期を迎えたのだ。

そう、ここはベウジェッツ絶滅収容所の跡である。

子供の頃の私は、アドルフ・ヒトラーの名前を聞いてすくみ上がった。大人になってからも私は、その名前そのものを怖がってきた。母親シェインデルと3人の弟、メイル・ヴォルフ、ヘルシュル・ツヴィ、ドヴィド・レイブは、SS〔親衛隊〕将校の鞭の一振りによって、ここに送られたのだ。ポーランド南東部にある私たちの故郷のシュテトル（shtetl：小さな街）、ジャウォシツェから移送された他の約1万5000人と同様に、彼らも二度と戻ることはなかった。

私は決してここを訪れるまい、と心に誓っていた。だが、死者の魂が私に呼びかけたのだ。彼らには墓地も墓石もなく、個人的な記憶どころか存在の記録すらない何百万人もの人々の中にいる。彼らには夢があり、愛があった。だが、彼らは生きることを許されなかった。私たちの民族、私たちの国に何が起こったのかが、これで分かる。

彼らはたった一つの罪ゆえに命を落とした。ユダヤ人として生まれた、というのがそれである。この世界でどうしてこんなことが起こり得たのか、理解できようか？　しかし、私たちは、それを理解しなければならない。

雨が降り、最後の雪が解けたあの暗い冬の終わりの日、私は神聖な義務を行わねばならぬ、と強く思った。亡くなった母と弟たちに、ユダヤ教の基本であるカディシュの祈りを捧げる義務がある――。それは葬儀の際、会葬者が神を賛美し、悲しみを認めつつ、いつか愛する人たちに再び会えるという信念を強めようと実施される希望の祈りである。

私は美しく優しい母と、3人の男の子の面影を偲んでキャンドルに火を灯し、炎を守るカップに入れてから、ガラスの瓶に移した。当時の私の一族は150人。ほぼ全員がホロコーストで犠牲になった。私は彼らに敬意を表した。唯一の生存者として証言し、声なき人々、語られざる人々、未知の人々に声を与えることが、私の責任なのだ。

私は彼らの魂、つまりネシャマ（Neshama）を感じた。私は目をしっかりと閉じ、頭を垂れて唱えた。「神の偉大な御名が永遠に讃美されますように」。あらゆる歌や詩篇、定命の者が捧げ得るあらゆる栄光の賛美歌をはるかに超えたところに、聖なる御名の栄光が讃えられ、崇められ、栄誉を受け、高められますように。そして「アーメン」。

私は今、96歳。神が私を召されるなら、いつでもいくつもりだ。これまで経験してきたすべてのことによって、私は強くなったのだろう。私は恐るべき光景をいくつも見てきた。日常的な慣例のような絞首刑、気まぐれに行われる射殺、言葉では言い表せない残虐行為、そして堕落した人肉食――。私は6つの収容所で飢餓、殴打、拷問に耐え、何とか生き残った。それゆえに、あのプワシュフの殺人鬼として有名な怪物、アーモン・ゲートに裁きの鉄槌を下すこともできたのである。

あいつは今でも繰り返し、悪夢の中に出てきて私を追いかける。私はたまたま、あいつの食事中に、その執務室に入ってしまう。あいつは叫ぶ。「貴様を殺してやる」。私は自分の身を守るために、橋の下とか、兵舎の下の物陰にうずくまって隠れる――。今やゲートは、映画『シンドラーのリスト』に登場したサディスティックな収容所長として有名だろう。そして時々だが、多くの歪んだナチスの連中の顔の一つとして、あいつが実体化し、猛禽のように私を襲ってくることがあるのだ。

あるいはこんな夢も見る。私は、長い外套を着てヘルメットをかぶったＳＳ隊員と格闘している。彼は私を撃とうとする。私は小銃を彼の手から奪い取ろうと必死だ。息を切らし、汗をかきながら目を覚ますと、朝になっている――。

私は、現実であろうと想像上のものであろうと、暴力には慣れているつもりである。常に恐怖の中で暮らし、危険とひどい環境に慣れてきたからだ。また、戦後になって私は、ユダヤ人孤児の救出に貢献した。私はユダヤ人である自分に誇りを持っている。しかし私は、ベウジェッツを訪れた際、泣き崩れてしまった。たまに楽しい夢を見ることがある。懐かしい家族と夕食のテーブルを囲んで、話したり歌ったり……、その人たちの名前を口にした時、私は我慢ができなくなった。

そういう夢の中では、私の父のシムハが、祖父母や叔父、叔母と一緒に暮らしている。みんなの名前は覚えているのだが、個別の物語を思い出すのに苦労する。弟たちはお気に入りの三輪車に乗って遊んでいる。すると母が、ご馳走を盛った蒸し皿を手に近寄ってくる。チキンスープに蒸し魚、チーズ入りのパン――。私は期待して、黙ってそれが並べられるのを待つ。いいわよ、と言われて自分で料理を取って食べると、ああ、そのおいしいこと。私はそもそも食が細い方なのだが、もっと食べたいと思う。無理してでも、もっと――。

そこで周りを見回すと、テーブルを囲む人たちの誰にも顔がないことに気付く。彼らはシルエットであり、幽霊なのだ。これは幽霊の宴なのである。

だが私は、これを幸せな夢だと思っている。みんなが最期を迎えたベウジェッツを訪れた際、私が取り乱したのもそれゆえのことだ。

私は母の温かさや優雅さを覚えているが、今となってはその身体的特徴を思い出せない。エルサレムにある国立ホロコースト記念博物館ヤド・ヴァシェムで記録を調べたが、母と私の3人の弟がどのように亡くなったのか、詳細はいまだに分からないままだ。

強制移送された人々の名や、地図から消された街のリストもあったはずだが、ほとんどの文書は意図的に破棄された。また、当時の鉄道記録は信頼性が低いことで知られている。ベウジェッツ収容所で生き残った者は2人だけだ。そのうちの1人、ハイム・ヒルシュマンは1946年3月に暗殺されてしまい、ちゃんとした証言を残さなかった。彼はポーランドのルブリンのアパートで、反共レジスタンス戦士の手にかかり、命を落とした。

もう1人のルドルフ・レーダーは、ドイツ語ができるおかげで命拾いした。彼は自分が整備士であるように装い続け、1942年11月末、暗闇に紛れて収容所から逃走した。その後、名前をローマン・ロバックに変え、1950年から3年間、イスラエルに滞在、77年にカナダのトロントで死去している。96歳だった。彼の記録によれば、〔ガス処刑室に入れられた〕女性と子供たちの声が「長く恐ろしい叫び声になった」後、みんな窒息死したという。

今、私たちが知るところによると、移送者は家畜運搬車で集められたそうだ。一部の貨車にはBGMまで流され、移送者を騙したそうである。彼らは、あくまでも通過収容所に行くだけだ、と思っていた。一方で、到着するやいなや、いきなり排ガスを出すディーゼルエンジンを貨車に直結することすらあった。最小限の手間で犠牲者をガス処刑するためだ。

歴史家は、ベウジェッツ収容所がその後の「最終解決」〔ナチス用語でいう「ユダヤ人問題の最終解決」、つまり絶滅作戦のこと〕のテストモデルとなったのだろう、と見ている。同収容所はわずか23人のSS隊員によって運営され、これを支援したのは凶暴なウクライナ人の警備員たちだった。

収容所の敷地は270メートル四方で、鉄道の駅から延びる500メートルの支線が収容所まで直につながっていた。所内は2つの区画に分かれており、第1区画は移送者から没収した衣服やダイヤモンド、米ドル、死体の歯から抜いた金《きん》などの貴重品を保管する場所である。第2区画は有刺鉄線で囲まれ、さらにその周りにモミの木が植えられていた。モミの葉で隠された奥に、ガス室と埋葬穴があった。

2つの区画は、柵で囲まれた狭い道、いわゆる「デア・シュラオホ（der Schlauch）」でつながっていた。英語で言えば「チューブ」である。犠牲者は貨車20台ごとに連行され、下車の際に拡声器から流れる命令を聞く。「服を脱ぐ準備をせよ」。警備員の怒声が響く中、銃剣や銃床でつつかれながら、そのチューブに沿って走らされる。この性急さは、犠牲者たちに考える時間を与えず、自分たちがどこにいるのか、そしてこれから何が降りかかるのかを悟らせないためである。

彼らは到着時に、あくまでも運用上の手順の一環として、シャワーを浴びるように言われる。「靴をなくさないように、靴ひもをしっかり結ぶように」というアドバイスがある。さらに、「後で簡単に見つけられるように、各自の衣服をきちんと積んで並べるように」などと推奨される。もちろんそれは、グロテスクで犯罪的な嘘だ。

チューブはガス室につながっている。一度に最大200人を閉じ込めて、ガス室のドアが閉鎖される。補助警備員が大型ディーゼルエンジンを始動させ、レンガ造りの建物内に一酸化炭素を流し込む。これで30分以内に全員が死亡した。受付から死亡までのプロセスにかかる時間は、1時間強である。

SS隊員やウクライナ人の他に、ゾンダーコマンド(Sonderkommando)、つまり特別隊員という名の一群があった。彼らは強制労働者として選抜されたユダヤ人で、あくまで一時的にいくらか長生きできる立場にあった。ゾンダーコマンドはガス室から遺体を運び出し、革ひもで縛って集団墓地に移動させた。遺体の上に、すぐに浅い土をかぶせた。その間ずっと、小さな楽団が音楽を演奏していた。楽団員たちは、やはりしばらくの間、生きていることが許された収容者たちである。

絶滅作戦〔いわゆるラインハルト作戦〕の開始から最初の3か月で、約8万人のユダヤ人が殺害された。1942年9月に私の親族たちが到着するまでに、当地のガス室の数は、当初の2倍の6つに増強されていた。それは死の流れ作業だった。大量虐殺の首謀者、ハインリヒ・ヒムラー〔SS長官〕は、すべてのユダヤ人を地球上から一掃する、と宣言していた。

同年10月以降、遺体は掘り起こされ、鉄道の枕木で作られた薪の上に投げ込まれ、ガソリンがかけられて燃やされた。人骨は集められ、砕かれ、かつての対戦車壕に投げ込まれた。ゾンダーコマンドのような奴隷労働者たちも、定期的に殺害された。最後に生き残っていた300人はドイツ本国に送られると言われたのだが、実際には1943年6月下旬、ソビボル絶滅収容所でガス処刑された。

ベウジェツには当時の建物は何も残っていないが、恐怖の空気は紛れもなく残存している。戦後すでに何世代も経った。しかし、人々は依然として、ここで何が起こったのかを理解するのに苦労している。私は象徴的な「死の道」を歩いてみた。それは、パニックに陥った人々が、けつまずきながら最後に走ったチューブ沿いの道だ。当時の人々の絶望感を体験できるように、通路が再現されていた。そこは高く荒い壁で閉ざされ、まるで死の谷に1人でいるかのような気分になる場所だ。

すごい圧迫感、本当にすさまじい圧迫感である。

かつて私の周りにいた美しい人たちを決して忘れてはいない。私のいとこたち。とてもたくさんいたものだ。中でもリトル・ブルーマ・クローナーは赤い髪の少女だった。彼女の父親が何をしていた人だったか覚えていないが、とにかく彼は裕福で、街で初めてオープントップの車を所有した金持ちだった。彼は私たち子供を車に乗せてくれた。その時の私は、自分が古代の皇帝にでもなったかのような気分だった――。

ナチスがユダヤ人を一斉検挙した後、もう二度と、誰にも会えなかった。だが、目を閉じればまだ、みんなの姿を思い浮かべることができる。とても心が痛む。

私は失ったものについて考えるのは好きではないが、特に1人でいる時は、そういったものが頭の中に浮かび、悲しみが私を圧倒する。母の声も、母の匂いも思い出せない。そういえば、学校の貧しい級友たちに、母が作ったサンドイッチを配ったものだった。あれは母に対するちょっとした反抗だった、という漠然とした罪悪感だけが、記憶の奥に残っている。みんな逃げるべきだったのに、なぜだろう？　私たちは千年もあの街に住んでいたのだ。私たちはそこに根付いていた。

友人、弟たち、両親、祖父母、曾祖父母に囲まれた、幸せな生活。みんな我が家を訪れてくれた。キャンディーを持ってくる人もいたし、いつも自家製のザワークラウトを持ってくる叔母さんもいた。みんな、どうなったのだろうか？　私は一族の人々から多くを学んだはずだが、その多くを忘れていた。私が彼らについてよく知ることができるほど、みんな長くは生きなかったから。

そしてこうも言える。私は自分自身を知るのに長い時間が必要だった。だが、誰も私のように長生きはできなかったのである。

1章　家族

曾祖父の墓を探して

　ジャウォシツェの女性市長は礼儀正しいが、きっぱりした態度の人だった。この街は私の生まれ故郷である。だが、ユダヤ人墓地はなくなっていた。市長は曾祖父の墓を探している私に同情してくれたが、結局、彼女にできることはなかった。ポーランドではよくあることで、すべてが暗い秘密や曖昧模糊とした噂、謎に包まれており、何事も正攻法では分からない。

　しかし曾祖父の墓はどこかにあるはずだ。決して私の思い過ごしではない。1934年当時、私は8歳だった。普通、そのくらいの子供は埋葬に立ち会えなかったが、私は亡くなった曾祖父ととても親しかったので、埋葬に立ち会う特別な許可を与えられた。ペサハ（Pesach）、すなわち過越の祭りの前夜、曾祖父は眠ったまま亡くなった。埋葬はその日の午後遅くのことだったが、彼が本当は105歳だったのか、106歳だったのかは、誰も知らなかった。

　ドヴィド・レイブというのが、曾祖父の名だった（私の末の弟は、彼にちなんで名付けられた）。背が高く、優しげな顔に長くて白いひげを生やしていた。それが風になびく様に私は魅了された。曾祖父は黒い長衣を着て、つば付きの帽子、いわゆるイディッシュ・ヒッテルを被っていた。私は曾祖父の言葉を今でも覚えている。「わしはこれまでの人生で、爪ひとつ傷つけたことはない」。彼は最期まで歯がそろっていたし、聴覚も完璧で、眼鏡も杖も必要としなかった。彼はまさに、生きた歴史だった。

曾祖父は、ポーランドの歴代の王たちの話をしてくれた。寛大王ボレスワフ2世、大王カジミエシュ3世、そして1409年にジャウォシツェに憲章を授けたヴワディスワフ2世ヤギェウォなどのことだ。彼は、同じく高齢まで生きたその父親から物語を引き継いだ。反ユダヤ主義のポグロム〔弾圧〕の物語もあった。1648年のフメリニツキーの乱〔ウクライナ・コサックの首長フメリニツキーが率いた武装蜂起〕の後、数万人のユダヤ人が虐殺されたという。

曾祖父は、ロシア革命後のポグロムを生き延びた。軍閥や白系ロシア人、ウクライナ民族主義者の手によって、少なくとも3万5000人のユダヤ人が死亡した。そして、ユゼフ・ピウスツキ元帥のことを個人的に知っていた。ピウスツキは、1918年に創設されたポーランド第2共和国の建国の父だ。ポーランドは〔ロシア、プロイセン、オーストリアによる〕分割で消滅してから123年後に再建されたのである。当時の緊迫感は、生々しく残っていた。

曾祖父は少年のような心を持つ老人だった。私たちは彼の農場で長い一日を過ごし、2頭の馬の世話をし、トマトの状態をチェックし、ブドウの木から採れたての実を食べた。私は屋根裏部屋に行って、鶏が産んだばかりの温かい卵を集めた。曾祖父は、卵に2つの穴を開け、卵白を吸い出して目にこすりつけるように言った。おそらくそれは、いわゆるボッベメイセ（bobbemeise）、つまり「おばあちゃんの昔話」というたぐいの民間療法だったのだろうが、彼はそれをやると、きっと私に良いことが起きる、と確信していた。

ヘブライ語をベースにしたイディッシュ語に、血統を意味するイフス（yichus）という言葉がある。これは、自分たちがどこから来たのか、何者であるのか、そして何を代表しているのかを知ることの重要性を表す言葉である。ゆえに、死に際して曾祖父に敬意を表することは、私にとって非常に重要だった。その後、私の両親と弟たちはユダヤ式の葬儀などできなかったので、なおさら曾祖父の墓地探しには力が入った。

私が生まれたのは１９２６年7月21日である。当時、ジャウォシツェの人口の80パーセントはユダヤ人だった。穀物やその他の作物、靴、家具、革、衣服などを商い、3軒の皮なめし工場、2基の油井、さらにレンガ工場やいくつかのタイル窯で働いていた。火曜日と金曜日に開催される見本市には、近隣の村や街から何千人もの人々が集まった。

そして、私がこの前回の里帰りをしたのは２０１９年のことである。しかし私は、まるで暗い穴に突き落とされたかのように感じたものだ。１８５２年に建設が始まり76年に完成した新古典主義様式のアダス・イスロエル・シナゴーグ〔会堂〕はひどい有様だった。屋根はなくなり、外殻はまだ残っていたが、外側の漆喰は崩れ、傷だらけのレンガ壁がむき出しになっていた。かつては壮麗なステンドグラスの窓があったアーチには鳩が巣を作っており、音を立てて飛び交っていた。

全盛期には、本当に美しい会堂だった。水色の背景に、光を放つ金色の星が描かれ、花で飾られた金属板に、イスラエルの12部族の絵も描かれていた。ホールの天井の四隅の端に鹿やライオン、虎、鷲の絵もあった。何も残っていない。第二次世界大戦の後、このシナゴーグは石炭、セメント、建築資材の保管場所として使用された。特になんの気もなく、冒瀆されたのである。

私は鍵のかかった鉄扉の格子越しに中を覗き込み、かつての自分を思い出そうとした。いつも私の父と祖父が一緒だった。祖父ヤンケルは、曾祖父ドヴィドの4人の息子のうちの3番目で、信心深い人だった。私は彼らと一緒にベンチに座って祈った。昼寝をしていることもあったが。ヤンケルの妻、つまり私の祖母エステルも敬虔な人だった。彼女は女性向けの聖書『ツェナ・ウレナ』を研究し、ドヴィドの牛の乳を搾ってバターやチーズを作った。

多くのものが変わってしまっていた。周囲に生える低木が、衰退の感覚をいや増す気がした。老人として、昔のものを別の観点から見ている感覚、いわゆる見当識障害を引き起こしていた。シュテトルには井戸が1つしかなく、そこに水を供給する滝があったはずだ。それは近くを流れる大きな川の上流で……。そんな子供時代の記憶は、どうも現実と合わない。その川はサンツィグニョフカ川というが、今では緩くて浅い小川なのである。

私はこの川にこだわりを持っていた。自分の人生の中でも大きな出来事に絡んでいたからだ。私は少年の頃、この川に落ちたことがあった。2枚のいい加減な板が間に合わせの橋となっていて、私は足を踏み外した。溺れてもがき、水を大量に呑み込んだ。周りに助けてくれる人は誰もいなかった。今でもどうやって脱出できたのか分からない。

この辺りは洪水が起こりやすい地域だ。1936年の豪雨でサンツィグニョフカ川とヤクブフカ川が氾濫して堤防が決壊し、ジャウォシツェは8日間にわたって孤立した。28戸の家屋が流され、さらに130戸が深刻な被害を受け、住民6人が溺死した。私たちの家も、その数年前に2メートルの浸水を経験していた。両親は私に、タンスの上でじっとしていなさい、と命じた。はっきりしないが、屋外をどこかの家の天井が流れていくのを見た記憶がある。それには照明器具が取り付けられていたと思う。

私の曾祖父が眠る墓地がなぜ分からないのか。原因の一つは、ホロコースト中とその直後の時期、ユダヤ人コミュニティのあらゆる痕跡が破壊されたことがある。私は2011年に初めてこの街に帰郷し、ポーランド人住民が、ユダヤ人墓地を故意に破壊した事実が分かった。背景にあったのは罪悪感と怨念だ。18世紀初頭に遡る墓石が破壊されていた。

あまりにも草が生い茂り、もう近付くのも難しい。これでは、あの女性市長が何も知らないのも無理はない。だが、木の幹に記念の銘板があるのが分かった。誰か親切な人が、どうにかして雑草の中に入り、それを設置してくれたのであろう。尊敬されるべき人々は、過去の霧に覆われているかもしれない。だが、その人たちは記憶されるに値する。私は思う、彼らの思い出が祝福されますように。

祖父母と両親の記憶

私の祖父母はイディッシュ語、ポーランド語、ロシア語、ドイツ語を話せた。2人は裕福ではなかったが、惜しみなく与える人たちだった。たとえば祖父はポレツ(poretz)、つまり封建領主から牛乳を買い、それを貧しい人々に配布していたが、ほんの一部の代価しか受け取れなかった。一方、彼の兄アーロンは不動産屋として非常に成功し、4頭立ての馬車を持っていた。今でいうならロールスロイスを乗り回している感じだ。彼は私におやつとしてチョコレートをくれたり、一族の大家族をサポートしたりした。

ナチスの収容所内では囚人番号しかなかった私だが、これまでにたくさんの名前を名乗ってきた。私の出生名「ヨセフ」はJosefあるいはJosephと書くが、ポーランド語ではユゼクとかヨゼクと呼ばれるし、イディッシュ語ではヨッセル、またはヨッサレとも呼ばれた。後年、南米に渡るとホセ、カナダではジョーと呼ばれたものである。それはすべて、その時点で私がどこに住んでいたかによる。一族の姓は本来、「レフクフ(Lewkow)」だったが、後代になって最後に「icz」が付き「レフコヴィチ」となった。この語尾は「~の息子」という意味である。「レフ(Lew)」は「心」を意味するが、ユダヤ氏族のレビ族とのつながりも示唆するようだ。

世の中は不思議である。戦後何年も経ってからイスラエルを訪れた時、見知らぬ人と出会ったのだが、彼はなんと、私が生まれてから8日後の割礼の儀式に立ち会った、というのだ。私の名前は、律法学者レブ・ヨースケレという人物にちなんで名付けられたようで、この人についてもっと知りたいと思っていたが、2年後にイスラエルに戻った際、記録がほとんど残っていないことが分かった。私たちの遺産の小さいながらも重要な部分がまた一つ、失われたことになる。私の父、シムハは1899年生まれで、祖父にとって唯一人の息子だった。下に3人の妹がいて、シェインデル、ペアル、ハンナといったが、末っ子のハンナは結核のため、幼い頃に亡くなった。父は第一次世界大戦の終盤、徴兵逃れのために故意に足を傷つけた。ポーランド軍〔ピウスツキの率いた私設軍のことと思われる〕への入隊を回避しようとしたが、そうはいかなかった。

兵役を嫌う傾向は、一族に根付いたものといえる。1950年代、運命によって私は大叔父〔祖父の弟〕のイスラエルに引き取られた。イスラエル大叔父は楽しいことが大好きな人で、40年近く前に国外に移住していた。彼はポーランド軍に入隊することを嫌い、南米に渡って新生活を築いていた。

父はロシア、ウクライナ、ベラルーシ、ドイツで実戦を経験したが、それについてはほとんど語らなかった。出征前に、私の母となるシェインデルと婚約していた。彼女の祖先はフランス人で、端整な顔立ちがそれを思わせた。1902年にジャウォシツェで生まれた母は、街でも一番の美人として人気者だったそうだ。

母について、あれこれ書き連ねることをご容赦いただきたい。母を愛する息子として、その言葉と行動を思い出し、彼女の姿を蘇らせようと最善を尽くすことは、私にとって大きな意味があることだ。彼女は生まれ持った美しさに加えて、良い教育を受けていた。それを最大限に生かし、ポーランド語とヘブライ語の書籍をたくさん読んでいた。とても聡明で、鉛筆でメモをとる必要はなく、頭の中で素早く暗算する人だった。

おしゃれで着こなしがうまく、帽子をかぶる角度など、細かいところにもこだわった。上質な靴にこだわりがあり、彼女の兄弟のレイビシュとヨッセルが作った靴を愛用していた。この2人は靴を海外に輸出して成功を収めており、宗教的には超正統派に属していた。私も新しい革の匂いがする彼らの製靴工場で、よく友達とかくれんぼをした。

そんな母にはとても頑固なところがあり、私もそれを受け継いだ。この点は長所でもあれば、悪い点でもあろう。しかし母は、いつも静かに話し、温かく優しい人だった。私はいつでも母の言いつけに従うよう努力し続けた。「Na grzecznosci nikt nie traci」。他人を助ければ、自分に返ってくる。「情けは人の為ならず」という意味だ〔ポーランド語を直訳すると、礼儀正しさで損をする者なし〕。彼女の情け深い一面は、おそらく母親のペアルから受け継いだものだ。ペアルは近隣でよく知られたシッドゥヒム（shidduchim）、つまり仲人〔マッチメーカー〕だった。

私は毎日、母を恋しく思っている。だから、母が丹精込めて細部まで作り込んだニードルポイント〔刺繍の一種〕の作品が、その後、人手に渡ったことが今でも悔しい。それは楽園のアダムとイヴを描いた作品で、創造的かつ素晴らしい出来栄えだった。母は何日もかけてそれを製作し、我が家の中央の壁を飾っていたが、やがて盗まれてしまうのである。これについては、本書の後半で語ることにする。

母の父、イツハク・イサクは裕福で、キルト製品や枕を製造していた。周囲の街や村の羽毛業者のネットワークが、上質なガチョウの羽毛を大袋に集めてくる。そこで、私の父方の祖父の工房が作ったさまざまな素材に羽毛を加え、完成品に仕上げるのだ。万事がこんな流儀であった。とにかく家族が第一で、特に血縁関係が婚姻によって強化された場合には、ますますその傾向が強まるのだ。

私の両親はシュル（shul）、つまりシナゴーグで正式な結婚の儀式をした。披露宴がどこで開かれたのかは定かではない。招待客たちは失われた世代の一部であり、詳細は彼らとともに消え去ったからだ。しかしその会場は、地元の消防署か、市の大きな公共の建物のどちらかだったようである。食事はシンプルだが、ボリュームたっぷりだった。

子供の頃、私はそのような場の楽しさと華やかさが大好きだった。ハシディズム〔超正統派〕に則った楽団が、早朝までクレズメル〔ユダヤ音楽〕のダンス音楽を演奏し、男性たちはずっと輪になって踊る。

結婚式の行列は地域ぐるみのイベントだ。ヘブライ語やイディッシュ語の歌を歌いながら、色とりどりの馬車の列が通り過ぎると、人々は祝福の気持ちを込めてドアを全開にする。歌われるのは賢者の調べであり、時代を超えて伝わる音楽である。

私は歌うのが大好きで、友達は「いい声だね」と言ってくれるが、これはお世辞だろう。私は曲が語るストーリーと、曲が伝える文化を愛している。それらは私を思い出に誘う。音楽がもたらす理屈抜きの楽しさが大好きなのだ。私は今でも、少年の頃に夢中になったワルツを、造作もなく口ずさむことができる。

私の数少ない宝物の一つは、父方の一族が約100人も写っている写真だ。見覚えのない建物の前に集まった結婚披露宴の情景で、男性の中には、モダンなスーツを着こなしている人も、より伝統的な衣装を着ている人もいる。それは、いくつかの世代の人々を捉えている。赤ちゃんや幼児たちも、褪色した長衣を着てまっすぐに立つ曾祖父のような年長者も、みんな同じフレームの中にいるのだ。

そして彼らは、この先に待ち受ける恐ろしい運命を知る由もなかったのである。

両親は、私たちを正しい方法で育てようとしたと思う。今ではそれが理解できるが、当時はそれに感謝していなかった。エーマ（eema：ママ）は他人への配慮を説き、アッバ（abba：パパ）は勤勉、倹約、正直という価値観を教えてくれた。実際に父はそうした価値観を実践し、しがない工場労働者から身を起こして、穀物商として成功した。最終的には自分の貯蓄と、母の実家から貰った持参金を元手に、自分自身の製粉所を所有するまでになった。

父は穀物をポレツから購入し、100キログラム入りの袋に入れて荷馬車に載せ、隣のウィソヴィエツ村にある水力製粉所まで運んで碾き、小麦粉にした。それを地元のパン屋や他の店舗に卸すのである。彼の顧客たちも余裕がない者が多く、いつでも全額の対価を得られるわけではなかった。だから父は裕福ではなかったが、非常に尊敬されていたと思う。

母は大通りで食料品店を経営し、お茶、コーヒー、ジャム、調味料、タバコ、パン、野菜、果物、お菓子、石鹸、それに掃除用品などを販売して家計を助けた。塩や砂糖などの一部の品目は、政府が公定価格を決めていた。ほとんどの商品は、父が慎重な交渉の末、調達した。母に他の用事がある時、私は店番をしたが、この経験は後の人生で役に立った。

私は商品の価格が分からなかったので、お客さんに「いくらなら買いますか」と聞いてみた。必然的に、彼らは自分たちに有利なように低い値段を言う。彼らの意図はもちろん分かっていたが、取引に伴う会話が楽しかったので、意に介さなかった。さまざまな人たちと会い、彼らの考え方や希望、どういう条件なら受け入れるのか、といったことを理解しようと駆け引きすることが、私には楽しかった。

通りは私にとって魅力的なところだった。ある女の子は、数ズウォティ〔EUに加盟するまでのポーランドの通貨単位。ズロチとも〕払うとイタリアのオペラ曲を歌ってくれた。少年たちは恥ずべきことだが、街に住むアベレ・シュヴェルという変わった名前の子をからかっていた。ひげを生やし、キッパー（kippah）という小さな帽子を被った4、5人の男性グループが商店の外に立って、政治談議とか、地元のゴシップで盛り上がることもあった。彼らは時々話を止め、通行人に客引きをした。あたりは駆け引きの声で騒々しかった。

私はそれと意識しないうちに、商売のやり方について教育を受けていたのである。私はすぐにそのプロセスに夢中になり、同年代の少年たちとコインや切手を交換したり、売ったりし始めた。戦後になって私は、ここで覚えた商売の感覚を生かし、ダイヤモンドを取引し、さらに他のビジネスチャンスをつかんだ。かなりの犠牲を伴うミスを犯すこともあったが、まずまず私の商売の収支バランスは悪くない、と自負している。

父は私に人生で最大の教訓を教えてくれた。私は幼い頃から父の隣に座り、父はいつも「見て学びなさい」と言った。父には茶目っ気があり、製粉所の動力を使ってブロンコ〔馬乗り〕遊びをさせてくれるような人だったが、非常に厳しい一面も持っていた。ある日の午後、私は店番をしていて、そんな父の態度に驚かされたことがある。

客はいなかったので、私はちょうどキャンディーを取ったところだった。私はそれが盗みだとは思わなかったが、父はすぐに私の犯罪を指摘した。「何をしている？」と彼は尋ねた。「手に持っているのは何だ？」。私は床を見下ろし、「何もないよ」とつぶやいてから、不器用にお菓子をズボンのポケットに移そうとしたが、父のような目端の鋭い人を騙せるはずはなかった。

「見せてみろ」と父は言い、私は白状する以外に選択肢がないと悟った。父の声が厳しくなった。「許可なく持ち出しているのか？　そんなことは許されない。許可を得なさい。なんでお菓子を取る？　どうするつもりだ？」。私は言い訳をした。お菓子を買う余裕のない友達に、あげるつもりだった――。

父は、私が自分自身に腹を立てていることを察し、お前の動機は分かった、と言った。だが、二度と無断でこのようなことはしない、と約束するように言った。父は私に、嘘について教えたのだ。そしてそれが、必ずばれてしまうことも。父は、決して不正行為をしないように、と命令した。真実を話したくない、という誘惑に駆られた時、私は父の言葉を思い出し、口を閉ざすことにしている。

その叱責は、平手打ちを食らわせるよりもずっと大きな影響を与えた。私は恥じ入り、しばらく父の目を見つめることができなかった。自分が何をしたかを考える時間を与え、教訓としてしっかりと理解させたのだ。まことに素晴らしい教育だったと思う。父は私に寛容さと、立場に関係なくすべての人を尊重することの大切さを教えてくれた。誰かユダヤ人が助けてくれ、と手を伸ばす時、私は惜しみなく援助するような人になった。

学校と宗教行事の思い出

私の道徳教育は、信仰によって完成された。私は4、5歳になるまでは、ずっと母と一緒に家にいた。それから街のヘデル（cheder）、つまり私塾に通った。ベルフェル（belfer）という一種の補助教員が、羊の群れを導く牧羊犬よろしく、子供たちの登下校を引率した。私はいつも母が作ってくれた半ズボンを穿いており、頭に帽子を被っていた。私はユダヤ教徒としての成人になるまで、伝統的なパヨス（payos）という長いお下げ髪にはしなかった。

授業は先生の自宅の食堂で行われた。ラブ・コッペル〔コッペル先生〕は私たちの前に座り、居眠りしている子や注意散漫な子を見ると、鞭で打った。それは意外に残忍なものではなかった。痛さを与えるより、恥ずかしさを与える罰なのだ。私も何度か、おしゃべりしたり、先生の話を中断したり、テーブルの下でおもちゃを使って遊んだり、とかいう理由で、この罰を受けた。

子供たちは大きな木のテーブルでヘブライ語を学び、奉仕の書シッドゥール（siddur）とか、モーセの五書の特別な解釈が含まれるフマシュ（Chumash）を読んだ。私たちは神聖な書物を大切にするように教えられた。それらを床に置いたり、その上に座ったり、まして書き込みをするなどはもってのほかだった。ラブ・コッペルはコミュニティでも有力な人物で、アイン・ハラー（ayin harah）つまり邪眼〔悪意のある視線で呪詛すること〕に悩む人々などが、次々に彼の家にやって来た。

7歳の時、先生は私をクラスのハザン（chazzan）に抜擢した。つまりシナゴーグで祈りを導くカントル〔先唱者〕の役だ。これは大変、光栄なことなのだが、子供ゆえの無知と大胆さで、私は先生にこう言った。「やりたくありません」。すかさず先生は、私の頰を平手打ちした。この時の痛みは、私の生涯を通じてずっと心に残っている。私は今でもその責任の重さを非常に真剣に受け止めており、世界中のどこに行っても、役割を果たす際はしっかりやることにしている。

私はバアル・テフィラ（ba'al tefilla）とされている。つまり「祈りの達人」だ。何も私が素晴らしいというのではなく、他の人が、私の声質を心地よいと感じてくれている、ということである。私は本職のハザンではないから、そういう場合にも一切の対価をいただかない。あくまで仲間内の礼拝の先唱を務めるボランティアに過ぎない。

クラスには十数人の男子生徒がいた。私たちはとても仲良くなり、みんなよく我が家にやってきた。うちの両親は仕事に出かける前に、クッキーやスナック、自家製のブルーベリー入りの焼き菓子などのおやつを置いていってくれた。翌日の授業で先生がテストを課す場合に備え、私たちは復習し、お互いに小テストを出し合って準備したものだ。

木の端材を使って小石や貝殻を飾り、小さなおもちゃや棚を作った。私たちは騒がしくして家政婦のジサーレに注意された。彼女は私たちを叱責して、けっこう溜飲を下げていたようだ。彼女は天涯孤独の身だったが、私の両親が家族の一員とし、地元の大工を彼女の夫にして、2人の仲人を務めた。

私たちは幸せなまま、時代に乗り遅れていた。初めて自動車を見た際、私たちは仰天してその後を追いかけた。初めて飛行機というものについて聞いた時のことも覚えている。空を飛ぶ鉄の鳥だって？　そんなもの、あり得ないだろ？　テレビはまだ出回っていなかったし、家に電話があるのは非常に裕福な人々だけだった。自分たちが時勢から遅れている、とは決して感じていなかった。私たちは無知だったのだが、それは幸いなことだった。

夏になると、石炭商を営む叔父が所有する大きな家に行き、よく屋外で遊んだ。地元のスタヴィスカ（Stawiska）、つまり運動場で駆けっこや鬼ごっこなどもよくやった。私は決して優れたスポーツマンではなかったが、父が初めてサッカーの試合に連れて行ってくれた時、その雰囲気に感動し、心から畏敬の念を覚えたことは忘れられない。これは子供の感想としてありきたりなものかもしれないが、試合そのものについては、選手たちが広大なピッチを、目まぐるしいスピードで走り回る姿に素朴な驚きを感じた。それ以外には何も覚えていない。さらに、喧騒と色鮮やかな選手たちの服装にも魅了された。しかし結局、父が買ってくれたレモネードとアイスクリームの魔法に匹敵するほどのものではなかった。それでその日は終わった。

ラブ・コッペルは運動の意義を信じており、授業の合間の短い休憩時間に、私たちが自由に走ることを許可してくれた。先生は頻繁に授業の流れを止めて、私たちが暗誦した一節を説明した。彼は素晴らしい語り手で、週替わりで読むべきユダヤ教の聖典の一節、パルシャ（parsha）を楽しく教えてくれた。私は家に帰って夕食をとりながら、教わった話を両親にしたものである。

朝、私は父に付き添い、歩いて5分ほどのところにあったシュルに行った。そこはコミュニティの集会所でもあり、私たちは月曜日と木曜日に律法を読んだ。金曜日の午後、父はいつも私をミクヴェ（mikveh）に連れて行った。清めの儀式として、水に浸かるのである。とても暑くて湯気が立ち、時にはベシムル（besiml：木の皿に入れられた葉っぱを束ねて石鹸水に浸したもの）でマッサージされることもあった。その後、私は靴を磨き、安息日であるシャボス（Shabbos）に向けて、最高の服を準備する必要があった。私は長男なので、弟のメイル・ヴォルフとともに、伝統的なシチューであるチョレント（cholent）が入った両手鍋をパン屋のオーブンまで運ぶ責任を担っていた。シチューの中身は肉、ジャガイモ、大麦、豆、キシュカ（kishka：ソーセージの一種）、ソーセージだが、母は特別な素材としてヤプストック（yapstock）、つまり生のジャガイモを挽いて作ったパテに、ハーブやスパイスを加えたものを添えた。他の家庭の何百もの鍋と同様、我が家でも一晩かけてそれを煮込み、安息日の主な食事とした。

母は金曜の夜に準備して、特別にブルケラハ（bulkelach）という小さなシナモンロールを用意し、玄関先で貧しい人々に配った。それからキャンドルに火を灯し、我が家で最高級の食器をテーブルに並べた。父はブドウから発酵させた自家製ワインを一杯飲みながら、ユダヤ教の祝禱であるキドゥーシュ（kiddush）を唱えた。親戚の中にはリンゴ酒を持ってくる人もいた。

私たちはハロス（challos）というねじったパンを祝福してから、詰め物の魚料理やら、クーゲル（kugel）という卵入りの麺で作ったキャセロール、甘い根菜で作ったツィメス（tzimmes）というシチューに手を付けた。汁物やパン、キャベツの香りが空気に濃厚に漂った。コースの合間や肉料理の前に、ウォッカをちびちびと飲んだ。それから私たちは、千年も遡る時代から歌われている賛美歌、ズミロス（zmiros）を歌った。

土曜日の午後、シナゴーグでの礼拝の合間に、私たちは祖父母を訪ねたり、友人たちと丘に散歩に出かけたりした。私たちは世界に無関心な子供だった。大人たちの心配そうな口調に、もっと注意を払うべきだった。彼らは、増大する一方のヒトラーの脅威やら、病的な形態のドイツのナショナリズムについて静かに議論していたのだが。

侵略、死、破壊などというものは、私たちの想像を超えたものだった。チャーリー・チャップリンの映画を見て笑っていた友人たち、人生にたくさんの可能性を持っていた少年たち。彼らは皆、同じ運命にあったのだ。誰も生き残れなかった。私たちのコミュニティは物質的には裕福ではなかったかもしれないが、精神的には恵まれていた。それは、抑圧者たちから見て、非常に恐るべき価値観だったろう。そのような生き方を代表する人々が、お互いに千もの小さな助け合いをして、うまくやっていた。

ナチスが「劣等人種」と呼んだのは、こんな人々だった。私は彼らの生き証人としてここにいる。これがみんなの生き方だった。

ナチスはすべてを焼いて灰にしようとしていた。私たちは苦楽を分かち合いながら、ここまで生きてきたが、残された時間がどれほど少ないのか、まだ理解できていなかった。私たちの住む世界は、まもなく想像を絶する災厄に見舞われようとしていたのである。

2章　さらば無邪気な日々

クラクフを訪ねて

年を取ると、少しは丸くなるものである。だから、私の住んでいた場所、子供時代に大切にしていた場所のあたりが、今では観光名所になっている事実にも腹は立たない。むしろ興味をそそられている。私は1934〜39年にかけてクラクフのユダヤ人地区、カジミエシュに住んだ。他の多くの地域と同様、ここでも古いものと新しいものが融合している。

片側が大きく開いたトロリーバスに乗って、かつては血で染まった石畳の通りを巡る。旧市街から始まり、オスカー・シンドラーのエナメル工場で終わるツアーだ。私は思う。解放後の混乱の中で、とにかく安心を求めてやってきた孤独な男が、やがて自分の店が現代美術館に変わることを知ったらどう感じるだろうか——。

母方の祖父母としばらく暮らした後、私たちはシェロカ通り36番地に移った。私は大都市のタルムード・トーラー〔ユダヤ人初級学校〕で、より高いレベルの教育を受けた。算術、ユダヤ人の歴史、ヘブライ語とラテン語の読み書きなどだ。母の店は閉じ、以前の家は貸し家としたので、父は1時間ほど離れたジャウォシツェに通って製粉所の経営を続けた。

シェロカは通りというよりは広場で、元々は中世の市場である。12世紀にこの地にあったバヴォウ村の中心に設けられたものが原型だ。私たちは、有名なレムー・シナゴーグから2軒離れたところに住んでいた。この会堂は、世界的に著名なユダヤ人学者、ラビ・モシェ・イッセルレスの一族を讃えて1550年代に建てられた。イッセルレスは「人間の目的は、物事の原因と意味を探求することである」という説で知られ、第二次世界大戦までは毎年、彼の命日になると何千人もの信者が訪れ、隣接する墓地にある墓を参拝していた。

1938年のガイドブックには、当時のこの地域の雰囲気が紹介されている。「カジミエシュは、しばしば東洋の都市を思い出させる。住民は屋外にずっといて、身振り手振りも賑やかに会話に興じる。祝日の夕方近くになると、カジミエシュは静かになっていく。長いローブとキツネの毛皮で縁取られた帽子を被ったユダヤ人が通りを歩き、窓にはろうそくの灯が輝き始める。家々は祈りを捧げる人々でいっぱいになる」。

当時の人々は、さながら王侯貴族のような気分だったろう。自分たちは神聖で、幸せで、霊的に高揚している、と感じていたのである。広場には人があふれて活気に満ち、一族が集まり、子供たちは遊び回っていた。私は父と一緒に15世紀のオールド・シナゴーグと17世紀のポプペル・シナゴーグに行ったが、信者でいっぱいだった。いずれも小さいながらも豪華な装飾が施された会堂で、扉には敬虔な信者を象徴する鷲、ヒョウ、ライオン、鹿が描かれていた。

これらは今、書店とアートギャラリーになっている。広場は美しく整備され、ヴィンテージの衣料品店、観光客向けの店、レストランやバーがあり、どういう意味だか私にはよく分からないが、「シャビー・シック（shabby chic：ちょっと古めかしいけどいかす）」なのだそうだ。ホテルの地下には16世紀のミクヴェ（身を清める浴槽）がある。少なくとも、ユダヤ人の伝統に重点が置かれているようである。そう、私たちユダヤ人は1264年に純潔公ボレスワフ5世から信仰、交易、旅行の自由を認められたのだから。

時折、どこからともなく、過去の声が聞こえる気がする。広場の北側に、14世紀の黒死病の死者の集団埋葬地とされる場所があり、カエデの木がリング状に並んでいる。その下に、大きな岩を切り出した小さな記念碑がある。碑文には、「クラクフ出身のユダヤ系ポーランド人6万5000人の殉教に対し、黙禱する場所」と記されている。

私たちの住んだ家は3階建てで、正面に母の新しい店舗を開いた。母は家庭用品からエレガントな家具や建具、装飾品などいろいろなものを扱った。それに我が家は、ブラシ製造業者にスペースを貸していたほか、地下室にはいとこが住んでいた。それで私たちは、我が家にちなんで「レフコヴァ(Lewkowa)通り」と呼ばれた脇道を抜け、裏口から家に入った。

現在、そこには灰色の鉄の防護門が立っている。警察署の裏口になっているのだ。家そのものは、ドイツ軍の占領中に持ち出せるものはすべて持ち出した後、完全に放棄したので、荒廃して取り壊され、空き地となった。完璧に整備された広場とは対照的に、庭の跡に残る高い壁はひび割れ、変色している。隙間をぬって汚い小さな木や雑草がはびこっている。

前回の訪問時、パスポートを持って警察署を訪ねたのだが、署員の皆さんはとても歓迎してくれて、状況を説明してくれた。彼らは私を案内し、古い家の跡を自由に歩き回ることを許可した。まるで誰かの墓の上を歩いているような、奇妙な気分だった。警察署の建物の切妻側の端は、地面に埋められた大きな支柱で支えられていた。

多くのものと同様、戦時中の無政府状態と、その後の政治体制の変化で失われたものに関して、元の所有権はほとんど意味がない。おそらく、私の子孫たちがいつか当地に戻ってきて、一族の財産を取り戻すに違いない。その頃、私はもういないだろうが、私の魂は残る。若者たちには、自分たちが何者であるか、どこから来たのかを誇りに思い続けるよう期待し、祈りたい。

超正統派の信仰に燃える

さて、当時の私は、新しい学校の友達が安息日に歌うメロディアスな詩と祈りに魅了されて、ユダヤ教徒の中でも超正統派であるハシディズム派になった。ベン・ツィオン・ハルベルスタムのもとで献身する喜びを語る友達の声には、幸福感が漂っていた。ハルベルスタムは、ポーランド南部ガリツィア州の小さな街、ボボヴァに設立された同派の宗教共同体の2代目の大ラビ〔司祭〕にしてレベ〔Rebbe：ハシディズム派の霊的な指導者〕である。

私もそんな体験をしたい、特に近所のヴァグネル家の友人や、他の人たちと分かち合いたい、と決心した。父は私の宗教教育を自分でやりたいと思っていたから、クラクフからボボヴァへの長旅に反対したが、母は私の信仰心の高まりを認め、有名な学者のレベから教わる機会があるというのなら、行かせるべきだわ、と主張した。きっとそれは、大人になるのにもってこいの準備になると思う――。

母はいつものように、私が旅行の途中で空腹にならないよう、チーズケーキを焼いたり、ガチョウをローストしたりしてくれた。3時間の列車の旅では興奮しすぎて食べられなかった私は、ベッドが30台ある宿舎の部屋に落ち着いたときに、みんなでそれを分け合って食べた。私たちは、レベからショーレム（Sholem：平和）の祝福を受けるのが待ちきれなかった。レベが木造のホールに入ってきた瞬間から、私は彼に畏敬の念を抱いた。

昨日のことのように鮮明に覚えている。レベの顔は神聖に見え、群衆は彼に会うために前に押し寄せた。彼の鋭い、すべてを見通すような目を私は畏れたが、引き込まれた。私は皆の足の下を潜り抜け、会衆の先頭に立とうとした。レベは私に気付くと握手をし、私の名前を尋ねた。彼はそれを聞くと、驚いたことに、彼や彼の子や孫たちの一群に加わるように言った。

彼はテーブルの周りにいる全員にハッラー（challah）のパンを一切れ手渡し、私は至福の状態となった。これは非常に光栄なことだったが、後になるまで、なぜ私だけが特に選ばれたのか分からなかった。ヴァグネル家の人たちによれば、私はレブ・ヨースケレの子孫であり、その名にちなんでヨセフと名付けられたのだ、という。これは私の好奇心を刺激した。歴史書『メギッラス・ヨハシン（Megillas Yochasin）』でヨースケレについて書かれた2ページを見つけた。彼の出生名はヨセフ・ドヴィド・フリードマンで、コーヘン〔Cohen：モーセの兄アロンの末裔の一族〕の出身だった。

数年後、2度目にボボヴァを訪れた際には、私は敬虔な信者、ハシッド（chasid）になっていた。私はシルクのベキシェ（bekishe）というフロックコートにガルテル（gartel）という祈禱用の腰帯を巻き、髪型も両分けにして伸ばしたパヨスにした。この時、レベは私に、何を勉強しているのか、ラビは誰なのか、と尋ねた。私は誇らしげに、私たちの通りにある臭いのきついチーズ工場の上にある会堂、シュティベル（shtiebel）について話した。

私はこのボボヴァで、レベの息子にして大ラビの後継者、シュロモと生涯にわたる友情を育んだ。当時、彼はひげを伸ばすのに苦労していた。第二次世界大戦後、アメリカに渡ったシュロモ・ハルバースタム〔ハルベルスタムの英語読み〕は、ハシディズム派を再興することになる。私が戦後、ブエノスアイレスにいた頃、彼が私を訪ねてきて交流が復活した。彼がブルックリンのボローパークで働いていた頃にも、ニューヨークでよく会った。

私たちは、ホロコーストの生き残りとして傷を共有した。シュロモは逮捕を逃れるために信者のネットワークを利用し、偽造書類でハンガリーを経由し、安全な土地に密航した。彼の最初の妻、ブルーマはアウシュヴィッツで殺されたという。3人の子供のうちの2人、娘ヘンチと息子モルデカイ・ドヴィドも同じ運命をたどった。彼はフリーダ・ルービンと再婚し、さらに6人の子供をもうけた。

2000年の夏に92歳で亡くなったとき、シュロモの教団は成長しており、ニューヨーク、ニュージャージー、モントリオール、トロント、アントワープ、ロンドン、エルサレムに支部を持つまでになっていた。彼の跡は、最初の結婚で生まれた息子、ナフタリが継いだ。ナフタリはまだ戦前だった10代の頃、聖地に送られて命拾いしたのである。そのナフタリも2005年に74歳で亡くなり、ニュージャージー州のフローラルパーク墓地で父親の隣に埋葬された。

電撃的なナチスの侵攻

私と同様、シュロモも父親の無残な死を経験した。当時、レベはリヴォフ〔ウクライナ名リヴィウ〕にいたが、この都市はモロトフ＝リッベントロップ協定〔独ソ不可侵条約のこと〕の明白な保護の下、明確なソ連側の領土となった。だが、1941年6月30日にドイツ軍が侵攻し、支持者たちはレベをアメリカに避難させようとした。それから1か月近く、彼は書棚の裏の秘密の部屋に隠れていた。

レベは隠れ場所を出たが、それは致命的な過ちだった。友人が彼に、外国人居住者であることを示す書類があるなら、身の安全は保証されるはずだ、と言ったのである。彼らは、ナチスの監視下で地元住民が行うポグロムの悪質さを知らなかった。これには地元の小作農や、ウクライナ警察も加担していた。

農民たちは7月25日の早朝に集まり始め、警察署から出発し、出会ったユダヤ人を片端から攻撃した。棍棒、ナイフ、斧が振るわれ、ユダヤ人墓地に連れて行かれて殺害された人もいた。警察は5人一組でユダヤ人の指導者や知識人のリストを調べ、特定の建物に略奪者グループを派遣した。あるグループが、レベが公然と住むよう言われたアパートメントの1階を襲った。

その日の午後、レベと、息子のラビ・モシェ・アーロン、その他の著名な人々が検挙された。3人が並び、速いペースで行進するよう命じられたが、レベは杖をついて歩いており、とてもついて行くことができず、柱の後ろで倒れた。彼は鞭で打たれ、小銃の尻で頭と顔の周りを殴打された。息子のモシェと、弟子のエリヤフ・アヴィグドルに支えられて、レベはなんとかゲシュタポ〔ナチス秘密警察〕本部にたどり着いた。

翌日、彼の義理の息子のラビたち、イェヘスケル・ハルベルスタム、モシェ・ステンペル、シュロ－ム・ルビンの3人も捕らえられた。7月28日月曜日、家族5人全員とアヴィグドルは、ヤノーヴァーの森で射殺された。遺体は集団墓地に投げ込まれた。この日、推定2万人のユダヤ人が森で死んだが、最悪の日として永遠に記憶されるべき日の一つであろう。

ところでレベは、その叡智で恐ろしい事態を洞察していた。1938年10月、ナチス・ドイツは同国内に住むポーランド系ユダヤ人を国外追放したが、この件が後に及ぼす歴史的影響をよく理解していたのである。私は、シナゴーグで読み上げられたレベの公開書簡の内容を覚えている。それは、ドイツ東方地域から来た難民、いわゆるオストユーデン（Ostjuden）と呼ばれるユダヤ人を、地域社会として援助するよう求めるものだった。彼らは着のみ着のままで、何も持たずに追放されていた。

私たちは、避難民2家族を受け入れ、彼らが眠れるように毛布、服、シーツなど、寝具として使用できるものを床に敷き、食事を提供した。彼らの恐怖と当惑がまざまざと伝わった。彼らは、自分たちには何の落ち度もないのに、行き場を失い、財産を奪われ、貧困に陥って傷ついていた。クラクフの雰囲気は、暗く恐ろしいものに一変した。

大人たちが広場に集まり、静かに恐ろしい疑問を口にしていた。「次は誰だ？」。すると翌月、その答えがはっきりした。11月9日から10日にかけての夜、ドイツ全土でガラスの割れる音が鳴り響いた。200近くのシナゴーグが破壊され、8000社のユダヤ系企業が略奪された。クリスタルナハト（Kristallnacht）、すなわち「水晶の夜」である。ナチスは3万人のユダヤ人男性を強制収容所に移送し始めた。

ドイツのユダヤ人コミュニティは10億ライヒスマルクの「賠償税」を支払うよう命じられ、ナチス政権は400本に及ぶ反ユダヤ法案と布告を緊急に法制化した。ユダヤ人たちは職を追われ、医師、弁護士、ジャーナリストとして活動することを禁じられた。彼らは非国民であり、路面電車やその他の列車に乗ることを禁じられ、ラジオの所有や、犬を飼うことさえも禁じられた。

当時の私は、ドイツで何が起こっているのかを完全に理解するにはまだ若すぎた。しかし、初めて水晶の夜について聞いた時のことを覚えている。両親の懸念は明らかだった。私たちは、押し寄せるドブネズミの臭いを嗅いだような気がした。「ヒトラー」という名前を何度も聞いたが、そのたびに恐怖で体が震えた。ドイツ軍は強引にオーストリアを併合し、さらにチェコスロバキアのズデーテン地方も彼らの手に落ちていた。私たちは、自分たちが守られていないことに気付いた。ポーランドはすでに、彼らの射程内にあったのである。

緊張が高まる中でも、私の人生は続き、大人への道が開かれた。13歳を迎えた私は、非常に控えめなバル・ミツヴァー（bar mitzvah：ユダヤ教徒の成人式）に臨んだ。私は律法の祝福を初めて唱え、コミュニティの人々は「マザール・トフ（mazal tof：おめでとう）」と言って祈ってくれた。父はレカハ（lekach）という蜂蜜ケーキとウォッカの小瓶をふるまった。私は歌ったりゲームをしたりして、弟たちの気分を盛り上げようとしたが、それは突然、打ち切られた。路上にポーランド軍の兵士たちが現れたので、私たちはそれを気にしないわけにはいかなかったのである。

1939年5月3日はポーランドの建国記念日だった。軍楽隊付きの陸軍部隊が通りを行進するのを、私たちは眺めた。それは華やかで勇壮だったが、どこか空虚な感じがあった。ポーランドの市民組織は、軍部がドイツ軍の侵入を防げない場合、身を隠すための塹壕を掘るよう呼び掛けを始めていた。

学校の夏季休暇は、そのまま延々と続いた。年少の子供たちの一部が、周囲の村に疎開し始めた。

私の家族はクラクフに残ることに決めたが、田舎に隠れたほうが安全だ、と考えて退去していった友人たちもいた。私たちは一致団結し、お互いに助け合いつつ、最善の展開を望んでいた。しかし、内心では最悪の事態を恐れていた。

そして、それは起こった。その日、ドイツ軍はポーランドに侵攻してきたが、これほどの速さで、しかもろくに発砲することもなく、私たちの住む街に到着するとは誰も予想していなかった。避難先を見つけなければならない、という知らせが届いたとき、私は役に立たない塹壕を掘っていた。爆発が起きた。ドイツ軍の爆撃機が、市の重要な建物を狙っているようだ。敵機の機影が遠ざかると、私たちは好奇心を抑えきれず、まだ煙がくすぶっている爆撃孔を見に行った。

それは、とても非現実的な光景に見えた。だが、これが新しい形の日常だった。私たちはサイレンに素早く反応するようになり、低空飛行するルフトヴァッフェ（Luftwaffe：ドイツ空軍）の飛行機が、好き勝手に地上を攻撃するのを見た。ドイツ軍は１９３９年9月1日の夜明けに侵攻を開始した。クラクフはオーストリア国境に近いため、ポーランド軍の兵士が軍服を着る間もなく、ドイツ軍部隊が街に到着してしまった。

50歳未満のすべての男性が動員され、私の父も軍の入隊事務所に向かったが、すでにその場所にはドイツ軍が先に到着していた。私が公園で2、3人の友達と遊んでいる間に、父は帰宅した。ドイツ戦車の音が聞こえたので、私たちは木や茂みに隠れた。外を覗くとトラック、バイク、装甲車がその後を追いかけて前進するのが見えた。

兵士たちは防弾チョッキを着て〔と原文にあるが、一般的に、当時のドイツ兵が防弾チョッキを着ていたとは思われない〕、さまざまな銃を手にしていた。少年なら誰でもカッコいい、と思うような軍隊だった。彼らは勝利の歌を口にしながら、通りを進んだ。私たちは彼らに畏敬の念を抱いたが、目の前にドイツ戦車が止まったとき、私はじっとしていた。未熟すぎた私は、恐怖を感じることもできなかったのだろう。戦車兵がハッチを開けて、私たちを手招きした。何を言えばいいのか分からなかったが、私はドイツ語が得意だったので、「こんにちは」と言った。

彼は端的に要点を言った。「Wo kan ich kaufen Créme Nuvua?」。要するに彼は、どこかでスキンクリームを売っていないかね、と尋ねたのである。私が薬局の方向を指差すと、彼は微笑んで「ありがとう」と言い、ハッチを閉めて砲塔の中に姿を消した。これが、私たちがよく聞いていた怪物なのだろうか？ その正体を知るのに時間はかからなかった。

暗転した日常

私たちは直ちに、路上に集まったり、グループで話したりすることを禁じられた。不服従に対しては凄惨な処罰が待っている、と警告するポスターが貼られた。街の拡声器から、新たな制限とか、禁止事項に関するアナウンスがドイツ語とポーランド語で、毎日のように流された。私は一時的に学校に戻ったが、日常生活が混乱したため、学業を諦めた。1か月もしないうちに、雰囲気は険悪になってきた。

ドイツ兵が2人組みでパトロールを始めたが、これは当初、そんなに恐ろしいものではなかった。彼らは私たちに静かにするよう命じたが、挑発したり迫害したりするよりも、観察することが多かった。ところが、状況が変化し始めた。正統派のユダヤ人は目立つ存在となり、恰好の標的となった。ドイツ兵は私たちの服装をからかい、笑い、どんどん毒のこもった侮辱を激しくした。「Schmutziger Jude」。ドイツ語が分からなくても、何を言われているかは誰でも分かった。「汚らわしいユダヤ人」と呼ばれているのだ。

迫害は激化した。両親は私に強く命じた。身の安全のためにパヨスの髪型をやめなさい、と。ドイツ人は絶えず私たちを歩道から突き飛ばし、信者のひげやパヨスを無作為にハサミで切った。今でも忘れられない光景がある。4人のナチスが、年配のユダヤ人男性のひげにライターで火をつけていた。男性は痛みとパニックで泣き叫んだ。ナチスはあざ笑って彼を側溝に突き落とし、そのまま放置した。

迫害は徐々に悲惨なものになった。ドイツ兵たちはユダヤの伝統的な衣服を見ると、銃剣で切り裂き、意図的に血染めにするようになった。私は安息日にはシルクのベキシェを着たが、平日は普通の服にしたので、通りで目立つことはなかった。12月1日になり、私たちはユダヤ人であることをいつでも識別できるようにせよ、と言われた。白地に青いダビデの星が付いた腕章を着用せよ、というのだ。

それまでの日常は容赦なく暗転し、侵略者はユダヤ人の外出時間を制限した。彼らは理由もなく恣意的に殴り、街路の清掃を命じた。これが強制労働（Zwangsarbeit）の始まりで、ユダヤ人はすべて罪人扱いとなった。父はきつい重労働をさせられ、衰弱して元気がなくなっていった。

私たち一家は侵略前から食品を備蓄していたが、たちまち不足が深刻化し始めた。食糧価格が高騰して制御不能になり、一晩で倍になることすらあった。我々は内々に卸業者を訪ね、入手可能なものはすべてこっそり購入した。平時なら、こういう闇取引も賢明な商習慣だったのかもしれない。だが実際には、余剰品を売却して一時的に大金を稼いだところで、貨幣になんの価値もなくなっていたから、愚かな行為だった。

午後9時には外出禁止となる。2、3日おきの夕方、私は毛布にくるまって、パン屋の外の歩道で寝た。店が1日に販売できるパンの数は50個だから、そうやって徹夜で場所取りするしかないのだ。パンを求める行列はブロックの周りの通りに延び、それを見た何百人もの人が落胆して帰っていった。幸運なお客はパンを買えたが、1人1個だけである。

飢餓が蔓延し始めた。私たちはユダヤ教徒として、玄関にやって来た物乞いに、パンや少量のスープを施さねばならない、という神聖な誓いを立てていた。とはいえ、飢えた人たちにもお見通しだったろう。貧すれば鈍するというもので、もはや自分たちにも余裕がなかった。いっそ自分たちが動物だったらいいのに、と思ったこともある。その方が、よっぽどましな扱いを受けられただろう。

ナチス当局は、一応は中立的な組織とされる管財委員会（Treuhaendler）を設置した。貪欲や不正を招く大口取引を規制する、というのが名目で、ユダヤ人は繊維、綿や麻製品、皮革製品、靴などの伝統的な商売をすることを禁止され、銀行口座が封鎖された。１９３９年末までに、隠匿できなかった貴金属と宝石類はすべて没収された。

多くのユダヤ系商店が営業を停止した。ポーランド人住民が窓を割り、商品を歩道にばらまくようになった。誰もが欲しい商品を好きに持って行くようになり、略奪が当たり前になった。ある時、広場の近くを歩いていると、木製の樽の周りに人が集まり、大騒ぎになっているのを見かけた。小柄な少年だった私は、人込みをすいすいとかき分けて前に出た。たくさんの人が争って奪っていたのは、樽の中のチョコレートだった。私もそこに加わり、できるだけ多くを手につかんで立ち去った。

戦争は尊厳だとか、礼儀正しさとかいった綺麗ごとを根こそぎ剝ぎ取った。これまで隣人として仲良く暮らしてきた人々の間に、醜い反ユダヤ主義の傾向が現れ始めたのだ。もちろん戦前の時代にも、「ユダヤ人をパレスチナに送れ」だの、「ユダヤ人は共産主義者だ」だのという落書きを目にしたことはあったが、それは公然たるものではなかった。

ドイツ兵たちは、ユダヤ人の所有物を好きなように略奪した。ユダヤ人コミュニティの一部で流れた噂によると、普通のドイツ人が、わざわざ国境を越えて略奪しに来ている、という話すらあった。身なりの悪い連中の一団がやって来て、次の日に街を出ていく際には、みんなおしゃれなスーツを着こみ、宝石や家庭用品を荷車に積んでいく――。それはもう、ありえない話ではなかった。

私がこのような非道行為の根源を真に理解し始めたのは、ずっと後年になってからのことだ。エルサレムのヤド・ヴァシェムを訪れた時、私は研究者たちに自分の体験を語った。彼らは様々な見方を教えてくれた。ひとつには、ユダヤ人は永遠の罪を負っている、と見なされているのだという。つまり、イエス・キリストを銀30シェケルで売り、殺害した罪である。別の見方では、ユダヤ人は世界征服を企む民族として嫌悪されている——。

　私はエルサレムの追悼センターで、苦難と大量虐殺にまつわる映像や展示物を見て、記憶の底に眠っていた多くのものが蘇るのを感じた。中でもある展示品は、「反ユダヤ」の毒がいかにして広がったかをよく示していた。それは１９３６年にドイツで大人気だったボードゲーム、「ユダヤ人は出て行け（Juden Raus）」である。汚らわしく醜い連中を国外追放する、というのがゲームの最終目的で、店を乗っ取り、すべての商品を盗めば「上がり」となる。

裏切り者たち

　どんな人間でも、たとえ同胞であっても、権力を与えられると濫用し始めるものである。ナチスのＳＳ（親衛隊）とゲシュタポ（秘密警察）は巧妙にも、ユダヤ人を管理するのにユダヤ人を使った。「ユダヤ人評議会（Judenrat）」がそれで、ヘブライ語でカハール（Kahal）とも呼ばれた。その評議会は、ＳＳから出された命令を実行する手先として、今度は「ユダヤ人警察（Jüdischer Ordnungsdienst: ＯＤ）」を雇用した。

　このユダヤ人警察というのが、ナチスに負けず劣らずの非道な連中だった。彼らは地元の情報をＳＳに提供し、率先して一斉検挙を実施し、同胞をベッドから引きずり出した。実際、彼らはこういう迫害の仕事を楽しんでいるように見えた。初めは単に、ＳＳから出されたノルマを達成するという官僚的な任務だったのだろうが、すぐに凶悪な抑圧の常套手段となった。ある時は３００人のユダヤ人が連行され、そのまま姿を消して二度と帰らなかった。

　我が家の隣人のモシュケもOD隊員になり、他のユダヤ人から蛇蝎のように嫌われるようになった。彼は公然と権力に協力して恐れられた。私たちは、この隣人から距離を置く必要がある、と思った。彼は新しい主人に熱烈におもねった。今までの友人やら、隣人などというものはどうでもよく、何の意味もないようだった。モシュケはかつて、うちの母親の店のお客だったが、今はこの男と付き合っても、百害あって一利なしだった。

　本当に恐ろしかった。いつドアがノックされるか分からない。ユダヤ人評議会の評議員たちは、なにかというと多額の賄賂を要求した。これらのいわゆる「寄付金」が支払われなければ、さらに多くの人が失踪することになる。ODの連中は、貴重品や外貨、毛皮のコート、ラジオなど、目につくものを没収する際に、率先してドイツ人を支援し、そして自分たちもおこぼれを頂戴した。

　ついに恐怖は身近なものになった。OD部隊が母方の親族の家に踏み込み、伯父のレイビシュに暴行を加えた。同じ家に下宿していた親戚の少女が怯えてパニックに陥り、イギリス紙幣を隠した場所をOD隊員に告げた。レイビシュ伯父は逮捕され、クラクフ旧市街の北にある悪名高いモンテルピヒ刑務所に投獄された。

　当時の私は小柄で機敏で、何より自分が一人前であることを証明したいと願う無鉄砲な少年だった。それで私は、危険な仕事を託された。公判で伯父を担当する弁護士から、重要情報が含まれたメモを獄中の伯父に届ける仕事だ。私は刑務所の壁をよじ登り、独房の窓の鉄格子の隙間にバターのサンドイッチを押し込んだ。そして伯父に聞こえるように、大胆にも大声で言った。「中を見てみなよ」。

　奇跡的に、そして間違いなく賄賂が奏功したのだろう、伯父は最終的に釈放された。彼の髪は長く伸びて、半ば白くなり、シラミが寄生していた。刑務所に連行される前、伯父は成功した聡明なやり手の靴製造業者だった。今、彼は弱り、意気消沈し、打ちひしがれていた。そんな状態の伯父を見るのは悲痛なことだった。

ナチスの締め付けはさらに厳しくなり、より危険なものとなった。食べ物が完全に枯渇しかけていた。店は空っぽだった。原材料もなかった。農民たちは、収穫物のほぼすべてを当局に納めなければならないのだった。周囲の村の住民はあえて都市に入ろうとはせず、逆方向に逃げようとした人たちは、命の危険を冒すことになった。

私の両親はひどいジレンマに直面していた。このまま都市に留まれば、緩慢なる餓死が待っている。逃亡すれば、命の危険にさらされる。「すべてのユダヤ人はゲットーに集められる」という噂が広まり始めると、とにかくジャウォシツェへ逃げる以外に選択肢はなくなった。父の知る限り、製粉所は今でも我が家のもので、一家が食べる手段もあるだろう、と彼は考えた。

ある暗い夜、私たちは家からこっそり抜け出した。ヴィスワ川に行き、事前に手配していたボートに乗ったのである。この川は地元では「母なる川」というが、その名がこれほどふさわしいと思われたことはかつてなかった。私たち一家は川に身を委ね、朝までにノヴェ・ミアスト村にある母方の叔父の家に着いた。そのあたりはまだ、ドイツ当局の存在はそれほど脅威ではない、と聞かされていた。

ここからは、西ではなく北へ向かう必要があり、この村は良い中継地であるように思われた。ここで一家は6週間ほどの間、じっと我慢し、生活を維持した。だがある日、父は村の市場で理由もなくSS隊員のリンチに遭い、残酷に殴られて帰ってきた。ひげを剃り落とし、伝統的な衣装ではなく普通のスーツを着ていたが、どうにもならなかった。もう安全ではない、と思った私たちは決心した。再び運命を信じて、逃亡することにしたのである。

3章　永遠の別れ

変わり果てた生活

私は早熟な子供だったと思う。いつでも一人前のように振る舞った。その必要性があったのだ。成熟した、もっと年上の若者のように思われなければならない〔ナチス当局は、働けない年少者を役立たずと見なした〕。私はそもそも機転が利き、意志が強い方だったと思うが、今や人生の何もかもが先行き不透明だったから、何事も自分の頭で考えなければならなかった。

一家は無事にジャウォシツェに到着した。だが、自分たちの置かれた窮状がすぐに明らかになった。シュテトルは、すでに人でいっぱいだったのだ。ウッチ、ピンチュフ、ザグウェンビェなど、近隣の街から同じように逃れてきた人々がいた。ナチスは1940年初めから、明示的な許可なく新しい住所に移動することを禁止する、と布告していたが、これは事実上、私たちユダヤ人を罠に掛けたのである〔慌てたユダヤ人が動き出し、自発的に集まるように仕向けた、の意味〕。

私の一家は、父の妹シェインデル・ハバと、その夫メイルの家に泊まる以外に選択肢はなかった。大家族が小さな家を共有することになり、両親は戦争で分断されたユダヤ的な生き方を、再びどうにかして結び付けようと必死に努力した。

私たちが都会に住む間、他人に貸していたアパートメントに戻るまでに、かなりの時間と労力がかかったが、それは父にも、一家にとっても、それほど大変なことではなかった。問題は製粉所だった。これはすでに、非ユダヤ人のポーランド人のものになっていた。占領当局の規則により、ユダヤ人は工場を所有したり取引したりすることが禁じられていた。

そのポーランド人は、補償として我々に若干の穀物を与えるという約束をしたが、それをすぐに反故にした。彼は傲慢で鉄面皮な男だった。うちの父が、どうにか考え直してくれるように頼みに行くと、その男はしぶしぶ、少量の小麦粉を法外な値段で売りつけた。父はプライドを捨てて、取引を受け入れるしかなかった。

母はそれでパンを作ろうとしたが、塩がないことに気付いた。あちこち探したが、地元では見つからなかったので、あるもので最善を尽くすしかなかった。何と言えばいいであろうか？ 私たちは空腹のオオカミのような状態だったが、それでも塩抜きのパンの味はひどかった。乾燥していて、藁を嚙むような感じだった。だが、空腹に耐えかねた私たちは、目をつぶってパンを食べた。

他の難民たちは、もっと不衛生な環境にあった。多くは水道も通っていないところに詰め込まれていた。だから私たちは、まだしも自分たちの生活は恵まれている、と思うしかなかった。約１０００人のユダヤ人がシナゴーグと、それに隣接するベート・ミドラーシュ（bet midrash）、つまり講堂に収容されていた。ここに押し込まれた家族はプライバシーを守る術もなく、床に薄いリネンのシーツだけを敷き、書棚の上で寝た。戦闘に巻き込まれる心配はもうなかったが、このような状況で心身を保つのは大変なことだったろう。

ドイツ軍は、クラクフへの電撃侵攻から1週間後の１９３９年9月8日にジャウォシツェに到着していた。この地域のドイツ総督府当局の本部は、約25キロメートル離れたミエフフに置かれたため、少なくとも当初は、それほど激しい嫌がらせは受けなかった。ただし、周辺のユダヤ人コミュニティは、ドイツ軍部隊による通常の犯罪行為（つまり略奪）に耐えなければならなかった。

命懸けの闇取引

1940年の1月下旬からは、いかなる理由があろうとも、地域外に出ることが禁止された。それでも、食べ物やその他の物資を探す方法が必要だった。ユダヤ人の中には、非ユダヤ人に変装して近隣の街や村を訪れ、さまざまな商品を購入し、余ったものをシュテトルで売りさばいて莫大な利益を得ている者がいる、という噂が流れてきた。

もちろんこれは、嫌悪の対象となっているダビデの星の腕章を外すことを意味した。あの星が意味する歴史的重荷を私が認識したのは、ごく最近になってからである。ヤド・ヴァシェムの研究を通じて知ったことだが、あのシンボルは中世以来、ユダヤ人を迫害するために、ずっと使用されてきたそうだ。例えばフランスでは、黄色い地に星を描いた円形パッチを、服に縫い付けることが強制された。腕章を外すことは、明らかに規則違反である。ユダヤ人たるアイデンティティは、もはや個人的な、プライベートなものではない。公的な恥辱の対象となるのである。私たちは家畜の牛のごとく、烙印を押されたわけだが、これに反抗することは非常に危険だった。ダビデの星を着けていないユダヤ人が捕まった場合、問答無用で射殺された。しかし私は、無鉄砲で向こう見ずな子供だった。自分は長男だから、食べ物が見つかるところなら、どこにでも行って探し出すのが自分の義務だ、と考えて、危険を冒すことにした。

私はまず、周囲の村で塩を探すことから探索を始めた。私は一見すると、あまりユダヤ人には見えない、とよく言われていたので、ベレー帽を被り、普通の服を着て、敬虔なユダヤ教徒なら必ず身に着けているツィーツィース（tzitzis）という房飾りを服の中に深く押し込んだ。これだけでも、私がすぐにユダヤ人だとは気付かれないはずだった。私は神の御心を信じて、ドアをノックして回った。もちろん私は細心の注意を払って行動し、幸運にも恵まれた。母がパンを焼くのに十分な量の塩が手に入ったのである。無事に戻った時、私は誇りと安堵感が胸に湧き上がるのを感じた。かなりの費用がかかったが、もはや金で買えるものなどなく、実際には全く問題ではなかった。だが、こんなやり方はあまりに危険だ。命を代償として差し出すのが嫌なら、もっと安全な方法を見つけなければならない。

そして、新しい方法が見つかった。ツァドンというドイツ人が、偽造書類を用意してくれる、というのである。彼は開戦後、伯父たちがオーストリアに所有していた靴工場の経営を引き継いだ営業マンだ。ツァドンはナチ党の古参党員で、政権からの覚えもめでたい人物だったが、同時にドイツ本国における伯父の会社の主な販売代理業者でもあった。

彼は自分の党員証を私たちに見せて、その事実を証明した。党員番号は確かに若い数字で〔初期に入党した古参党員、という意味〕、私たちの役に立ちたい、と約束してくれた。一見すると狂気の沙汰だと思われるかもしれない。だが、伯父は彼を家族の一員も同然と思っていた。ツァドンは戦前、クラクフの伯父のアパートメントを訪ね、シャボスのテーブルを囲んで食事をし、創造主を讃えるズミロスの合唱に参加するほど親しい仲だった。

ツァドンの偽造書類のおかげで、私は彼が新たに買収した靴工場のポーランド人労働者ということになった。この工場は、ドイツ軍に皮革製の長靴を供給する契約を結んでいた。身分証には、私の信仰心を脅かす忌まわしい「J」の押印はない。私は依然として、大きなリスクを冒していたが、これにより少なくとも両親は、いくらか安心した。私が完全に愚かな自殺行為をしているわけではない、と納得してくれたようである。私はすぐに、腕利きの闇売人となった。闇市場で私は、麦粉と酵母を扱う専門業者と見なされるようになった。

買えるものは何でも買った。農家はビート、大麦、豆、キャベツ、キュウリ、ニンジン、ジャガイモ、タマネギなどを売ってくれた。まずは自分の家族の分を確保し、備蓄に回す。残りを仕入れ値の3倍の価格で売り、次の交渉と購入の資金にする。表通りにあった母の店で学んだ商売の経験が大いに生きた。

しかし、失敗したこともある。私はある日、クラクフ郊外の村で、大きな豆の袋を購入した。さあ、これで大儲けできるぞ、と内心でほくそ笑んでいた。奮発してタクシーを拾い、エンジンルームに豆を隠したのだが、家に持ち帰ると豆がすっかりガソリン臭くなってしまった。これではもう売れない。茹でる前に何度も洗ったが、食べられなかった。完全にガソリンのような味になってしまった。

屋根の上に広げて天日干ししてみたが、新鮮な空気と春の日差しにさらしても、ほとんど効果はなかった。私は最終的に、それらを絶望的な人々や貧しい人々に無料で配った。私はビジネスで最初の教訓を心に留めた。どうにもならない場合はめげてはいけない、決して挫折を引きずって、くよくよしてはいけないのである。常に前向きに、将来の新たなチャンスを見据えるべきなのだ。

さて、そのチャンスというものが訪れた。みんなの靴がすり減り始めていることに、私は気付いたのである。人々は、靴底に穴が開いた、と苦情を言うようになっていた。そこで、伯父の伝手を頼りに小さな靴底用の当て革を調達した。これを受け取るためにクラクフに行く必要ができたが、途中の幹線道路にはドイツ軍のパトロールがいるだろう。タクシーを使えば、根掘り葉掘り検査される可能性は低いに違いない。そこで私は今回も、タクシーのボンネットを開け、エンジンの近くの備品の下に、自分の商品を隠した。運転手は見て見ぬふりをしてくれた。そして少なくとも今回は、臭いで商品が台無しになることはなかった。

しかし、小さな当て革では、明らかに一時しのぎにしかならない。ゴム製のソールを手に入れれば、市場の需要に応えられるだろうと私は思った。しかし、ゴムのソールはその当時、かなり新しいアイテムだったから、簡単には調達できない。少し頭を柔らかくして考える必要があった。その時、長い幅広のゴムシートを販売している工場がある、と聞いたので、それを折り曲げて腰の周りに巻き付け、コートの下に隠した。

小柄な私が妙に太った姿で歩いたので、さぞかし滑稽に見えたに違いないが、私は家から家へとゴムの切り売りをした。シートがどんどん小さくなっていき、ついにはそれ以上、販売できなくなって、入手できない人々もいた。私はふと、学校でほんの短い間だが、裁縫を学んだ日々のことを思い出した。あれ以来、いつでも服を修理できるように、針と糸を大量に買い込んだものだったが、何事も備えあれば患いなしである。

鉄道で移動する場合、バッグを座席の下に隠した。幸いなことに、私がドイツ軍の検閲を受けたのは1回だけである。その時の私は、ぼろぼろの古着が数枚入っているだけのスーツケースを検閲官に見せ、うまくごまかした。駅での監視が強化されていたので、私は念のために予防策を講じ、違法品を他の車両に隠して、手元には置いていなかった。

過酷な労働の日々

私たちはいつでも怯えていたが、生きなければならなかった。父は家族のために強制労働でこき使われており、私は申し訳ない気持ちでいっぱいだった。やがて、ユダヤ人評議会が特別労働局を設置し、14歳以上の健常な男性全員に対し、公平な労働分担を割り当てることになった。ドイツ人が要求するあらゆる単純労働が命じられるのだが、有力氏族の当主だとか、社会的特権の持ち主だとかを労働から除外することを意図するものでもあった。

これは為政者から見て、理論的には良いアイデアだったのだろうが、恐喝や不正のもう一つの温床ともなった。裕福な家庭は、大事な息子や夫を強制労働に差し出す代わりに、単にユダヤ人当局者に賄賂を支払うか、日給5〜10ズウォティで貧乏人を雇って身代わりにした。その支払い額は実際、かなり控えめなものだった。ドイツ軍の占領当局者が受け取る賄賂は、最低でも500ズウォティという巨額だったのである。

ドイツ人は街路清掃の監督官として、ムハという名前の男を連れてきた。父はゴミを集め、下水の溝を掘り、雪をかき、畑仕事をした。朝から日没まで、いつでも働きが悪いとなじられ、殴られ続けた。それは非常に過酷な肉体労働で、私は〔まだ14歳になる前から〕時々、彼の代わりに仕事をし、父が少しは体力を回復できるようにした。

私たちは手で穀物やジャガイモを収穫し、森に入って木を伐採して薪にした。多くの場合、ユダヤ人は路上で公然と持ち物を奪われた。犯人はユダヤ人警察、つまり嫌われ者のODの連中だ。そいつらは常々、お前たちをどう扱うかはすべて、俺たちの自由である、と豪語した。彼らは私たちに対して、望むことは何でもできたのである。さらにSSの当局者は、ひげの禁止など、さらなる屈辱を与えることを望んでいた。これはユダヤ教徒の間で大きな苦痛を引き起こした。多くの人がひげを剃ることを拒否して処罰された。

若い男性の一部は、クラクフ近郊の労働収容所に連行され、釈放と引き換えに身代金を要求された。ドイツ企業のリヒャルト・シュトラオホで働かされた人もいたが、同社は人間を悲惨な状況に追い込むことで利益を得ようとしている強欲企業だった。何しろ労働条件はひどいもので、ユダヤ人評議会は、少なくとも食糧の小包と暖かい衣服を彼らに支給しようとした。さらにもう一度、右の手のひらに油を塗れば〔賄賂を渡せば〕、息子たちは心配していた家族と再会することができる、というわけだった。こういう手口を取り仕切る当地のゲシュタポ隊長はバイエルラインという男で、最も悪名高い狡猾な詐欺師だった。

ジャウォシツェは、近隣からあまりにも多くの難民が押し寄せたため、うめき声を上げていた。何百もの家族が公共の建物に押し込まれたままだった。礼拝や律法の勉強会の開催が禁止されたシナゴーグには、避難民が集まった。シオニストの若い男女ボランティアが駆け回り、家から家を訪ねて衣服、毛布、家具、そして何よりも食糧を集めた。

ベート・ミドラーシュの上の棟に公衆食堂が設置され、温かい食事とパンが提供された。この際のボランティアのほとんどは、最終的にベウジェツ絶滅収容所で殺害された。住民の日記にその氏名の一部が記録されている。ここにそれを記して読者の皆さんにお伝えすることは、彼らに敬意を表するために私にできる最低限のことである。

シュロモの妻、サロメア・ゲルトレル
シュレモヴィッチ家のヨセフとソロモン
カチュカ家のシュロモとハイム
モシェ・カメルガルテン
モッテル・ロゼネク

私はこの人たちのことを思うと、涙を禁じ得ない。

1940年末までに、何千人もの人がこうしたボランティアの慈善活動を利用したが、衛生設備の不足と過密状態により、収容者の健康状態が悪化した。ベート・ミドラーシュにはトイレがなく、水は井戸から汲み上げなければならない。厳しい冬に燃料も不足した。ナチスが他の街や村から住民を強制追放したため、さらに多くの人々がこの街に押し寄せた。

こうした環境は伝染病の温床となり、1941年になると腸チフスと発疹チフスが大流行した。病院はなく、公衆衛生の欠如により、さらに赤癬が発生した。墓地の近くにあったヘクデシュ(hekdesh：救貧院)が、最悪の状態の感染者を隔離するために使用された。

私たちはこの頃、英雄は戦場にいるだけではない、という事実を思い知らされていた。このコミュニティは、ユダヤ人医師ドヴォラ・ラゼルの尽力によって救われたと言っても過言ではない。この街には唯一の医師、グランボフスキー博士がいたが、1940年にラゼル博士もここにやってきた。彼女の主な使命は、1万人以上の人々の健康を管理することだった。彼女はたった1人で疫病管理者となり、絶え間ない医療物資の不足に対処した。

彼女は恐ろしいジレンマに直面していた。もしドイツ人が感染拡大の規模を知ったら、占領規則で想定されていたように、間違いなく絶滅政策が取られるだろう。それをラゼル医師はよく知っていた。彼女は密かに衛生委員会を設立し、人々を硫黄で消毒する燻蒸センターを設立した。すべての難民とその持ち物は、毎日、高温蒸気室で消毒された。幸いなことに病気の流行は沈静化し、ナチスがその規模に気付くことはなかった。

橋梁爆破作戦

ところで、この時期の私についてよく聞かれることがある。なぜ闇取引のためにあちこち遠征していたのに、逃亡しなかったのですか、と。しかし、考えてみてほしい。大多数のポーランド人住民は、私たちユダヤ人を嫌っていた。私たちの情報をつかむと積極的に当局に密告し、助けを求める者の顔に向かって、冷たくバタンとドアを閉ざすのである。それが私にはよく分かっていた。もちろん、地元のポーランド人家庭にも、個人的なリスクを冒し、勇敢にユダヤ人を保護した人々が確かにいた。が、それは例外的な存在だったのである。

私は1942年7月21日に16歳の誕生日を迎えた。私は少し年齢を重ね、強制労働によっていくらか筋肉質になったが、身長はそれほど高くはなく、あまり賢くなってもいなかった。イディッシュ語の新聞や、本当は違法なラジオ聴取を通じて、私たちにもごく限られた範囲のニュースが伝わってきたが、相変わらずドイツ軍の連戦連勝の物語ばかりだった。オランダとベルギーは陥落し、フランスも屈した。ヒトラーは東方に向かって進撃し、猛威を振るっていた。あたかも全宇宙の支配者のようだった。誰がこれを止めるというのか？

その約1年前、先に名前を挙げたカチュカ兄弟やロゼネク、シュレモヴィッチ兄弟のようなシオニスト青年運動の指導者たちは、地下レジスタンス運動の設立について密かに議論していた。この地域にはパルチザン組織はなく、武器の供給は明らかな大問題だったが、血の気の多い少年だった私は、そのような抵抗運動に大賛成だった。

シュレモヴィッチ家は、我が家とは遠い親戚である。私はここの兄弟や、ロゼネクたちと特に仲が良かった。後に強制収容所を転々とする間にも、時々、彼らに遭遇したが、最後には音信不通となってしまった。駅の近くの橋梁を爆破する作戦に参加しないか、と私を焚きつけたのは彼らではない。別の地元の若者、モニエク・サルナである。「ドイツ人を妨害するために、俺たちはできる限りのことをすべきだ」と彼は言った。「やるとも、やるとも」と私は叫んだ。危険性など考えていなかった。

私たちはまだ自由思想家であり、奴隷制のくびきに疲れ切ってはいなかった。さらに別の友人、ヨセク・テネマルも一味に加わった。私は正統派ユダヤ人の青年グループ、ヤヴネ（Yavneh）で彼と面識があった。このテネマルは世界大戦を生き延びた。何年も後になって、私はトロントに住む彼を訪ねた。彼は幸せな結婚生活を送っており、ジョー・タネンバウムと名乗る有名な彫刻家になっていた——。

さて、私たちはある日の午後遅く、静かに集まった。私たちが支援を申し出た元工兵のパルチザン戦士は、長い導火線を持ってくるように指示した。私はこういう活動の初心者だったから、何が何だかよく分からなかったが、とにかくお前は導火線をしっかりと保持していろ、と言われた。私はそれを確認したが、すべてが接続されており、ねじれや角度の異常もないようだった。

最終的に、専門家たちが爆発物をバックパックに入れてやってきた。彼らは粛々と作業を終え、こっそりと立ち去った。次に気付いた時には、暗くなった空が大爆発の閃光に照らされていた。私たちは、恐怖と歓喜が入り混じった奇妙な興奮に襲われ、四方八方に逃げ散った。

ドイツ軍はすぐに周辺を包囲した。銃声や叫び声がたくさん聞こえた。私は下草の中に隠れて、ずっと伏せているのが最善だと考えた。私は2日間、長い草を嚙み、水気を吸って過ごした。その後、海岸から脱出できないかどうか、可能性に賭けてみた。本当に明確な考えはなかった。案の定、田舎道を歩いていた私は、すぐにナチスに逮捕された。

私はとっさの思い付きで、両親の知人一家を訪問していた、と説明したが、ドイツ人は私に優しくはなかった。私は手錠をかけられ、悪名高いクラクフのモンテルピヒ刑務所に放り込まれた。私は1週間以上、そこにいたが、破壊工作への関与を否定した。食べ物はほとんどなく、取り調べ中に冷水をかけられたため、震えが止まらなくなった。

「なるほど、多くの人々が跡形もなく失踪するが、彼らはこういう目に遭っていたのか」と思ったが、とにかくそのような不穏な考えを振り捨てようと躍起になった。私は結局、両親が弁護士を雇ったために助かった。彼は両親に策を授け、当局者に金を渡すとともに、アリバイ証明を提出させた。10日ほど恐怖と苦痛の日々を過ごして、私は解放された。

どうして私は、あんなに無鉄砲なことをしでかしたのか？　私は神、ハシェム（HaShem）に祈り、その加護を信頼していた。これは私が生涯にわたって維持している態度だ。しかし、私はもっと年長者や目上の人たちの懸念にも耳を傾けるべきだった。彼らは時間が経つにつれて、あちこちのユダヤ人コミュニティ全体が追放され、見知らぬ土地に連れて行かれ、そのまま忽然と姿を消した、という恐ろしい噂を耳にするようになっていた。

運命の瞬間

パニックの機運が高まっていた。1942年8月下旬、シュテトル中の者は、近くのザグウェンビェから届いた知らせを聞いて震え上がった。そこにいた1万2500人のユダヤ人全員が、アウシュヴィッツ・ビルケナウ収容所に送られたという。ソスノヴィエツでも同様のポグロムがあった、という噂も広がり始めた。ジャウォシツェのユダヤ人評議会のメンバーは、特別許可を得てミエフフにある総督府の地域本部に日参していたが、彼らも何も知らされていなかった。

9月2日の正午頃、私はニエスコフ村の畑で働いていた。そこにユダヤ人警察ことODの隊員が到着し、道具を降ろせ、と命じた。彼らが言うには、ジャウォシツェはユーデンライン（judenrein：ユダヤ人浄化）地区に指定されたという。つまり、ユダヤ人は1人もいてはならない、という意味だ。その言葉は恐ろしいものだった。世界の終末が近い、という合図のように感じた。私たちはODの監督下で家に戻り、事態の進展を待つことになった。

私の最初の本能的行動は、とにかく逃げ出さなければ、というものだった。特に点呼もなかったので、私は機を逃すことなく、そっと近くの馬小屋に忍び込み、そこで夜まで過ごした。今までの虚勢はすべて消え去ってしまった。暗い無人の野原を眺めながら、私は孤独で無防備だと感じた。見渡す限りの中で、誰かほかの者がいる、と思われるのは、農家の窓にちらつく光だけだった。

別に勇気を振り絞って、その家のドアをノックしたわけではない。私はとにかく、無性に飲み物と食べ物が欲しかっただけだ。かろうじて細く開いたドアの後ろから、無情な視線が外に向けられた。

すぐに私の顔の前で、ドアがぴしゃりと閉じた。さらに歩を進めて集落に入ったが、どこでも同じ扱いを受けた。ある家だけは、小さなカップの牛乳を飲ませてくれた。それがすべてだった。ユダヤ人の物乞いが歓迎されていないのは明らかだった。

こうしてうろつき回ることは、密告や通報、そして死の危険を伴う。私は馬小屋まで引き返す以外に、何も思い付かなかった。藁の中で、牛や豚の間に横たわり、足元をネズミにかじられながら、じっとしていた。眠れない数時間を過ごし、夜明け前にすこしうとうとしていると、そこの住人に殴られて目を覚ました。夜が明けてすぐ、私は食べ物を乞うてみたが、誰にも相手にしてもらえず、もう観念してジャウォシツェに戻るしかなかった。

それは、私の人生最後の旅になるかもしれなかった。シュテトルはドイツ軍部隊に包囲されていた。包囲部隊は1人も生かして中に入れる気はないようだ。私に残る最後のチャンスは、労働者を乗せて定期運行している軽便列車のコレイカを使うことだった。列車は急峻な坂道を進む際に徐行する。そこで私は列車に飛び乗り、2台の貨車の隙間に滑り込んだ。

列車は驚くほど不規則に揺れた。私は必死でバランスを保とうとしたが、列車が速度を上げて振動した時、車軸の下に落ちそうになった。途中で片足の靴を失くし、ジャウォシツェに到着するまでなんとか車体にしがみついた。街に入ったところで、暗がりのタイミングを見て飛び降りた。

周りはドイツ兵だらけだったから、私は家の戸口に隠れ、脇道の壁に体を押し当てながら、街の中心部へ向かおうとした。私はわざわざ、地獄に戻ったのだ。道路の向こう側には死体が散乱していた。男性、女性、子供たちが、中庭に集まっているのが見えた。ここで見つかったら自分の運命は分かっていたので、あたかも幽霊に取り憑かれた者のような蹌踉とした足取りで、じりじりと自分の家に向かって移動した。

しかし、なかなかたどり着けない。広場は、強烈な投光器と反射板に照らし出され、通り抜けることは難しい。拡声器からは総督府当局の命令が叫ばれていた。「翌朝6時、全員がここに集合せよ」。各人は10キログラムの荷物の携行が許可される。期限を過ぎて自宅で見つかった者、あるいは今夜、窓から外を覗こうとした者は、見つけ次第、銃殺する――。

私はどうにか、広場の端の家にたどり着いた。そこは母のいとこ、モルデハイ・ヨセフ・ラタシュの家である。彼の家族は私の姿を見てびっくりしたが、夜が明け次第、ただちに荷物を持ち出して家を出なければならない、というこの修羅場の中で、私を匿ってくれた。誰も一睡もしなかった。私が市街地で見た情報は、彼らの状況判断に役立ったようだ。

午前6時になった。街の広場は、限界まで重荷を背負った老若男女でいっぱいとなった。足を引きずりながら歩いていく哀れな人々の顔は、恐怖で引きつっていた。ドイツ軍の警備犬が、吠えながら前に飛び出した。太陽が空高く昇る頃、通り全体がひどい雑踏となり、私は這いつくばって進んだ。なんとしても、家族を探さなければならない。

あ、隣人だ、と思った。見知っている顔だ。その人が、地面にしゃがんで群がっている集団の方を見て、身振りで教えてくれた。うちの家族がいた。私は両親と弟たちの姿を見つけた。「立ち上がった者は射殺せよ」という命令が警備兵たちに出ていた。私は彼らの注意を引かないように、身を低くして前進し、そこにたどり着いた。彼らは私を抱擁した。私たちはめったに泣くことはないが、この時は家族と再会できた安堵と、今後の苦難を思って、思わず涙が溢れた。何が起こっているのか？私たちはどこへ行くのか？

ポーランド人住民は、広場への立ち入りを禁止された。彼らは窓のカーテンを閉め切り、各自の家に籠っていた。戸口に十字架を掲げ、自分たちはユダヤ教徒ではない、と明示した。いってみれば彼らは、電線の上に止まって、他の動物の死を待っているハゲワシだったのかもしれない。この日のナチス当局の卑劣な蛮行の後、見て見ぬふりをしていたポーランド人たちは家から出てきて、ユダヤ人の持ち物を略奪したのである。私たちが持ち出せず、家に置いて行ったすべてのものを物色し、盗んだのだ。

午後も半ばという時間になった。ユダヤ人に対し、「立ち上がって列を作り、駅に向かって行進せよ」という命令が出た。歩くのが困難な者、老人、衰弱者、障害者などは列から連れ出され、SS隊員の監督の下、ポーランド人の農民が御する馬車に乗せられた。この人たちとは、もう二度と会うことはなかった。約1時間後、遠くで機関銃の連射音が聞こえた。

地元の著名なラビ、イツハク・ハレヴィ・スタスロフスキーを含む約1200人のユダヤ人が墓地で最期を迎えた。射殺された人たちの遺体は、3つの共同墓地に投げ込まれた。ついに虐殺が始まったのだ。私たちの心に霧が立ち込め、確実に見える死以外のすべてを消し去った。どうしてこうなったのか？　なぜ私たちはこれほど残酷に見捨てられたのだろうか？

私たちの多くは牛用の運搬車に押し込められ、残りはオープントラックに積み込まれた。目的地はミエフフ郊外にある広大な野原だ。私は混乱していた。見渡す限り、だだっ広い野原が続いているような場所だった。そこに着くと、集められたのは私たちだけではないことが分かった。スカルブミエシュ、ヴォジスワフ、ヴィエルキなど、他の街からも何百、何千人もの人々が運ばれ、自分たちの運命を待っていた。

ユダヤ人の集団の中には、評議会のメンバーやODの隊員だった者もいたが、今となっては十把一絡げで、例外なくただの囚人扱いである。ナチスはこの連中を優遇するようなふりをしたが、今となっては何の意味もないようであった。

夜になると、私たちは肉体的にも精神的にも麻痺してしまった。寒さが骨の髄まで沁みとおった。とにかく喉が渇いていた。ほとんどの家族が、衣類や貴重品を持ち出していた。そんなものより食べ物を持っていく、という先見の明を持った人は多くなかった。つまり、私たちのほとんどは、飢えに苦しんでいた。

父は自分の中に引きこもり、体がだるいと訴えて動けなくなった。角砂糖を食べると、少し元気を取り戻した。私たちが座っていた野原の荒れた地面は、当初から露で湿っていたが、時間が経つほどにどんどん濡れてきた。横になると髪がぐしょ濡れになるほどである。草がどんどん水浸しになった。父は突然、身動きした。何が問題なのか、分かったのだ。

父は、近くに製粉所があることを知っていた。その製粉所は、堰き止められた川から水を汲み上げて、水車を回していたのである。どうもナチスは、その水門を開いたらしい。夜が明ける頃には全員が凍りつき、腰まで水に浸って動けなくなった。死の苦痛に耐えるしかない。一体どんな病んだ精神の持ち主が、こんな残酷な計画を思いつくのだろうか？　この水責めの拷問は、明らかに事前に計画されていたものだ。

その目的は、私たちを意気消沈させることだ。屠畜場に到着した動物のように、抵抗できなくするのが狙いなのだ。次の朝の遅い時間になった。全員が上半身の服を脱ぎ、永遠に延びているかのように人の列を20本、作れ、と言われた。その場には約1万6000人がいたはずだ。各列の先頭にSS将校がおり、その両側には、武装した衛兵が配置されていた。

将校は無言で、手にした鞭を軽く振った。それで人の生死の運命が決まるのだ。私たちは腕を上げて、数人単位で将校に近付いた。父は左に、母は右に送られた。私は父の側にいたが、弟たち、いとこ、叔母や叔父たちは、母の側に振り分けられた。すべてがきわめて迅速に起こった。別れを言う時間は全くなかった。

あまりのショックと悲しみで、私の心は固まってしまった。おそらく普通なら泣くところだろう。だが、その体験は涙を超えるものだった。私たちは寒くて、空腹だった。恐怖し、意気消沈していた。あんな気持ちは、あの場にいた者にしか分からない。本当に非人間的な場面だった。別れもキスもハグもなかった。手をつなぐことすらなかった。

父はとっさに身振りで私に指示した。父と私は、母や弟に手荷物を渡した。これが、私たちにとれた唯一の行動だった。父は今、私たちより暖かい服のほうが、よほど家族にとって役に立つ、と考えたのだ。その時は分からなかったが、父と私は「生かして働かせる」グループに分類された。私たちは、選ばれた800人ほどのグループに向かって急いだ。その時、私たちは気付いていなかった。私たちは母に不必要な重い荷物を与えたのだ。彼女は死ぬまで、それを背負い続けたに違いないのだ。

私は今でも、ほとんど恥ずかしいというような罪悪感から逃れられないでいる。だから、夢の中に登場する母や弟の顔は、いつも隠されているのだ。みんな幽霊として生き続け、私たち全員に、静かに語りかけてくるのだ。

4章　死者の冒瀆

飢餓と強制労働

私の世界はいっぺんに廃墟と化した。私は恐怖し、当惑し、疲れ果てていた。私は自分を一人前の男だと思っていたが、その時の私には、子供にするような単純な慰めが必要だった。長い夜を徹して、未知の世界へとぼとぼと歩む間、父はずっと私の手を握っていた。腹が痛くなり、頭が混乱してきた。私は目を閉じて歩いた。とにかく眠りたかった。

私がつまずくたびに、手を握っている父の体が緊張し、硬直するのを感じた。父はよく知っていたのだ。弱い人間は淘汰される運命にある、ということを。けつまずいたり、倒れたりした者を見ると、SSの警備兵が叫び声をあげて飛んでくる。弱い人間は殴られ、残忍な扱いを受けた。動けなくなった者、もはや強行軍を再開できない者は、寿命を迎えた犬のように扱われ、どこかに連れ去られた。

朦朧とした私の感覚は混乱した。喉の奥に嫌な味を感じた。新しくかき乱された埃みたいな味だ。ここはどこかの小道か、もっと広い道路なのか。あるいは、暗闇の中で溝に迷い込んだようにも思われた。長い草とか、背の低い雑草の中を歩いているように感じる時もあった。夜が明けると、私たちはリシュキという場所に到着していた。クラクフから東にわずか15キロメートルの距離なのだが、まるでこの世の果てまで歩いたような気がした。

私たちは空の建物に押し込まれ、藁の上に横たわるように命じられた。飢えに駆られた私たちは、小さなカップに入ったお慈悲の食べ物を食べた。一応、囚人たちはそれをスープと呼んでいたが、母が出してくれた、熱々のチキンスープやキャベツのスープとは比較にならない。食器を洗った後の濁り水みたいな代物だ。だが、それしかないのだから仕方がない。

あの時はあの時、今は今、と思うしかなかった。以前の生活は消え去ったのだから。

その同じ時間、ベウジェツの殺人工場に送られた母や弟たち、親戚たちがどのような塗炭の苦しみを味わっていたのか、私はまったく知らなかった。別れたばかりの母の記憶は生々しく、耐えがたい悲しみを覚えた。そして、これから約3年間、私はずっと生死をさまよう危機に脅かされ、徐々にその苦痛にも折り合いをつけた。戦後、ようやくポーランドの生家に戻った私は、さらに母の思い出を踏みにじる裏切り行為に直面することになる。

その日遅く、私たちは近くの畑まで行進した。そこは水浸しで悪臭が漂っていた。SS隊員は沼地の排水、水路の掘削、パイプの運搬などの仕事をさせた。SSは例のドイツ企業、リヒャルト・シュトラオホ社と契約し、私たちの身柄を預けた。同社の従業員たちも嬉々として私たちに命令し、SSの連中同様、私たちをこき使った。

私は若すぎて、いまだ自覚していなかったが、ドイツ人たちが何気なく行う残虐なふるまいは、以後の艱難を予告するものだった。ドイツ人は、ユダヤ人を劣った存在とみなしていた。ナチスの台頭以前には、普通に付き合っていたことなど、まるで忘れてしまっていた。その間、私たちの側は、日々の問題や不満、希望の中で暮らしていた。一方、彼らの側は、この戦争で特権を手に入れたのだ。劣等人種を罰し、侮蔑する特権である。

そのような特権を享受する中で芽生えた冷酷さが、良心の残りの部分を蝕むのにそれほど時間はかからない。そういう連中にとって、劣等な人間を殺すことは、ハエをたたくのと同じくらいの造作もない行動となる。

私たちに与えられた作業は、実に過酷なものだった。毎日のように、最長で14時間も深く掘り続け、徐々に地面が沈み込んで泥沼になり、立っていられなくなる。腰まで泥につかり、それが下着にまで染み込む。小さな蛆虫やヒルの類が私たちの皮膚を這い、それが生々しく私たちの記憶の瘡蓋を剝がす。それは、死者や死体への冒瀆としか思えない。私は今でも自分の体に、虫や小さな吸血動物に咬まれた傷跡を抱えている。今ではかすかなものだが、それでも掻きむしりたい衝動にかられる。

生活状況が悪化するにつれ、私たちの欲求の水準が変わった。絶望に屈した私たちは、失ったもの、かつてあったものに執着する余裕を失った。ナチスの占領下で、それまでも食べ物が豊富にあったことはないが、それにしても、これほどの空腹は知らなかった。お腹を半分でも満たせるならそれでいい、という強迫観念が定着し始めた。

パンのかたまり、残り水みたいなスープらしき温かい液体、薄い代用コーヒー、つまりチコリは早朝に配給される。それから次の配食までの間を、私たちはずっと待ち侘びて暮らすようになった。その間にパンが1回、出るだけである。あとは一晩中、次の朝を待つのだ。実のところ、この後で私たちを待ち受けるSS直轄の収容所に比べれば、このリシュキ収容所を経営するシュトラオホ社の配給食など、豪華な宴会料理のようなものだった。それでも、私たちの欲求を満たす分量ではなかった。体を動かすための燃料が枯渇していた。

叔父一家の無念の最期

当地のユダヤ人集団には、継続的に他の地域コミュニティから選抜された人たちが送り込まれ、補充され続けた。トラウマを抱えた新参者の多くは自分の殻に引きこもって沈黙していた。しかし中には、作業後に床で寝ている間、つぶやきというか、ささやき声で熱心に話そうとする者もいた。そんな中の一人が、私の父に恐ろしい知らせをもたらした。

それは私の叔父、メイル・ヤコフ・ハバの消息だった。私の一家がクラクフを退去してジャウォシツェに戻る間、叔父は一時的に避難させてくれた。この叔父は織物店を経営していたが、商売が禁止となったので、近くの村に住む常連客（非ユダヤ系のポーランド人）に経営を譲った。ある晩、この男が馬車に乗って、叔父の玄関先にやってきた。当時、私たちも叔父の家に滞在していたので、叔父が所有していた布のロールや、その他の私物をみんなで馬車に積んだ。

見返りとしてこの男は、「最悪の事態が起こった場合、叔父とその家族を守る」と誓った。それは実際に行われ、ユダヤ人の退去命令が出た際、叔父とその妻シェインデル、子供たちは、その男の家に逃れて身を隠した。こうして叔父たちは強制移送を免れたが、これで危険が去ったわけではなかった。

その男は、決して喜んで叔父たちを助けたわけではなかった。隣人に密告されたらどうしようとか、逃亡者を容赦なく追い詰めるSSに発見されたらおしまいだ、とか、そんなことを恐れ続けた。彼は叔父に、「このままではあなた方の命が危険だ。みんなで別の隠れ場所に移るべきですよ」と促し、「暗闇に紛れて移動した方がいい」と勧めた。

その男は、「事態が沈静化するまでの、ごく一時的な措置」だと約束した。もちろんそれは嘘だった。叔父一家は近くの牧草地で皆殺しになり、遺体はその場に埋められた。このような恐ろしい犯罪を、完全に秘匿することはまず不可能である。なぜなら彼が単独でやったわけがなく、必ず共犯を必要としたに違いないからだ。この殺人の噂はなぜか、ユダヤ人がすべて退去する前に、周囲の村に伝わった。

この話をしてくれた人は、「親族であるあなた方に真実を伝えるのは、自分の義務だと思う」と述べた。親切な叔父と叔母、罪のないいとこたち。みんな惨殺されたらしい。それを考えると、胸が痛んだ。私の父は本来、暴力的な人ではないが、復讐を誓った。父は殺人犯個人と殺害の現場を知っていた。「もし俺が生き残ったら、犯人とその家族に復讐してやる」とずっと言っていた。

私も自分に誓った。厳しい強制労働の監禁生活の中で、それを思い描くことは、精神的な支えとなったかもしれない。「その男が眠っている間に、そいつの家に放火してやろう」とか、「その男を裁判にかけ、苦しむ様を見物してやる」とか。ところが、なんとしても生き延びる、という試練の日々が、奇妙に私の記憶を攪乱した。これも一種の死者への冒瀆であるのかもしれないが、特定の人物や出来事は、かなりはっきりと思い出せる。だが、日付や詳細の部分は、まるで存在しなかったかのように、すっぽりと記憶から抜け落ちて行った。

そんなわけで、戦後になって地域に戻った時、私はその殺人犯の名前も、彼が住んでいた村も思い出せなくなっていた。誰も、そして何も、私の記憶を呼び起こすことはできなかった。これは本当に私としても悲痛なことだった。叔父と叔母、いとこたちの最後の安息の地を見つける、という義務だけは果たせたのだが、それ以上のことは何もできなかった。

ホロコーストについて話す時、何百万人もの犠牲者のことを考える必要がある。だが、その数は人の理解を超えており、あまりにも多すぎる。死者にはそれぞれ名前があり、生きた場所があり、人生があったが、それはどれも儚いものだった。残酷に圧縮されたのである。今となってはここに書いた以上に、私の叔父、叔母、いとこたちに何が起こったのかを明確にするものはない。叔父一家は、荒れ果てた野原の穴に放り込まれ、墓標すらない。これは忘れられた一家族で、別の被害者や遺族たちが、この地でわざわざ追悼することもない。

プワシュフ労働収容所

ここにきて抑圧者たちは、さらに非人道的な決定を下した。クラクフの南郊外、プワシュフに2か所のユダヤ人墓地があった。1887年にできた古いエルゾリムスカ墓地と、ほんの10年前にできたばかりのビザンチン様式のオヘル墓地である。これらを潰し、跡地に労働収容所（Arbeitslager）を建設するというのである。今や、死すら安らぎではないのだ。

ナチスは生者を嘲笑し、殺害するだけでは満足しなかった。死者を休ませることすら拒否したのである。私たち数十人の労働者は、巨大な土木機器の後ろに並んだ。まず重機で墓石を引き倒し、墓をえぐるのである。私の仕事は、残った骨、頭蓋、歯、その他の物をかき集めることだ。左側に誰かが押す手押し車が来るので、それに遺物をどんどん積み上げる。

すべてを迅速に行う必要があった。私たちはどやされ、背中や肩を鞭打たれ、立ち止まるとすぐに「撃つぞ」と脅された。遺骨や残留品はすべて、急いで掘られた穴に投げ込まれ、土で覆われた。冒瀆の光景と臭いはおぞましく、私たちの耳には絶え間ない罵声と脅迫が鳴り響いた。早くも私たちは賢明な態度を学び始めていた。とにかく何も考えないこと、決して質問したり、感情を表に出したりしないこと——。

実際、まともに考えることなどできなかった。普通に考えれば、その後にユダヤ人の墓石が再利用されたことなど、とても許せるものではない。まさに計算された侮辱だった。墓石は舗装材としてリサイクルされ、行政事務所の前に設置された。SS将校の官舎前の通路の踏み石としても使用された。ここにできた労働収容所は当初、岩だらけの25エーカー〔約10・1ヘクタール〕の敷地面積で、ところどころに湿地もあった。1944年1月に本格的な強制収容所に改装され、その規模は8倍に拡大した。

最終的には、この「プワシュフ強制収容所」に、当初の予定数の10倍にあたる2万5000人が収容された。私たちは当初、墓地の敷地内にテントを張って暮らしたが、整地の初期段階でクラクフのゲットーから通ってきていた強制労働者たち、いわゆるバラッケンバウ・ユダヤ人（Barrackenbau Jews）の一団も合流した。彼らは、都会のゲットーで起きている想像を超えた迫害と飢餓について、ひそひそ声で教えてくれた。

私たちは結局、自分たちの手で、自分たちの収容所を建設していたのだが、それを明白な事実として口に出す者はいなかった。だから、完成したら皆殺しになるかもしれない。それを恐れた私たちは、ひたすら殺されないことを祈っていた。私たちは下水道を掘り、木造監房を建て、素手で釘の周りに有刺鉄線を巻き付け、周囲に二重の柵を設置した。これには高圧電流が通されるのだ。収容所が完全に拡張された状態で、柵の長さは約4キロメートルに達した。この死をもたらす設備を強化するべく、一定間隔で木の柱を立て、セメントで固定した。警備兵たちは、電線の間の5メートルの通路を巡回した。監視塔には機関銃が設置された。

映画『シンドラーのリスト』で描かれた、ハリウッド版の収容所をご覧になった読者も多いだろう。あれのモデルはプワシュフ収容所だが、ロケは近くのリバン採石場に設けられた強制労働収容所の跡地で行われた。ここは1942〜44年の間、ポーランド人が働かされ、発疹チフスとマラリアが蔓延していたことで悪名高い。当地の囚人の余命は、週単位で測定されたという。

スティーブン・スピルバーグ監督は、映画セットとして34棟の監房と、監視塔のレプリカを建てた。その跡は今でもあるが、放棄された火薬庫、さびた機械、フェンスの支柱、三角形の有刺鉄線など、戦時中の本物も残っている。映画の美術担当者は、何らかの方法で製油所の塔をよじ登った。走り書きされたメッセージにはこう書かれている。「I care about you（あなた方を大切に思います）」。

この採石場跡は、2022年に生態保護地域に指定された。大部分に植物が生い茂っており、地面は不安定だ。水鳥が隠れた池に巣を作り、猛禽類が石灰岩の崖の上を飛んでいる。それはかつての収容所の境界まで広がっている。映画は、この場所が生み出していた脅威、意図的に設計された空虚感と絶望感を捉え、そこで行われた犯罪行為を描写するものだった。

現在では、木がうっそうと茂った丘と、開けた低木の草原が広がる自然保護区となっているので、入り口の石造りのアーチ以外、見ることが難しい。最近、私はここを再訪した。今でも奥に潜む恐怖を感じて、私はアーチの下に立って身震いした。周囲の標識の一つにはこうある。「この場所の悲惨な歴史に敬意を表してください」。

悪辣なSSの女性幹部、アリス・オルロウスキー女性指揮官（Kommandoführerin）率いるナチス部隊は、大戦末期にロシア軍〔ソ連軍〕が怒濤の進撃をする中、すべての記録を破棄したため、完全に信頼できるデータは残っていない。しかし、おそらく8000〜1万人の収容者の遺体、あるいはクラクフのゲットー排除計画で犠牲となった人々の遺体が、ここに眠っているのではないか、と推定されている。

私がそこを訪れた直近の日は2018年5月。雲が高く、穏やかな風が吹く明るい日だった。10基の集団墓地を示す塚を、自転車に乗った少年たちが横切って走り回っていた。

大量銃殺の悪夢

引き裂かれた心の記念碑が、プワシュフの第2大量処刑場の跡地に立っている。ここで殺された5か国の死者を表す5人の人物像が、石のブロックに刻まれている。彼らの頭は重荷で曲がり、胸に水平の亀裂が入っている。これは突然終わった人生を象徴している。

碑の基部にある石のオベリスクに、「殺害された人々を追悼する。彼らの最後の苦痛の叫びは、このプワシュフ墓地の沈黙である」と書かれている。

プワシュフにはガス処刑室や火葬場はなかった。よって、大量殺人の手法はもっぱら銃撃によった。真っ先に処刑対象となったのは、年配者と病人だった。この事実を現在の私は承知しているが、それは戦後かなり経ってから確証を得た話である。１９４２年10月31日、母の年老いた両親、つまり私の祖父母を含むラタツス一家が、ここで殺害されていた。クラクフ・ゲットーからの強制排除が始まってから3日後のことで、当地で最初に処刑されたグループである。

通常、この種の情報は確実な結論を導き出す。それでも悪夢のような、曖昧なイメージが頭から離れないままだ。正直に言うと、何かの間違いなのではないか、とすら思う。当地はそれ以前、第一次世界大戦までオーストリア軍が要塞を置いていたフヨヴァ・グルカという場所で、何の変哲もない丘の中腹である。私はここを訪れて、ようやくすべてが現実のように思えるようになった。

有刺鉄線の冠をかぶった質素な木製の十字架が立っている。この下にはかつて、六角形の大きな穴があった。深さ5メートル、周囲50メートルのサイズである。処刑される者たちは、通常は屋根付きトラックに乗ってここに到着した。彼らはまず、上着を脱いで穴に横になるよう言われる。それから、後頭部を数回、撃たれる。遺体は頭からつま先までそろえて、交互にきちんと並べる。これを何層にも重ね、石灰、砂、土で覆った。

最終的に、クラクフ・ゲットーからのユダヤ人排除が最高潮に達した時期、私のような少年を含むすべての収容者が、ほぼ毎日、処刑の執行を見守ることになった。私がこの場に行くよう命じられたのは、特別に凶悪なポグロムの初期の数週間に限った話だった。よってその時点では、何が起こるのか、実際には誰も知らなかった。殺人の日常化はいまだ確立の途上だったのである。小さな谷に横たわる遺体を見せられた私たちは、服を剝ぎ取るように命じられた。

あるグループは、金貨や宝石などの貴重品を隠していないか、衣服を縫い目から引き裂いて探す仕事をした。私は遺体の衣服を剝ぎ、山に置く係だった。作業中に、血にまみれた写真を見付け、それが私の知っている祖父母の写真ではないかと思ったが、あまりにも多くのＳＳ隊員が私たちを監視していたので、かがんでそれを調べることも、ポケットに滑り込ませることもできなかった。たった一度の性急な決断が命取りとなる。それを拾おうとするちょっとした反射行動。それでおそらく、私は永遠に祖父母の仲間入りをしていただろう。

そのような状況では、脳の一部が自己保存のために機能を停止するものである。私が祖父母の遺体を捜したのは自然な反応だったが、彼らの遺体を確かに認識した、という明確な記憶はない。おそらくそれは、祝福されるべきことだ。まったく機械的な作業を黙々とやった後のその夜、１人でいた時、体が震えた。それだけである。

非常に多くの過酷な汚れ仕事が次々に与えられ、選択肢などなかった。私たちの行動は、今日の世界では普通のこととして考えられないかもしれない。だが、それで私たちは生き延びた。典礼が書かれたユダヤ教の祈禱書、シッドゥールなどなかったから、定期的に祈ることはなかったが、それでも私は、神への信仰に力を求めた。

２０１８年になって、私は再びプワシュフの地に戻った。本書に序文を寄せているラビ・ナフタリ・シフは慈善団体「J Roots」を主宰している。同団体は各種の研修訪問旅行を企画しており、これに私も参加した。あの時、私は心から神を讃えたい、と思った。その後、同団体は、英マンチェスターの某家族から、法の書である『セーフェル・トーラー』の寄贈を受けた。ユダヤ教に詳しくない読者のために説明すると、これは旧約聖書のいわゆるモーセ五書を、神聖な羊皮紙に書いた手書き写本で、資格のある筆記者がヘブライ語を用いて作成する。

私は光栄にもこの写本の一部を書かせてもらい、悲しみを打ち破る大きな喜びの波を感じた。１００人の若いユダヤ人学生に囲まれて踊り、古い歌を歌った。学生たちはおそらく、私たちの証言を直接的に聞くことになる最後の世代だろう。そして古い歌は、いつから歌われているのか誰にも分からない。神は確かに、神秘的な方法で働いておられるに違いない。

またも無情に閉まるドア

その時点から75年前の話に戻る。父と私は約１００人の囚人グループの一員として、プワシュフから別の場所に派遣された。そこは、中世から操業しているヴィエリチカの岩塩坑だった。ここは今、ユネスコの世界遺産に登録されており、観光名所となっている。地底湖、シャンデリアのある礼拝所、初期の鉱山労働者によって建てられた木造礼拝堂を描いた彫刻がある壮観な部屋などで有名である。

当時、ここの３００メートルほど地下に、労働収容所があった。ナチスは地下兵器工場を設置しようと考え、２０００室もある施設を計画していた。私たちの仕事はつるはしを使い、岩塩を切り取ってワゴンに積み込むというもので、岩塩は白とは限らず、さまざまな色合いだった。

ここでは通常、２人のＳＳ隊員しかいなかった。これはチャンスのように思われた。彼らは地下での任務に興味はなく、無差別に私たちを殴ることもしなかった。そうやって上官に自分の仕事ぶりをアピールする必要がないからだ。だから、私たちは完全に放置されていた。父には何にも言わなかったが、好機があったら逃げよう、と私は決心した。

ある日、私は大量の岩塩を抱えて地上に向かい、トラックに積もうとした。そこで好機が訪れた。エレベーターから出ると、周りに衛兵がいない。確かにこれはうますぎる話だった。改めて周囲を観察すると、１人のＳＳ隊員の姿が見えた。彼は部屋の隅で女性の上に横たわり、取り込み中だった。頭の中はただ1つのことだけを考えているようである。

私は急いで考えを巡らし、猛ダッシュで近くのトウモロコシ畑に行った。そのまま夜が更けるまで、背の高い茎の中に隠れていたが、孤独感が強調された。他の囚人たちは宿舎に戻っており、私は毎度のジレンマに直面した。気温は驚くほど低下し、寒くて、空腹だった。またしても私は、見知らぬ人の善意と寛大さにすがらなければ、生き延びられないのだ。

私は暗闇の中で光を求めて、何マイルも歩いた。私は素朴な空想をしていた。きっと親切な誰かが食事と水を恵み、新しい服を与え、散髪までさせてくれるに違いない。私の頭の真ん中は縞模様状に剃られており、囚人の身分を示していた。しかし、現実の世界は苦痛と被害妄想に満ちている。今回も私の目の前で、冷たく民家のドアはバタンと閉められた。一部の哀れな魂の持ち主は、私が救いを求めるノックを完全に無視して、反応すらしなかった。

もうどこにも行くところがなかった。実際に幸運な逃亡者もいたそうである。彼らはレジスタンスの隠れ家にたどり着き、善良な人々からパンと喉の渇きを和らげるものを与えられた。一方、私には友達がいなかった。反抗は無意味に見え、確かに危険だった。私は来た道を戻り、仲間のところに戻るしかなかった。逃亡が気付かれていないことを祈るしかない。

私は豚小屋に入り、動物たちのために残されたジャガイモの皮を噛みながら、悶々としながら夜を過ごした。翌朝、トラックの下に隠れていた私は、作業隊が収容所から鉱山へ行進するのを見つけた。私はSSの警備兵が列の向こう側に行くのを待って、彼の視界から外れるようにした。それから囚人の群れに向かって全力疾走した。警備兵に見られたら一巻の終わり、まさに一か八かである。

囚人たちは何が起こっているのか知っていたが、グループの真ん中に飛び込んだ私が目立たないよう努めていたため、誰も何も言わなかった。仲間たちは、私の方に一切、視線を向けることなく、とぼとぼと歩き続けた。父もずっと黙っていた。私が戻ってきたことに気付いていたはずだが、岩塩坑に着くまで気付かないふりをしていた。地下に着いた時、父は警告した。不必要なリスクを冒すんじゃない、二度とこんな真似をするな――。

私はお前の神である

そして、そんな機会はもう訪れなかった。数週間後、私たちはプワシュフに送り返されたのだが、恐ろしい危機が迫っていることを私たちは知らなかった。1943年2月、所長がフランツ・ミュラーから、アーモン・ゲート〔当時、SS少尉〕に交代した。ゲートはオーストリア出身のサディストで、ユダヤ人を一斉に検挙して絶滅させる作戦〔いわゆるラインハルト作戦のこと〕で異能を見せ、親衛隊内部で出世の階段を急速に駆け上がった。トレブリンカなどの絶滅収容所の設立にも重要な役割を果たしてきたという。ゲートは着任とほぼ同時に、恐怖を振り巻き始めた。

ゲートは身長6フィート4インチ〔約193センチメートル〕の大男で、無表情な顔、砂利がきしむような声、歪んだ虚栄心の持ち主だった。彼はまさに悪の化身であり、恐怖と死の権化だった。彼の就任初日、私たちはアペルプラッツ（Appellplatz）〔強制収容所の中央にある点呼用の広場〕に集まるように命じられた。この点呼で、彼の恐怖の名声は早くも確立された。

彼は箱の上に立って咆哮し、吹聴し、高説を垂れた。まったく出放題の長々としたスピーチだった。彼の言葉はおよそゴミくずみたいなもので、ほとんど何を言っていたのか思い出せない。彼は実際には「Ich bin Goeth（私はゲートである）」と叫んだのかもしれないと思う。だが、私たちのほとんどには「Ich bin dein Gott」と聞こえた。つまり「私はお前の神である」と――。そこで彼は、自分の言いたい要点を実証して見せた。ゲートは私たちの見守る中で、2人のユダヤ人警察隊員を射殺した。

ひどい、ひどい、ひどい――。だが、あまりにも頻繁にそういう光景を目にすると、人の心は完全に破壊され、麻痺してしまう。ゲートは全くランダムに、絶え間なく、何気なく、人を殺した。よく酔っ払っており、自分の絶対的な力に精神異常的な快感を覚えていた。どこを歩いても死体を残した。

私は典型的なあいつの悪行を見てしまい、忘れることができない。
収容所の女性専用区域のバルコニーで、ある女性が赤ん坊を抱いていた。ゲートは何の前触れもなく、彼女の頭を撃ち抜いた。私はその時、常に演技をして本心を押し隠す俳優のようなものになりつつあったが、それでも、こみ上げる恐怖の叫びを抑えることができなかった。その孤児は秘密裏に世話され、なんとか戦争を生き延びた、と聞いている。これは収容所の言い伝えにすぎないのかもしれないが、本当であることを祈る。

私たちはゲートが近くに来ると、すぐに散って隠れることを学んだ。たまたま視線が合ったとか、歩くのが遅い、彼に提供された食べ物が熱すぎる、といった些細な理由で人を殺した。あるいは、まったく理由がなくても人を殺した。彼は射撃練習と称し、強力なライフルを持ち出して、事務室の窓から私たちの監房を狙撃した。所長官舎の近くに集合して作業する際も危険だった。そこは、彼の官舎のバルコニーからおあつらえ向きの射線上にあった。彼は突然、激怒し、人に苦しみを与えた。冷酷な悪意ある執着から、誰も、そして何も安全ではなかった。

ゲートが着任すると、私たちの労働時間はただちに増加し、食糧は減らされた。余分な食べ物を持っているのが見つかったら射殺された。周囲の人々は乗馬鞭で最大50回の打擲を受けたが、まだしも幸運だったといえよう。犠牲者は、鞭打たれるたびに声を上げて数え、感謝しなければならない。それから懲罰部隊として、採石場で夜通し働かされる。

懲罰房に送られる、という選択肢もあったが、これまた考えるのも恐ろしい。そこは20インチ〔約51センチメートル〕四方の狭い部屋だ。囚人は最長48時間、振り返ることもできず壁に向かって立たなければならない。何時間も後ろ手にして吊るされた人もいた。気を失うと冷水を浴びせられ、すぐにまた立ち上がれ、と言われる。

SS隊員たちは私たちに対して、好きなことを何でもすることができた。髑髏の徽章が付いた制服姿のあいつらは、私たちを嘲笑した。しかしそんな彼らも、急に最悪のことをしでかす自分たちの所長を恐れていた。ゲートは初めから知っていたに違いない。自分が責任者になってから1か月も経たないうちに、かつてクラクフで繁栄していたユダヤ人コミュニティの残りの人たちが、この収容所に押し寄せることを。

1940年当時、クラクフに推定で6万8000人のユダヤ人住民がいた。ゲートがゲットーの最終処分を主導した43年3月中旬、かろうじて残っていたのは7000人だった。2日間で2000人が路上で殺害され、約3000人がアウシュヴィッツ・ビルケナウに移送となり、ただちにガス室に送られた。ここで生き残ったのは男性500人と女性50人だけだ。

残る約2000人は労働に適していると判断された者たちで、プワシュフに送られた。これらの数字は歴史的なデータの羅列にすぎず、その非人道性の規模を正しく表しているわけではない。ここをよく考えてみていただきたい。子供たちは親から引き離されて孤児院に連れて行かれ、そこで絶滅となった。ゲートに協力し、こうした大量殺人で重要な役割を果たしたSS隊員としては、後の裁判で戦犯とされたクンデ、ハインリヒ、ノイマンといった連中がいた。

ここでさらに、ゲートの出現が私たちに与えた影響を想像してみていただきたい。私たちはあいつの姿を見るたびに震え上がった。全身の血が戦慄で沸騰した。一方で、冷たくてベタベタした恐怖が押し寄せる感じもした。ゲットーの生存者たちがやってきて間もない時のことだ。あいつはふらりと集団墓地の敷地に足を踏み入れた。私はたまたま、周囲のフェンスを解体する作業に従事していた。あの時の私の恐怖と無力感が分かるだろうか。

ドイツ軍は戦争遂行のために、鉄の門と金属製の柵を撤去し、回収していた。私の仕事は、角柱をレンガごと破壊することだった。私は体が小さく機敏だったので、柵の一番上まで上がり、そこでつるはしを使ってレンガを傷つけないように取り除き、仲間に投げていた。受け取った仲間が、それを積み上げていた。

金属の供出には、上層部からノルマが課せられていた。そこでゲートは作業を視察しに来たのである。彼の右腕として行動しているユダヤ人警察ODの指揮官、ヴィレク・ヒロヴィチが一緒だった。私がレンガを取り出して、仲間にそっと投げるのを、ゲートは立ち止まって見つめた。なんとも申し訳ないのだが、仲間の名前が思い出せない。その時期になると、お互いの名前などみんな知らなかった。多くの人が来ては去り、死んでいった。今日はそこにいた者が、明日には消えてしまう。そんな日常だったのだ。

それは単純な作業で、14時間の作業中に、数え切れないほど繰り返された手順だった。だが、仲間は怪物の存在に怯えてしまった。彼はレンガをとり落とした。致命的なミスだ。ゲートは何も言わず、かすかな感情の動きすら見せず、彼の頭を撃ち抜いた。それから彼は上にいた私を見た。彼は私に、レンガを投げるように命令した。「俺がそれを受け止めるから」。私はそれに従ったが、ゲートは、わざとレンガを地面に落とした。

「Komm runter!（降りてこい！）」。彼は突然叫び、異常な精神状態に陥ったようだった。そのような瞬間に、まともに反応することができようか。私の体はすくんでしまい、パニック状態になった。約15フィート〔約4・6メートル〕の柱の側面から滑り落ち、腕と足に切り傷を負った。

私は静かにシェマー・イスロエル（Shema Yisroel）の祈りを唱えた。シェマー・イスロエルは、親が子供たちに教える最初の祈りだ。「夜、寝る前に唱えなさい」と言って。ユダヤ教における礼拝の最も重要な部分で、究極の信仰の宣言でもある。宗教的な戒律、ミツヴァー（mitzvah）として、1日に2回、これを唱えるのが義務である。そして何よりこれは、可能である場合、魂が体を離れる直前の瞬間に言うべき言葉である、とされる。

聞きたまえ、イスラエル、我らの主なる神、唯一の主よ。
　栄光ある神の御名が永遠に祝福されますように。

　ゲートはリボルバー式の拳銃を上げ、私の顔から約2インチ〔約5・1センチメートル〕の距離まで近付けた。銃口が私の両目の間に突き付けられた。

　こうして、私は死ぬことになったのだ。

5章　囚人の運命

裏切り者たち

私の祈りは聞き届けられたらしい。数日後、私は収容所の診療所で目覚めたが、何が起こったのか全く覚えていなかった。私の困惑や安堵と同じくらい、痛みが強烈だった。体は傷だらけで、包帯を巻かれ、血まみれである。顔は腫れ上がり、胴体にはひどい傷があり、皮膚は荒れていた。とてもお腹が空いていたが、とにかくこのまま診療所のベッドでダラダラしているよりも、動いた方がマシだと思った。

ラーガーアルツト（Lagerarzt）とは収容所にいるＳＳの医師のことである。こうした医師たちは、患者に致死性の注射を施すことで知られていた。中でもマックス・ブランケ医師は特に悪名が高かった。彼はダッハウとブーヘンヴァルトの収容所で働き、プワシュフでは障害者、病人、高齢の囚人の殺害を担当した。その後の彼は、カウフェリング外部収容所の収容者３６０人の殺害を命じた。多くは生きたまま焼き殺されたという。そして終戦直前の１９４５年4月27日、妻とともに自殺した。

私は、何百人もの囚人が詰め込まれていた木造の建物、監房の方が生き延びるチャンスがある、と思った。4段ある簡易ベッドの3段目で、できる限り休んだ。これは寝床というか、ガタガタで両側が開いたタンスのようなものである。健康な状態とはおよそ言えなかったが、病室に留まるよりリスクは低い。ただし、房に戻ったら、細かい作業に復帰しなければならないのは致し方ない。

私の奇跡的な生存の謎は、ヴィレク・ヒロヴィチに出会った時に解けた。彼はいわゆる上級収容者(Lageräilteste)で、ここのOD部隊、いわゆる「ユダヤ人旅団」の指揮官として、ユダヤ人の間では絶大な権力を行使していた。「ああ!」。彼は冗談めかして驚いたように言った。「お前、生きていたか。何が起こったか知っているか?」。

私は何も知らず、そしておそらく、周囲の人たちに自慢する機会を得られたことから、彼はひどく上機嫌になった。「ゲートがお前を殺そうとしたのでな、俺はお前をぶん殴った。そしたらお前は気を失った。で、俺は、彼に言ったのさ。こいつはもう、くたばりましたよ。銃弾が無駄になります、ってな。つまり、俺がお前の命を救ったわけだ」。

人はそれぞれ、自分なりの方法で生き残ろうとする。

私の命は、あらゆる血の騒ぎを抑え、恥知らずなお世辞を振りまくことでつながった。ほとんどの時間、私はただ生きようとし、隠れようとし、次のパンを食べることだけに集中しようとした。何にも関わらない方が安全だった。自分に注意が集まることは危険であり、場合によっては致命的だった。しかし、ここは覚えておいていただきたい。私はこの時点で、まだ16歳だった。多くの意味で愚かな少年だった。

その運命の日、私はヒロヴィチに近付いた。私の持ち前の厚かましさが、ついに前に出た瞬間だった。「まったくもって、これほど重要人物でいらっしゃるあなた様のブーツが、ひどく汚れております」と私は言った。「あなた様のブーツを磨かせてください。きっと、太陽のごとく輝かせて御覧に入れます」。その行動は、致命的な間違いになる可能性も高かった。だが、慈悲深くゆっくりとした笑みが、彼の顔に浮かんだ。「それでは、ぜひやってくれ」と彼は言った。

私は週に2回、彼のところへ行き、ブーツの革に自分の顔が映るほど磨き立て、ゴシゴシとこすった。私が靴磨きに行くたびに、彼は私に何かをくれた。鶏の骨とか、パンなどだ。時には、私がベルトに付けていたメナシュカ（menashka）、つまりボウルに、鍋底のおいしいスープをすくって、少し入れてくれた。残忍で凶暴な男だったが、なぜかこの時は人間味を感じた。

生き残るために、悪いことをする者もいる。アーモン・ゲートのような殺人鬼に協力し、常に彼の右腕となり、自らも気まぐれに殺人を行うことで、ヒロヴィチは同胞のユダヤ人を裏切った男だ。彼は自分自身の規範に反し、道徳と倫理を無視した。殺すか殺されるかの瀬戸際であれば、そうした行動も許されるものだろうか？　たとえそれが、どれほど魅力的だったとしても？

私は、自分たちの信仰の基本を繰り返すしかない。人の生死を決定なさるのは神だけだ、と。ヒロヴィチには、自分を待っている運命がまったく分かっていなかった。後に決定的な展開が待っていたのだ。彼もまた、同類の悪党どもの誇張版にすぎなかった。同類の連中とは、たとえばクラクフ・ゲットーの掃討作戦で、彼の命令を受けて残虐行為に加担したユダヤ人警察隊員たち。あるいは、SS隊員に取り入り、目に留まろうと必死になっていたカポ（Kapo：囚人から選抜される補助監視員）の連中。彼らは大抵が元犯罪者で、身分を示す緑色の三角形を身に着けていた。

なぜ彼らは、そんな裏切り行為をしたのだろうか？　追加のパンや、もう一杯のスープを手に入れるためなら何でもする、という者が多かったろう。間接的に彼らは、非人間的な存在となったが、実際には使い捨ての駒に過ぎず、ゲートは着任初日にそれを示したのだった。屈辱を忍んで残虐行為に進んで加担したにもかかわらず、彼らも生き残ることができなかった。彼らの死を悲しむ人は誰もいない。

ＳＳで最悪の看守だったのは、ウクライナ人の志願隊員だった。彼らのほとんどは「第２０６警備大隊（Schutzmannschafts-Battalion 206）」に属する補助警備員である。ドイツ軍による占領初期に残虐行為に関与した後、さまざまな絶滅収容所からプワシュフに移ってきた。彼らは、収容者の逃亡を阻止するのが主要な任務で、非常に残忍だった。しかしドイツ人の将校たちは、彼らを二級国民とみなしていたため、完全に信頼することはなかった。

ゲートは彼らを蹴ったり、殴ったり、どなりつけたりしたが、殺すことはなかった。必要な連中だったからだ。しかしここでは、ゲートを超える権威は何もなかったので、彼は周囲の全員にとって危険な存在だった。彼のために人を殺した側近の連中にとっても、それは変わらない。彼らがどんな行動をしようが、それで身の安全を図れるわけではないことを誰もが知っていたため、奇妙な、継続的に緊張した関係が続いた。彼らも私たちと同様に、ゲートの気まぐれな激怒を恐れていた。

対照的に、ポーランド人とユダヤ人収容者のここでの関係は非常に良好だったといえる。プワシュフが労働収容所とされていた期間、ドイツ当局はポーランドの組織「ユダヤ人支援団体（Jüdische Unterstützungsstelle）」の医療援助を受け入れていた。私たちも喜んで協力し、お世話になった。そのため、団体からユダヤ人収容者向けに食糧が供給された。

ではあるが、プワシュフが当初から公式に強制収容所とされていた方が、私たちにとってはもっと良かったのかもしれない。強制収容所という施設は、最終的にはヒトラーだけが生殺与奪の全権を握る場所である。所長は事前にベルリンに電報を送り、処刑対象者の個人情報を提供して、実施の許可を求める必要があった。

しかし、労働収容所と名乗るプワシュフは無法地帯だった。収容者の死亡は単に「Abgang（出発）」という言葉で記録された。いつでも殺人が行われ、明確な説明は一切ない。ゲートの運転手を務めていたシムレイネル、通称「イワン」というウクライナ出身のカポがいたが、彼もゲートの命令により殺害された。

猟奇殺人鬼ゲート

父は非常識と思えるような危険を冒していた。家から着てきた服の裏地に金貨を数枚入れておき、識別マークとして「J」の文字を描き、収容所に来てからも密かに手元に保管していたのである。看守たちに賄賂としてこの金貨を渡すと、少し楽な仕事に回される。ボイラー室で石炭をかき混ぜ、炉に入れる仕事だ。この任務は屋内作業で、SS隊員の監視も緩く、ある程度の独立性があった。つまり、誰もがやりたがる仕事だった。

ゲートは囚人用の肉や小麦粉、パンをくすねていた。それを闇市場で転売し、高級品を買った。私たちの配給量といえば、朝と夜の2回、1斤のパンを16枚切りにした薄いものが1枚、それだけである。それから、週にスプーン2杯のジャムが与えられた。これは腐った果物とビーツで作ったもので、「Nur für Häftlinge（囚人専用）」という注記があった。

危険は承知のうえで、人々が必死に食べ物を求めたのは当然だろう。しかし食べ物は、時として命取りになる要素でもあった。収容所の事務員の引き出しからパンが見つかったとき、ゲートは激怒した。本人だけでなく、事務室勤務の他の4人の職員がすべてフヨヴァ・グルカの銃殺場に送られ、処刑された。ある労働作業班の一行は、食べ物を持って戻ってきたところを発見され、ひどい暴行を受けた。半分に割ったレンガと岩で殴打された彼らのうち、2人が頭蓋骨を砕かれて死亡した。

気の毒なカナー氏のことも忘れられない。遺憾ながら、彼のファーストネームは失念してしまった。彼は鶏肉をひとかけら、持っているのが見つかった。いつものように、私たち何百人もの収容者が広場に集められた。SS隊員が彼を鞭で打った。公開処刑とする、という宣告があった。ゲートは毎度のことだが嫌味たっぷりの演説をし、「命令を無視する者は、誰であっても絞首刑に処される」と叫んだ。

カナーの体は絞首台からぶら下がった。すると、首に巻かれていたロープが切れ、彼は地面に倒れて意識を失った。どうやらまだ息はあるようだった。国際的な慣習法に基づけば、こういうケースでは死を免れるのでは、と思ったが、ゲートは彼の上に仁王立ちし、頭を数回、撃った。同様のことは他にもあった。鉄道の作業現場からパンを持って戻ってきた男性が絞首台に上ったが、ロープが切れた。彼は慈悲を懇願したが、すぐにやり直しとなった。

公開処刑は私たちを怖がらせ、意気消沈させることを意図していた。だが、そのような見せしめは必要なかったといえる。ゲートの言動の方が、よほど効果的だったのだ。たとえば、ゲートが下痢になったという。彼はある少年に自分の排泄物を食べさせてから射殺したそうだ。このような、ほとんど猟奇的で個人的なゲートの残虐行為の方が、私たちに大きな影響を及ぼしたのは間違いない。こういう話はすぐに伝わってきた。

どうも私は、恐怖に慣れ過ぎてしまったのかもしれない。しかし、とにかく見せしめ的な処刑が執拗に繰り返された。私と同年代のハウベンシュトックという少年がいた。彼はロシアの歌を口ずさんだ罪で絞首刑となり、またしてもロープが切れた。命乞いをしたが無駄だった。彼が絞首台に戻されるのを見て、クラウトヴィルトという名の技師が看守に抗議した。彼はカミソリの刃で手首を切られた。

クラウトヴィルトは失血により意識を失ったが、ゲートはさらなる素晴らしい見世物を思い付いた。「そいつも絞首刑にしろ」。その日のうちに、ベイムという名のカポも処刑された。賄賂を受け取った罪である――。

戦後の長い間、私はそんなことを忘れようと努めた。記憶が私を追ってくるが、そんなものは忘れて、痛みを和らげたかった。それに、おそらく普通の人々は、私の言うことなど信じないだろう、とも思っていた。私自身が実際に見聞きしたのだ、と言っても、疑問を抱かれるのではないか。さらにまた、自分の記憶が間違っていて、想像力の産物が混ざっているのかもしれないし――。

しかし、私は確かにあそこにいた。それは起こった。証拠として、戦後の裁判資料もある。私の口を閉ざすことはできない。私を黙らせることはできない。その話はあまりにもひどく、想像を絶する内容だろうが、耳を傾けてくださる方には喜んでお話ししたい。80年近く経った今でも、ゲートが飼う2匹の大型犬、ロルフとラルフに咬まれた時の傷跡が、私の体には残っている。その犬たちは、主人の命令に応じて囚人を攻撃するように訓練されており、私は練習台として使われたのだ。

物理的な傷は、時間の経過とともに薄くなり、今では細く白い線になっている。2匹はグレートデーンとジャーマンシェパードの交雑種で、いつでも飼い主に従っていた。そいつらが私に飛びかかってきた時、目を潰されると思い、左手で顔を覆って防いだ。骨に達するほど深く咬まれたが、私は幸運にも命を取り留めた。

ゲートは囚人を尋問する際、天井に特別に設置したフックを使った。そこに囚人の足をつないで吊るし、無防備な囚人に地獄の猟犬どもをけしかけるのだ。体を引き裂かれていく彼らの叫び声が、収容所中に聞こえた。犬の世話をする係の人たちさえ安全ではなかった。ゲートの被害妄想はますます悪化していた。犬たちが飼い主の彼より、飼育係の方にもっとなついているのでは、という妄想が芽生えたらしい。ゲートはその男を目の前に引きずり出し、射殺してしまった。

犬に関して最大の苦しみを味わったのは、ミエフフ出身のユダヤ人、オルメルという男だろう。「南米ペルーの国籍法に関わる文書を手に入れようとした」というのが彼の罪状だった。もちろん、これは所長の歪んだ妄想の中にしか存在しない事実である。彼は完全に無実だったが、男性、女性、子供を含む70人の容疑者グループの一員として、徹底的に殴られた。他の囚人は独房に戻され、オルメルだけが外に取り残された。

「走れ」とゲートは命令した。オルメルはすぐに逃げたが、所長は犬たちに「攻撃しろ」と命令した。1匹がオルメルの背中に飛び乗り、肉を引き裂き始めた。オルメルはさらに数歩、よろめきながら前に出た。2匹目の犬が飛び掛かった時、激痛で叫び声を上げた後、倒れた。犬に襲われているオルメルのそばに、ゲートがゆっくりと近寄り、最後に数発の銃弾を撃ち込んで始末した。

これは私が現場で目撃したものではないが、間違いなく実際に起こったことである。

銃の乱射も一層、ひどくなり、もはや悪夢となった。犠牲者らは集団埋葬地となる溝の端から飛び降りるよう命令され、すぐにウクライナ人の警備員に射殺された。ためらった者はライフルの尻で叩かれて突き落とされ、そこで撃たれた。この場合、あえて即死させず、多くは負傷するだけである。撃たれた者は断末魔の苦しみを味わいながら、ゆっくりと死ぬ。

私たちの服は、いつも何かしらの理由で血まみれだった。サイズが合わない木靴には穴が開いていて、濡れっぱなしの足にひどい痛みが生じた。それでも私たちは、そんな粗末な靴を抱きかかえて寝た。靴をそもそも持っていない者が盗むからである。どこもかしこも腐敗臭だらけだった。多くの人が病気になり、亡くなった。屈強な囚人でさえ、明らかに身体的に衰弱した。しょっちゅう歯が痛くなり、そういう場合は自分で歯を抜くしかなかった。

ご想像のとおり、父の金貨のおかげで手に入れたボイラー室の仕事も、永続的なものではない。看守がこの仕事を他の者に「売る」のは時間の問題である。彼らは、私たちが文句を言わないことを知っていた。それは自殺行為だからだ。少しでも問題の兆候があれば、彼らは収賄の痕跡を隠すために私たちを殺す。彼らとしても、収賄容疑で処刑されたベイムの運命は、教訓とすべきものだった。

グループで集まることは厳禁だったが、作業場の仲間同士でこっそり言葉を交わすことはあった。新しく入所した者は、ドイツ軍の戦況について話してくれた。特に東部戦線の噂である。私たちは悲惨な状況に閉じ込められ、外の世界から孤立していた。脳の働きは鈍くなっていた。信頼性の低い噂やニュースについて、みんな異なる解釈を持ったが、いずれにしても、目の前にある大量虐殺を回避できるような希望につながる、とは思えなかった。

死に方はたくさんあった。私たちは、なんでもいいから生き残る、ということだけを自分の使命にした。ひどく疲れていたが、シラミが皮膚の下まで食い込んでくるため、眠ることができない。引っ掻いても手応えはなく、そのうちに朝の点呼の時間になる。私たちはいつも、夜になったら昼が来るように祈った。同様に、日中も次の夜が明けるように祈った。

こんな生活を想像できるだろうか？　昼も夜も食べ物はない、希望もないし休息もない。一切れのパンが唯一の救いだ。起きている間はずっと、無作為に撃たれるかもしれず、いわれのない悪質な攻撃を受けるかもしれない。何かが起こるのではないか、と怯え続ける。こんな毎日を、何年も続けることを想像してみていただきたい。私たちは囚人として生きる運命にあった。こういう状況が何をもたらすのかを、完全に説明することなどできるだろうか？　私たちがどのように深く劣化していったか、理解していただけるものだろうか？

比較的安全な監房内であっても、会話をするのは無意味に思えた。会話をすればするほど、自分の空腹を思い知るだけだった。政治や宗教について話し合い、脳を活性化させるのもよいが、他に話すほどの話題もない。自分や周囲の人たちに何が起こっているか、まったく把握できず、制御できない状況下では、毎時間を生き延びることすら困難だった。

反抗すれば皆殺し。それを知っていた私たちは、従順に命令に従った。

父との別れ

だが、服従は安全を保証するものではない。私はある朝の点呼で、カポから「列外に出ろ」と言われた。私は最悪の事態を想像した。しかし、選ばれた約１００人の囚人は、ミエレツ市郊外の労働収容所に派遣される要員だった。そこはドイツ空軍の爆撃機や、He-297を生産する工場だった〔原文はHe-297fighter planeとあるが、これは恐らく間違っている。もし番号違いのHe-279ならハインケル社の開発番号だが、実用機のものではない。スペル違いのHs-297ならヘンシェル社の番号で、戦闘機ではなく対空ロケット弾の番号である〕。

私たちは午前5時に起き、ＳＳの傘下にある工場保安隊〔いわゆるWerksicherheitsdienstのこと〕の指揮下で働いた。集められた囚人は１５００～２０００人で、一部の者は航空機部品の生産ラインに入った。他の者は清掃員、または物資の積み降ろし作業に従事した。毎日の食事は7オンス〔約２００グラム〕のパンをメインに、朝はブラックコーヒー、昼食と夕食にキャベツの葉のスープ、というもので、多くの者が栄養失調で倒れた。

プワシュフの収容所では、私たちの体にタトゥーは入れられなかった。ゲートは「囚人の身分をはっきりさせ、逃亡者の特定を容易にしたいので、入れたい」と主張したが、ベルリンの上官はこれを拒否した。だが、私たちが最初にミエレツの工場に到着した時には勝手が違った。私たちは列を作り、姓名申告させられた。タイプライターの前に座って私たちの情報聴取をしているＳＳ将校は、明らかに自分の仕事に退屈しており、いらいらしていた。

「Name und Geburtsdatum」

名前と基本情報を言え、というのだが、つまり生年月日を知りたいのである。単純なことだと思うかもしれないが、私は当時、自分が生まれた世俗的な誕生日について、年しか知らなかった。その場ででっちあげて、「１９２６年3月15日です」と答えた。この真っ赤な嘘の日付が、そのまま公式記録に残った。「１９２６年7月21日」という正しい誕生日は、私がカナダに住んでいた際にようやく判明した。１９６７年にポーランド政府から公式な出生証明書を取り寄せて、知ったのである。とにかく私はさっさと答えたので、おそらく手続きが早く終わり、鞭で打たれることなく済んだ。

ここまではさくさくと進んだが、登録には続きがあった。私たちは別のテーブルに行かされ、そこで別のＳＳ将校が「袖をまくれ」と命じた。彼は非常にぞんざいに、私たちの右手首に器具を当て、タトゥーを入れた。大きな文字で「ＫＬ」（Konzentrationslager：強制収容所）とある。針は太く、施術は激痛を伴い、心も痛んだ。あえて自分の感情を表に出しはしなかったが、侵されたくない一線を越えて侵害された、と感じた。

外に出た私はすぐに手首を噛み、血と一緒にインクを吸い出し、塵の中に吐き出した。迅速に行動したため、永久的なマーキングにならなかった。これも今考えると、典型的な危険行為である。もしこの行動を見つかっていたら、私はその場で終わっていただろう。明らかな抵抗の兆しを見たＳＳ隊員がとる懲罰として、頭部への銃弾ほど可能性が高いものはない。

痛みは激しく、腫れが引いて出血が止まるまで5、6日間かかった。傷跡が目立たなくなるまでには、さらに何年もの歳月を要した。以後、このことはぼんやりした記憶に過ぎなくなっていたが、最近、ニューヨークを訪れた際、ある男性が私に握手を求めて手を差し伸べてきた。彼の手首にタトゥーがあり、ＫＬの文字が読めた。彼もミエレツの工場の生き残りだったのである。

世界はなんて狭くて、残酷なのだろう。

私は工場勤務だった彼よりも幸運で、主に市の公共プロジェクトの現場に配属された。1か月ほどの間、私たちはさまざまな道路建設や修復の仕事に駆り出され、学校、消防署、体育館で寝泊まりした。ある意味、私たちは地元住民にとって、罪深い秘密の存在だった。彼らは私たちを見ており、私たちの窮状を理解していた。見て見ぬふりをしていたのだ。

抑圧者は、必ずしも制服姿とは限らない。抑圧者になるのに、銃を撃ったり、鞭で打ったり、地面に叩きつけたりする必要はない。あなたは何もしなくても、抑圧者になり得る。ただ同胞を助けず、見殺しにすればいいのである。私たちはその時も、実際には通電している有刺鉄線から出たわけではないが、自由であるかのような幻想を得た。ある作業現場に向かう途中、道端の果樹園が目に入った。

かつては当たり前だと思っていた光景が、私を誘惑し、あるいは今の私を嘲笑する気がした。

私は長い間、リンゴを見ていなかった。いくつか落ちている実があり、食べてもおそらく酸っぱかっただろうが、私はどうしても味わいたくなった。近くにいるＳＳの衛兵までの距離は15メートルも離れておらず、もし私が列から離れた場合、彼はためらわずに私を撃つであろう。私は、彼が近付いてくるまで待って最敬礼し、あのリンゴを拾うことを許可してくれませんか、と敬意を込めて尋ねてみた。

彼は答えとして、小銃の銃床を私の頬に食らわせた。

翌日、近くを歩いていると、果樹園から道側に突き出た枝に、1羽の鳥が止まっているのが見えた。自然に生きるそれは、優しい歌声でさえずっていた。私の現実は残酷だった。私はそこから逃避し、新しく見つけた羽の生えた友人と、空想上の会話をした。

「君が羨ましいよ」と私は頭の中で鳥に呼び掛けた。「僕も君と同じように、自由に歌って動けたらいいのに。どんなに幸せだろうな。おそらく君は僕に、食べ物を求めているのだろう。何かあげられるものがあれば、喜んで差し上げるさ。しかし、状況を逆転させてみようか。君が何かを拾って、僕に持ってきてくれると、僕はすごく助かるだろうね。僕が飢えないように、食べ物を持ってきてくれないかな」。

何年も経った今、自分でも子供っぽくて悲しい逸話に思える。それにしても、あの鳥は美しかった。私は安らぎを感じながら空想の独白を終えた。そんな空想上の会話であっても、つかの間の人間性の解放を感じた。

まことに、人間性に絶望しないことは難しい。そして、私たちの人生を導く見えざる手を無視することは不可能である。私は、偶然の力と、それが伝えるメッセージの重要性についてよく考える。ずっと後年のことだが、私は後に妻になる素晴らしい女性、ペルラと交際を始めた。花を贈るとか、夕食の手配をするとか、そういうことをしたいので、「君の誕生日を教えて」と尋ねた。なんとまあ、彼女は言ったのである。「3月15日よ」。さすがに驚いた。私がミエレッツで、口から出まかせで言った日付ではないか。

確率的には365対1(うるう年の場合は366対1)だと思うが、それにしてもありそうにもない話である。すでにずっと述べてきたように、私は信心深い人間で、単なる偶然など何もない、というのが私の信念だ。私は神の哀れみと、神の意志に従って生きている。よって、何があろうと神に対して怒ることはできないのである。私は毎日、神に祈り、許しを請い、神の賜物に感謝する。この地球上の何兆もの草の葉の一つ一つは、神の監督下にある。さもなければ、すべては枯れてしまい、最終的に世界は滅んでしまうのだろう。それに比べれば人間なんて、まさに塵芥に過ぎない。

オスカー・シンドラーはかつて私に、生存の偶然性についての話をしてくれたことがある。シンドラーはプワシュフ収容所に出入りしており、私にとっても馴染みのあるドイツ人だった。だが、彼は制服を着たことは一度もない。私がプワシュフのボイラー室で働いている当時、ドアは施錠されていたが、私はよく密かに屋上に出て、ゲートが所長官舎のある丘を上っていくのを見た。その悪名高き「赤い家」で、ゲートは酩酊し、卑劣な本能のままに乱交パーティーを開いていた。

映画『シンドラーのリスト』と、原作小説『シンドラーの箱舟(Schindler's Ark)』を通じて、戦時中のオスカー・シンドラーの行動はつとに有名である。ホーロー製品を作る軍需工場で働く1200人のユダヤ人の命を救ったのだが、それを可能にした率先性と勇気、粘り強さ、そして現実主義を、世界中の人が知っている。彼は大胆にナチス幹部に媚びて賄賂を贈り、ついにはゲートまで説得した。こうして、ズデーテン地方のブリュンリッツに生産拠点を移す許可を得たのである。

シンドラーはこの過程で、彼の下にいる約300人のユダヤ人の生死が運命に左右されたのだ、と説明した。彼らはポーランド南部のゴレシュフ鉱山に労働者として派遣されたが、使えない、と判断された。SSは彼らを近くのアウシュヴィッツの収容所に送ろうとしたが、あちらも引き受けなかった。彼らは皆、牛用の運搬車に押し込まれ、極寒の中で脇道に放置された。シンドラーが彼らを返してくれるよう要求するまで、彼らは忘れられていた。

そのままユダヤ人を遺棄し、悲惨に凍死させることは、SSにとっては経済的合理性のある判断だったのかもしれない。しかし、ある将校がシンドラーに出た許可を思い出し、この囚人たちを回収して、ズデーテンラントに送ることにした。将校たちが到着したとき、有蓋車は凍りつき、ドアが開けられなくなっていた。シンドラーの妻のエミーリエが工場の技術者を呼んで、はんだごてを使ってドアを開けた。

車内で12人が死亡しているのが見つかった。他の人たちは衰弱し、病気で働くことができず、仮設病院で治療を受け、そのまま終戦を迎えて解放された。戦後すぐに、私はシンドラーからこの話を聞いたのだが、それはまさしく、私たち全員がぶら下がっている命の糸がいかに脆いものかを想起させた。幸運にも生き残った人々は、天使に守られたのだろう。

だが私の父、シムハは幸運ではなかった。私がミエレツからプワシュフに戻った時、父は姿を消していた。ゲートの恐怖支配が最高潮に達していた当時、父がどこにいるのか、まだ生きているのか、何が起こったのか、全く分からなくなった。誰もが自分の目の前の苦難に気をとられて、他人に同情する余地も、情報を提供する余裕もなかった。私は父が、あの怪物の気まぐれの犠牲になっていないことを祈った。

戦後になって私は、国際赤十字を通じて事実を知った。私の父はその後、ドイツとチェコスロバキアの国境に近いフロッセンビュルク強制収容所に移送されていた。そこはバイエルン州のフィヒテル山脈にある人里離れた地だ。当地で栄養失調、過労、または略式処刑により、約3万人のユダヤ人が亡くなっている。父もその1人である。彼がどのような最期を迎えたかについては、いまだに詳細不明である。

父は歴史の影に埋もれた、1人の奴隷である。彼は1944年8月10日に亡くなった。その前に、アウシュヴィッツにもいたようだ。母や弟たちの最期と同じように、答えのない疑問が私に付きまとった。なぜ、私は生き延びたのだろうか？　事実を知った瞬間、私が知りたかったのはその点である。

6章　生命の光

生き残る者の理由

私はとうとう、独りぼっちになってしまった。後ろめたさと不安が襲ってきた。これほど孤独を感じたことはなかった。私は父の存在、彼の言葉や知恵をいつでも求めていたが、父がそばにいる時は、その有り難みをそんなに噛み締めていなかった。父は事実上、死に追いやられてしまった。救うことができないのは分かっていたが、最後の時間を共有できなかったことは、悔やんでも悔やみきれなかった。

最近の英語圏では、個人的に近しい人の喪失を「lacked closure」と表現するが、まさに当時の私はそれだった。心の奥底にある何かが告げていた。父が照らしていた生命の光が消えた、と。それが何で、どんなことになるのか、自分でも分からない。とにかく、この空虚さは危険だ。非常に多くの人が、非常に多くの道筋で、非常に多くの理由で陥る穴だ。

それにしても私は、私生活でも仕事でも、ずっとせわしなく動く何でも屋であって、常に結論を求めるタイプだ。私は生まれつき好奇心旺盛で、せっかちな人間である。タルムード（Talmud）を研究していた初期の頃から、私はああした自己啓発の過程についていけないものを感じていた。タルムードというのは、3〜8世紀にかけて編纂された、法、哲学、聖書解釈に関する何世代にもわたる議論を記録した神聖な書のことである。

年老いたラビたちは、信仰と原則に関する深遠な問題について話し合う時、枝葉末節にこだわることを好む。賢人たちは、結論に達するまでに膨大な時間と労力を費やす。きっとそれこそが、彼らの議論が時の試練に耐え得る理由かもしれない。しかし私は、高速道路を降りて脇道の可能性を慎重に熟考しながら歩き回るタイプではない。すぐに本題に入る方だ。

それが大きな間違いを犯すこともあろうが、良くも悪くも、それは私という人間の個性の一部である。

私は憤慨することも、後悔することも多々あるが、無意味な論争に時間を無駄にしたくない。なぜわざわざ議論して、波風を立てる人がいるのか？　他人の意見に耳を傾けつつ、自分自身の結論を導き出し、自分が正しい道を進んでいると自信を持てばいい。本当の強さは内側から生まれるということを、私は収容所での悲惨な経験を通して教えられたのである。

「私はここで困っております。お救いを、お救いを」と神に訴えた。あなたこそがすべてです。できることは何でもしてください。パンを一切れ、食べなければなりません。「私が殴られ、殺されることがないように、どうか私と一緒にいてください」。私にとって全能者とは、私が溺れる中ですがりついた藁である。しがみついた流木である。

ところでここに、不可解な矛盾がある。光が何も見えなかった時期にも、私の心の中には常に希望があった。戦争が終わるのを見たいと思っていたが、人々の救出に間に合うように平和がやってくる、という想像はできなかった。私には破壊しか見えなかったのだ。私たちには発言権も価値もなく、家も家族もなかった。かつて大切にしていたものは、すべて奪われた。論理的には、生きていくために必要なものは何もなかった。

それでも私は諦めなかった。生き残らなければならない、と思った。死ぬまで戦ってやる、と自分に言い聞かせた。とにかく無性に生きたかった。本当にそれだけだった。ある者は生き、ある者は死んだわけだが、その理由を合理的に説明することはできない。振り返ってみると、奇跡に近い幸運は別として、私が生き残った主な理由の一つは、精神的にシャットダウンする能力だったと思う。とにかく考えないようにする能力だ。

悲惨な状況を終わらせてほしい、と神に懇願した人もいた。彼らは神に願ったのである。自分たちを運び去って、苦しみを終わらせてほしい、と。彼らはそれ以上、耐えられなかった。それでもどういうわけか、そういう人も打ち勝ったものである。彼らの多くは生き残った。その一方、強くて毅然とした人間と思われていた人たちが、絶望に陥った。彼らは自分たちの未来を見つめ、そこに暗闇しか見出せず、もう駄目だと思った。彼らの多くはもはや、救われるという考えを持てず、運命に屈服してしまった。

生命の光は暗くなり、ちらつき、そして消えたのだった。

死にたいから死ぬのではない。すべてを終わらせたいから死ぬのである。だが、がむしゃらに生き続けようと努力すれば、必ずしも生き残れる、というわけでもない。ホロコーストで殺害された600万人のユダヤ人たちは死にたくなかったはずだ。彼らは生きて、家に帰り、子供たちの成長や、子孫が増えるのを見守りたかったに違いない。

それでも彼らは、皆殺しにされた。なぜ彼らの祈りが聞き入れられなかったのか、私には分からない。誰にも分からないことだと思う。

こう自問してみていただきたい。もしあなたが大切にしてきたものが一切、剝ぎ取られたら、あなたはどうするだろうか？　これまで楽しんできた気楽な泡沫《うたかた》の日々が、突然はじけたなら？　その後、悪が打ち負かされ、救助者が到着した時、飢えてぼろぼろになりながら、なお立ち尽くしている人々の一人になるのは、どのような資質がある者だと思われるだろうか？「お金は失われても、何も失われるものはない（money lost, nothing lost）」という格言がある。しかし、あなたの精神が失われると、すべてが失われる。

私は心理学者ではないが、ユダヤ教のハヌカ（Hanukkah）や、キリスト教のクリスマスの時期に多くの囚人が亡くなった、という話をどこかで読んだことがある。いずれも楽しいお祝いをする時期で、家族が集まって感謝を捧げ、お腹いっぱい食べる信仰の祭りだ。ユダヤ教では、それらは光と関連付けられている。

ここでちょっと、簡単な歴史の講釈をすることをお許し願いたい。ハヌカとは、ユダ・マカバイ〔紀元前2世紀のユダヤ人指導者〕が率いる少数のユダヤ人が武装蜂起し、エルサレムの聖なる神殿を開いたことを祝う行事だ。セレウコス朝シリアのアンティオコス4世エピファネス王は、ユダヤ人の習慣を非合法化し、聖所でわざわざ豚を殺し、ギリシャの神ゼウスの祭壇を設置した。ユダ・マカバイたちは、セレウコス朝の強力な軍隊を撃破した。

タルムードの伝説によると、この時に神殿のメノラー（menorah：最も重要な祭具の一つで、7枝の燭台立て）を燃やすための油は1日分しかなかった。だが、奇跡が起こったのだという。聖なる純粋さを示す炎は、新たな油が足されるまで、8日間も燃え続けた。

ハヌカの儀式が8日間続き、光の祭りとして知られるのは、この故事による。そして、毎年その時期に、収容所で多くの命の灯が消えた、と思われる。彼らは、あんな楽しい日々を二度と取り戻せない、と思って希望を失った。ただ諦め、屈服してしまった。

ゲートの殺人ゲーム

ナチスはこのようなユダヤ教徒の歴史をよく知っており、宗教の象徴的な重要性を理解していた。だからこそ、彼らは私たちの価値観を軽視し、伝統を汚した。アーモン・ゲートのような悪魔の化身は、宗教上、最も神聖な祝日の重要性を認識し、これを冒瀆することで信者に苦痛を与えようとした。それはグロテスクなほどの力の入れ方だった。ゲートは努めてそうした要素を悪用し、息を呑むほど大規模な大量殺人を犯したのだった。

たとえば1943年10月のヨム・キプル（Yom Kippur）、つまり「贖罪の日」のことだ。ゲートは副官のエドムント・ズドロイェフスキに命じた。監房から無作為に50人を引っ張り出せ――。SS部隊が部屋に入ってきて、叫びながら逃げ惑う人を手当たり次第につかまえた。私は必死に身を隠した。運の悪い人たちが連行され、銃殺された。悔い改め、断食し、集中的な祈りをすべき祭日は、血まみれの一日となった。

あの怪物は、私たちが大切にしてきたものすべてを嘲笑した。「神は裁かないが、私が裁く」と彼は宣言した。

想像を絶するレベルの恐怖の日々が続いた。さらに別の日、ユダヤ人の新年であるローシュ・ハッシャーナー（Rosh Hashanah）に行われた暴挙は、一層、凶悪だった。ゲートはその朝、点呼のために広場に集めた囚人の中から200人を恣意的に処刑対象に選んだ。私たちの恐怖はまさに絶頂に達した。誰もが必死に、背景に溶け込んで身を隠そうとした。私は自分が身長5フィート3インチ、つまり160センチメートルという小柄な体であることを、この時ほどありがたいと思ったことはない。

正直に言うと、今日が何日なのか、何の祭日か、などということは分からなくなっていた。とにかく私たちは、ゲートの発作的な異常行動を恐れた。日々の流れが統合されて分からなくなり、来る日も来る日も恐ろしく、疲れ果てて終わった。ゲートはある瞬間、正常でなくなる。ところが次の瞬間には、冷静に計算をする。彼は儀式的な殺人を実施し、ほとんどスポーツやゲームとして楽しんでいた。それが規律の維持に役立つかどうか、という考えがあったとは思われない。

ゲートは、クラクフ郊外のボナルカでの作業中に、60人を殺害した。さらに16人の労働者が、そこから収容所に戻る途中に殺害された。逃亡未遂に対する彼の処罰は、卑劣な演劇じみた形式で行われた。誰かが逃走した場合、その者が所属していたグループ全員が広場に整列せよ、と命じられる。

その後、囚人たちは順番に数字を10まで数えるように言われる。最初の男が「1」、次の男は「2」と叫ぶのだ。10番目となる哀れな魂は、「10」と叫ぶや否や、ゲートに撃ち殺される。このパターンが知れ渡ると、自分がその状況下で「10」であることに気付いた男の苦悩たるや、見るも哀れなものとなる。そんな彼らに、祈る余裕があっただろうか。

このような堕落した犯罪の実例をあまりにも多く挙げることは、気が進まない。かえって信憑性とか、実話の持つ力が薄れてしまう可能性すらあるかもしれない。だが、それは承知のうえで、無視するにはあまりにも衝撃的な例は語らざるを得ない。それは恣意的かつ突然の死である。ある可哀そうな人は、朝の点呼の際、背が高すぎるという理由でゲートに射殺された。彼が瀕死の状態で横たわっていると、あの獣は悪意と軽蔑の表れとして、彼の上に立って放尿した。

囚われの身の上でも、友情は貴重である。このような環境では、個人など取るに足らないもの、と感じがちになるが、友人の存在は、つかの間の幸福をもたらしてくれる。だがそれゆえに、時には激しい痛みをもたらすこともある。当時の私の親友の1人、シュロモ・シュピールマンの最期を忘れることができない。彼は無差別な邪悪の犠牲者になった。私はあまりにも突然の仕打ちを前にして、絶望の深みに沈んだ。本当に、あんなに良い人はなかなかいない。シュロモは収容所にいた3兄弟のうちの1人である。

ある朝、私が広場の近くでシュロモと一緒に立っていると、ゲートが道に沿って、肩で風を切って歩いてきた。私たちの体はボロボロだったが、あいつがそばにくると、いつも心臓が早鐘を打った。突然、ゲートはシュロモに命令した。「前に出ろ」。それからわずか数フィートの距離で、あいつは叫び出した。

「Ich kann es nicht ertragen, dass die Juden so gut aussehen」

私はドイツ語が話せるので、意味は分かった。「ユダヤ人がこんなにハンサムだなんて、我慢ならん」と言ったのだ。しかし、その言葉の危険性が理解できなかった。ゲートはリボルバーを引き抜いて、私の友人を撃ち殺した。バン。これは一体、何のために？　エゴ？　嫉妬？　娯楽？　示威？　私は気分が悪くなった。ついつい、死んだ人との親近感や仲間意識を示したくなってしまった。叫んだり、かがんだり――。だが、そのような本能的な行動をとれば、私もおしまいである。

所長は少しの間立ち止まり、その後、殺意の衝動が収まったのか、さっさと立ち去った。その光景は今でも鮮明に覚えていて、頭から離れない。怒り、嫌悪感、友人を殺した犯人に対する憎悪――、そんなもろもろの想いを、とても言葉で伝えることはできない。それは当時、常態的な出来事だった。しかし私たちは、決してああした行為を、当時の日常茶飯事の一つとして片付けてはならないのだ。なお、生き残ったシュロモの兄弟、ハイムとヤコブはその後、私の生涯にわたる盟友となった。戦時中から戦後にかけて、私たちの運命は各地の強制収容所で交錯し、最後には避難民コミュニティで再会した。

労働を通じた絶滅

その日の朝も、収容所は通常態勢の運営であり、私たちは当日の作業を割り当てられていたので、誰もシュロモの遺体を片付けることはできなかった。１９４３年の後半になり、収容所の拡張計画が進められて、慌ただしさが増していた。所内の内部プロジェクトとして、新しい道路の建設、追加の監房建設、害虫駆除エリアの整備などが実施された。何千トンもの土を動かし、整地する必要があった。

ゲートはこの年の9月、タルヌフ・ゲットーで再び非人道的な立ち退き作戦を監督したが、ここで約６０００人のユダヤ人がアウシュヴィッツに移送された。また、その地にあった衣料品工場が、ユダヤ人労働者２０００人ほどと共にプワシュフに移されることになり、そのための監房を増設する必要が生じた。この工場の経営者はオーストリア出身の実業家、ユーリウス・マードリッチュだった。彼はオスカー・シンドラーと同様、ユダヤ人の命を救うために全力を尽くした人物で、囚人たちに与える食糧の代金をＳＳに支払い、高齢の労働者を死に追いやろうとするゲートに対しても、勇敢に反論した。

１９４４年初め、プワシュフは正式に労働収容所から強制収容所に再分類された。この結果、私たちはそれまで着ていた暖かい私服を着ることができなくなった。ホロコーストの象徴となった紙のように薄い、青い縞模様の囚人服が渡された。以後も残虐行為が続く中、死んだ者の遺体から剝いだ囚人服は、まったく洗われることなく、新入りの囚人に渡された。

こんなに寒いと感じたことはなかった。何千人もの囚人が、狭軌の鉄道と新しい引き込み線を建設した。大きな枕木を運び、トラック何台分もの砂利を人力で敷き詰めて広げ、数キロメートルに及ぶ重い鉄のレールを敷設した。囚人部隊は石を肩に担ぎ、その重みで身をかがめ、危険な状況の中で奮闘した。ＳＳの看守たちは、私たちに危害を加えるための口実をいつも探していた。私たちが病気であろうと栄養不足であろうと、気にもとめない。私たちが怠けていると思ったら、すぐに撲殺してやろう、と待ち構えているのである。

氷点下の気温でなかったとしても、それは骨の折れる作業だった。手と足は痺れ、痩せ細った胴体は骨の髄まで凍えて、情けない有様だった。私たちは開けた野原で作業していたので、凍てつく寒風をもろに受け、やがて雪まで降ってきた。足元が不安定になり、まるで見えざる手が私たちを嵐に乗せて、破滅の淵に連れ去ろうとしているかのように思えた。

すべての雪が、まるで投石器から投げられた石礫のようにきつく感じられた。温かい飲み物？　そのような休息をとることを、神は禁じておられるようだった。こんな天気でも、焚火の周りに集まって、熱々のスープを飲めば、頑張ることもできただろう。外での作業でも、厚い中綿入りのコートやマフラー、帽子、手袋、ブーツがあったなら――。とんでもない。私たちは靴下さえ持っていなかった。ティッシュペーパーのパジャマみたいな囚人服しか、着るものがなかった。

ナチスの用語で「労働を通じた絶滅」というものがある。この状況こそ、その言葉の意味したものだった。私たちはＳＳが近付いてきた時、いち早く察知するようにし、処罰を避けるために仕事を急いだが、ＳＳの連中としてみれば、過酷な自然環境が囚人にとどめを刺してくれるので、よけいな仕事をしなくて済む、というところだったに違いない。倒れて立ち上がれない人をたくさん見たが、彼らを助けに行くことは許されない。ゆっくりと確実に、彼らから命が消えていくのだ。

あまりにも非現実的な状況を説明するのは難しい。とにかく何もないも同然だった。冬と同様、夏場も過酷で、まったく逆のことになる。灼熱の太陽が私たちを焼く。冷たい飲み物はなく、汗をかいて震えが止まらず、そのまま気絶した。皮膚が焼けて、触ると耐えられないほど痛い。喉はカラカラで、抵抗力も低下した。さらにたくさんの人が倒れ、そのまま息を引き取った。

女性収容者の扱い

その頃には、私もベテランの囚人となっていたので、危険を前よりも素早く読み取ることができた。明白な危険の兆候が分かるのだ。たとえばゲートが遠くにいても、彼がライフルを肩に掛け、お気に入りの白馬に乗って廏舎から出てきた場合は、すぐに遮蔽物に隠れなければならない。また、収容所は現在、小さな都市のようになっていた。独自の道路網、石炭貯蔵所、砂利採取場、倉庫群、工場エリアなどがあったが、中でも特に、2種類の立ち入り禁止区域に近寄る場合は、警戒しなければならない。

一つ目は厨房である。理性を克服して飢えを許容する人々も、ここの魅力には惹きつけられた。調理や配食作業をしている囚人たちの中には、友人に一口、食べ物を余分に与える勇気を持つ者はいた。しかし、明らかに余分な食べ物を懇願する者は、簡単に看守に見とがめられた。

二つ目は、広場の東側にある女性区画だ。ここの境界線を越えることは絶対に禁じられていたが、囚人になったからといって、人としての感情が消え去るものではない。私にはそこを訪れる理由はなかったが、理由がある男たちもいた。特に日曜日になると、妻や姉妹、娘を一目見るために、そこに忍び込む者がいた。リスクを顧みず、情報や食べ物を共有するために、そこに長居する人もいた。

女性収容者たちはひどい扱いを受けていた。便利なラバたち、つまり男性たちと比べても、まったく重視されていなかった。鉄道を建設した際、石を運ぶ貨車がレール上に置かれた。女性たちは腰を折り曲げ、上り坂を砂利採取場から高台まで押し上げる仕事をさせられた。しばしば足が滑って靴が脱げ、つかみどころがなくなって貨車の下敷きになった。ここでの女性たちの死亡率は犯罪的なものだった。

彼女たちに対する虐待の中心人物は、アリス・オルロウスキーだ。正式に「女性指揮官（Kommandoführerin）」というSSの階級を持つ彼女は、女性区画の作業を取り仕切る監督官であったが、彼女の犯罪性についてはこれまで、ほとんど触れられていない。噂によれば、オルロウスキーは他の収容所で、残酷な行為に携わっていた。女性と子供をトラックに追い立て、ガス室に運ぶ容赦ない執行監督官が彼女だったという。彼女がプワシュフに来る前に勤務していた2つの収容所、ラーフェンスブリュックとマイダネクでのことだ。

彼女は女性を鞭で打つのが好きで、特に目を攻撃することを好んだ。はっきり言って、こんな人間を許すべきではない、と私は思う。しかし彼女には、追い詰められたネズミが見せるような狡猾さがあった。１９４５年1月にアウシュヴィッツ・ビルケナウの収容者が「死の行進」をさせられた際、オルロウスキーは慈悲深くも水を配った。しかしこれは、彼女がドイツの敗北を予感していたからだろう。戦後の裁判に備えて、弁護側に少しでも自分が人道的な人間である、と思わせるべく、手の込んだ演技をしたのだ。彼女についてそうした主張をする人々に、私も同意する。

１９４７年の裁判で彼女は、典型的なSSの女性幹部とされたが、人道に対する罪で終身刑を宣告されるにとどまった。率直に申し上げるが、彼女がわずか10年の服役で釈放された事実は我慢ならない。その後、オルロウスキーは76年に西ドイツで再逮捕され、再審を待っている間に72歳で自然死した。これは本当に腹立たしいことである。

女性の管理については、かなり特別な措置が取られた事実を私が知ったのは、近年になってからのことだ。プワシュフが正規の強制収容所となり、新たにさまざまな規則が課せられた時、ナチスの官僚は細部にまでこだわったルールを作り上げた。実に悪魔のような秩序感覚である。たとえば、収容所の所長に発行されたマニュアルの一つには、女性への殴打について手順が書かれていた。

それはこんな具合だ。ポーランド人女性を殴ってよいのは、ロシア人女性だけ、とする。こうやって、国籍の違う女性の間を分断し、お互いの敵意を煽るわけだ。こんな冷酷な管理法を考えるのは、どんなヤツらなのだろう？　同様の原則に従い、スロバキア人女性を殴ってよいのは、チェコ人女性に限られる。こういった関係の中で、場合によっては、その逆もあり得たのだろうか？　なんともはや、プワシュフのSS当局者が下したこの種の規則は信じ難いもので、およそ文明人の常識を超えた内容だったと言えよう。

アーモン・ゲートの失脚

しゃにむに生き続けようとすると、目の前の問題にしか興味がなくなり、視野が狭くなる。この時、私はまだ18歳にもなっていなかったので、占領地間の人々の大規模な移動、などという大きな問題よりも、もっと差し迫った懸念事項ばかり考えていた。しかし、こういった大きな問題が、私と周囲の人々の生活に直接的な影響を与えるようになった。１９４４年5月、ゲートは1万人のハンガリー系ユダヤ人を収容せよ、と上層部から命じられた。このために、所内にさらにスペースを確保しなければならない。

収容所で個人の尊厳が考慮されなくなって久しいが、悪名高い親衛隊医師マックス・ブランケを中心とした健康審査委員会が、妙な命令を下した際には、何か不穏な空気を感じた。男女を問わず収容者はすべて、全裸で行進せよ、というのである。このいわゆる健康審査が終了するまでに数時間もかかった。

ここで迫害者たちは、またしても神の役柄を演じた。体の弱い者、怪我人、何らかの奇形のある者は退場せよ、と言われ、名前が記録された。この人たちは、1週間後の点呼の際に私たちから引き離され、貨車で連行された。どこに連れて行かれたのか、確かな場所は誰も知らなかったし、再びこの人たちに会えるとは誰も期待していなかった。そして、実際にその通りになった。

この傾向はますます大っぴらになった。子供たちを待つ運命は、さらに暗かった。ナチス当局は、ドイツ語の子守歌とか、ポーランド語の童謡をスピーカーから流しながら、子供たちを連れ出した。収容所の大通り沿いに停車したトラックに乗せられる子供たちを見て、母親たちは半狂乱になり、事態は急速に悪化した。

ゲートはこの騒ぎに反応して走り回った。彼はリボルバーを振り回し、列から外れた者は誰でも撃つ、と脅した。しかし彼はこの日、怒りに任せて殺すことはなかった。彼の権力は明らかに衰え始めていた。彼は依然として、大量鞭打ちや残忍な懲罰の詳細な計画を立てていたが、今までのように彼の自由にはならず、殺人機構を管理するベルリンの本部に報告しなければならなくなっていた。

この日、移送された哀れな子供たちは、アウシュヴィッツでガス処刑され、翌日までに全員が死亡した。

ここまでは常に、ある程度の数字合わせで誤魔化してきたが、ガリツィアの他の地域からプワシュフへの人の移送があまりにも増加したため、収容所はついにパンク状態となった。同時に犯罪撲滅という名目で、その種の囚人の増加に拍車がかかった。私は、SSの計画担当者の都合に合わせて移動させられる奴隷に過ぎない。フヨヴァ・グルカの集団墓地から遺体を掘り起こして焼却する作業が始まったが、私はその途中でプワシュフ収容所を去った。

そのおぞましい作業は44年10月に完了するのだが、アーモン・ゲートはその前に失脚した。横領容疑で〔9月13日に〕逮捕されるのである。だが、それ自体が明らかに恐ろしい結果を生んだ。夏になった頃から、ゲートは彼なりのサバイバル戦略を考え始めていた。都合の悪い囚人の記録をすべて抹消し始めたのである。彼は自分が殺害した数千人に対してと同様に、自分の権力を支えた者たちに対しても冷酷そのものだった。

ヴィレク・ヒロヴィチも犠牲となった。ゲートのお気に入りとなった彼は、恐喝者および死刑執行人として、あまりにも多くのことをやり、知っていた。彼が同胞に対して働いた裏切り行為は、数年後に私も傍聴した戦争犯罪裁判で明らかになった。私も現場で詳細に見聞きした人間ではあるが、それは驚くべき内容だった。

当然のことながら、ゲートはヒロヴィチが別の収容所に移送され、自分に不利となる情報が暴露されることを恐れた。自分の腐敗した所業や、無実の人々に対して行った無差別殺人について、ヒロヴィチほど内部情報を持っている者はいない。

プワシュフが無法な労働収容所だった時代、このような危険人物の存在も、上層部からすれば些事だったのだろう。

しかし、戦局が連合軍に有利に傾き始め、SSの末端部署にも新たな命令が下るようになっていた。ゲートは今までのようなお遊びを続けられなくなったのだ。そこで彼は、ナチス占領下のポーランドで親衛隊と警察の統括責任者だったヴィルヘルム・コッペ〔SS大将〕を説得することにした。ヒロヴィチは信用ならない裏切り者であります――。そのためにゲートは、ユゼフ・ソヴィンスキという名の看守に命じ、ヒロヴィチが秘密裏に反乱を企てていることを示唆する虚偽の報告書を書かせた。「小ヒムラー」という異名を持つコッペは、この架空の反乱計画を真に受け、首謀者たちの排除を許可した。ゲートは罠を仕掛けた。ヒロヴィチとその家族に、逃亡を許可する、と約束したのである。そして日曜の朝、逃亡するつもりで会合場所に到着した家族全員を皆殺しにした。ヒロヴィチの副官としてユダヤ人警察を率いていたミエテク・フィンケルシュタインも、5発の銃弾を受けて見せしめ的に射殺された。

ゲートは、収容所内の大通りにヒロヴィチたちの遺体を置き、その横で囚人たちを行進させた。そんな劇的な見世物がやりたくてたまらなかったのだろう。この時、私はもうプワシュフを離れていた。しかし、もし私がそこにいたとしても、「シラミ」と言われた殺人者のために、涙を流すことはなかっただろう。また、ベルリンのSS本部も、収容所の「希釈化」〔人減らし〕を命じた際、こういった展開を予想していなかったことは確かである。

私は強制労働者であり、何の地位もなかった。プワシュフの囚人記録が抹消されると、記録上、そもそも私がそこに存在していなかったかのようになった。私には人間としての価値も、未来もなかった。人間ではなく、システムの穴を埋めるための部品に過ぎなかった。この頃、プワシュフ収容所は限界点に達していた。ソ連軍が迫っており、最前線の接近によりパニックが広がり始めていた。私たちは家畜を運ぶ貨車に乗せられて出発した。

私は50マイル〔約80キロメートル〕弱の旅をした。ここで多くの人が亡くなる中、私はなんとか生き残ることができたのだった。

7章　奴隷から巡礼者へ

地獄の鉄道貨車

思い出したくないことばかりだが、思い出さなければならない。私は世界に警告し、世界をより良い場所にしようと念願している。だから、あえて皆さんとこの苦しい物語を分かち合いたい。氷点下での作業中に、薄くて擦り切れた不潔な囚人服だけで震えていた、といった逸話なら、おそらく読者にも理解できようし、共感できる範囲だと思う。しかし、プワシュフからアウシュヴィッツ・ビルケナウへの旅となると、一般の人の理解を超えた話になってくる。

さあ、私と一緒に、拷問室とも墓ともなる家畜用貨車に乗り込んでみよう。苦しみの上に、さらに苦しみが重なるような体験になることを覚悟していただきたい。すべては実話である。私はそれを正しく伝える義務がある。そのイメージから逃げないようにしていただきたい。ここでは人間の命は取るに足らず、役立たずで、どうでもいいもの、と見なされていた。

ユダヤ人はどのような種類の貨車に押し込まれたのか、私には正確なことは分からない。しかし、「貨物」のほとんどはハンガリー系ユダヤ人だった。ホロコースト史の研究者たちによれば、当時の典型的な家畜貨車の平均の長さは8・2メートル、幅は2・2メートル、高さは車輪の最下部から約

4・3メートルというサイズだったという。

こういう貨車の天井は、真ん中が凹んで傾斜している。このため空間はさらに圧縮される。中央部の床と天井の間は、わずか約2・2メートルしかなかった。だが、貨車が人でいっぱいになってくると、外側の端にいる人たちは鞭で打たれ、蹴られ、中に押し込まれる。中央部に立つ人は、そういう目に遭うことは少なくて済む。

初夏の暑い時期に、食べ物も水もない状態で、50マイル〔約80キロメートル〕の旅のために、このような狭い空間に約60人を詰め込むのは犯罪行為であっただろう。私たちプワシュフから移送された160人は、どういう理由だったか分からないが、そのような貨車に押し込められたまま、目的地に到着した後も2昼夜にわたって側線に放置された。施錠され、ドアをボルトで固定した状態である。これはすでに、大量殺人をしているも同然だった。

これから何が起こるか、誰にも分からなかった。スカヴィナとスピトコヴィツェの街を通過し、アウシュヴィッツの最寄りのオシフィエンチム操車場に至る道のりは、無実の人々を死に至らしめる長い列車の旅となった。大量のユダヤ人をガス室送りにすることは、ナチスにとって重要課題となっていた。よって、彼らがいちいち手にかけるまでもなく、移送の途中でできるだけ多くの者が死ぬことが望ましかったのである。

この狭い空間にこれだけの人を入れると、普通に呼吸することも不可能になってくる。列車が揺れるたびに私たちは震え、よろめき、さらに胸への圧迫感を覚えた。実にひどいものだ。伝統的なイディッシュ語の落胆表現、「オイベイ（oy veh）」という叫び声が時折、聞こえた。しかし、通常の会話はすぐに静まった。

誰もが圧迫に苦しみ、次の呼吸に集中していたからだ。私たちが乗り込む前から、弱い者たちは屈し始めていた。タイヤの空気がゆっくりと抜けてパンクするかのように、彼らはため息をつき、へたり込んだ。多くの人が、静かにうめき声を上げ、息を呑み始めた。短く絶望的な叫び声をあげる人もいた。ある見知らぬ人は、私にしがみついてからゆっくりと床に沈み、二度と立ち上がることはなかった。

操車場で列車は入換作業の要員の手に渡り、武装警備下でビルケナウ収容所のすぐ内側にある鉄道用斜路まで運ばれた。通常はSSのウクライナ人隊員が作業を仕切り、誰も近付くことは許されない。収容エリアの入り口で、機関車の連結器が貨車から外される音が聞こえた。試練がもうすぐ終わる、と感じた私たちは、静かに感謝した。

いいや、これはほんの序の口に過ぎなかったのだが、私たちはまだ、何も知らなかった。

それから何時間も経った。誰も私たちを助けに来ない。絶望感が芽生えた。線路脇を歩く警備兵のブーツが砂利を踏む音が聞こえた。木造貨車のドアの隙間から慈悲を乞う者、水を飲ませてくれと懇願する者たちは、貴重なエネルギーを無駄にしただけだった。私たちは飢餓による胃の鈍い痛みには慣れていたから、空腹感よりも喉の渇きの方が耐え難かった。口がひどく乾き、舌は腫れて、ハエ取り紙のように奇妙にベタベタしているように感じた。

体温の調節システムがおかしくなっていった。脱水症状が進むほど、発汗量が減少する。灼熱の日中が終わり、比較的に涼しい夜の闇の中にあっても、圧迫状態で発散される人々の体熱が籠もって苦しくなった。時間が引き延ばされ、あるいは途切れた。時の経過がまったく分からなくなった。1分が1時間のように、1時間が1日のように、1日が1年のように感じられた。不安な時間が経つごとに、生きる意欲が削がれていった。

私の右にも左にも、前にも後ろにも人が倒れていた。苦痛の最終段階を迎え、筋肉が弛緩して腸を空にする人もいた。旅が始まった時点では、どこかにバケツがあったはずだが、身動きが取れないため、立っている場所で排尿するしかない。臭いは耐え難いものとなった。徐々に生き残っている者は、死んだ同胞の体の上に立つか、その上に座るしかなくなった。

彼らが死んでいることを認めたくなかったが、それが運命であることは初めから分かっていた。多くの人は、溺れて波の下に沈んでいく人のように、少しずつ滑って崩れ落ちていく。時々、体が揺れ、足が曲がる。手を上げて別れを告げるか、あるいはあの世へ手招きするように、指をピクピクと1インチ〔約2・5センチメートル〕ほど揺らす。

私たちは皆、半ば死んでいた。心の底では、生きて貨車から出られるとは思っていなかった。苦しみはあまりにもきつく、今さら死は恐ろしくなかった。時間の問題で自分も死ぬだろうし、いっそ、その方が楽だろう、という死の誘惑にかられた。あの状況でどうやって私は人間でいられたのか？いや、正直に言うと、本当にそうであったのか自信がない。

前にも述べたように、私は身長1・6メートルの小男だ。3日目の朝までに、その側線に止まったままの貨車の中で、死体の山が積み上がって、すでに天井に達していた。貨車の上部に網の張られた小さな窓があり、そこから少しだけ外が見えた。空気は汚れ切っていた。自分が最後に垣間見る外の世界は、あの窓から網越しにぼやけて見える線路と柵になるだろうな、と覚悟した。

すると突然、騒々しい音がした。密閉されていた扉が開かれ、にわかに光が差し込んだ。生き残った私たちは一瞬、怯んだ。

「Raus. Raus（出ろ。出ろ）」

さて、これは一切の誇張がない数字で、本当に嘘であったならいいと思う。だが、貨車から外に歩いて出たのはたった20人ほどだった。私たちはまばらに線路上に集まった。ＳＳの連中は、私たちがつまずき、踏み付けてしまった遺体には無関心だった。彼らは私たちに叫び、暴行を加えた。貨車の中で3、4人の生存者が虫の息となっていたが、他の収容者が担架で運び出した。

アウシュヴィッツ殺人工場

側線に降り立った私を最初に襲ったものは、人肉が燃える強烈な臭いだった。絶滅の悪臭である。その時までにナチスは、2年間をかけて、年間160万人のユダヤ人を殺害・焼却できる大規模なガス室と焼却炉の建設をしていた。

当地を管理する「アウシュヴィッツ武装親衛隊及び警察建設管理局（Zentralbauleitung der Waffen-SS und Polizei Auschwitz）」の計算は、冷徹かつ正確無比だった。彼らの試算によれば、1日に4416人の死体を焼くことができた。大きな2基の焼却炉でそれぞれ1440人、小型の2基でそれぞれ768人である。この管理局に勤めている連中は事務職員、技術者、企画担当者などだったろうが、自分たちの仕事の性質をよく理解していた。彼らは効率的な殺人の仕組みを考案し、提供したのである。

今でも私はバーベキューが苦手である。人の体が焼かれ、肉が炎に覆い尽くされる様子を思い出してしまう。グリルから出る煙が、粒子化したホロコースト犠牲者の体を空気中に撒き散らす煙突の記憶を呼び起こす。楽しい食事をしている人たちを邪魔したくないので、不快感を表に出さないようにしているが、これが私の現実である。

どれだけの魂が風に乗って連れ去られたのか？　歴史家たちによれば、アウシュヴィッツ・ビルケナウ収容所に送られた130万人のうち、110万人が殺害されたという。犠牲者のうち約96万人がユダヤ人だった。しかもその前に、延々と連なる列車の中で何百人、何千人が死んでいった。私はなんとか生き延びたに過ぎない。収容者の一部は、通常勤務に入る前に貨車を清掃する係となったが、あまりに遺体の数が多過ぎて対処し切れなかった。

作業には2種類あった。貨車に乗り込み、来る日も来る日も、膨大な遺体を運び出す作業と、死にゆく人たちが壁に書いた名前やイニシャル、最後のメッセージを消去する作業だ。後者の作業は具体的には、壁の跡をきれいにこすり落とし、油性塗料で重ね塗りするのである。しかしここは死の工場であり、産業的な規模で死を浄化する人的余裕がなかった。

先ほども述べたように、貨車の中の私たちは皆、瀕死の状態だった。苦痛はあまりにも長く続き、環境はあまりにもひどかった。耐えられる限界を超えていた。こういう場で何ものにもまして大事なのは、生きる意志だ。幸いなことに、私にはまだエムナー（emunah）、すなわち信仰上の信念があり、神への信頼を新たにしていた。神こそ助け給う存在だった。これこそ、私が自分の信仰を大切にし、可能な限りそれを強化しようと努める理由である。

私たちは収容所に向かって行進した。まだ生き残る可能性がある、という事実に私は驚愕した。私はこの時、生者の世界に戻ってきた。自分の内面を表情に露わにしてはいけない、というのが鉄則ではあったが、〔一度は死ぬ覚悟をした後だったので〕心はどこか高鳴っていた。「ヤツらは何をするつもりだ？　私たちに何をしようと考えているのか？」。どうも連中は、まだ私たちには使い道があると判断したようだった。まずは徹底的にこき使い、殺すのはその後でいつでもできる――。私たちはナチスの恐るべき犯罪現場に身を置こうとしていた。

私たちは服を脱ぎ、警棒を持った4人のSS隊員に殴打されながら、何か隠し持っていないか身体検査をされた。棒を耳に押し込まれ、口を開けろ、と言われた。その後は足を開き、尻の穴を調べられた。道中に着てきた薄っぺらなボロ布の囚人服に隠せるものなど何もなく、こんな検査は無意味だった。しかし、今になって思うと、こうした屈辱は日常茶飯事だったから、私たちはもはや、当然のことのように受け入れていた。

アウシュヴィッツは囚人に数字のタトゥーを入れる唯一の収容所だった。私たちはテーブルの前に並び、退屈した看守からいくつかの質問を受ける（私はここでも、前のように適当な生年月日を言った）。その後で彼らは、非常にぞんざいに、皮膚に数字を刻み込んだ。腕の内側、肘のすぐ下である。その年の後半になって、ハンガリーから大量の移送者が運び込まれると、腕の外側の下部分にタトゥーを入れる傾向に変わった。

強制労働者としてこの施設に送り込まれた私は、囚人番号を与えられた。どう見ても「85314」だった。後年になって、私はコロンビアの整形外科に行き、番号を消してもらった。今となってはそれを後悔しているが、当時の私は、異国の地で新しいキャリアを築こうと奮闘中だった。南米の人たちは、戦時中のホロコーストについての知識もなく、収容者だったことを恥ずかしいことのように思う傾向にあった。まるで私が犯罪者だったかのように思われ、実際に絶えず尋ねられたものである。私は不本意ながら、そして苦痛を伴いながら、強引に番号を消し去ることにしたのだった。しかし、ナチスは私たちを奴隷、家畜として扱い、あのような烙印を押して貶めたわけだが、今になってみると、墓場まであの数字を持って行くべきだったな、と思っている。

ところで、いまだに困惑している事実がある。私は戦時中、複数の収容所にいたが、他のすべての収容所での私の在籍記録は見つかっており、今ではオンライン・データベースにも登録されている。しかし、何年にもわたる調査にもかかわらず、アウシュヴィッツに私がいた、という確固たる文書を見つけることができていない。私がここにいた期間は短く、4〜6週間ほどでさらに移送となった。

私の在籍記録の多くは、ロシア軍〔ソ連軍〕の進撃に備えて破棄された可能性が高い〔プワシュフ収容所の解放は45年1月14日〕。私たちがアウシュヴィッツに到着した時、すでに敗走の混乱が始まっていた。プワシュフは当地から比較的、近かったため、単に移籍の事実が無視され、事務上の管理ミスがあった可能性も大いに考えられる。アーモン・ゲートの残忍な収容所の生存者たちは、従来のシステムを超えてフライベルク、ブーヘンヴァルト、グロース・ローゼンなどの他の収容所に無作為に送られたことから、そういった混乱も容易に想像できる。

ところで、私が貨車を降りてから覚えているのは、非常に現実的な感覚だった。生き続けるためには、厳しい任務を完遂し続けなければならない――。このような瞬間、心のスイッチが切れる。無感情になり、すべてによそよそしく、無関心になる。心の中では祈り続けるかもしれない。だが、表面的には一種の機械になるしかない。これをやれ。あれをやれ。ここに行け。今度はこっちだ――。何を言われようが、完全な服従こそが唯一の選択肢である。どんなにひどい命令でも、どんなに厳しい指示でも、言われた通りに行動するのだ。

遺体は硬直し、皮膚も骨も冷たい。それらを手押し車で運び、トラックに積み込んだ。焼却炉の前で地面に並べ、そこから炉に向かって運ぶ。看守が叫び、犬が吠える中、私たちは彼らの服を剝いだ。親衛隊は利益の可能性を追求した。宝石や金目のものが、ボロ布の中に隠されているかもしれない。彼らにとって、ユダヤ人など人間ではないのである。

交錯する現在と過去の記憶

私は奇跡的に生き延びたが、恐ろしい記憶との葛藤は、支払わねばならない代償である。今日、アウシュヴィッツ・ビルケナウの地に戻る度、そういった記憶が私を圧倒しそうになる。この目で見ているものと、脳の中で再生されるもののコントラストがあまりにもはっきりして、呼吸が少し早く、浅くなる。異常さと破壊の記憶。しかしその一方で、現在の風景は正常かつ素朴で、美しいとすら言える。

車で収容所跡地に入ったところ、近くに新しく建てられたバンガローがあるのに気付いた。スマートな瓦屋根があり、塗装されたばかりのようだった。庭にままごと用の家が置かれ、滑り台とブランコまである。息を呑む光景だ。このような幽霊が住まう地で、どうして人々は暮らすことができるのだろう？　私は周囲の木々や花々を眺めて思った。あのたくさんのユダヤ人犠牲者の遺灰の上に、こんな花が咲き、成長したのか――。

　というのも、この地には恐ろしい秘密が隠されているのだ。炉で燃え残った遺骨は、乳棒で粉砕され、湿地やら、平坦でない場所の埋め立てに使用された。あるいは近くの池や川に流され、あるいは畑に肥料として撒かれた。ビルケナウ収容所〔アウシュヴィッツとビルケナウは複合施設だった〕のすぐ外にある農家は接収され、窓をコンクリートで埋められ、ガス室として使われた〔本格的なガス室ができる前、複数の農家を改造したガス室が使用された〕。

　私たちは、近くに出来た現代的なショッピングモールを通り過ぎたところだった。駐車場は満車状態で、家族連れがあちらこちらへ急いでいる。きれいに着飾った人々が、購入したものを何の気なしに持ち歩いている。しかし、私はこの場所が何であるか、それが何を象徴しているかを忘れることができない。そこはかつて、想像を絶する凶行の現場だった。

　私は家族の若い世代の一部、特に孫たちに対し、私の経験を一切、話さなかった。忌まわしい記憶から全力で遠ざけた。それはこのあたりに理由がある。子供たちの遊び心や優しさ、無邪気さに、私は心打たれる。なぜ、死と破壊、残酷さと恐怖についてあの子たちに伝え、かけがえのないものを危険にさらすことができようか？

　若い世代にも真実を知る時間はくるだろう。彼らは自分の夢に集中すればいいのだ。気楽に過ごしてもらえばいい。やがて成長し、ユダヤ人としての立派な教育を受けるようになれば、自分たちの先祖に何が起こったのかを知り、理解し始めるだろう。もしかしたら、彼らの未来は、私の過去の経験によって豊かになるかもしれない。私は神に祈りたい。彼らが本書を自分の子供たちに、そしてその子供たちの子供たちに伝えてくれますように、と。

　もし私に願いがあるとすれば、「人生には意味がある」と若い世代には知ってほしい。将来の世代には、それぞれが書かなければならない独自の物語があろうし、創造すべき独自の世界もあるであろう。それにしても私は、この収容所の跡地で出会った多くの情熱溢れる若い訪問者たちから、元気をもらった。ビルケナウの門のすぐ内側で、フランスのツアー客の一行と古い歌を歌った。彼らはフランス語で「記憶の旅（Voyage de la Mémoire）」と書かれたTシャツを着ていた。遺憾ながら、この日は乾燥していたうえに、私の声帯も他の部分と同様に老化が進んでおり、いささか嗄れ声だったのはご容赦いただくしかない。

悪名高き「Arbeit Macht Frei（働けば自由になる）」という大嘘を掲げたアウシュヴィッツの門をくぐった時、私は本能的に監視塔の方を振り向いた。そこには常に4人、あるいは8人ものSS隊員がいたものだ。皆、別々の方向を向いていた。全員の受けている命令は同じである。絶望のあまり正気を失った逃亡者を射殺するのだ。

黒い髑髏と骨が描かれた小さな四角い標識が嫌でも目に入る。ポーランド語で、とうに亡くなった人たちに「Stoj!（止まれ！）」と命令するものだ。他にも過去と現代のコントラストが至る所で感じられた。レンガは風化し、経年劣化で管理棟の壁には穴が開いている。かつては危険で恐ろしい場所だったのに、その横でライラックが咲いている。馥郁たる甘い香りが奇妙に思えた――。

私の記憶は恐ろしい朝に連れ戻される。毎朝、その日の自分の運命が決まるのだ。灰色の埃っぽい石畳の上に8列か10列に並んで待ち、サイレンが鳴った途端、新たな命令が下る。それは恐怖の瞬間である。私たちは殺意のある面々に囲まれていた。連中は私たちを憎しみと軽蔑の眼差しで見た。収容者は5～10人のグループにされる。これらのうち、一部のグループの者とは、二度と会えない。たとえグロテスクな内容であっても、何かしら仕事を与えられた時、生き延びたことに強烈な安堵感を覚えるが、それも一瞬だ。

「Umzug. Schnellere, schmutzige Juden（動け。もっと早くだ、汚いユダヤ人ども）」

彼らがそう叫び、唾を吐きかけたとしても、別に気にならない。こんな侮辱を毎日、聞いていたので、もう何の意味だか分からなくなっていた。言葉など、物理的に刺さるわけではないし、血が流れるわけでもない。そんなものは聞き流せばいい。彼らが私たちを撃ったり、絞首刑にしたり、ビルケナウのガス室に送ったりしない限り、私たちは満足だった。ほんのささやかな慈悲に対しても、神を賛美すべきであった。

私たちは通常、遺体を収容するために使役されたが、ビルケナウの北端まで行進することもあった。だがビルケナウはすでに建設作業が最終段階に達し、ほぼ完成していた。また時には、単純な保守作業や、収容所の清掃を命じられることもあった。主な目的は、私たちを常に忙しくさせ、疲れさせ、虐げ続けることにあったようだ。このような労働の多くは明らかに無意味だったが、決してその点に言及されることはなかった――。

変わり果てた現状に衝撃を受けつつも、私は自分自身の物語を生きていることに気付く。これが傲慢だと思われないことを願うが、ぜひ私の経歴に免じてお許し願いたい。やはり私は、決して単なる観光客、つまり毎年この場所に集まる230万人の観光客の1人、という感覚にはなれない。それでも私はスマートフォンを取り出して、私たちが当時、置かれていた歴史的窮状を大局的に理解するのに役立つ掲示板の古い写真をいくつか、撮影した。

これらの古写真は、撮影当時の現場と同じ位置に置かれていた。この日、見たものの中でも、珍しく生々しい感情を呼び起こす力があった。何も知らずに「最終解決」を待っている女性と子供たちの写真を見て、こみ上げてくるものがあった。小さな男の子が列から出てしゃがみ、うつむいて石で遊んでいる。もう1人は純白のリュックサックを背中に背負って、つま先立ちしている。おそらくこの子たちの余命は、あと数分だろう。

ビルケナウ郊外で溝を掘っている労働者たちの写真を見つけた時、興奮した私は、だれかれ構わず叫んでしまった。「あれは私だ、あれは私だ!」。いや、私は本当に自分自身の姿をそこに見つけたわけではない。私が言いたかったのは、自分もあの作業をやった、という意味だ。この収容所での生活の後期、私がよくやらされた仕事がそれだった。私は、細い金属の欄干がついた橋を見て、昔と変わっていないな、と思った。その橋は溝を渡り、今でも訪問者を収容所内に導いていた。

収容所の周囲13キロメートルにわたって、深さ約3メートルの急峻な溝が続いている。これは、茎の長い草が生い茂る湿地帯から排水するために設けられた。私たちが地面を掘り、パイプを敷設するのを、銃剣付きの小銃を手にした残酷なSS隊員たちが見張っていた。カポたちは、私たちが怠けているという理由で、あるいは単にご主人様に好印象を与えたいという理由で、私たちを鞭で打とうとうずうずしていた。

私が奴隷から巡礼者になるまでに、80年近くかかった。

この地に戻ってきて、特にやりたかったことが2つあった。1つ目は、列車から遺体を運び込んだ建物の捜索だ。これは苦痛を伴う儀式でもある。収容所のレイアウトの一部が変更されたように思ったが、目印となる低い平屋の建物を探した。

それはまさに、私が記憶していた通りの場所にあった。脅威と悔恨のオーラを放つそれは、灰色のセメントで覆われた外壁が、重いドアの近くで剝がれ落ち、下のレンガが露出していた。私たちは、裸の遺体を手押し車でこの地下壕型の建物に運んだ。ここから焼却炉までの短距離は、レールの上を馬が引く木製のトロッコに乗せて運んだ。通常、遺体の運搬作業は2人で行う。1人が死者の頭部を抱き、もう1人は足を抱き上げる。焼却作業そのものは、恐ろしいゾンダーコマンド部隊に入れられた囚人たちが担当した。

この場所は、戦前には〔ポーランド陸軍の〕弾薬庫だったと思われる。１９４３年の夏に一時閉鎖された後、本格的な焼却炉として操業を再開した。ここには3基の炉があった。

１９４４年の夏、私がここにいた当時、収容所の管理局は需要の急増に対処する必要があった。毎日1万2000人ものハンガリー系ユダヤ人が到着したのである（この時期、同盟国ハンガリーの離反を恐れたヒトラーは、同国に圧力をかけてユダヤ人の大量移送を強要した）。奥の部屋が臨時の遺体安置所となり、まさに床に散乱している有様だった。敷地内の他の場所では、遺体の山を外部の焼却設備に投げ込んでいた。状況は絶望的で、ますます環境の劣化につながった。

私は今、収容所と地下室の間の場所に立って、1人で考えを巡らせている。小さな窓から差し込む光が、床を明るくしているが、天井から吊り下げられた4つの裸電球が投影する影が、暗く陰鬱な雰囲気を作り出している。骨の髄まで寒気を感じた。

注意書きとして、「死者の尊厳を守るために訪問者は沈黙してください」とある。だが、私は話さざるを得なかった。外の看板にあった「彼らの苦難を忘れないでください（Remember their suffering）」という一節を読んで、私の声は虚ろに響いた。

「私は、自分の苦難を思い出した……」

ここで旅を終えた人々の苦悩が忘れられない。いわゆる「死のゲート」を遠くに見ながら、今も有蓋貨車が置かれている側線を探した。そこには墓場にふさわしい雰囲気が漂っていた。さまざまな形や大きさの石が、足場や斜路の上、そして貨車の車軸に沿った線路上に置かれていた。

これは追悼の行為である。故人の終焉の地に石を置くというのは、ユダヤ教の連綿と続く伝統なのだ。他の信仰や文化では、死者を悼む際に切り花を使うと思うが、それは生命あるものだ。花は咲き、色褪せ、そして枯れる。だが、石は年月に耐える。それらは記憶の一貫性と関連している。石は律法においても、全能者の比喩として頻繁に使用される。

ろうそくに火をつけ、線路上に置こうと何度か試みた。穏やかなそよ風に揺らぐ炎は、私の想像力を刺激した。そう、それは非常に多くの失われた魂の最後の息吹を示しているのではないか――。私は追悼の意を表し、黙想して彼らの平安を祈った。

私は1944年8月の第2週に言われた。「お前のアウシュヴィッツ・ビルケナウでの任務は終了した」。私の仕事は終わったのだ。少なくとも、当面は救われたようだ。次の目的地は、オーストリアのリンツの東にあるマウトハウゼン強制収容所である。

そこは市場のある市街を見下ろす丘の上にあり、きっとアウシュヴィッツよりはいい環境なのではないか、と思われたから、いくらか安堵する思いがあった。

とんでもない。私は自分がどれほど間違っていたのか、思い知ることになる。

8章　死の階段

最悪の収容所マウトハウゼン

人間とは何か？　それは人生における大きな問題である。これに対し、哲学者なら相応の答えを出すだろうし、医師も違う方向から答えてくれよう。信仰を持つ人、ラビ、キリスト教の司祭、イマーム〔イスラム教指導者〕といった人々なら、人類の霊的な側面に焦点を当てて考えるであろう。私は常に、彼らの見解に耳を傾けてきた。すなわち、人の存在の中心は皮膚や骨、筋肉や腱ではなく、魂である、ということだ。

年齢を重ねるにつれて、自分の記録であるのに、歴史的アーカイブの中に存在する他人を研究しているように感じることがある。当時の記録文書は、時としてあやふやで、奇妙なほど無味乾燥だ。いずれにしても、囚人としての私の記録ではある。だがこうした記録は、あらゆる場所で隠滅される可能性があった。不完全、かつ不正確な点はあるにしても、残されているそれらは、非常に官僚主義的な管理の実態に光を当てるものである。

そのようなSS官僚たちによる記録を見ると、私は1944年8月10日にマウトハウゼン強制収容所に到着した4590人のユダヤ人の一人だった、ということになる。ここは戦時中でも最も悪名高い収容所だった。私は正式にレーアリング（Lehrling：見習い）として登録された。私の囚人個人記録票（Häftlings-Personal-Karte）の名前の欄には、ヨーゼフ（Josef）と書かれているが、日常的にはヨゼク（Jozek）と呼ばれていた。私はその日に登録された１０１４人目の囚人で、書類の番号欄には21番と記されている。

個人情報欄にさらに記載がある。「体形（Gestalt）：細い（schlank）」とあるのは当然で、いつでも空腹を抱えていた私の体重は、常に40キログラム未満だった。「髪（Haare）：ダーク（dunkel）」、「目（Augen）：青（blau）」と続き「顔（Gesicht）」は「狭い（schmal）」となっている。

ここまではいい。しかしその後、これは事務官の誤記ではないかと思うのだが（空欄に単語を入力するスタイルである）、「鼻（Nase）」は「rude」とあって、これは英語の「失礼」である。しかし、あえて意味を考えれば「無愛想（brusque）」ぐらいか。それが正確かどうかは分からないが、なんにせよ、決して褒め言葉とは思えない〔なぜrudeとあったのか不明だが、gerade（まっすぐ）としたかったのかもしれない〕。そしてありがたいことに、私に関する他のすべての事項は「norm」、すなわち「標準的」だった。

マウトハウゼン収容所の跡地に立つ記念碑には、次のような説明文がある。

……〔当地は〕かつての犯罪現場として記憶されるべき場所であり、ここで殺害された数千人の遺体を安置する墓地でもあるため、ますます政治的、歴史的教育の場と〔して重要に〕なっている。〔この記念施設の〕意義は、マウトハウゼン強制収容所とその補助収容所の歴史と犠牲者の記憶〔を留めるとともに〕、加害者と傍観者が負う責任について、国民の認識を確実にすることである。

私はマウトハウゼン収容所に投獄された19万人の収容者の一人だった。人々の出身国は40以上に及ぶ。当地はナチス体制下でも唯一の「カテゴリーⅢ」収容所だった〔Kategorie Ⅲ。ラインハルト・ハイドリヒSS大将の定義によれば、危険な政治犯、反社会分子を収容する施設のこと〕。これは最悪のカテゴリー分類である。記念施設にはアルバニア、ベルギー、チェコ共和国、デンマーク、フランス、ギリシャ、イギリス、ハンガリー、ウクライナ、ロシア、スペイン、そしてポーランドなどの国々から来た人々を示す印象的な彫像があり、当地の性格を象徴している〔主にユダヤ人を対象とする絶滅収容所ではないので、ドイツ人を含む犯罪者、戦時捕虜など多様な国籍と背景の囚人が在籍した〕。スロベニア人犠牲者を示す像は骸骨の姿をしている。それは自由を訴えるかのように虚空に手を伸ばし、叫び声を上げている。忘れ難い彫像である。

収容所の入り口の横には、ロシア〔ソ連〕の将軍、ドミトリー・ミハイロヴィチ・カルビシェフ中将の記念碑がある〔1941年8月、バルバロッサ作戦の初期にドイツ軍の捕虜となり、45年2月にマウトハウゼンで死亡した〕。氷の板に閉じ込められた将軍の姿が描かれている。彼もここで「死の階段」を上ることになった。死因は恐らく、喉にシャワーのホースを押し込まれて溺死したか、真冬に裸で屋外に立たされて水をかけられ、凍死したかのどちらかだとされる。

ここにはイスラエルが立てた記念碑もある。すべてのユダヤ人犠牲者の名の下に立てられたそれを見上げて、私は涙を流した。エルサレムの古代神殿で使用された7枝の燭台、巨大なメノラーの形である。この碑が立つ区画の周囲は、何千人もの強制労働者の命を奪った花崗岩の山の一部だ。

メノラーは、私の信仰において大きな意味を持つ。枝は人間の知識を表し、左右にある6本が、神の光を象徴する中央の1本に向かって身を乗り出す姿を示す。この燭台はまた、神が7日間で世界を創造されたことも意味する。私の人生は、そのような信仰によって形作られているのだが、私がこの時、打ちのめされた気分になったのは、何もそのためではない。

私の感覚は、すでに完全に過負荷になっていた。

私は安全柵にもたれかかり、あの殺人採石場があった谷の向こうを眺めた。前にも述べたと思うが、現代の牧歌的な美しい風景は、かえって痛みを伴う記憶を呼ぶのである。オーストリアの田舎には素朴な魅力がある。木々の葉は茂って成熟し、向こう側の丘の上に白壁の農家が見える。その隣には、ほぼクエスチョンマークの形をした畑があり、新しく耕されたばかりのようだ。

私は崖の縁に沿ってさらに進み、特大の記念碑まで歩いた。かつて私たちを閉じ込めた有刺鉄線を描くこの碑は、東ドイツ政府が寄贈したものだ。１９９０年の〔ベルリンの壁の〕崩壊前のことである。その右側の後ろの壁に、女性の像が設置されている。そこにドイツの詩人で劇作家のベルトルト・ブレヒト〔ナチス政権下で全作品が発禁処分となり、国外に逃亡した〕が１９３３年に書いた文が添えられている。その内容はこうである。

おお、ドイツよ、青ざめた母よ
あなたの息子たちが、あなたをどれほど傷つけたか。
それで、あなたは国々の中に座しているのだ
軽蔑と恐怖の対象となって。

私は立ち止まり、悔恨の念を思い返していた。「死の階段」の頂部に続く道を行き、その前にある最後の柵に差し掛かったとき、ついに自分の感情を抑えることができなくなった。花崗岩のブロックを背負って、この１８６段の階段を上ったのだ。私がそれをやらされたのは、わずか６日間だった。だが、一生、心に傷が残るほどの苦しみと野蛮さを目の当たりにした経験だった。

フラッシュバックが私を襲った。私は、その時そばにいた仲間のラビ・ナフタリ・シフに抱きかかえられた。シフは冗談を言って、私の気分を和らげようとした。あなたは今日、半袖のストライプ・シャツを着ておられますね。私は子供の頃、そういうシャツを着ることを母から禁じられていましたよ。なにしろ強制収容所の囚人服みたいですからね――。

谷を下り、環状路を経て階段を下った。下に着く頃には、私の悲しみは怒りに変わっていた。私は右にカーブする高さ31メートルの階段を見上げ、衝動的に石をつかんで投げつけた。それはあまり意

味がなかったかもしれないが、私はなんでもいいから報復したかった。私たちへの仕打ちに対して、罰を与えたかったのだ。

おそらく、ここに自由の身となって戻ってくることは、自分で思っていた以上に、私にとって大きな意味を持っていたのかもしれない。私は悪人どもからも、善を学んだのだ。迫害者がする行為と逆のことをすればよい。賢者は自分が何者であるかを決して見失わない。だからこそ、私や私の同胞たちに対して行われた多くの悪事に復讐するためであっても、私は決して人を殺すことはできなかった。そんなのは、私ではない。それは私ではないのだ。

飛び降りの断崖

マウトハウゼンでは、囚人は死ぬまで労働させられた。それは組織的なものである。ここの配給食は強制収容所の中でも最悪で、毎日のパンのかけらに雑草のスープが添えられるだけである。作業としては、鉄のつるはしや爆薬を使って、まず岩盤を崩す。民間人の職長の指導のもと、私はすぐに手順を学んだ。

私は岩を割るプロセスを覚えた。それは岩肌の手がかりを探る登山家のように、岩の割れ目や亀裂を見つけることから始まる。これで比較的、痛みを覚えることなく作業が続けられるのだ。しかし苦痛はすぐに襲ってくる。すると他の者が私たちの代わりに岩壁に立ち、私たちはラバ扱いになる。石材運びで虐待されるのだ。花崗岩は鋭く、肩に穴が開くほどきつい作業となる。

平均荷重は約50キログラムだが、私は8列に並んで石材を担う際、できるだけ小さいものを見つけようとした。それから急な坂道を順番に歩く。数メートルおきに配置されるSS隊員の鞭を、全力で避けなければならない。これが毎日11時間、休みなく続いた。

それは混沌の日々だった。人々は人類文明の進化の流れに逆らおうとしていた。私たちは皆、疲れ果てていた。誰かが倒れると、たいてい後ろの男の上に倒れかかった。そうなると、階段の下までドミノ倒しになる。石を背負って落ちれば、頭は割れ、骨も折れた。どんな気持ちだったかって？　もう死んだ、である。どうやってあんな作業を続けられたのだろう？　天の意志に違いない。自分の力だけでは無理だった。他の場所から来た力、としか思えない。

警備兵たちは、単に監視していたわけではない。ヤツらは「Härter arbeiten!（もっと働け！）」と叫んで鞭打ち、階段を駆け上がらせて、故意にパニックを引き起こそうとしていた。サディスティックな行動をすることに、妙なプライドを持っていた。汗びっしょりで体を揺らし、目の前の人を追って、もがきながら渋滞する坂を急ごうとしても、物理的に不可能なことは明らかだった。それでも坂の終わりまで行って、石の山に自分の重荷を置ければ幸いだった。この石材は、ＳＳの宿舎を建てるために使用された。

もっと恐るべき運命が待っている者もいた。個人票に「Rückkehr unerwünscht（帰還は望ましくない）」の略語、「ＲＵ」とメモ書きされていた特定の人たちは、警備兵たちに連れられて断崖の縁に立たされた。そこは「Fallschirmspringerwand」と呼ばれた。意味としては「飛び降りの断崖」である。銃を突きつけられた囚人には、選択肢が提示される。「ここで射殺されるか、目の前の崖から飛び降りるか、自分で選べ」。

私は幸い、このような究極の選択をしなくてよかった。神に感謝せねばなるまい。いずれにせよ、死は免れないかもしれないが、ここで死の銃弾を浴びようとする者はいない。しかし多くの人にとって、これは避けがたい死刑宣告であった。私がここにいた時期に、約８０００人のオランダ系ユダヤ人が強制移送されてきた。彼らにとって、その仕打ちは言葉では言い表せないほど残酷なものだった。

彼らは従容たる威厳を保っており、それを見た私は、胸が張り裂ける思いだった。最高の靴を箱に入れ、スーツをハンガーにきちんと並べて、彼らは収容所に入った。彼らの運命は初めから決まっていた。冷笑するＳＳ警備兵とカポに連れられて断崖まで行進し、こう質問されたのだ。「この中で誰か、落下傘兵として志願する者はいないか」。彼らは混乱し、動揺したが、ほとんどの人が「志願」した。

彼らはすぐに突き飛ばされ、31メートルの坂を転がり落ちた。体が崖の途中で跳ね返り、地面に落ちる前にバラバラになった者もいた。池に落ちた人たちもいた。何年も後になって、私はその池のそばを歩いたことがあった。水は静かだったが、不気味そのものだった。一体どれだけの人骨が、この水の底にあるのだろうか、と思わずにはいられなかったのだ。

彼らの死は、収容所の公式文書に「Selbstmord durch Springen（飛び降り自殺）」として記録されている。

このマウトハウゼンの飛び降り処刑の蛮行については、戦後の国際法廷で、アメリカ海軍コマンド部隊のジャック・テイラー少佐が事実として証言している。テイラー少佐は情報収集および抵抗グループとの連絡を確立するべく、オーストリアに落下傘で潜入したのだが、ドイツ軍に逮捕された。彼はマウトハウゼンで2回も処刑寸前になっている。しかし1回目の執行は、収容所のある事務官が、テイラーに同情して彼の書類を故意に焼却したので免れた。2度目については、その直前、１９４５年5月にアメリカ陸軍第11機甲師団が収容所を解放したため、命拾いをした。

テイラーは、空、陸、海で活動した最初のコマンド隊員として称賛された。彼は解放後、やってきたアメリカの映画クルーを前に目撃証言をして有名になった。マウトハウゼンの元所員の被告61人全員に有罪判決が下されたダッハウ裁判で、テイラーは検察官から質問された。「親衛隊はどんな方法で殺害したのでしょうか」。彼は概要を答えたが、それは今でも私を震撼させる内容である。

ガス、絞首刑、銃撃、撲殺などですが、オランダ系ユダヤ人の特定のグループは、崖から採石場に飛び降りました。最初の落下で即死しなかった人は、念のため引き上げられ、改めて投げ飛ばされました。それから、屋外放置という手もありました。新たに到着する移送者たちは、季節に関係なく、ほとんど裸の状態で屋外に立たされました。

他の殺害形態にはさまざまな方法が含まれます。斧やハンマーによる殴殺。この目的のために特別に訓練された犬による八つ裂き。塩化マグネシウムやベンゼンを心臓あるいは静脈に注射する。牛の尾で鞭打って肉を引き裂く。コンクリート・ミキサーによる粉砕。大量の水を飲ませ、囚人を仰向けに寝かせて、その上で飛び跳ねる。氷点下で半裸のまま放置する。生き埋め。さらに、真っ赤な火かき棒を喉に貫通させる——などであります。

ここで語られた内容を理解したうえで、さらによく考えていただきたい。加害者たちは、自分たちをごく普通の人間である、と認識していた。採石場の責任者、SS大尉ゲオルク・バッハマイヤーは、斧による300人の虐殺を監督し、定期的に囚人たちに2頭のブラッドハウンドをけしかけて殺した。しかし彼は、自他ともに認める大のサッカーファンで、SSのサッカー・チームを組織して、当時の地元リーグに参入した。新聞は試合のレポートを掲載した。

多くのドイツ人の一般市民が試合に招待された。数千人が死亡した収容所の付属診療所の隣に設けたピッチで、プレーを観戦したのである。ここに送り込まれた囚人たちは全員、街の中心部を通って収容所までの4キロメートルを歩いた。地元の住民は、その大量虐殺の規模をよく知っていた。彼らは単に、見て見ぬふりをしたのである。「野ウサギ狩り（Hasenjagd）」という悪名高い事件もあった。何百人ものソ連からの移送者が逃亡したのだが、市民はその追跡に協力した。生き残ったのはわずか11人だった。

ＳＳの経済的資産として

この収容所にはどういう背景があったのか？　後年、私はビジネスに邁進し、お金を追う生活をしたものだが、ナチスの連中は実に先見の明があった。すでに１９３８年〔ドイツのオーストリア併合の直後〕の段階で、ナチ当局はこの採石場の権利をウィーン市から借り上げていた。その際にＳＳ指導部は、建材産業で大いに利益を上げることを目論み、「ドイツ土石工場有限会社（Deutsche Erd-und Steinwerke GmbH）」を設立した。

ヒトラーは、美術アカデミーの受験を2度、失敗した後、ウィーンでホームレス生活を送ったので、この街を憎んでいた。その時の拒絶感と屈辱を、彼は忘れなかった。マウトハウゼンの花崗岩は、もともと街路の舗装に使用されていた。そこでヒトラーは、自分の出身地であるリンツの大規模な建設プロジェクトに、この石材を使用することにした。リンツは「フューラーシュタット（Führerstadt）」、すなわち「総統の街」となり、ウィーンを超える第三帝国の文化の中心地となる予定だった。

採石場での死亡は労働災害と見なされ、ビジネスにおいて許容できる範囲の損失、と考えられた。労働者は奴隷化されていたため、人件費はゼロである。食費と宿泊費は最小限で済む。最大４００人の労働者は、集会広場に続く大部屋の床に詰め込まれて雑魚寝した。食べ物はパンのかけらだけで、それをイラクサのスープか、白いセモリナ（挽き割り小麦）風のものを溶かした液体で喉に流し込んだ。

私たちは知らず知らずのうちに、ＳＳの経済的資産になっていた。金歯を入れた囚人は、到着時に詳細に記録された。彼が死亡した場合、すぐに遺体から抜くのだ。収容所が設立されると、グラニトヴェルケ・マウトハウゼン〔マウトハウゼン収容所を中核とする施設群〕は、ＳＳの建設事業の中で最大、かつ最も生産的で、最も収益性の高い部門となったが、それも不思議ではないだろう。
収容所を建設し、拡張するための資金は捕虜から、あるいはドイツ赤十字社から盗まれた〔赤十字社は外国人捕虜に物資や手当を提供するが、それを本人たちに渡さず横取りした、ということ〕。政府に従順なドレスデンとプラハの銀行も融資した。それは資本主義の怪物的な形態である。こうした経済活動を監督する機関もないし、倫理性も軽視された。１９４４年までに、マウトハウゼンは年間１１００万ライヒスマルク以上の利益を上げるようになっていた。これは現代の価値に換算して約８０００万ユーロ〔１２０億円前後〕に相当する。

　地元の企業はさらに多くの強制労働者を必要としていた。国防軍に徴兵されるオーストリア人労働者の数が激増したためで、マウトハウゼンと、後に私が配属されたメルク、アムシュテッテン、エーベンゼーの３つの補助収容所の囚人は、地元の農場、道路建設、住宅建設プロジェクトで働くために貸し出された。

　作業の中には、ドナウ川の護岸の修復と強化もあり、近くにある12世紀の古城の考古学的発掘調査に駆り出された者もいた。オーストリアとスロベニアを結ぶトンネル工事にも関わり、南アルプスのロイブル峠の石灰岩を掘った。製薬会社から電池メーカーまで、合計45社が、私たち強制労働者を酷使したのだった。

　マウトハウゼンの事業は必然的に、ほぼ戦争遂行に関連したものとなっていった。採石場の一部はモーゼル社の自動小銃の組立工場に転用された。地元で生産された鋼鉄で戦車も作られた。シュタイア・ダイムラー・プフ株式会社の地下工場建設に際しては、作業員にタバコが特別支給された。しかし実際のところ、小銃や軍用車を製造する生産ラインを妨害する試みが数多く行われた。

　現在、記念碑と博物館は、見る人に深い影響を与えるものになっている。よく表現されていると思う。少なくとも、私たちの苦難を直視する、という地元住民の意向を妨げるつもりはなく、批判するつもりもない。それにしても、マウトハウゼンは今でも地域社会の発展に貢献しているようだ。観光客が多く訪れ、地域経済を活性化させているのである。それでも、私たちの苦難が認められ、尊重されるのなら、全体的に見てよいことではないか。

門を通って中庭に入ると、立ち入り禁止区域の石壁に、最近設置された簡素な銘板があって、私の目に留まった。有名なサイモン・ヴィーゼンタールの言葉がそこにあった。「人々が思い出す時、希望は生きるのだ（Hope lives when people remember）」。それは記憶を祝福する言葉である。ヴィーゼンタールはマウトハウゼンの元収容者で、ナチスを裁くことに生涯を捧げた人物である。彼はもう一つ、時代を超越した真実に焦点を当てる言葉を残している。「自由は天与の贈り物ではなく、日々、獲得すべきものである（Freedom is not a gift from heaven, it must be earned every day）」。

メルク補助収容所に移動

マウトハウゼン収容所長フランツ・ツィーライスは、ＳＳ大佐（SS-Standartenführer）にまで昇進している。彼ほど私たちの自由を否定することに成功した者はいない、というわけだ。さらに彼の「傑出した功績」を讃えて、月桂樹の葉でスワスチカのマークを囲んだデザインの金色のドイツ十字章（Deutsche Kreuz）も授与された。これは、ヒトラーが「部隊の指導において、度重なる並外れた行為」を示した将校に授与するものとして制定した勲章である。

ツィーライスはマウトハウゼンの人形遣いであり、私たちがいつどこで働くかを決める全権を持っていた。戦争が終わるまでに、彼は49か所のアォセンラーガー（Aussenlager）を統括していた。外部収容所、あるいは補助収容所と呼ばれるものである。そのうち最大の収容所がメルク補助収容所で、私は１９４４年8月16日にそちらに移動した。ここの収容者の死亡率は約45パーセントに達した。

所長ツィーライスは、少なくとも罪の代償をある程度、支払うことになった。マウトハウゼンが米軍部隊に解放〔1945年5月5日〕される2日前、妻とともに逃亡した彼は、山中の狩猟小屋に隠れているところを発見された。さらなる逃走を試みて銃撃され、腹部、肺、背中に致命傷を負った。米軍将校と民間人による8時間の尋問で自白を引き出された後、彼自身が支配した地の一つであるグーゼンに置かれた米陸軍の野戦病院で死亡した。

彼は囚人たちの死の尊厳を否定してきたので、その報いを受けることになった。ポーランドとロシアの元囚人たちは、マウトハウゼンの有刺鉄線の柵から彼の死体を吊るした。彼の配下のカポが囚人を投げ付けて殺した通電有刺鉄線である。左腕の銃創が包帯で覆われている以外は裸で、背中には反ナチスのスローガンが書かれた。腐敗が始まったので、米軍将校が命令して、ようやく死体は撤去された。

歴史修正主義の人々は、ツィーライスの自白はでっちあげだ、と主張する。死の床の周囲に米軍関係者が群がり、その質問に彼が答えていると思われる写真が残っているが、これが撮られた時には、本当はすでに死亡していたのではないか、というのだ。彼らはツィーライスが入院していたことさえ否定しているが、こういった主張は馬鹿馬鹿しい。米国立公文書館にある米軍の公式日報によって、これには容易に反論できる。

こうした陰謀論者たちは、メルクで厳しい冬を耐える経験をしてみればよい。あの当時の私と、26か国から集められた囚人たちと一緒に。ぜひそうしてもらいたいものだ。最盛期のメルク収容所は、フライヘル・フォン・ビラーゴ訓練基地〔1845年没のオーストリア軍人フォン・ビラーゴ男爵の名にちなむ施設〕の敷地内に建てられた18の監房に、約1万人の囚人が詰め込まれていた。ここでは1944年末〜45年初めにかけて、毎週200人以上が冬の屋外に放置されて死亡した。

それも当然であって、私たちの囚人服はボロ布だった。その上に、主に殺害された囚人が残した薄い私服を重ねていた。そういう〔許可された〕服には特別な記号が付いていた。風雨や雪を防ぐものなどなかった。少しでも暖かさを求めて、シャツや靴にセメント袋を破った紙を詰めた。セメントの粉塵が喉の奥にたまり、運が悪ければ肺に達した。

私たちの体は非常に弱っていたので、足の傷が治らず、何週間も残った。ただれると致死性の敗血症になる危険があった。生産ラインからゴム片を切り取り、警備の目をすり抜けて収容所に持ち込み、靴の中に差し込む者もいたが、これは生産妨害行為と見なされ、即決処刑の危険があった。私は恐ろしくて、そんな試みはしなかった。

私たちは事実上、最高額入札者に売却された奴隷であった。オークションの価格や主人の気まぐれに応じて、コンクリートを流し込んだり、軍需品を生産したり、パイプを敷設したり、材木を準備したりしたのである。あるいはまた、親衛隊将校とか、収容所に配属されたドイツ空軍分遣隊の上級将校たちのために、官舎を建てるよう指示されることもあった。

周囲の丘陵地帯で行われたトンネル掘削計画では、無数の囚人が生き埋めとなって命を落とした。当初はボールベアリング、航空エンジン、その他の軍需物資を生産する地下工場をここに設立することを目的としていた。長さ数百メートルの巨大な空洞が6つ掘られたが、細かい砂と石英の地盤は不安定で、陥没は避けられなかった。

私は藁を詰めた袋の上で寝て、ドイツの土木企業ヴァイス・ウント・フライターク（W&F）の仕事を24時間体制でやった。同社の戦時中の活動には、有名な東部戦線の総統大本営「ヴォルフスシェンツェ」の掩蔽壕強化工事などが含まれる。そこは1944年7月の〔フォン・シュタウフェンベルク大佐による〕総統暗殺未遂事件の舞台だ。

W&F社は現在も存続している。国際的なトンネルプロジェクトを請け負っており、現在の年間売上高は約3億ユーロ〔470億円前後〕だ。同社の広報によれば、「モチベーションの高い従業員」を擁し、「品質管理と環境保護に適用される基準に従って業務を遂行し、常に可能な限り、最高の職場安全基準を目指して努力している」そうである。

確かに状況は変わったようだ。あの当時の私たちは、常に危険が存在しているにもかかわらず、適切な装備を持たず、素手で掘るしかなかったものである。

しかしあの洞窟は、連合軍による空襲が激化した際、弾薬を隠匿するために設計された。それで最終的には、岩壁に木製の弾薬棚を設置するためにつるはし、ハンマー、ノミが与えられた。

私は背が低いので、ガタガタの足場を上って、一番高い棚を固定する仕事を任された。毎度のことである。ある時、足場が崩れて、私は股間だけで棚の部材を挟み、ぶら下がった状態になった。私は呻吟しつつ、体の力を緩め、地面に倒れ込んで腰を打った。激痛で動くこともかなわない。同僚たちが私を引っ張り、すぐに立ち上がらせてくれた。

これは危ないところだった。もし警備兵が私の状態を見たら、私はそこで終わりだったかもしれない。障害者か労働不適格者と見なされれば、マウトハウゼンに送還されただろう。安楽死センターで化学薬品注射を打たれた可能性もある。私よりも不幸な１４００人の囚人たちは、実際にこのような運命にさらされた。収容所の診療所で治療を受けるなど論外である。１００人の患者の収容力があったが、真冬の当時、２０００人の重病人や負傷者が収容されていたからだ。

私たちの窮状を日常的に目撃していた兵士や民間人にとって、これらのことは何ら驚くべきことではないであろう。市街からの連結道路はメルク収容所を見下ろす位置にあり、焼却炉の入り口は、国防軍を運ぶ主要幹線道路に面していた。細身の煙突から凄まじい悪臭が吐き出されていたので、残虐行為の程度が分からなかった、などということはあり得ない。

アーモン・ゲート時代のプワシュフほど、公然たる死刑が横行していたわけではない。しかし、プワシュフと同様に、死はランダムなものであった。「Komm, Komm. Doch Heraus, Jude!（来い、来い。出て行け、ユダヤ人！）」という言葉で、囚人はしばしば理由もなくトンネルから連れ出され、ひどく殴られ、突如として銃殺された。そんな目に遭わなかった私は、自分を幸運だと思っている。しかし、メルクでひた隠しにしていたが、あの時の怪我による腰の激痛が、その後も私を苦しめた。ヘルニアが治るまでには何年もかかった。

私の人生は、コントラストと矛盾に満ちている。予想外な展開もあった。悪人が、私を生かしてくれたこともあったのだ。私はメルク収容所長ユーリウス・ルードルフの戦争犯罪裁判で、証人として発言した。

ルードルフもまた殺人鬼であったため、正当かつ必然的に絞首刑に処せられた。しかし彼は、私を自分の官舎で使役する、という衝動的な判断をした。あれがなければ、おそらく私は生き延びることはできなかったであろう。

9章　優しさの限界

所長ルードルフとの出会い

その日もいつもと同じように始まり、午前4時の鐘が鳴り響いた。1分1分のすべてが決まっており、無駄に過ごしてよい時間などない。これに反すると罰を受ける、と脅されていたため、寝床に長居はできない。私たちはかろうじて目覚めており、習慣の力で寝台上のシラミだらけの藁袋を並べ替える。そうやって、秩序とか、正常な生活がここにもあるかのように思い込もうとするのだ。

それが終わると私たちは簡単な洗濯をし、トイレ棟へ向かう人の列に並ぶ。カポどもが「Beeil dich. Mach schnell!（急げ。早くせんか！）」と叫びながら辺りを睥睨している。私たちはできる限り最善を尽くし、速やかに仕事をした。後ろ側にいる収容者と背中合わせになり、列を作って穴の上にしゃがむのだ。ひたすらその臭いと屈辱に耐え、慣れてしまうことが肝心である。

最近、ある女性にこんな質問をされた。「トイレットペーパーは支給されていたのですか？」。私は「いいえ」と答えた。では、身を清めるために何をしたのですか、どのように対処したのですか、と重ねて尋ねられた。その過程は当然のことながら、彼女の理解を超えていると思われた。私は彼女の混乱を理解し、こう答えた。

「マダム、それはご想像にお任せします」

衛生状態など考えられていなかった。人々が病気になっても、診察したり薬を処方したりする医師はいなかった。囚人はそのまま働き続け、徐々に回復するか、死亡するかのどちらかである。環境を意図的に劣化させることは、ナチスの公式政策であり、一連の方針の一部であった。いとも簡単に治せる人々を死に追いやるのだ。あいつらを崩壊させよ。死なせよ。それこそが、あいつらがここにいる理由である――。

私たちのほとんどは、1日2回、朝一番と夜最後にのみ排泄するという予防策を講じていた。誰かと背中合わせに長時間、しゃがんでいたいとは思わない。そんな絶望的な気分はご免である。それにまた、腸や膀胱を空にするためにほんの少し休んだだけで、いちいち殴られるのはもっと嫌だった。

メルク収容所では、1944～45年の冬にパンの配給量が減らされた。1日あたり、1斤のパンを16枚切りにしたものを1枚だけ、である。その他には、いわゆる「モーニングコーヒー」を求めて列に並ぶ。後は正午にスープが出されるまで、体力を維持しなければならない。食事の後、広場にブロックごとに集合し、SS隊員から点呼を受ける。脱走者がいないかチェックするため、これは何時間も続くことがあり、一日の中で最も危険な時間だった。

軽微な違反に対して、執拗に鞭打ちが行われた。衰弱の兆候を見せた者、不注意な行動をした者は、看守の気分次第で恣意的に犠牲となった。地面に叩きのめしてから、腎臓や背骨を蹴り付けたため、多くの者が二度と立ち上がれなくなった。身長が低い者から順に並んだので、私は常に最前列で、どうしても目立った。最も弱い立場だったといえる。

SS隊員の中には、よどんだ息の臭いがするほど顔を近付け、前かがみになって威嚇する者もいた。彼らが何をするのか、彼らの歪んだ心がどのように機能するのか、私たちには決して分からない。その日の仕事の詳細が発表されるのを待つ間、緊張して変な動きを少しでも見せれば、彼らは目ざとくその人を撃ち殺す。

所長のユーリウス・ルードルフSS中尉が自ら収容者の査閲を行うとなれば、危険度の掛け率は、いやがおうにも上昇する。ルードルフは高い額と大きく角張った鼻をした、いかにも傲慢な男だ。3、4人の少尉が副官として所長に従っている。彼は複数の小規模な収容所から昇進を重ね、1944年5月にメルクの指揮を任され、自分の絶大な権力に酔いしれていた。

彼が特定の囚人の存在を特に意識せず、さっさと通り過ぎれば幸運である。そうなれば、誰もが安堵のため息をついた。しかしその朝、彼は突然、私の前で立ち止まったのだ。所長は無言で私の目をじっと見つめた。私は恐怖を覚え、彼の険しい怒りの表情を見ながら、催眠術をかけられそうになった。私の運命はこの一瞬で決まる。多くの考えが、めまぐるしく頭の中を駆け巡った。

ふと、懐かしい父の声が聞こえた。「殴られても反撃するな。頭を下げて、じっと耐えろ。服従して、敵の怒りを静めるんだ」。父のイメージは消えた。続いてプワシュフのヴィレク・ヒロヴィチの姿が浮かんだ。アーモン・ゲートが撃つ前に私を殴った彼は、その意味で命の恩人である。そうか、ブーツを磨けばいいのか——。ここでそんな発想が浮かばなかったら、ルードルフは絶対に私を助けなかったはずである。父の霊は、こう言いたかったに違いない。「取り入って、媚びを売ってでも生きろ」。

ヒロヴィチと同じように、ルードルフも私の思いがけない反応に興味を示すかもしれない。一か八かである。私は履物のかかとをカチッと合わせ、右手で大袈裟に敬礼してドイツ語で叫んだ。「Hochgeschätzter Herr Lagerkommandant（誉れ高き収容所長殿）」。続けてこう言った。「Ich werde Ihre Stiefel polieren, damit sie wie die Sonne strahlen（あなた様のブーツを、輝く太陽のごとくピカピカに磨いて御覧に入れましょう）」。

そう、このセリフは二番煎じである。数秒の沈黙が続き、私は凍り付いていた。しかし、効果があったことが分かった。側近たちの方を振り向いたルードルフの口元に、にんまりと笑みが浮かび始めた。彼は不愛想な低い声で何かをつぶやいた。何を言っているのか聞き取れなかったが、要するに私を小馬鹿にした軽蔑的な言葉を発したようだ。そして、ついに笑い出した。私は事態の成り行きをポジティブな兆候と捉えた。

彼はそのまま歩き出す前に、監房管理者を呼んで命令を下した。

「OK. Lass ihn machen（よろしい。そいつにやらせろ）」

再び恐怖の瞬間が襲ってきた。すぐに命令を受けた衛兵が、私を乱暴に列から引きずり出した。彼は銃剣付きの小銃を振り、軽蔑的に吠えた。

「Komm, folge mir（さあ、俺について来い）」。私は彼の命令に従い、門を出て彼の後を追った。丘の頂上に所長の官舎があるのだ。私は草の茂った急な坂道を上った。

その衛兵は、途中で私の後ろに回った。心臓が早鐘を打ちだした。怖かったが、もし所長が私を殺すつもりなら、とっくにやっているはずだ。しかし私たちは、所長官舎で起こっている出来事について、ひどい噂ばかり聞いていた。乱痴気騒ぎのパーティーに放蕩行為。そのまま失踪した人々――。しかしもう、私は引き返せない地点を越えてしまったのだ。

衛兵はドアを開けて、私を中に招き入れ、私を独りで座らせた。ぐるぐると想像が働いた。今さら、失うものなどあるか？　友人たちは死に、家族も連れ去られた。きっとみんな殺されたのだろう。私は人間以下のウンターメンシュ（Untermensch：劣等人種）だ。このうえまだ私に苦痛や屈辱を与えることなどできるものか？

ルードルフが所内の視察を終えて、官舎に戻ってきた。私の心は実際には恐怖で凍り付いたが、立ち上がって再び敬礼し、彼の自尊心に思いっきり迎合してみた。私はわざと、彼の階級を誤って呼びかけたのである。

「SS-Hauptsturmführer（ＳＳ大尉殿）」。これはプワシュフのアーモン・ゲートの最終階級である。ルードルフは実際にはSS-Obersturmführer、つまりＳＳ中尉だった。この「間違い」は、ルードルフを喜ばせたようだ。

彼は長い文章を話すことは好まず、うめき声とか、身振り手振りでコミュニケーションをとるタイプだった。彼は私の意図を探るかのように、私をじろじろと疑い深げな目付きで観察した後、「プッツァー・ユーデ（Putzer Jude：掃除屋のユダヤ人）」と呼び、執務室の方に私を誘導した。クローゼットに靴磨き用のクリームとブラシ、数足の靴と、ふくらはぎまである革製の長靴がたくさん入っていた。

私はもう明日などないかのように、全身全霊でブーツをこすり、磨きぬいた。もし私の努力が彼を失望させたとしたら、おそらく本当に明日はなかっただろう。次に彼が戻ってきた時、私は靴磨きを終えていた。彼は満足そうにうなずき、私の名前を尋ねた。幼少期にドイツ語を覚えておいてよかった、と私は思った。この機会に、「私が他にやれる仕事はないでしょうか」と尋ねてみた。

彼は私を庭に連れて行った。まさに驚きとチャンスに満ちた場所だった。柵の囲いの中に鹿がいた。屋根の上にはサルがいて、鶏が放し飼いにされていた。丸々としたハトが穀物をつついていた。ルードルフは私を、庭の奥にある長くて大きな檻に案内した。中にはウサギがいっぱいいた。彼は、「こいつらに毎日、餌を与えろ。それがお前の仕事だ」と言い、近くに置いてあるニンジンの入ったバケツを指さした。

「毎日」と所長は言ったのだ！　ああ、なんと甘美な言葉だろう！

私は内心の喜びを押し殺したが、とても誤魔化しきれなかった。それは、彼が少なくとも当分の間、私を生かしておくつもりであることを意味する。彼は向きを変え、私を新しい仕事場に残して室内に戻っていった。私は「最初に餌を与えられるウサギになってやろう」と決心した。危険は承知していたが、ニンジンを思いっきりかじった。噛むほどに風味が口の中で広がった。

美味しかった！　本当に夢のような、救いそのもののような味。母や弟たちと離れて以来、最も幸せな瞬間だった。私の祈りが聞き届けられたことを、私は悟った。所長の官舎は私の仕事場であり、避難所であり、チャンスの場なのだ。

ルードルフの召使として

何年も後、私はメルク補助収容所の跡地を再訪した。しかし、当時の建物は残っておらず、まことに残念に思った。メルクは1956年以後、オーストリア連邦軍の駐屯地として使われている。かつての敷地の一部は、全長1150メートルのモータースポーツ用のコース、ヴァッハウリングの用地になっている。私はかつて、殺される羊の群れの1頭としてこの中に入ったが、今は平和に迎え入れられた。現在のオーストリア軍の駐屯地司令は私と歓談し、私の話を聞いてくれたが、これは本当に嬉しいことだった。

実際のところ、その後もルードルフの本質は何も変わっていなかった。彼は依然として、怪物的な残虐行為をする人物だった。彼は公の場で囚人を殴り、撲殺することを明らかに喜んでいた。私自身は、そういう現場を実際に目撃したわけではない。だが、私も証人として法廷に立ったダッハウ裁判では、ルードルフの残酷な一面が語られた。彼はロシア〔ソ連〕やポーランドの囚人のグループを、通電した柵に投げつけるよう命令し、陰惨で致命的な処刑をしたという。

当時、メルク収容所にはヨーゼフ・ゾラ医師が在籍していた。ゾラはSSではなく、ドイツ空軍の軍医だった。概してドイツ空軍から派遣されていた将兵は寛容だった。ゾラ軍医は正義の人であって、戦争の最後の数か月間の状況について、英ＢＢＣの番組で一部を語っている。彼はルードルフから「50人の結核患者を餓死させろ」という不当な命令を受けたが、これを敢然と無視した。真に勇敢な人だ。戦争犯罪裁判での彼の証言は、絶対権力の腐敗ぶりの核心を突くもので、裁判の流れに大きな影響力を持った。ゾラの法廷での証言は以下のようなものだ。

特に夜になると、彼ら〔ＳＳ隊員〕は私を戦慄させる行為をしたのです。真夜中に彼〔ルードルフ〕は投光器をつけ、囚人たちを監房から連れ出させました。彼は囚人たちを整列させ、不動の姿勢を取らせました。囚人の一人は水の入ったバケツを持って待機し、もう一人の囚人はタオルを持っています。その後、彼は無作為に列から囚人を選び出し、血が流れるまで拳で激しく殴りました。それから彼は儀式のように手を洗い、タオルでぬぐいます。その後、さらに別の囚人を選び、徹底的に殴ります。そのまま蹴り付けて、通電柵に追い込むこともありました。

私としては、仮にそういう場面をよく知っていたとしても、ルードルフの非人道的な所業について、あれこれ考えている余裕はなかった。私がやるべきことは、ルードルフから与えられた仕事に集中する、それだけだ。私は鶏たちに餌を与え、ＳＳ将校たちがどこかから収容所に持ち込むアヒルや七面鳥も太らせなければならない。言うまでもなく、私は動物たちに穀物を与え、人目を忍んではその食べ残しを漁り、ほんの一口でも、自分が食べる分を確保した。

ルードルフは毎日、夕食の客を官舎に迎え、豪華なパーティーを開いたので、食べるものはたくさんあった。時々、彼は私に、ワイン、ジャガイモ、タマネギ、その他の野菜の棚がある地下室を掃除するように命じた。さまざまなケーキやデザートを作るために使用される果物やベーキング材料まであった。

私も当初、知らなかった事実だが、ルードルフは収容所の厨房から最高の食材を盗んで私物化していた。囚人たちはもちろん、部下の兵士たちに提供する食事も粗末にされた。予備の肉やら、囚人用のタバコ、食糧の大部分が地元の民間業者に販売された。ルードルフは元来、何の変哲もない理容師、タクシー運転手などの職歴を持つ平凡な人物だった。貪欲、かつ虚栄心が強く、彼が不快感に任せて行う衝動的な制裁を恐れる人々は、彼に媚びた。本人も媚びを売られることを好んだ。

私は毎朝、監房を出て所長官舎に通ったが、部下のSS隊員たちも飢えていることに気付き始めた。私は点呼の整列を免除され、衛兵に監視されて丘を登った。私の頭の中である計画が浮かび始めた。まずはルードルフの信頼を獲得し、維持し続ける必要がある。私は彼の家庭用ペットのように扱われたが、まったく気にしなかった。

結局、数週間も経つと、私は監視なしで、単独で官舎に来てもよい、という所長命令を受けた。官舎に入るための合鍵のセットまで与えられた。私が近付くと、まるで魔法のように収容所の裏手にある門が開いた。もちろん私は、自分が見た目ほど自由ではないことを認識しており、これで得意になるほど愚かではなかった。

丘の上と下の監視塔の衛兵は、いつでも私の行動を見ていた。もし私が不用意なことをしでかす愚か者だったなら、すぐに逮捕され、見せしめとして処刑されていただろう。ルードルフは喜んで働く奴隷を求めていた。私は彼のブーツをピカピカにし、トイレを磨き、床を掃除し、洗濯業者に出す服の管理をした。

私は屋外の倉庫から石炭と木材を運び、厨房の火をおこした。毎夜、4～5人の女性がやってきて、台所仕事を延々としていた。彼は大の女好きだったので、宿泊客も女性が多かった。私はそれと察すると、ベッド側の窓のブラインドを閉めた。私の仕事は「何も見ず、何も質問しない」である。

私は呼ばれない限り、宴会の開かれているメインルームには近付かない。私がウエイターとしてウォッカやその他の飲み物を供する際、客人たちは沈黙する傾向があった。しかし酒が行きわたり、彼らが歌い始め、笑い始めると、秘密の話題が口から漏れ始めた。彼らは戦況について大声で話した。ドイツ軍の勝利を祝い、敗北を嘆いていたが、どうも連合軍に有利な展開のようだ。それを聞いて、私は密かに笑みを浮かべていた。最後に私は、所長の家族のために温かい飲み物を用意する。それから官舎を辞去して、自分の監房に戻る。

大物がやってきたこともあり、そういう場合、私などは当然、出入り禁止だった。ルードルフは、SSの最高指導者ハインリヒ・ヒムラーと、数人の将官を招いてもてなしたことがある。私はその間、ずっと戸棚の中に隠れていた。もしホロコースト作戦の主要な立案者たるヒムラーが私の姿に気付いたら、少なくともユダヤ人を召使にした所長は叱責されたに違いない。私が身を隠したのは、ルードルフの立場を守るためとか、処罰を恐れたとか、そんな単純なものではない。他の人たちが、私を頼りにし始めたからであった。

「エジプトのヨセフ」

そうした生活は、私を誘惑するもの、罠でいっぱいだった。

2階の部屋を掃除している時に、たまたま大量の外貨、盗まれた宝石、金貨を見つけたが、あえて触らなかった。所長が私の正直さを試すために、わざとそこに放置したのかもしれない、と思ったのだ。いずれにせよ、私にとってそんなものには何の価値もなかった。貴金属などガラクタで、紙幣よりもパンの方が重要だった。

おそらくルードルフは、私が残り物を漁っていることにも気付いていただろう。しかし、私があまり目立たない限り、そして私が衰弱しておらず、きちんと彼の身の回りの世話をしている限り、黙認するのではないかと思った。そういう状況で計画を実行に移し、くすねたものを収容所に持ち込むこともできる、と私は計算した。とにかく今の立場は貴重なので、それを危険にさらしたくなかった。そこで、まずは鶏肉とウサギ肉の小さなスライスを、服の裾に隠して持ち出すことから始めた。

時間が経つにつれて、私はチェックされなくなった。より大胆になった私は、見つけた紐をズボンに巻き付け、ものを隠せるスペースを作った。シャツの下と上着のポケットに食べ物を隠した。自分がリスクを負っていることは承知していたが、仲間の囚人たちを助け、彼らの生死に影響を与える可能性があることは分かっていた。

当時の生活の中で、すべての収容者と深い友情を保つわけにはいかなかった。誰もがすぐに別の収容所に移送されるか、ガス室に送られる可能性がある。彼らの名前を知る時間すらほとんどないのだ。そのため、不必要に傷つくのも嫌だったから、私は防御的になり、人付き合いにも用心深くなった。ただし、ずっと苦楽を共にしてきたシュピールマン兄弟のハイムとヤコブは例外である。

2人は神の恵みによって、戦後まで生き残った。彼らが亡くなるまで、私も近くに住んでずっと交流が続いた。私は1954年3月にコロンビアで妻のペルラと結婚したが、その当時、ヤコブは最高の親友だった。ハイムとも何回か楽しい休暇を一緒に過ごした。ハイムは晩年をニューヨークで過ごした——。

彼らは、プワシュフからアウシュヴィッツ、マウトハウゼンと、私が収容所を遍歴する間、ずっと一緒だった。お互いの寝台が近かったので、暗くなるまで待ってから、私は彼らに食べ物を渡した。もちろん、私のそうした活動を、3人の間だけで秘密にしておくことは不可能だった。私は「優しさの限界」を理解し始めた。

食べ物は、人間を絶望的な行動に導くものである。メルクでは完全に食糧不足の状態だった。たとえば、病棟で死んだばかりの人たちの食糧は、病棟勤務の者が分配した。もちろんこの場合、調理係に賄賂としてタバコを渡し、融通してもらうわけだ。

時には無神経な冷酷さが横行した。強制収容所では「ムーゼルマン（Muselmann）」という用語があった〔語源ははっきりしないが、ドイツ語でムスリム、つまりイスラム教徒を指す言葉が元だといわれる〕。飢餓、極度の疲労、倦怠感に苦しみ、死を迎える直前の囚人を指す俗語である。彼らの食べ物は取り上げられて、分配された。生き残る見込みの高い者が、少しでも多く、必要な食べ物にありつくのだ。どうせ死にかけているのだから、という理屈で、誰も気にしなかった。

収容所の囚人たちは、文字通り食物連鎖の中にいた。厨房で調理係として働く上級囚人に賄賂のタバコを渡すと、いくらか食べ物を融通してくれる。スープ鍋の底を深く探り、豆や乾燥キャベツなど、貴重な具材を入れてもらえる〔こういう状況では通貨に意味はなく、タバコが事実上の貨幣として流通した〕。

調理係の好意を買うことができない人々は、スープの上の方の上澄みしかもらえない。ほとんど「スープらしきもの」としか言いようがない薄い代物を、絶望的に見守るしかない。期待通りにならない場合、しばしば喧嘩が勃発する。そこに看守たちが飛んできて、たちまちぶちのめされる。

バラッケンエルテスター（Barackenältester）〔監房の最古参。日本でいう牢名主〕という立場の囚人もいた。監房内の200人ほどの囚人を監督する権限があり、通常はドイツ人の犯罪者である。彼は監房内の食物連鎖の頂点に位置した。私の監房のバラッケンエルテスターも、最近の私の活動ぶりを聞きつけた。ある夜、私が所長官舎から戻ると、そいつは私を脇に引っ張り、「お前のこと、ナチスにばらすぞ」と脅迫してきた。こうなったら取引するしかない。つまり、彼が求めるものを手に入れてやる、という意味だ。

彼は私に、石鹼やシュナップス〔ドイツの蒸留酒〕などの特定のアイテムを所長の家からくすねてこい、と求めた。これは、注意深く行動し、少量であれば不可能ではない。彼はまた、粗末な履物の代わりにまともな靴が欲しい、という。これはかなり難しい。衣服を扱う需品係も上級囚人だが、その責任者に賄賂を渡して籠絡し、なんとかしてもらった。私はその責任者に「贈り物」として食べ物とタバコを提供したが、非常に喜ばれた。

お腹を空かせたロシア人が、食べ物を恵んでくれ、といって私に5ズウォティ硬貨をくれた。私はそれを中国人の囚人に渡した。彼はかつて銀細工師だったので、少しの食べ物を与えて加工を依頼したのだ。そして、私が所長官舎から戻ったら「近くにいる」ことを許した、つまり陰謀グループに入れたのである。私は彼が作ったペンダントを、ワイヤーで首に掛けた。身体検査をされることなど、ほとんどなくなっていたので、安全に保管することができた。

コインの片面は平滑に磨かれ、私の囚人番号「85314」と、囚人としての本籍施設であるマウトハウゼンの名があった。その周囲に中国の文字があり、裏面には私のイニシャル「JL」が、渦巻くような字体で大きく刻まれている。その意味は、こんな意味だそうだ。「幸運の星が、あなたの旅路でいつも共にありますように」。それは美しい作品で、今でも我が家の家宝となっている。

利害の対立、物々交換、軽微な贈収賄の横行――。私たちは所内に渦巻く複雑な関係を「組織化(organizing)」と呼んでいた。そして、私たちもその中心に置かれたことに気付いた。私は管理側の人間と取引関係を築き、なんらかのアイテムを渡す代わりに、同盟者たちにより良い仕事を提供してもらった。私には今や、いくらか権力があった。とはいえ、ギリギリのところで生きていたことは変わらない。周りの人たちをすべて信用するわけにもいかない。絶望のあまり、何をするか分かったものではないからだ。

結局、私がグループに引き込んだ20人ほどの囚人たちは、私を英雄のように扱った。艱難にもかかわらず、私は律法の教訓を忘れず、信仰を維持していた。創世記の一節に、私と同名の人物が登場する。そのヨセフは、エジプトの王ファラオから要職に任命され、飢饉を脱する仕事で辣腕を振るう。これにちなんで、私は所内で「エジプトのヨセフ」と呼ばれるようになった。

私はこの比喩を、過分な褒め言葉として受け取った。聖書によれば、エジプトのヨセフは宮宰の地位に就いた後も、権力を用いて私腹を肥やすのではなく、常に他人の幸福を考えた利他的な人物として記されている。ヨセフは自分の知恵と判断力を神からの贈り物とみなし、精神的に苦しい瞬間に慰めを与えてくださる神に感謝したそうである――。

さて、私が入手した食糧は仲間たちに希望を与え、多くの場合、彼らは生き延びられた。メルク収容所の友人のほとんどは、戦後まで生き残ったのである。私はそれを、我が人生の中でも最大の誇り得る成果の一つと考えている。しかし、監房にいる全員を助けることはできない。だから、一部の者は私を敵視した。彼らは私を取り囲み、罵り、物乞いをし、無理な要求をした。そういう連中は私を嫌った。私の方も、彼らがいつか密告するのではないか、と怯えて暮らすしかなかった。

そしてもし、ルードルフ所長が私の活動を知ったなら、私の友人たちは、私のためにカッディシュ（Kaddish）の祈り〔死者に捧げる祈り〕をする羽目になっただろう。

裁かれる者たち

私は慎重に、そして徐々にルードルフの感覚を麻痺させようとした。最初は、残飯や古くなったパンを一切れ食べる許可を求めてみた。当然、彼は私の頬を平手打ちした。私の戦略は、あくまでも彼の権威に屈し、彼の望むままに行動する従順な召使を演出することである。キッチンのカウンターに古いパンが何個かあったので「どうしますか」と尋ねると、「捨てろ」と言われた。

もちろん、ここでは彼に従った振りをしなければならない。私はパンを細かくちぎって持ち出し、坂の下の監房に運んだのである。その後、今度は何日間も台所のテーブルに放置されていたトルテを話題にした。私は厚かましくも聞いてみた。「少し食べてもいいでしょうか」。驚いたことに、彼はうなずいた。ただし「残りはゴミ箱に入れろ」――。しかし「ゴミ箱」というのは、まさしく私専用の食糧保管庫であった。私はありがたく、彼の命令に従った。このトルテのおかげで、私たちのグループの仲間は1か月も食いつなげた。

所長の官舎にいる限り、私は安全だった。しかし、厨房を管理し、食糧補給を担当するSS軍曹オットー・シュトリーゲルは悪質なヤツだった。彼は私をもてあそぶのが大好きで、口を大きく開けて隅に立つように命じた。私の口を標的にして石を投げるのだが、度々外れて、私の顔に当たった。私が痛みに顔をしかめる度に、ヤツは嬉々としていた。無抵抗な姿を見るのが楽しいらしい。

戦後、ダッハウで、マウトハウゼン収容所関係者に対する6週間の裁判が開廷された。首から下げたカードに番号（53番）が書かれた、ただの薄汚れた哀れな被告人だった。彼は連続的に暴力を振るうサディストだった。私はシュトリーゲルが、ゴム警棒で囚人を何時間も殴るのをよく見た。彼は自分の罪状を完全否認し、マウトハウゼンにいた無関係の別の看守、カール・シュトリーゲルと混同されているだけだ、と言い張った。「顔への投石も、ちょっとしたいたずらに過ぎません」というのが彼の言い分で、それによると、この投石ごっこの間、私たちは2人で笑い合って楽しんでいた、ということらしい。

私はシュトリーゲル軍曹の審理に呼ばれた検察側証人7人のうちの1人だった。他の人たちは、28人のオランダ人処刑で彼が果たした役割を概説した。別の証言によると、シュトリーゲルは重病の囚人が搬送用のトラックに放り込まれるたびに、殴ったり蹴ったりしていたという。そういうトラックは、そのままマウトハウゼンのガス室か、外部に置かれた安楽死センターに直行するのである。妻が恩赦の訴えをしたが棄却され、シュトリーゲルは１９４７年6月20日、30歳で絞首刑に処せられた。

メルクの元所長ルードルフも、ダッハウ裁判で死刑を宣告された58人のナチスの1人である（起訴された61人のうち、３人の被告には終身刑が言い渡された）。死刑が宣告された時、彼は他の者と同様、青ざめていた。当時の私は頭が混乱していたので、それほど気にしていなかったのだが、裁判の間、被告人たちは氏名ではなく、もっぱら番号で呼ばれていた。ルードルフは「38番」である。おそらくルードルフも、囚人たちがどのように感じていたか、身をもって体験して分かったに違いない。私たちは名前を失い、単なる番号となっていたのだから。

彼は法廷で、「君にはよくしてやったじゃないか」と言った。戦時中、怒りに任せて発砲したことはない、とも主張した。彼の在任中の死亡記録が持ち出され、24件の「自殺」、および数件の「感電死」について説明を求められたが、通電した柵に捕虜を投げつけたことを否定した。メルクでは即決処刑がありましたか、と聞かれても、最後まで「そんなものは信じられません」と言った。

実は私は、解放から3日後、エーベンゼー収容所の近くに潜伏していたルードルフを発見したグループの1人でもある。その時、5、6人の元囚人たちがいた。いずれもメルク収容所に在籍歴がある人たちである。ルードルフは農民のような服装に身をやつし、逃げおおせようとしていた。だが、私たちの誰も、彼の陰気な顔や不愛想な声を忘れることはできなかった。尊大だった彼が、こんなに萎縮している――。私は、自分が生き延びたことを、心からよかった、と思った。気分が高揚した。大男は今、小さな羊になっていた。

かつてと同様、法廷に立ったナチスたちは、相変わらず恥知らずで、平然と強引な主張をする者ばかりだった。彼らは皆、責任を上級者になすりつけようとした。彼らは全員、自分たちは命令に従っていただけであり、自分の行動には選択の余地がなかった、と主張した。ルードルフをつかまえた時、彼を突き飛ばし、殴る者もいた。彼は地元のホテルに置かれた米軍司令部に連行されたが、私に最大の喜びを与えたのは、彼に屈辱を与えた瞬間だ。

私は彼のポケットの中を探った。なんとも驚いたことに、逃亡するつもりなら真っ先に捨てるべき代物が見つかった。白地にスワスチカのある赤いナチ党の腕章だ。「こいつを着けろよ」と命じたが、彼は拒否した。最後に渋々、従おうとしたので、私は彼の手からそれをひったくり、地面に投げ付けて踏みにじった。それから私は、「ハイル・ヒトラーの敬礼をしろ」と命じた。嫌がるルードルフの右腕を、頭の上に押し上げると、彼は泣き出した。もう十分だ、と私は思った。私がしたかった復讐は、それだけだった。

私はダッハウで、高いところにある四角い証言台の木製の椅子に座り、ルードルフに関する証言をした。検察側から被告人本人であることの確認を求められたので、私は廷内を横切ってルードルフの前まで歩き、じっと目を見つめた。彼の顔から数インチの距離に指を突きつけ、はっきりと言ってやった。

「これが彼です」。さらに私は続けた。

「汚らわしい殺人者です」

軍事法廷の裁判長は、米陸軍のフェイ・プリケット少将で、票決をした裁判員は8人だった。将軍は被告人に告げた。「非公開の票決を実施し、投票が行われた時点で出席していた裁判員の少なくとも3分の2の同意により、上級当局が指示する時間と場所において、あなたに絞首刑を宣告します」。ユーリウス・ルードルフは1947年5月28日、ランツベルク刑務所で処刑された。53歳だった。

ロロとの出会い

正義は果たされた。メルク補助収容所での蛮行は、人類史における非人道的な行為のもう一つの実例として記録された。しかし、私たちの人生を地獄に変える権力を持っていた者たちの中にも、きわめて数少ない人間的な慈悲の行為があった。これもまた事実であり、私は決して忘れることができない。私がこの収容所に入ってから約1か月後〔主人公が所長の召使になる前〕、私たちはレールの敷設作業をしていた。ある年配のユダヤ人男性が、非常にか細い声で突然、こう言った。「ユダヤ人の兄弟たち、今日が何の日か知っているかね？」。どの一日も他の日とほとんど同じで、私たちは日曜日以外の時間の概念を喪失していた。日曜日には、タバコが2本ずつ支給される。それだけである。私たちは首を振って仕事を続けた。

だが老人は続けた。「今日は、私たちの神聖で尊ぶべきヨム・キプル（Yom Kippur：贖罪の日）じゃないか」。

この時、私たちを担当する見張りのカポは、ロロという男だった。

「おい、ヨー」とロロは私に尋ねた。「一体、何事だ？」。彼はユダヤ教徒ではないので、私はヨム・キプルの重要性を説明した。断食し、仕事を休み、神に身を捧げる聖なる日で――。そう言いながら、私は前年のプワシュフ収容所の例を思い出して、恐怖を覚えていた。所長のアーモン・ゲートは、わざわざヨム・キプルの日に大量殺人を計画した。またあんな日に遭うのではないか、と思ったのである。他の収容所から来た人々も、ヨム・キプルに嫌がらせを受けた、と言っていた。SSの看守たちが、本来は断食すべき聖なる日に、わざといつもより上等な食べ物を出したのだという。敬虔なユダヤ教徒をおちょくり、宗教的信念に反するよう誘惑した、という意味である。

しかし、このロロは違った。「働くことは許されないのか？」と彼は尋ねた。ユダヤ教の定めでは、命が危険にさらされた場合にのみ、そうすることが許されている〔だから収容所では皆、働いている〕、と説明すると、彼はちょっと考えていた。彼は驚くべき命令を下した。

「シャベルを置け」。彼は毅然と、しかし注意深く言った。上の方で行ったり来たりしているSSの警備兵の注意を引きたくなかったからだ。

「みんな、つるはしを置いて、地面に横たわれ。今日は休みだ」。彼は近くにある砂利の山を指さした。

「俺はあの上に立って、お前たちを見張る。SSが寄ってきたら、Geschrie zek（コード・シックス）

と叫ぶからな。その時はすぐに道具を手に取り、作業を始めろ。俺は何人かを鞭で打つし、もっと頑張れ、と言う。それでドイツ人が通り過ぎて見えなくなったら、また休めばいい」

ロロは本当に、文字通り素晴らしい人だったと思う。神は私たちに恵みを与えてくださった。祈り、テシュヴァ（Teshuva）して悔い改める機会を与えてくださった——。このテシュヴァというのは、ヘブライ語で「立ち返る」という意味だ。信仰から逸脱した生き方から、正しい道に立ち返る、ということである。私たちは囚人の身であり、教えからの逸脱は避けられない。しかし、この日に全能者を賛美することで、自分自身を清める機会を得たのだ。これにより、自分でも思っていなかったような強さを内面に感じた。

私たちは神だけでなく、同胞としてお互いをより近くに感じた。私たちの魂は高揚した。それはつかの間の休息だったが、ロロは貴重な機会を与えてくれた。この戦争で生活が破壊される前の自分と、再びつながる機会を。それだけで、私は彼から受けた恩義を決して忘れるまい、と心に固く誓った。

そしてやがて、私たちは解放の瞬間に行動を共にするのである。

10章　自由

アムシュテッテン収容所

私は18歳になっていた。すでにあまりにも多くの死を目にしてきた。一方、私自身はまだあまりにも若すぎた。私は6年間近く、その年頃の少年がいろいろ経験すべき機会を失い、勉強することも、無邪気に楽しむこともできなかった。私はある日、自分が普通の若者なら当然、経験すべき通過儀礼を経ていないことに気付いた。その日、連合軍の空襲を受けた列車の貨車の下で、私は生まれて初めて二日酔いというものを知った。どういうことかって？　多少の前置きが必要になるが、聞いていただきたい。

私はついにメルク補助収容所を離れた。自分がどこに送られるのか、この先に何が待っているのか、全く分からなかったが、綱渡りのような生活が終わって、安堵する部分もあった。１９４５年4月2日に緊急呼集があり、メルクと同じマウトハウゼンの補助収容所、アムシュテッテンに移動したが、ここに在籍したのは半月ほどの短期間だった。当地はかつて、装甲部隊の駐屯地だったため、パンツァーラーガー（Panzerlager）、つまり戦車収容所と呼ばれていた。私はここで、鉄道建設分遣隊の一員となった。

食べ物はほとんどなく、衛生状態は最悪だったが、しばらくは余裕を感じた。なぜ緊急にここに送られたか、理由を知らなかったからだ。戦争は終結に向かって加速していた。アムシュテッテンは、ウィーンとリンツを結ぶ戦略的に重要な幹線鉄道の拠点である。必然的に、連合軍の爆撃目標となった。要するに、私たちは消耗品だった。

2週間前、アイゼンライヒドルナッハ地区が猛爆撃を受け、数え切れないほどの収容所の囚人が命を落とした。彼らは市民用の防空壕に入ることを許されず、市街の東の森に逃げて大きな被害を出した。ここで少なくとも34人の女性の収容者が死亡している。地元の記録によると、死体を運ぶトラックの荷台から「藁の間で重なり合って」、おびただしい数の「手、足、頭がぶら下がっていた」と記されている。

私たちの作業時間は、最長14時間にわたった。その任務は、ひたすら破壊された防空壕の修復をし、駅周辺を片付けることだった。それは現実離れした光景だった。これほどの破壊は見たことがなかった。重い鉄のレールが、しわくちゃになった紙ストローのように奇妙な形に曲がっていた。無蓋貨車を牽引している間に爆撃を受け、ひっくり返った機関車が、お尻を抱えた犬のような無様な姿で放置されていた。

その日の私の任務は、爆撃で吹き飛ばされ、脱線した貨車から、残骸を取り除くことだった。ある貨車は円形タンクを備えた液体運搬車で、そこから透明な液体が滴り落ちていた。周囲にいる警備員たちは、ほとんどがオーストリア出身の犯罪者で、今や自分たちの身の安全ばかり考えていたから、隙だらけだった。そこで、数人の勇敢な仲間が、タンクの破損部に指を浸してみた。

彼らの目は、急に大きく見開かれた。その液体は何らかの蒸留酒、おそらくウォッカだった。多くの人と同じように、私も腰から下げていた容器にこっそり液体を集めて、一口飲んでみた。私はそれまで、お酒にはまったく縁がなかったのだが、自分でも驚いたことに、その味がいたく気に入った。

次に気付いたのは翌朝だった。貨車はそのままになっており、私はその下でずっと正体不明になっていたらしい。

自分がどこにいるのか、なぜこんなに気分が悪いのか、当時の私には分からなかった。とにかくそれは、私にとって些細な問題だった。自分がそこで寝ている間に、作業はあらかた終わっており、監房に戻らなければならない。私はじっと横たわって、貨車の向こうを通り過ぎる人々の足を見つめた。状況を理解する必要があった。粗末な履物は囚人である。そちらは安全だ。時折、ジャックブーツ〔革の長靴〕が見えるが、これはＳＳである。

ドイツ人たちが視界から消えた。私は1分ほど待ってから匍匐前進し、貨車の下からこっそり抜け出した。奇跡的に、私は囚人の群れの中に滑り込んだ。仲間たちは一瞬、驚いたが、そのまま何も気が付かない振りをしてくれた。敗戦が近付き、すでにＳＳの連中は気がそぞろになっていた。こんな作業は徒労であり、無意味だった。混沌が漂っていた。

連合軍が急速に前進していた。収容所の囚人を移送する動きが進み、4月15日までにアムシュテッテンの囚人たちは、エーベンゼー補助収容所に連行された。私もその中にいた。後で知ったことだが、歩くこともできないほど衰弱していたアムシュテッテンの30人ほどの収容者が、後に残った数人のナチの狂信者によって、その場で処刑されたそうだ。

オーストリアの街、アムシュテッテンは、後にある事件で世界的に知られることになる。いわゆる「フリッツル事件」である。２００９年、この街に住むヨーゼフ・フリッツルが、かつて核シェルターだった地下室で、自分の娘エリーザベトを24年間も監禁し、強姦していたことが発覚した。世界中のメディアがこの件を取り上げ、街の悪名も高まる中、さらに思いがけない事実が判明した。アムシュテッテンの名誉市民として、ある人物の名が登録されたままになっていたのだ。アドルフ・ヒトラーである。

エーベンゼー収容所

そのヒトラーは、皆さんもご存じの通り、1945年4月30日に地下壕で自殺した。しかし、私はそこからさらに1週間、囚人生活を生き延びなければならなかった。実のところ、エーベンゼー収容所はまさに地獄のような場所だったので、タイミング的には危機一髪だったことが後で分かった。終戦が近づくにつれ、当地での1日あたりの死亡者数は350人を超えた。焼却炉は24時間体制で稼働したが、処理できなかった。監房の外に裸の遺体が積み上げられた。各監房は定員100人だったが、750人もの囚人が押し込まれた。

ナチスは絶望のあまり、囚人たちに命じて収容所の外に溝を掘らせた。遺体はそこに放り込まれ、生石灰で覆われた。私が目撃した話ではないが、一部の「遺体」は、まだピクピク動いている、という噂が広まった。診療所のスペースを空けるために、4人の病人が生き埋めにされた、という別の話も伝わってきたが、それも確かに真実味があった。

猛烈な死臭は避けられず、耐え難いものとなった。

とにかく食べ物が乏しかった。私たちは草を食べた。人食い行為まで発生した。メルクで知り合ったカポのロロは、すっかり友人になっていて、エーベンゼーでも一緒だった。そのロロは、死んだばかりの若者の尻を焼いて食べているロシア人の一団を見た。

「おい、見てみろよ」と彼が言ったが、私は直視することができなかった。私たちは何になってしまったのだろうか？　ヒトラーは私たちを「人間以下」の存在と定義したが、本当にそうなってしまったのではないか？

この収容所を解放したアメリカ軍第3騎兵偵察中隊の公式記録は、私たちの窮状を要約している。

虐待と病気が蔓延していた。囚人たちは想像できる限り最も劣悪な環境で暮らしていた。収容所の悪臭は、吐き気を催すほどだった。囚人の多くは衰弱し、仲間の遺体を食べるような状態だった。この収容所は、悪名高きベルゼンやブーヘンヴァルトの収容所と同じクラスの状況にあった。

多くの生存者と同じように、私は今でも食べ物には複雑な思いがある。現在の生活の中で、食べ物に感謝しつつ、なにがしかの罪悪感が拭えない。あの当時、昼の主な食事といえば、ジャガイモの皮で味付けした4分の3リットルの水だった。それしかなかったのだ。パンはあまりに貴重で、まずお目にかかれなかった。平和で正常な今の世界では、それは信じられないことのように思える。

後に私の妻となったペルラは料理が得意で、自分でレシピを考案してパンも焼いた。夫の私はビジネスに忙殺され、いつも生活の向上を求めてあくせくしていたから、自分で料理をすることはなかった。彼女は子供たちに、料理の基本を教えた。妻や子たちが、自分たちで焼いたパンやケーキを誇らしげに見せてくれた時のことを、私は今でも覚えている。我が家のキッチンは、いつもいい匂いがするところだった。

現在、私はエルサレムで一人暮らしである。毎度の食事は届けてもらっている。友人や近所の人が、新鮮なフルーツやジューシーなチーズケーキを持ってきてくれる。テレビを見ながらいただくディナーはシンプルで風味豊か。魚か肉、野菜を食べるが、ジャガイモや米、クスクスといった〔太りそうな〕ものは食べず、そのまま捨てている。

本当にそれは申し訳ないことだ。そのたびに思うのである。あの頃、その量で数週間は生きていけただろうに、と。こんなことをしていいのだろうか？　しかし私は今、体形の管理に用心深くなっており、一種の見栄まで気にしている。これはもう、高齢者の特権であろう。きっかけを作ったのはひった。孫の一言である。私がこの前、ニューヨークを訪れた時、幼い彼女は困惑した表情で私を見つめて言った。

「赤ちゃんが生まれるの？」。幼い子供が自然に発する、まことに無邪気な言葉である。

「なぜそう思うの？」と私は尋ねた。

「だってね、私のママがそんなお腹になってから、赤ちゃんが生まれたんですもの」。なんともありがたい、お褒めの言葉である……。

できる限り、自分の健康は自分で守りたい。もう私も年寄りなので、時々、車椅子を使って長距離を移動するが、完全に歩けなくなるのはご免である。精神的に前向きな状態を保つように努めてきたが、収容所生活で負った怪我に、今でも悩まされている。エーベンゼーでやらされたトンネル工事で、私はさらに腰をひどく痛めた。ここのトンネルは、もともと地下ロケット工場として設計され、その後は武器廃棄場になった。

私は若い頃、収容所で殴られて鼓膜に穴が開くなどしたが、自分が受けてきたダメージを無視していた。ペルラと私はしばしば、スロバキアにあるスパを訪れて湯治に励んだが、妻が亡くなった後、自分だけでスパに行く気はしなくなった。その後、イスラエル軍が整備している医療保険制度を利用し、短期間の水浴療法を受けている。また、泥には治癒特性があるそうなので、毎年、夏になると死海を訪れている――。

SS隊員たちの逃亡

さて、肥満した老人の懺悔話はこのへんにして、話はアメリカ第3軍第80歩兵師団の偵察隊が、私たちを解放する数日前に遡る。その頃の私たちは、すでに連合軍の前進に大きな期待をかけていた。

まだアムシュテッテンにいた4月初旬のある午後、急に空が暗くなった。私たちが見上げると、数百機の連合軍機が空を埋めていた。ドイツ軍を屈服させるべく、爆撃任務に向かう大編隊だ。

　私たちはすでに何年も、何か月も苦しんできた。そしてここからさらに、何週間も、何日も待たされたのだが、とうとう事態は急速に進み始めた。5月4日にアメリカ軍がドイツ本土からオーストリアに入り、こちらに向かって南下してきた。収容所は不気味なほど静かになった。私たちの作業はなくなった。看守や警備員の約半数が逃走したことにも気付かなかった。そこで何の前触れもなく、エーベンゼー収容所の最後の所長、アントン・ガンツ〔SS大尉〕が命令を発した。「収容者は広場に集合」――。

　ガンツの前任者、オットー・リーマー〔SS中尉〕はかなり精神が錯乱していた。彼は酔っぱらって暴れ回り、捕虜を個人的に殴打し、拷問し、銃撃するなどした。さらにリーマーは、最も多くの囚人を殺した看守に、褒賞としてタバコを支給し、特別休暇まで与えた。〔殺人数の〕ノルマを達成できなかった看守は、囚人の帽子を叩き落として、立ち入り禁止区域に放り投げた。囚人がそれを取りにいけば、ただちに射殺された。

　そして、そのリーマーに負けず劣らずのサディストだったのが、ガンツだ。この男はかつて、ナイトクラブの用心棒だった。何千人も殺してきた悪魔である。彼は私たちに告げた。「お前たちをトンネルに移す。お前たちの安全を確保するためである」。この宣言を聞いて、ガンツの言葉を真に受ける者などいなかった。彼は拡声器を通じて、いくつかの言語で演説を続けた。アメリカ軍は当収容所を軍事施設と見なしており、爆撃する計画が進行中である――。

　ガンツの言う通りにしたら、二度と生きて帰れない、と誰もが思ったので、動く者はいなかった。もはや命が惜しいので、こいつの命令に従う、などという空気ではなかった。たくさんの抗議の叫び声が上がった。騒然とする中、囚人たちは声を合わせ、「ナイン、ナイン、ナイン（Nein, Nein,

Nein)」と叫んだ。ガンツは私たちの反抗に動揺して立ち去った。

結局のところ、ガンツとしては連合軍から隠したいものがたくさんあったのだ。２０００人以上の囚人の遺体が、地下に設けた2つの集団墓地に埋められていた。地下施設を爆破するつもりだ、という噂が前から広まっていた。案の定、それは事実だった。トンネルの入り口に爆弾を積んだ機関車を突っ込ませ、何もかも爆破して隠蔽したかったのである。卑怯者のガンツは、一夜のうちに姿を消して逃亡した。

ガンツは戦後、オーストリアで農民として身を隠していたが、１９４９年に離農し、以後は西ドイツで建設作業員となった。本名を名乗り、公然と暮らしたのである。67年に逮捕されて拘留されたものの、2万マルクの保釈金を積み、7か月で自由の身となった。4件の殺人容疑で裁判を受け、終身刑を言い渡されたが恩赦で釈放され、73年に癌で死亡した。ガンツの犯罪は、戦後の刑罰制度に明確に適合しないのだった。それは他の多くのＳＳの脱走者にも言えることである。また、リーマーは逃亡したまま、いまだに消息不明である。

翌5月5日の朝、大狂乱が襲来した。ＳＳの連中はあまりにも素早く逃走した。結局、トンネル内に保管されていた武器は破壊されておらず、痕跡を隠すような工作も行われなかった。今や法も秩序もない。50人以上の残虐なカポたちの多くが、即座にリンチにかけられた。その中には「ティシャン」ハルトマンも含まれていた。ハルトマンは字が読めず、ドイツ出身のロマである。彼は25あった監房の1つを担当し、囚人を無差別に殺害した。ハルトマンは収容所に引き戻され、焼却炉に突っ込まれ、生きたまま焼かれた。飢えた囚人たちは食糧の保管室に侵入し、手に届くものはすべて持ち去った。今度は仲間内で、食べ物を巡って争いが始まった。多くの者は、知らず知らずのうちに自らの死刑執行令状に署名していた。現代の医師が「再摂食症候群」と呼ぶ症状で、数百人が死亡した。

すなわち、飢えた人々が急に食べ物をむさぼったり、あまりに早く水分を摂取しすぎたりすると、消化器系が対処できなくなり、多くの場合、致命的な結果を招くことになる。これは昔からある症例である。1世紀の歴史家、フラウィウス・ヨセフスも、ローマ軍団によるエルサレム包囲で生き残った者に、そのような症状が見られた、と書いている。食べ物のために死ぬとは、これは確かに、最も残酷な皮肉といえよう。

人々は生と死の板挟みになり、茫然とさまよっていた。多くの人には「悪夢が終わった」と考える勇気がなかった。喜んで泣き叫ぶ人もいたが、私は安心する前に、はっきりした確証が欲しかった。ロロと私は中庭を横切り、収容所の柵に向かって走った。通電柵の間に年配のドイツ人が立っていた。国民突撃隊（Volkssturm）の腕章をしている。こういう人は大抵、戦争末期になって強制的に民兵組織に入れられた元兵士である。

彼は旧式の小銃を肩にかけていたが、それを使おうとする気配はなかった。ロロは彼に近付き、「SS隊員はどこにいる？」と尋ねた。元兵士はゆっくりと首を振った。知らないのである。彼は、SSの連中が失踪する前に出した最後の命令に従っているだけだ、と説明した。「SSは私たちに、ここをパトロールせよ、と言ったんだ」と彼は言った。「詳しい説明は何もない」。

通電しているはずのワイヤーを見て、ロロはその元兵士に言った。「触ってみろ」。彼はためらうことなく、そこを触った。何も起こらなかった。いつも用心深いロロは、念のために2つの石を手に取り、ワイヤーを切断したが、高圧電流を示す致命的な火花のシャワーは発生しなかった。私は驚いてそれを見守った。本当に、すべてが終わったと悟った瞬間だった。

私は生き残ったのだ。

こんなに長くて苦しい試練を乗り越えたのに、私はご想像のとおり、特別な反応をしなかった。私は自由について空想していたが、大喜びで歓声を上げるとか、感涙にむせび泣く、といったことはなかった。それは翌日、5月6日にアメリカ軍が到着した時に湧いた感情である。その時の私の感覚は混乱し、感情は複雑だった。これは本当か？　あり得ないことが起こったのでは？　私の祈りが聞き届けられた、ということか？　解放されたその瞬間、私は自分で考えることを、一時的に忘れていた自分に気付いた。

原始的な衝動がこみ上げた。私たちは柵を突き破り、周囲の草原、北の街に向かう小さな道路、そして近くのトラウン湖にあふれ出した。

逃走を急ぐＳＳの連中は、背嚢や装備、制服、武器、貴重品などを放棄していった。私はかがんでリボルバーを手に取り、ぎごちなく引き金を引いた。驚いたことに、それは装弾されており、銃弾が発射された。私は拳銃の使い方など全く分からなかったが、不確実性が非常に高い状況で、少しは護身に使える、と考えた。収容所内の混乱は、私をひどく動揺させた。瀕死の人々が、床で断末魔の苦しみに悶えていたが、完全に無視された。私は、ストライプ柄の囚人服を脱ぎ捨てたいという強い衝動を感じた。それは、汚れて臭いボロ布の塊だった。私はそれを体から引き剥がし、唾を吐き、踏みつけた。ＳＳが残していった投棄品の山から、民間人の服を探して着た。今、考えると、あそこで囚人服を捨てなければよかった、と思う。あれは私のズェヘル・ルフルバン（zecher l'churban）〔エルサレム神殿の遺構〕として後世に残すべきだった。人生の悲劇を象徴的に思い出させる記念品として、取っておくべきだった。

アメリカ軍の到着

今、自分の人生を書物に書き留めることで、最も感動的な側面の一つは、自分個人の記憶と歴史が、いかに結びついているかを知ることである。戦争の記憶には、普遍的な人間性と、非人道性を通して、私たちを団結させる面がある。忘れてはならない恐ろしい現象である。

私は最近、収容所を解放した米軍部隊の兵士、ロバート・B・パーシンガー軍曹の証言を知って衝撃を受けた。まさに私が見た光景そのものなのだ。

イリノイ州出身で、M24戦車の車長だったパーシンガー軍曹は当時21歳。彼は5月6日の午後早く、エーベンゼー収容所の門に到着した。2人の年配のドイツ人衛兵が喜んで小銃を差し出した。彼はこれ見よがしに、その銃を戦車の砲塔に叩きつけて壊した。門は大混乱のうちに開かれ、彼の戦車ともう1両が、中央広場まで轟々と前進した。

彼は「死んで引き裂かれた亡骸」と「飢えて半死状態の人間」の群れを見た。数千人の人々が、彼らに向かって突進してきたので、部下に向かって頭上に向けた威嚇射撃を命じた。囚人たちの注意を引き、秩序を与える必要性があったのだ。現場は大騒ぎになった。さまざまな国籍の人が、それぞれの国歌を歌い始めた。ユダヤ人たちは、イスラエルが独立国家になるより62年も前の1886年に書かれていた国歌「ハ・ティクヴァ（Ha Tikvah）」を歌った。

その時、私はもう一方の〔パーシンガーのM24戦車ではない〕戦車に飛び乗った。アメリカの戦車兵の1人が、「俺はユダヤ系だ」と名乗った。彼は私にチョコレートをくれた。それを食べた私は、幸せな子供時代に戻ったような気がした。さらに彼は、チューインガムを数片くれた。私はそれを丸飲みした。とにかく、その時もひたすら空腹だったのだ。午後4時52分になって、さらに米軍の応援部隊が到着した。米軍は地元のパン屋、店、住宅からすべての食材を徴発した。

パーシンガーは解放直後の収容所を見て、大きな衝撃を受けた。「あの日の午後に見たものは、一生忘れられないと思います」。彼は1994年4月、アメリカの記者メアリー・クックとニタ・ハウトンの取材を受けた際に、そう語った。

私はそれまでにも、ヨーロッパ各地で戦闘部隊に所属して、多くの死を見てきましたが、あそこにあったのは異なる種類の死でした。囚人たちは骨と皮ばかりで、虚ろな目と、忘れることのできない深い鋭い視線を持っていました。彼らは終戦に歓喜していましたが、囚人になった時はどんな気持ちだったのか、想像もできません。いったい全体、この世界において、何をどうしたら他人にあんな仕打ちができるのでしょう。

アムステルダム出身のユダヤ人マックス・ガルシアが、すぐにパーシンガーの通訳を務めることになった。ガルシアは、まずパーシンガーとその部下たちに、焼却炉の近くに積み上げられた遺体を見せた。パーシンガーは普段は非喫煙者だったが、立ち止まってその光景を眺めたとき、衝動的にラッキーストライクに火をつけた。その夜、彼は街にあるホテルポスト〔Hotel Post：宿駅〕に置かれた部隊本部に戻り、死臭がこびりついた自分のコンバットブーツを処分した。

翌5月7日、パーシンガー軍曹は2人の高級将校を収容所に案内した。ジェームズ・H・ポーク大佐と、マーシャル・ウォレック中佐である。彼らはすぐに連合軍司令部にトラック15台分の糧食を要求し、医療施設を整備した。ポーク大佐は司令部に、次のような緊急電を送った。「状況は言葉では言い表せない。このエリアには食べ物はない。繰り返すが、食べ物は全くない。衛生兵による支援と管理が極めて重要である」。

5月9日までに、完全な野戦病院が設立された。解放の初期段階から24時間体制で働いてきた米軍の軍医たちは、誰を最初に治療するかをトリアージ〔選別〕しなければならなかった。ここまできても、試練はまだ終わっていない。生き残る可能性が高い者の治療が優先され、死の瀬戸際にある者は、そのまま見捨てられるしかなかった。

混乱する修羅場に漂う空気には独特の醜さ、極端さがあった。放たれた囚人たちは、市街地に向かった。多くの者に復讐の念がたぎっていた。このような状況で、逃亡を図ったメルク収容所長ユーリウス・ルードルフがリンチを免れたのは、非常に幸運だったといえる。ルードルフはエーベンゼー収容所の近くで、元四人たちに逮捕された。前の章で述べた通り、私もその中にいた。

パーシンガーは、地元の一般住民たちの非情さ、恐ろしさを感じていた。彼らも収容所の恐怖を直面すべきである、と判断され、住民たちは強制的に収容所を見学させられた。見学ツアーを手伝ったパーシンガーは、住民たちに対する軽蔑感を拭えなかったという。

「案内されている間、彼らは何も言いませんでしたが、私は彼らに対して何の憐れみも感じませんでした」と彼はいう。「彼らはそれを阻止しようとすれば、できたのかもしれない。しかし、それをしなかったのですから」。

私はこのパーシンガー氏が、どうも他人とは思えない。兄弟のようにすら思える。本当にいい人だったようだ。彼は戦後、イリノイ州のマレンゴに戻り、そこで出会ったアーリーン夫人と結婚し、66年間も連れ添った。私と同じように、彼も戦争中の経験を家族に話すことに消極的で、まだしも退役軍人仲間と話すほうが気楽だったようだ。彼が学生や市民団体に、自分の体験談をもっと広く伝えたい、と感じるようになったのは、ずっと後年になってからのことだった。

「私たちは、やるべきことをやりました」と彼は語った。「これからは歴史が引き継いでいくのです」。

彼には3人の子供と6人の孫がいて、2018年11月19日月曜日、95歳で亡くなった。遺族は、彼の葬儀に花を飾る代わりに、イリノイ州ホロコースト博物館および教育センターに寄付することを希望した。私は彼のために祈りたい。パーシンガー氏の思い出が祝福されますように。

パーシンガー軍曹の部隊の戦友たちも、エーベンゼーの住民に対する彼の軽蔑感を共有したようである。この部隊の公式記録にはこうある。

「第3騎兵中隊の誰もが、あの強制収容所を忘れることはないだろう。彼ら〔地元住民〕は、進歩的な教育を受けた『善良な』ドイツ国民〔エーベンゼーは元来、オーストリアの街だが、第三帝国に併合されてからはドイツの街だった〕で構成され、収容所のすぐ近くに住んでいた。にもかかわらず、収容所の存在について、知らない振りを押し通したのだ。我々は、可憐なフロイライン〔お嬢さん〕たち、とりすましたビュアガートゥム〔市民〕たちのことを、決して忘れないだろう」

さて、その地元住民たちは、これで何か学べたのだろうか？　早くも１９４６年、強制収容所の跡地に住宅が大急ぎで建設されたそうだ。私は率直に言って、パーシンガー氏の意見に同調するしかない。「誰があの上に住む気になるのか、理解できません」。４０００人の犠牲者の遺骨が納められた墓地は、１９５２年に近くに移転したが、収容所の存在はずっと秘密のままで、誰もがその名前をあえて口にしなかったようだ。

エーベンゼー市は１９６０年代に、元ＳＳ隊員を市長に選出したことすらある。しかも、それについてなんのコメントもしなかった。90年代半ばになってようやく態度が変わり、訪問者のためにトンネルが公開され、それが示す収容者たちの苦難が適切に認識されるようになった。２００１年、旧校舎に博物館が設立され、毎年、記念行事が行われている。

さて、このような状況で私は解放されたのだが、こうした場合、自分自身の原則を堅持する以外に何ができようか？　人間の本性に対するある程度の信頼がなければ、人生は正常に機能しないことを私は学んだ。その教訓は厳しく、時には厄介である。私は何年もひどい目に遭って、ようやく解放された若者だった。私の頑なな心が、自由な現実に適応するには時間を要した。何をすればいいのか、どこへ行けばいいのかを考えると、無力感を感じた。

私はいつも、生き残ろうとしてきた。魂の最も深く、最も暗い深みを覗き込むことに慣れていた。今はもう一度生きて、自分にとって本当に重要なものを再発見する必要があった。一言で言えば、それは家族である。

生き残ったシュピールマン兄弟のハイムとヤコブは、長い苦難のほとんどの間、私と行動を共にしてきた。私にとって家族同然である。彼らも私と同じように悩んでいた。これから何をすべきか、どこに行くべきかを決めなければならない――。しかしその時、ずっと私たちを守ってくれたロロが、この問題に決断を下してくれた。

「さあ、来いよ」。彼は自信たっぷりに言った。なにか権威的で、頼もしい感じを前面に押し出していた。

「ウィーンの俺の家に行こうぜ」

11章　裏切り

ウィーンに向かう

ロロはすぐに本来の職業に戻った。つまりプロの泥棒である。

彼はそもそも一般的な犯罪者だったのだが、強制収容所に送られ、ああいうリスクの高い仕事をやらされていたのである。その義務から解放されたロロは、地元の家に入り込み、手当たり次第に何でも手に入れた。それは彼にとっては本来の仕事であり、道端で拾った銃で人々を脅すことなど、なんとも思っていなかった。

しかし私は、道徳と必要性の板挟みになり、不安になっていた。通常の状況では、私たちの行動は間違っていただろう。しかし、状況は完全に異常だったのである。私たちは軸が傾いた世界と折り合いをつけ、望むものを手に入れるためには実力行使も辞さない覚悟だった。終戦は無政府状態と混乱、そしてチャンスを生んだのだ。

地元の住人たちは、私たちに対して複雑な視線を向けた。恐怖、罪悪感、軽蔑が入り混じったそれは、異常な時代を反映したものだった。ほとんどの人は従順だった。私たちの窮状に対して、ずっと無関心を決め込んできた彼らは、報復を恐れていた。ロロは抵抗する者に平手打ちを食らわし、手酷く殴った。私は直接的な暴力には関与しなかったが、脅迫には加わった。

ロロは、ウィーンに行くには船で行くのが最適だ、という。そこで当然のことながら、トラウン湖に停泊していたボートの南京錠を壊して盗んだ。燃料を「失敬して」、運べる限りの食べ物を積み込んだ。押し入った家の屋根裏で、丸いチーズと燻製肉の塊が干されていたので、冬場に備えて倉庫に備蓄されていた残り物も含め、一切合切を持ち去った。食糧が乏しくなったら、カマスやコイを釣ればいい、と思った。

ドナウ川はドイツのシュヴァルツヴァルトから黒海まで10か国を流れ、ウィーンはそのルート上で最大の都市の一つである。私たちの計画は、リンツの近くからドナウ川に注ぐトラウン川を下ることだった。それは机上の計画としては上出来だったが、その時のヨーロッパは細かく分断された無法地帯と化していた。早くも始まった戦後の政治的駆け引きが横行する場であった。私たちの計画は脆くも崩壊した。

私たちは事情をよく知らないまま、アメリカ軍の占領地から出航した。それがそもそも、問題の火種だった。心地よく暖かい好天の中、すべてが静謐に見えた。しかし、突然にロシア語の叫び声が響き、平穏な感覚は打ち砕かれた。海岸から私たちの小舟を見つけたソ連人は、私たちを逃亡中のナチスだと思い込んだ。

「止まれ」という彼らの命令を無視して、私たちは全速力で下流に移動しようとしたが、ついに銃撃を受けた。もはや、彼らの要求に従う以外に選択肢はない。負傷者はいなかったが、ボートに穴が開いたため、上陸するしかなくなった。威圧的なロシア兵〔ソ連兵〕たちが私たちに向かって走ってきた。私はすぐにイディッシュ語で「私はユダヤ人です」と叫んで、これが効果的かどうか、相手の様子を見た。

そして実際、ある程度はうまくいったようだった。ロシア人将校は、ひどく訛ってはいるが、紛れもないイディッシュ語で「Yich a Yid（お前、ユダヤ人か）」と言った。これで少なくとも、この方向で話をすることはできそうだ。私は再びイディッシュ語で、自分たちのストーリーを説明した。強制収容所の恐怖、これから家族を探さなければならない苦難など。さらに私は、解放してくれたアメリカ軍の同情と配慮に感謝した。また、赤軍がいかに私たちの解放に大きな役割を果たしてくれたか、私たちがいかに敬意を抱いているか——。

将校は注意深く話を聞いてくれた。一応は同情的な様子を示した彼は、私たちを邪魔せず、このまま先に進むことを許可してくれた。しかし、心から同情的だったともいえない。今や私たちは、これまでとは異なる世界に生きていた。誰もが利己的に行動する弱肉強食の世界である。ロシア人は私たちの食糧をほとんど没収した。残されたのはパン2斤だけだ。

プランBが必要になった。ここでボートを放棄し、ウィーンの方向にヒッチハイクして行こう、という話になった。幸いなことに、ソ連軍輸送部隊の一部の兵士は、盗賊まがいな彼らの同志たちよりも思いやりがあり、私たちをトラックの荷台に乗せてくれた。1週間以上もかかって、オーストリアの首都郊外に到着した。何の書類も持たず、何の公的な保護も期待できず、ロロの信用力に頼るしかない状況での到着だった。

ウィーンは連合軍の4か国〔英米仏ソ〕に分割統治されており、それぞれが治安維持を担当していた。つまり、私たちは行く先々で絶えず呼び止められた。私たちが何者で、なにをするつもりか、説明を求められたのだが、周りには他にも難民がたくさんいたので、実際には恒例の儀式のようなもので、どこでも何の問題もなく通行が許可された。私たちに不審を抱く者はいなかったようだ。

戦争がウィーンの街のインフラを破壊した。住宅の約4分の1と、橋の多くが破壊された。下水道には無数の爆弾孔が開き、水道管とガス管も大きく破損している。しかし、ロロは言葉通りに私たちの面倒を見てくれた。私とシュピールマン兄弟は彼の厄介になり、比較的被害の少ない地区にあった彼の家に落ち着いた。

食べ物が不足していたが、ロロは私たちの世話をしてくれた。

ロロは、とにかくせっかちな男だった。ある晩、彼の姪という女性を連れてきて、私たちに紹介した。彼女が帰った後、ロロは私に「あの娘と結婚したらどうだ」と勧めた。私は、彼女は美しい、と思ったのだが、ちょっと時期尚早だと思ったし、他に優先事項がある、とも思ったので、それを説明してお断りした。それに私には、ユダヤ人としてイフス、つまり血統を考慮する必要もあった。

ロロには友達がたくさんいて、人々に影響を与える方法も熟知していた。彼は私たちに小遣いとして数枚のコインを渡してくれた。しかし実のところ、それは当時の私たちの生活に必須なものではなかった。私たちは物をあさることに慣れており、お金がなければ平然と支払い拒否して踏み倒した。そういうわけで、バスや電車に無賃で乗っても、誰も私たちを咎めることはなかった。

ハンガリー北部へ

ウィーンのユダヤ人コミュニティに溶け込むのに時間はかからなかった。私たちより半年ほど早く、ソ連軍によって釈放された多くの元囚人に会った。やがて私は、地元の名門シュライバー家からの招待を受けた。同家は19世紀の最初の3分の1にあたる期間、オーストリア゠ハンガリー帝国のユダヤ教正統派コミュニティの中心人物だったラビ・モシェ・シュライバーの流れを汲む家系である。

シュライバーはプレスブルク（現在のスロバキアのブラチスラヴァ）で活動し、ハタム・ソフェル（Chatam Sofer）とも呼ばれた。つまり「書記の印章」の意味である。彼は優れた律法学者であり、ユダヤ法のほぼすべての分野について学問的な解釈と評価を下し、中央ヨーロッパ全土の何世代にもわたるラビや市民指導者に影響を与えた。

非常に裕福な有力家門のシュライバー家は、イフスの問題を真剣に受け止めていた。ある晩、私たちは美しく整えられた同家のアパートメントに招待された。そこで彼らは、自分たちのコミュニティ内でホロコースト生存者を助けるために何をすべきか、を決める特別な会議を開催したのだ。今風に言えば、ネットワーキング・イベントという感じのものである。

誰もが、これまでの人生をつなぎ合わせて修復し、今後の道を考え出そうと努力しているようだった。遠くイギリスやパレスチナから来たユダヤ人など、さまざまな人々がいた。これ以後、私はシオニストの宗教組織の指導者らとの会合に招待されるようになった。彼らは私たちの滞在場所を見つけ、今後について協議するため、連絡を取り合ってくれた。

私は、幼少期に路上や店で学んだことを思い出した。信頼と相互利益に基づき、公正なビジネスを行う方法の延長に、生き方があった。個人的な関係が最も重要で、時には失望することもあるが、私は人々への信頼を失ったことはなかった。

すべての生存者には、全うすべき独自の旅があった。私たちには、自分たちの家系、血肉を見つけることに執着する傾向がある。あらゆる手がかりを求め、連絡先が追跡調査された。そうした中で、シュピールマン兄弟はまず、ハンガリー北部に向かうことになり、私も同行することにした。彼らの古いビジネス上の知人、フクス氏という人物が、やはり収容所から生還したという情報があった。その人の本業は、獣皮の輸入業者だった。

私たちは電車、バス、トラックをヒッチハイクして、ミシュコルツに向かった。フクス家の人々が、両腕を広げて抱擁し、歓迎してくれた。私たちはお互いに共感するところが多々あった。時期に違いはあるが、戦時中の経験が非常に似ていたのだ。1944年6月、ミシュコルツの子供を含む1万4000人以上が家畜貨車でアウシュヴィッツに送られた。ほとんどは到着と同時にガス処刑された。

これは歴史の共鳴というものか。44年の11月には、約10万人のユダヤ人がハンガリーからオーストリアまで歩かされた。これは、解放後に私たちが通ったルートをほぼ逆方向にたどる道である。約4分の1が途中で死亡した。ホロコースト生存者は、家族を見つけ、土地と財産を取り戻し、人生を新たにするために、故郷である重工業の中心地、ミシュコルツに戻ってきていた。

当時の私たちには分からないことだったが、なんと戦後になっても、当地の近隣住民の中には矢十字党の支持者がいた。それはつまり、戦前からあるハンガリーの親ナチ政党である。このため、収容所などから生還した約100人のユダヤ人が、後になって一斉に捕まり、殺害されてしまった。その人たちの遺体は、街を見下ろす丘の上にあるユダヤ人墓地に埋葬された。今、記念碑の石に十戒が刻まれており、1項目を除いては、すべてヘブライ語で書かれている。あえてハンガリー語で書かれているのは次の言葉だ。「汝、殺すなかれ」。

ジャウォシツェに戻る

おそらく、当時の私には、心の準備ができていなかった。故郷に帰っても、おそらくなんらかの「裏切り」が待ち構えているに違いないからだ。それでも、ポーランドに戻らなければ、という心の声に抗えなくなったので、シュピールマン兄弟と私は途中で行動を別にすることにした。私たちは一緒に多くのことを経験してきたが、ついにそれぞれの道を歩まなければならない。私はひどく感傷的になった。

ハイムとヤコブはクラクフの南西にある故郷のスカヴィナに向けて出発し、私は北東にあるジャウォシツェに向かった。書類もパスポートも持っていなかったので、そこに行くのは冒険といえた。しかし、マウトハウゼン収容所からの解放文書を持っていたので、それを身分証明書として提示し、なんとか国境を越えることができた。

それは私の人生の中でもとりわけ苦痛な経験だった。その後、私は70年以上も経ってポーランドに戻ったが、その時にもトラウマが蘇った。私たち一家が住んでいた古いアパートの建物は残っていたが、化粧石が崩れ、レンガがむき出しになり、父がメノラーに灯をともしていた正面の窓のペンキが剝げていた。かつて未舗装だった道は舗装され、新しい家が建設されていた。私はその中に混じって、かつて父が経営していた工房があることに気付いた。

重い木製の玄関ドアの横にあるくぼみに触れたとき、悲しみがどっと押し寄せた。そこにはメズザー（Mezuzah）があるべきなのだ。ユダヤ人の各家庭の戸口に斜めに設置される門柱で、小さな経典のサンプルが入った装飾用のケースのことである。通りにいた3人の年配の女性が、うちひしがれている私を見かねたらしい、近くの茂みから紫色の美しい花を手折って差し出してくれた。とにかく私は、それ以上、建物に入る気にならなかった。

1945年の夏、私がジャウォシツェに到着したときの記憶は、あまりにも鮮明である。私は、最も親しい人たち、最愛の人たちと、おとぎ話のような再会を果たしたいと心から望んでいたが、現実はそうではなかった。すべてが変わってしまい、誰も戻ってきていなかった。私は打ちのめされた。

しかし、私は勇気を奮い起こし、改めてその古い木のドアをノックした。建物を管理する女性、パニ・シュマインスカがドアを開けた。彼女はすぐに私に気付き、身振りで中に入るように指示した。うだるような暑い日だったので、冷たい水を一杯、飲ませてくれた。私があれこれ想像していた瞬間が訪れたようだった。私は自分を抑えることができず、気になっていた質問をいっぺんに口走ってしまった。

「誰か帰ってきましたか？　私の母か父は？　あるいは、私の弟たちは誰か戻っていませんか？　叔父さんたち、あるいはひょっとして、祖父母やいとこたちとか？」。彼女は痛ましそうに私を見て、ゆっくりと首を横に振った。

「いいえ」と彼女は言った。「誰も戻っていない。あなたが最初に戻ってきた人で、他には誰もいないわ」。彼女の言葉は、まるでSS隊員に殴られた時のように強烈だった。もし誰かが生き残っていたら、必ずここに戻ってくるはずだから。

彼女は戦前、地下室に住んでいたが、私たちが強制移送された後、上に移った。要するに私たちのアパートを横取りしたのだった。話をしていると、寝室のドアが開いていることに気付いた。私の目は、壁に掲げられている刺繍に釘付けになった。それは忘れもしない、母の傑作だった。楽園のアダムとイヴの図で、知恵の樹、生命の樹、蛇が描かれていた。

母はあの日、戸口に立っていて、私を手招きしたのかもしれない。

その刺繍は、私が地獄で過ごした数年間、一歩も動かずそこにあった。恐ろしかった。それはタイムカプセルであり、失われた命を思い出させた。私は今日に至るまで、同様のレベルのものを探し続けている。さまざまな文化の芸術品、ヨーロッパのアンティーク作品を鑑賞したが、私はあれに匹敵するほど見事なものを、ついぞ見たことがない。

私はつい、母が長い時間をかけて仕上げた針仕事の成果を指差して口走った。

「それ、見覚えがあります」。すると、突然、室内の空気が凍り付いた。パニは私の言葉を無視した。私の一家の不幸を自分が利用したことに罪悪感を抱いていたようだが、そこからは一切、それを表に出すまい、と決心したようである。私はいたたまれなくなった。立ち上がって何もせず、そのまま家を出た。

実際のところ、物質的な要求をしたかったのではない。たとえ思い出の品をいくつか取り戻すことができたとしても、当時の私には、それを置く場所がなかった。どんなに貴重なものであっても、物は所詮、物である。私が求めていたのは、人だった。人生のチャンスを与えられなかった人々のことを、私は考えずにはいられなかった。収容所で最悪の時期にも、これほど孤独を感じたことはなかった。私は完全に絶望した。

私にとって、家族はすべてだった。それは他のどんな価値をも超えたものだった。たとえば、こう考えてみていただきたい。生存のためにはドル、ポンド、あるいはシェケル〔イスラエルの通貨〕が必要だ、と主張するのはいかなる人か。答えは明白である。パンがない人である。お腹が空いていて、パンが必要な場合、物乞いや盗みを回避したければ、金で買えばよい。ここで俄然、お金が重要になってくる。

しかし、私には家族がいなかった。家族こそ〔金では買えない〕かけがえのないものだった。

人々は私を評して、非常に独立的な人間、という。正直に言うと、私には他に選択肢がなかった。自分だけを信じ、機転を利かせて生きることが第二の天性であった。

命の危険と失望

さて、あの暑い夏の日、かつての自分の家を立ち去った後のことだ。地元の小さなユダヤ人コミュニティが、自分と同じような立場の人々のために避難所を設立した、という情報を耳にした。

私はそこを拠り所とし、一息ついて計画を立てることにした。あるのは新鮮な空気だけ、あとは慈善援助にすがって生きていく、というわけにはいかない。そこでふと、幼い頃の記憶が蘇った。ある日、父と叔父が何かささやき合っていた。「貴重品を地下室に隠している」とかなんとか——。「横から2個、上から4個目のレンガ」みたいなことを言っていたような、漠然とした印象があった。

もちろんそれは、すでにユダヤ人が貴重品を所持することを禁じられていた時期の記憶である。親たちは、貴重品の保管場所を子供たちに知られないよう注意していた。下手なことを知った子供たちは、ゲシュタポに殴られる危険が高まる。いざという時、子供たちを守るための隠し場所が子供に暴露されてしまっては、元も子もない。

私は強盗というか、探偵というか、その中間のような行動を取ることにした。数日後、私は例の古い家の近くの藪の中に潜み、住民が地下室に行くのを待った。当時、ポーランドには冷蔵庫は普及しておらず、食品は地下の冷暗所で保管された。すると、見覚えのない男が鉄の門の南京錠を開けて入ってきた。

私はそっと男の背後に忍び寄った。背が低いことは、今回も幸いだった。物陰に紛れて身を隠すと、男は食材を取り出し、門を閉めて立ち去った。私がたった1人で後に残された。不気味なほど静かで、すぐに当惑するほど暗くなった。私は懐中電灯、小さなハンマーとノミ、そして板チョコレートを1枚、持っていた。

どうも奇跡の力はそこで使い果たしてしまったようだ。私はゆっくりと静かにレンガを撤去し始めたが、おおよそ記憶にあるあたりには、何も見つからなかった。これは絶望的な状況下での賭けだったが、結果は予想通りだった。後は朝まで寒さに耐えるのが精いっぱいで、じっとしていた。すると、鍵を鍵穴に差し込むかすかな音がした。

奇襲以外に私の取るべき戦術はない。私はその住人に向かって突進し、驚く彼をしり目に、何もせずに逃げ去った。早朝のことで、すべてがあまりにも一瞬の出来事だったから、男はぼんやりしていたと思う。確かに彼は、ショックのあまり追いかけることができなかった。

その後の私は、管理人のパニ・シュマインスカから良い知らせがあるかもしれない、という淡い希望を抱いていたが、次に彼女に会うと、彼女は予防策を講じて私を迎えた。

もう一度、私の家族の誰かが現れたかどうか尋ねると、彼女は首を横に振った。彼女は私を中に招き入れた。彼女の2人の息子が私の両脇に座った。彼らは背が高くて屈強な若者で、私に質問を浴びせ始めた。私にはすぐに分かったが、彼らは明らかに私に罪悪感など覚えておらず、単に邪魔者だと思っていた。

暗い考えに突き落とされた時、奥から流れる音楽の音が聞こえ、私の心は一瞬だけ解放された。振り向くと、彫刻が施された木箱に入った古いラジオがあった。それは見慣れた我が家のラジオだった。またしても、彼らの示した裏切りが私の心に突き刺さった。私は周りを見回し、さらに他にも我が家の物らしき家具を発見した。悲しみ、怒り、そして何よりもある種の危険を感じ、疑いの心が波のように押し寄せた。

私の疑念には十分な根拠があった。たとえば地元のユダヤ人、サリー・バスの証言である。サリー・バスは、家族全員がベウジェツ絶滅収容所で命を落としたが、ある学校の教師が彼女を匿い、戦時中ずっと、壁の後ろに隠れ場所を設け、ドイツ軍から隠し通したのだという。そして彼女によれば、私が戻ってくる少し前、１９４５年6月に15人のユダヤ人がジャウォシツェに生還した。当然、本来の自分たちの家と財産を取り戻すためである。

彼らは当然の権利を回復するために、それぞれの取り組みを始める前、しばらく同じ家に留まっていた。その方が安全だ、と思ったようだが、これは致命的な間違いだった。ポーランド人住民がこの家を襲撃し、４人が死亡したのである。このようなシーンが各地で数多く見られた。戦争が終わっても、妬み、恨み、そして持続的な暴力が遺産として残された。

シュピールマン兄弟は、少なくとも財産の面では、より幸運だった。彼らの両親は戦前、危険を冒して財産の隠し場所を彼らに告げていた。スカヴィナ滞在中に、彼らはアンティークの燭台、銀のベッヒャー（becher：大きなマグカップ）、その他の貴重な品物を回収した。

しかし、彼らはそうした物に執着しなかった。収容所で経験してきたことを通じ、個人的な利益にこだわることは空しい、と感じたようだ。その後、シュピールマン兄弟はアメリカに移住し、ニューヨークに定住した。彼らはそれらの遺産をすべて、ボボヴァ・レッベ〔2章に登場したシュロモ・ハルベルスタムのこと〕に寄贈し、コミュニティの資産として後世に伝えてほしい、と願った。それは美しい考え方だったと言えよう。

しかし、私のその時の状況は、シュピールマン兄弟のような美談とはかけ離れていた。管理人の息子たちと険悪なやり取りになる中、多くのユダヤ人生存者と同じように、私は見知らぬ人すべてに対して疑念を抱いていたのだが、その時ちょうど、道の反対側を通りかかったポーランド人のカップルが、門の後ろから私に声をかけてきた。私は立ち上がり、彼らの方に急ぎ足で進んだ。彼らは不安そうで、常に周囲を見回していたが、危害を加えるつもりはない、という意味らしく、互いの体が重なるような〔一斉に襲える態勢ではない〕位置に立って、膝をつき、低い姿勢を取った。

私は2人のことを知らず、恐ろしくも思ったが、とにかく衝動的に彼らを信用することにした。私が近寄ると、2人の方は私を知っており、私のポーランド語の名前で呼びかけた。2人は早口で「生き残ったのはあなただけで、ご家族は誰も戻っていないと聞いています」と静かに話した。「あなたのお父さんとお母さんが、いつも私たちにとても良くしてくださった、ということを知っておいてほしいのです」。さらに2人は続けた。

「私たちが助けを求める時、何かを購入したい時はいつでも、ご両親は私たちを助けてくれました。とてもいい人たちでした。でも、もう何もかも分かりません。もしかしたらご両親は、このまま戻ってこないかもしれない。しかし、あなたが知っておくべきことがあるのです。あなたは昔の家で、かつての自分の持ち物を見つけたでしょう？　警告しておきますが、あそこの息子たちが、あなたに対して何か計画を立てている、と耳にしました。だからどうぞ、気を付けてくださいね」

彼らの目に懸念が見られ、声からもそれが伝わった。私の心は決まった。私はのけ者であり、非常に危険な状況にあるのだ。すぐに逃げなければならなかった。私はそのまま、かつての自分のアパートに向かって角を左折する代わりに、右折して滞在先に戻った。私はあの女管理人と息子たちに、二度と接触しなかった。また、私の命を救ってくれた男女にも、再び会うことはなかった。

ナチス・ハンターになる

私には何ができるのだろうか?

当時の私は、「解放されたが自由ではなかった」。これは1945年4月29日、解放直後のダッハウ強制収容所でアメリカ陸軍のユダヤ教司祭、エイブラハム・クラウスナーが述べた言葉である。彼もまた、戦後の偉大な英雄の1人であり、ラビだった。クラウスナーは、家族との再会を切望する生存者の姿に心を打たれ、彼らを助けることを生涯の仕事とした。捜索を支援するために、3万人以上の生存者リストを作成し、配布した。

私たち生存者のおよそ3分の2は、家族の中で生き残ったのが自分だけである、という事実を知った。私は、自分がユダヤ人であることの難しさや矛盾を強く感じていた。なぜなら、収容所の門が開き、有刺鉄線の柵が取り壊されても、収容所はどこにでも、いつまでも存在したからだ。私は自分が見てきたもの、そして失ったものと共に生きていくことを学ばなければならなかった。自分の運命がどうなるのか、分からなかった。

失った家族を自分で再建し、戦争を忘れようとする行為は、多くの点で自然なものである。事実、多くの若い生存者はすぐに結婚し、子供をもうけた。1946~48年にかけて、難民キャンプでの出生率は世界でも最高レベルで、毎月最大700人もの赤ん坊が生まれた。ユダヤ人コミュニティは、若い母親のためのクリニックや、カウンセリングサービス事業を設けて対処した。

しかし、そういう人たちの行動の動機は理解しつつも、私はまだ若過ぎたので、落ち着くのが幸福だ、という感情を持っていなかった。多くの人がそうしたように、記憶バンクをシャットダウンして、新しい家庭での至福を求める方が簡単だっただろう。しかし私は、より深い部分で割り切れなかった。

かつての家族との思い出を大切にしたかったのだ。

今、私ができる最善の行動は、ナチスを裁くことだ、と思った。メルク収容所の元所長、ユーリウス・ルードルフ逮捕に私が関与した際は、偶然の要素が強かった。しかしあの一件で、米軍当局は私に興味を持った。この際、エーベンゼー地域に戻り、自分の有用性を米軍に売り込もう、と私は思った。失うものなど何もなかったので、私は怖いもの知らずであった。

私がビジネス人生で得た教訓の一つは、顧客の抱える問題に対して、常に実用的な解決策を提供することが重要だ、というものがある。私はすぐに、アメリカ軍の統治ゾーンに新設されたシュタインコーゲル難民キャンプに行ってみて、大きな問題点があることに気付いた。そこには4つの木造の居住棟があったが、約500人のユダヤ人がいて、ポーランド人の難民よりも数が多かった。

2つの文化の間で緊張感が高まっていた。ユダヤ人たちは、キャンプの管理において数の多い自分たちが代表権を持たないことに憤慨していたが、それも当然と思われた。彼らは「またしても差別されている」と感じたのだ。難民や収容所生存者の福祉を担当する連合国救済復興機関（UNRRA）は、暴力行為が起こる可能性を懸念していた。

この状況は、ジュダ・ネイディックの注意を引くほど深刻であった。ネイディックは当時、欧州連合国軍最高司令官ドワイト・アイゼンハワー元帥の司令部で、ユダヤ人問題の首席顧問を務めていたラビである〔ネイディックは米陸軍の将校として軍籍にあった〕。私はUNRRAを通じて、キャンプの管理と実務執行の両分野で協力したい、と申し出てみた。

私はドイツ語が堪能で、英語も勉強しており、ロシア語も十分に話せるので、文書の翻訳や、関係当局とのやり取りでお役に立てると思う、と言った。何より、私自身も収容所の生存者だから、ユダヤ人難民の憤懣はよく理解できる。私が米軍当局に求めたのは、事態を収拾するべく、ある程度の権限を与えてもらうことだった。

米軍側としても、彼らが損をする点はなかったので、あっさりと私の申し出を受け入れてくれた。私は米陸軍の制服を与えられ、基礎訓練を受けた。こうして私は、難民キャンプの警務官として正式に採用された。事態は急速に進んでいた——何しろ、ほんの3か月前の私は、囚われの身から解放されたばかりの野生児だった。しかし、今では思いがけない方向に私の人生は展開していた。当時、ラビ・ネイディックは、ユダヤ人難民を別の土地に移送したい、と考えていた。予定地はザルツブルク南部の山間地、バート・ガスタインに設立された新しいDPキャンプ〔DPとはdisplaced personsで、難民のこと〕である。私はその間、緊張状態の沈静化を手伝うことになったが、ここらでひとつ、もっと自分の能力を証明したい、と考えた。

やがて、私の計画が次の段階に動き始めた。その後の私は、ザルツブルクの東にある別の温泉街、バート・イシュルにできたDPキャンプに異動して、引き続き警務官を務めていたが、もっと独立的な仕事をしたい、と考えた。私は米軍当局に、ナチスの強制収容所で私を苦しめたSS隊員たちの氏名を並べた短いリストを提示した。すると、非常に驚いたことだが、彼らは既知のナチス関係者の指名手配リストを、私に見せてくれたのである。

いくつか名前が重複していたが、私の提供により、米軍側の情報に新たな人名が追加された。可能な限り速やかに、最悪かつ、できるだけ大物の元SS隊員を見つける、というのが課題であった。元SSの連中は散り散りになって逃亡しており、とにかく時間が非常に重要である、というのが共通認識だった。私は、SSの連中の野獣的な行為をこの目で見てきた。彼らの顔や声、態度、経歴や犯罪を熟知していた。私は必死になって、正義の裁きをもたらす手助けをしたい、と当局に懇願した。

そこでアメリカ軍は、私にオートバイを貸与してくれた。こうして私は、オーストリアとドイツで自由に移動できるようになった。彼らは私を「ナチス狩り」作戦に参加させ、「各地の地元警察が君〔MP〕に協力するよう指示する」と約束した。私は新しい軍服を支給されたが、それは米陸軍の憲兵の制服だった。私は小柄なので、憲兵隊の白いヘルメットがひどく大きく見えた。
私の指名手配リストの一番上に、あの男の名があった。
アーモン・ゲートである。

12章　終わりの始まり

ヨセフの宣誓供述書

以下は「ヨセフ・レフコヴィチの宣誓供述書」である（原文はドイツ語から英訳〔クラクフがクラカウになるなど、ドイツ表記である〕）。

M.A.C.〔軍法務局〕のチャールズ・B・ダイベル中尉は宣誓執行権を付与され、その立ち会いの下、私ことヨセフ・レフコヴィチ本人が出廷した。同官は私のそばにあり、私がまずドイツ語で正式に宣誓し、自筆で次の供述書を作成したことに同意するものである。

私、囚人番号85314の元囚人ヨセフ・レフコヴィチは、1928年3月15日に「ポーランド」のクラカウで出生したが、ユダヤ人だったため、1940年に逮捕された。私はクラカウ近くのリシュキにある強制労働収容所に送られ、そこに1年ほど留まった。ある日、クラカウ周辺のすべての補助収容所が解散した。私はクラカウ・プワシュフ収容所に連行された。当地の環境は、リシュキ収容所より悪かった。当時、ミュラーSS曹長が収容所長であり、ストロイエフスキSS軍曹が副所長だった。彼らは囚人を殴り、労働を強制した。

1942年に新しい収容所長が到着した。所内に入った際、彼は次のように自己紹介した。自分はポーランドのルブリンでユダヤ人全員を殺害したあの男である。自分の名前はアーモン・ゲートSS少尉である。それから彼は、収容所内で恐ろしい行為を始めた。彼は囚人たちを鞭打ち、強制的に働かせた。彼は、収容所内に勤務する囚人監視要員たるSS隊員たちに対して、囚人全員が砂を積載した手押し車を曳き、歩調を合わせること、石を引きずりながら2回行進すること、などを命じた。

SS隊員たちは、非常に優秀なる殺人者であった。彼らには、勤勉に働かない囚人を射殺せよ、という所長命令が出ていた。そして彼らもこれを実行した。収容所内で最も恐るべき殴打者、および殺人者として知られていたSS隊員たちの名前は以下の通り：グロスSS兵長、クムケSS伍長およびヴィリーSS伍長、ストロイエフスキSS曹長およびフヤルSS曹長。

ゲート所長はただちに、重労働に耐えられなくなった所内の病人と老人、および13歳までの子供全員を選抜した。彼らは全員、ゲートおよび将校、下士官によって射殺され、大きな集団墓地に埋葬された。それから彼は所内を視察した。所内を歩き回るゲート自身が、拳銃で100人もの命を奪うことがあった。

ゲートは収容所内に作業場を設置していた。囚人の中でも熟練した労働者が、これらの作業場に配置された。この作業場はドイツ装備品工場（Deutsche Ausrüstungswerke：DAW）〔SSが設立した兵器製造企業〕に属していた。ゲートは2匹の犬、①「ロルフ」、②「レックス」〔原文にはRexとあり、92頁の犬の名とは合わない〕を連れて巡回した。この犬たちは、所長本人と同じくらい危険だった。タバコを吸っている囚人を見つけた際、ゲートは彼にこう言った。「このユダヤ人の豚。タバコを吸っている時かよ、働けよ。この戦争を起こしたのはお前らだろうが。呪われた犬が！」。そして所長は彼を作業場から連れ出し、射殺した。

勤務時間中にトイレに行くことは禁止だった。ゲートがそのような囚人を捕まえた場合、トイレでゲートに撃たれた。

クラカウ・ゲットーからクラカウ・プワシュフ強制収容所へのユダヤ人の移送が始まった年、ゲートはその人選を行った。彼は、収容所内に子供や老人を連行しないこと、病人や労働に不適格な者を受け入れないことを要望する命令を出した。クリューガーSS中将、シェルナーSS少将の命令により、労働に適さない者は全員ゲットーBに、労働に適した者はゲットーAに移送された。ゲットーAの者は、収容所の作業場に連れて行かれた。

多くの人々がゲットーBから自動車で連れ去られたが、どこに移送されたのかは、今日になっても不明である。それらの全員は労働者ではなく、絶滅のために収容所に連れて行かれた。彼らはトラックに乗り、すでに大規模な集団墓地が整備されていた収容所に運ばれたのである。人々は数十人単位で連行され、ゲート、グラーゼル、ヤニーク、ストロイェフスキらによって、短機関銃で射殺された。

その後、ゲットーBから連れ出された子供たちは、生きたまま集団墓地に投げ込まれ、その後、短機関銃で射殺された。この際の粛清もゲートが行った。すべての子供たちが即死したわけではなく、〔その上に被せた〕土はずっと動いていた。収容所医師のブランケSS大尉も、ほとんどの粛清に関与した。私自身、集団墓地に土を被せて埋める作業をさせられた。何日も経っても、溝に横たわる子供たちの一部は撃ち抜かれなかったために死んでおらず、ずっと土が動き続けていた。そうした子供たちは、生後半年か1歳であった。彼らは皆、とても小さな子供たちだった。

私の知人の1人が、ある日、逃亡しようとした。数日後、彼は捕らえられ、収容所に連れ戻された。ゲートは点呼の場で彼を絞首刑にする命令を出し、囚人全員がそれを見守るしかなかった。

次に私が経験したのは、やはり逃走中に捕まったユダヤ人の少女2人の件である。ゲートは点呼の場で彼女たちを吊るすよう命令した。収容所の囚人たちは、ずっと見守るよう命じられた。2人は2度も絞首台から落下した。その後、2人は再び絞首され、最後はゲートが射殺した。ロシアの歌を歌ったという理由で絞首刑にされた囚人もいた。

ゲートは囚人たちから、逃亡しようとする最後の希望を奪うべく、金、宝石、金時計やその他の時計、現金、外貨など、囚人が所有していたあらゆる物を没収し、囚人が市街地で作業する場合も、パンの一かけらも入手できないようにした。

私は、ゲート自身が絡むこんな現場も目撃している。ある朝、点呼の場に来たゲートは若い男に近付き、「貴様、何か気に入らないのか?」と言い、拳銃を抜いてから、意識を失うまで殴った後に発砲した。被害者の名前はシュピールマン，シュロモである。バート・イシュル〔難民キャンプ〕にシュピールマンの2人の兄弟がおり、宣誓によってその事実を確認できる。

ゲートはタルヌフとボフニャの〔ゲットー解体でも〕粛清に関与した。私が知っているグリュンベルク，イザク氏は、彼の妻と2人の子供をゲートに射殺された。

次に挙げる件は、ロハイ，ハイムの妹と子供が、1発の銃弾で射殺された出来事である。ゲートはこう述べた。「ユダヤ人の女については、どんな銃弾も惜しいな」。母親は子供を胸に抱きかかえたが、2人とも1発の銃弾で射殺された。

オルメルという名前の囚人が、ゲートの2匹の犬に咬まれたことがあった。犬が彼を咬んだ時、ゲートは彼を撃ち、路上に横たわった遺体をそのまま放置し、さっさと歩き続けた。すると、彼の前で速やかに帽子を脱がなかった囚人がいたので、ただちに撃ち殺した。

囚人たちは日中の仕事を終えた後、夜は収容所の敷地内にある採石場に行き、所内の道路建設作業に従事しなければならなかった。採石場の責任者はシャイトSS少尉だったが、彼もまた、なんと多くの囚人を殺したものか！　彼は私の頭を拳銃で殴り、私にはもう勤勉に働く体力がないと判断して、私を撃とうとした。だが、同じく勤勉に働けない別の囚人を見つけた彼はそちらに向かい、彼を撃った。私はそのまま、完全に忘れ去られた。

私が書き留めたことはすべて完全な真実であり、私の宣誓によって、それを確認されたい。これらの中で、すべてを通じて生き残った人々は以下の通り。

グリュンベルク，イザク。バート・イシュルのホテル・ゴルデネス・クロイツに滞在。

ブロイアー，シムハ。

ロハイ，ハイム。リンツのビンダーミヒル・ユダヤ人キャンプ。

シュピールマン，ヤコブ。バート・イシュルのホテル・ゴルデネス・クロイツ。

私は宣誓して、彼〔ゲート〕が私の家族全員を、ゲットーとクラカウ・プワシュフで処刑したと断言できる。ゲートは収容所内でも最も傑出したサディストの一人であった。私が書き留めたのは、すべて自分で目撃したものである。

署名：レフコヴィチ，ヨセフ　ポーランド生まれで、現在はバート・イシュルのホテル・ゴルデネス・クロイツに滞在中。

この供述書は、１９４６年４月６日午前11時、ドイツのダッハウにて、私が自発的に、強制されることなく、４ページにわたって手書きしたものである。私は全能の神の名の下、純粋なる真実だけを話し、何も秘密にすることなく、付け加えていないことを宣誓する。

１９４６年４月６日、ドイツのダッハウにて、私の目の前で署名・宣誓された。チャールズ・Ｂ・ダイベル中尉 M.A.C. 捜査官。

私の人生には、時間が止まったかのような瞬間が何度か訪れた。そのような瞬間の一つが、２０２

2年6月初旬の暑い午後、エルサレムの私のアパートで訪れた。その時、私はダイニングルームのテーブルで前かがみになり、小型のラップトップ・コンピューターの画面を見ていた。タイプライターで書かれた文書のアーカイブ・コピーが映し出された。

本書の共同著者、マイケル・カルヴィンが、この「宣誓供述書」を読み上げた。私はその時、自分が強い感情、恐ろしい記憶と心理的に戦っていることに気付いた。その文書を見るのは78年ぶり〔原文にはこうあるが、おそらく76年ぶり〕だった。ダッハウの収容所で、庭にうずくまっているアーモン・ゲートを発見した直後に、この宣誓をしたことを覚えている。

あのかわいそうな赤ちゃんたち。あの悲劇の女性。あの恐ろしい光景。しかしあの怪物は、名もなきドイツ国防軍の一兵卒として逃げ出そうとしていた。私がそれを見つけたのだ。すべてが過ぎ去った時間の中で凍結し、厄介にも不朽の形態をとる。あまりにも多くのものを見てきた私は、正義の名の下に、自分の経験を法廷と共有する義務を感じていた。その当時の若き自分に対して、私は親近感を覚えつつ、また遠く過ぎ去った年月も感じていた。

先ほどの文書は、ゲートに対する最初の正式な証人陳述である。その内容は率直なものと最後に念押しされているが、今の目で見ると、いささか不正確な点も含まれている。だが、それゆえにこそ、文書の信頼性が担保されているともいえる。よって、私はこの文書を編集せず、そのまま完全に再現して本書に掲げることにした。これは、私が戦争でどのような影響を受け、トラウマが記憶をいかに歪めるか、という実例だが、その一方で、基本的な真実は損なわれていない、という点も、最も明確に示していると思う。

私の誕生年が１９２６年ではなく、28年と記されているなど、いくつかの初歩的な誤りがある。これはドイツ語から英語にした際のミスだ。前にも取り上げたが、生年月日の3月15日というのは、そもそも嘘であった。その他の事実との不一致は、記憶の混乱によるものである。囚われの身では、正確な時間は分からなくなる。いくつかの日が統合されてしまい、カレンダーは意味を失うのだ。私は「ユダヤ人だったため、1940年に逮捕された」と述べているが、ここで言っている逮捕は、ジャウォシツェでレジスタンスに加わり、橋の爆破作戦に関与して逮捕されたことではなく、占領下における一般的な強制移送について言及したものだと思う。

それから私は明らかに、リシュキ労働収容所で過ごした時間を過大に長く考えていたようだ。いやいや、私は完璧な人間ではない。私の記憶は非常に鮮明だが、だからといって写真のようなものではない。個人の人生と経験を、適切な視点から見直すには、特定の専門分野で優れた資格を持つ人や機関の助けを得る必要がある。

ゲートの生と死を描いたジグソーパズルの非常に多くのピースが、この本の序文の共同執筆者でもあるジョナサン・カルマスによって組み立てられた。カルマスは、ロンドンを拠点とするジャーナリスト兼映画製作者で、非営利団体J Rootsの主宰者、ラビ・ナフタリ・シフと協力して活動している。数年にわたる彼の熱心な研究は驚くべきもので、私の回想も加えながら、あの悪名高い殺人鬼にまつわる謎のいくつかを解き明かしている。

アーモン・ゲートを追う

アーモン・ゲートは1944年9月13日、身内の親衛隊〔SS〕に逮捕されている。数百万ドル相当のユダヤ人の財産を横領した容疑である。当時の彼の犯罪とは、他人の財産を没収したことではない。ナチスの制度上、そういう財産はすべてドイツ国家の所有物であるべきだった。しかし彼は、私腹を肥やすために個人的に横領したのである。彼は一種の精神疾患を患っていると判断され、バイエルン州バート・テルツの病院に送られた。

連合軍が勝利を重ね、敗戦が迫っていたため、本件の裁判は途中で打ち切りとなった。この件に対する彼への訴訟は、戦後の１９４６年、ポーランドでの戦争犯罪裁判の準備段階でドイツ司法当局が正式に取り下げた。ゲートの主張によると、彼は１９４５年４月に釈放され、ミュンヘン郊外フライマンの高射砲予備大隊に入隊することになっていたというが、おそらく情報提供者からの密告を受けて、５月４日午後３時にバート・テルツで米第７軍に逮捕された。翌５日、彼はルートヴィヒスブルクの第71捕虜収容所に拘留されたが、さらにその翌日、米国特別捜査官Ｏ・Ｊ・パケット・ジュニアは、彼を単なる農民と判断した。

これは当時の状況を理解すると、経緯が分かる。戦争犯罪人を発見し、拘束し、身元と行動を確認するという任務は膨大だった。アメリカ軍が捕らえたナチスはあまりにも多く、かなりの者が誤って釈放され、訴追を免れた。捜査官が彼らの重要性を理解する前に解放されてしまった、という例は枚挙に暇がない。巨大な米軍の捕虜収容所から、とんでもない大物戦犯が、平然と歩いて出てきた、という歴史的な記録が多々ある。

数世代後に真実を探求する場合、時には矛盾し、内容的に相いれない文書を照合する必要がある。ゲートは逮捕された時、親衛隊の身分証明書を所持していた。後に見つかった公式拘留報告書には「武装ＳＳの大尉（Hauptsturmführer）であり、プワシュフ・クラクフの所長だったことを認めた」と記載されている〔武装ＳＳは本来、ＳＳの戦闘部隊だが、戦争の進展に伴い、一般ＳＳ隊員も武装ＳＳを兼務することが普通になった〕。

これは強制収容所の所長クラスによく見られる階級だったが、逮捕理由は「ＳＳダッハウ―戦争犯罪」とあるだけで、アメリカ人は彼の重要性を理解していなかったようだ。

戦争犯罪裁判で示された逮捕時の文書はこれと異なるもので、手書きで詳細が欠けている。彼に関する最初の情報が誤って除外されたか、失われたか、または誤解されたことを示唆する事実だ。５月８日に記録された文書には、ゲートがバート・テルツから少し離れたダッハウで逮捕された、とあり、すでに怪しげな内容のようである。

米陸軍対情報部隊（ＣＩＣ）の地方支部がゲートの案件を処理するのに3週間近くかかったという事実（書類上のＣＩＣのスタンプには「24・5・45受理」とある）から見て、それほど緊急性があると認識されていなかったことが垣間見える。それ以後、8月29日におそらくシュトゥットガルトのすぐ北にあるルートヴィヒスブルクで、米軍によって写真が撮影されるまで、彼の個人ファイルにさらなる言及はない。

ゲートは10月10日に、第78捕虜収容所に移送された。彼のファイルを見ると、隠されてきた巨大な皮肉が明らかになる。米軍の軍医たちは、彼の命を助けていたのだ。その8月、ルートヴィヒスブルクの収容所付属病院で発疹チフスが流行した。彼らが「フレックファイバー」（紅斑熱）と呼ぶ病気の予防接種を受けたことで、ゲートは感染を免れた。

ゲートは同年12月17日、愛人のルート・カルダーに手紙を書いている。この手紙はオーストリアの著名な学者ヨハネス・ザクスレーナーが発見した。この中でゲートは、「数か月後に君と会いたい」と書き、毎月、差し入れを送るよう彼女に頼んでいる。「私は下着のパンツ、袖なしシャツ1枚、靴下1足、ティッシュ2個、シェービングブラシ1本、鉛筆1本、練習帳2冊、タバコを巻く紙が欲しい。もしお父さんにお願いできるなら、食料品とタバコも提供してもらえないだろうか」。

彼はここで、自分の愛称「モニー（Mony）」を名乗っている。

１９４６年1月21日、米当局はゲートのルートヴィヒスブルクでの留置を延長する、いわゆる捕虜留置要請を行った。彼がそれまで何とか人目につかずに、そこに留まっていたことが分かってきている。ゲートは、ポーランドにおける大量虐殺の主要人物の一人、フリードリヒ＝ヴィルヘルム・クリューガーＳＳ大将の幕僚であったとされ、また、プワシュフ収容所の運営を担当していたＳＳ経済管理局（SS-Wirtschafts-Verwaltungshauptamt）とも関係があった、とされていた。

彼はクラクフの一連の残虐行為と緩やかに結び付いていたが、点と点がつながっていなかった。この頃、ポーランド政府の戦争犯罪連絡部長マリアン・ムシュカト中佐が書いた日付のない要請書が残っているが、そこにはアメリカ国民に対し、引き続き自分たちを見守るよう求める内容が書かれている。〔米ソの対立により〕戦後体制に亀裂が入る中で、ゲートがいとも簡単に捜査の網をすり抜けていたらしい、という見方を強めるものである。

　このような事態が起こっている間、私はゲートの手がかりを探して情報を追跡し、軍人として一定の地位にある人物がいそうな場所や、収容所を系統的に調べていた。私はバート・イシュルの難民キャンプに勤務するために引っ越しており、そこから1人で行動する場合はオートバイで、2、3人の米軍捜査官と行動を共にする場合はジープで移動した。

　長距離を移動する必要があったため、交通手段が重要となった。米軍は私に個人用ジープも提供してくれたのだが、その後で「君は運転できるのか」と尋ねられた。私はとんでもない嘘をついた。私は躊躇なく「はい」と即答したのである。これは厳密には真実ではない。私は同乗者として、ギアチェンジの方法やアクセルペダルの場所などは理解していた。だが、実際にハンドルを握ったことはなかったのである。

　話せば長くなりそうなので、端的に申し上げる。私はパニックに陥り、ブレーキ操作が間に合わず、2本の道路の分岐点にある建物に突っ込んだ。同乗していた3人の米軍人は衝撃を受けたものの、無傷だった。私はできる限り詳細を明かさずに「事故」の報告をし、すぐに何もなかったかのように単独行動に戻った。戦犯容疑者の性格、習慣、ネットワークの全体像を構築する仕事が山積していたのである。

　それは骨の折れる仕事だった。戦犯容疑者の家族は常に嘘をつく。容疑者が所属していた部隊や、その上官の身元に関する地道な調査を続けるしかなかったが、初めはつまらないと思われた情報が実を結ぶこともある。さらにまた、人間の最も基本的な感情、嫉妬が大いに利用できることもあった。

戦争中、ドイツの民間人は食糧その他の必需品の不足にあえいでいた。その間、親衛隊の連中は、あらゆるものを豊富に持っていた。多くの人々がこれに憤っていた。崩壊した村や街を歩き回り、その人の肉親以外の人間について質問すると、よくあるパターンの不満が現れた。彼らはその種の人物を、潜在的な敵と見なしていた。つまり、「あいつらは何でも持っていたが、私たちは何も持っていなかったのです」というわけだ。

それは戦時中、大声で、あるいは公然と表現されることはなかったが、人々は困難な生活を強いられることに苦々しい思いを抱いていた。厳しい日常の中、小声で隣人の噂話をする者もいたのである。彼らの情報は大抵、さほど驚愕するようなものではない。だが、どんな知識も重要だ。個々の兵士の経歴、ドイツ軍の師団の詳細情報をつなぎ合わせ、戦闘記録と結び付けると、意外なことが見えてくる。すると、巨大なＰＯＷ〔戦時捕虜〕収容所で人の動きを観察することが有益な場合も出てくるのである。

イディッシュ語のことわざで「窓を叩いてみよ（getapt in de finster）」というのがある。これは要するに、暗闇で手探りする際、まずは不明瞭なものに手を伸ばしてみよ、という意味だ。ある種の突破口は近い、という感覚はあったが、それがいつ、どこで、という明確なビジョンはなかった。捜査の規模は恐ろしいほど広がり、進捗は遅れていた。

一方、記録によれば、ゲートは１９４６年2月初旬にダッハウ捕虜収容所に移送され、同月20日の午後4時に宣誓供述をしている。彼はその中で、１９３０年にナチ党と関わりを持ち、１９４３年３月にプワシュフの責任者になったことを認めている。しかし、その施設の性格は「東部戦線の師団への物資集積所」だった、と述べていた。

マイケルが私のアパートでゲートの言葉を読み上げた時、またしても私の血は凍った。ゲートの供述は、まことに素っ気ない、典型的な自己を正当化するような口調に終始していた。

所内には宿泊施設が完備しており、食べ物は美味しく、労働に適していたが、最初は少し〔環境が〕良くなかったかもしれません。しかし、重労働者の分類をより寛大にして扱いを変更することで、改善が可能となりました。

1週間に1人当たり、ジャガイモ6キログラム、野菜25キログラム、肉300グラム、脂肪約120グラム、大麦、ひき割り穀物、シリアル、ジャム、およびパン4分の1斤が毎日与えられました。肉の代わりに卵やチーズが配給された可能性もあります。収容所には大きな厨房、5つの医療施設、害虫駆除設備を備えた大きな浴場が備えられていたため、いかなる種類の伝染病も発生することはありませんでした。

いやもう、もちろん卑劣な妄想ばかりである。
しかし、ゲートの言葉はまだまだ続く。

戒厳令に基づき、パルチザン組織との連絡確立や妨害行為、軍需物資の略奪を理由に処刑が命じられたケースはあり、武器、爆発物、弾薬の無許可所持を理由とした銃撃が命じられたケースもあります。それ以外の場合、収容所は原則として、軍法会議を前提とした軍人に対する刑の執行のみを行い、このために詳細な規定に基づく執行部隊を設けていました。

秘密国家警察〔ゲシュタポ〕が、処刑された遺体を埋葬のために運ぶとか、囚人を処刑のために連行することは頻繁にありました。しかし、これは秘密国家警察が独自の人員を使って行ったものであります。どのような人物が、かかる案件に関わっていたのかは公表されていませんでしたが、おそらく彼らは〔ナチ〕党員だったのではないか、と推測されます。

最近になって機密解除された米国の文書の中から、この件で捜査官が書いた短いメモが見つかっている。「対象者は尋問中に嘘をつき続けており、特定の事実を隠している可能性がある」とある。しかしこの捜査官は、ゲートが何を隠しているのか、という疑惑を深く掘り下げることはしなかった。むしろ、「自分はユダヤ人を撃つことを拒否したために、SSに逮捕されたのであります」というゲートの個人的主張を重く見ることにしたのである。

論理的には、ゲートが強制収容所の所長だった事実を自発的に認めている以上、米軍の捜査官側には説得力のある証拠があったに違いない。ところが、米第7軍がヨーロッパから撤収することになったため、これに先立ち、3月5日に残りのドイツ軍捕虜はすべてダッハウに集められた。ここで突如、ゲートの犯罪を概説する米国情報部の文書はこんなことを書くのである。彼の「所在は不明。逃亡中と思われる」。

ゲートはそこにいた！

さて、ダッハウ捕虜収容所に集められたドイツ人のほとんどは、依然として軍服を着ていたが、勲章やその他の徽章類は剝奪され、一部は私服を着ていた。彼らは自由も、優越感も失っていた。彼らは囚人であり、床にしゃがみ込み、不機嫌な表情で伏し目がちだ。私としては、気疲れし、不安そうにしているドイツ人を見るのは痛快だった、と言わざるを得ない。これが彼らの言う「支配人種」の末路なのだ。

ダッハウには、約3万人のドイツ人が収容されていた。そこは間違いなく、私たち捜査グループが調べるべき場所であったが、敷地はあまりに広大で、人数も恐ろしいほど膨大だった。それに加えて、ここはナチス時代の強制収容所〔ダッハウは、ナチスが政権獲得後に最初に設けた強制収容所である〕を再利用していたので、私のような経験者にとっては、恐怖と結び付く場所でもあった。私たちは感情を抑え、合理的プロセスに従う必要があった。

捕虜に対する個人聴取が、ほぼ無作為に始まった。各人がどこで勤務していたのか、大隊員の全員が捕虜になっているのか、将校が敷地内で一般兵士と混ざっているかどうか――。もし元将校もいるなら、その人物を指摘してもらった。私たちはさらに、「見知らぬ人を見かけませんか」と尋ねた。軍人のグループに紛れ込んでいる逃亡者がいるかもしれない。

私たちの調査目的は、元ＳＳ隊員を見つけることである。強制収容所で看守や迫害者だった連中だ。私たちは、聴取した元ドイツ軍人たちの氏名と階級を記録し、ＪＡＧ〔軍法務総監部 Judge Advocate General's Corps〕と並行して活動していたＣＩＣ〔対敵諜報部隊〕の情報とも照合した。それは面倒で慎重な作業だった。ＳＳに関わった者なら、誰でも歯の浮くような嘘をつく、ということを十分に理解して、ことにあたる必要があるのだ。

この際、非常に簡単なテストが1つあった。シャツを脱ぐよう命令するだけである。武装ＳＳ隊員は、すべて血液型を示すタトゥーをしていた。小さい黒インクで、左腕の下側に刻まれる。戦場で治療が必要な負傷者の血液型を特定するための、救命を考えた措置なのだが、これが捕虜の背景を知る上で、最も信頼できる手がかりとなった。

ＳＳは戦後の裁判が始まる前から、連合国によって犯罪組織に指定されていたため、ダッハウで見つかったすべてのＳＳ隊員は自動的に戦犯とみなされ、ジュネーブ条約〔戦時捕虜規定〕の対象外となる。これはナチ党の元党員、公職に就いていた者にも適用された。

連合国のいわゆる「コモンプラン（common plan）」法令第10号第2条第2項に規定されている概念

である。該当するドイツ人が、個人として残虐行為を犯していなかったとしても、自動的に有罪と見なされる。そういう者は、国際条約で保護される戦時捕虜たる資格を持たない。

もちろん、全員が冷酷な殺人鬼だったわけではないだろう。真実の重荷を負い、より凶悪な犯罪に関連した人物を特定するのは、私たちの責任だった。だから、なんとしても真相を明らかにしたかったのだが、それは簡単ではなかった。私たちはあやしい人物を求めて、主に国防軍の一般兵士を対象に、まことに地道な作業を続けた。

腕の後ろや胸など、規定外の場所にSS特有のタトゥーを入れている者もいた。戦時中の捕虜たちの経歴を明らかにする追跡調査に対して、彼らの方も皆、警戒していた。どこにいたのかが分かれば、何をしていたかも分かってしまう。彼らが特定の時期に、特定の場所にいたことを否定する時、そういう言葉を信じてはならない。自分たちが犯した罪を隠蔽しようと努めているのは明らかだ。

尋問の基本ルールが適用された。同じ質問を何度も繰り返し、矛盾点を探す。私は3〜4日空けて同じ人物と話し、その人の任務、どの前線またはどの部隊に在籍したかを繰り返し質問したが、それはまさに儀式のようだった。だが、彼らの説明はその度に微妙に変化し、意図した以上のことが見えてくるのだ。

こうして間近で元ドイツ兵たちと付き合ってみると、彼らがいかに矛盾を抱えた人生を送ってきたのか、ということも分かった。彼らはおそらく、日ごろは自分の妻と子供たちを愛する人たちなのだが、「勤務」時間中は各人の人間性を放棄した。私は、彼らがどうやって自分自身と折り合いをつけて生きてこられたのか疑問に思った。こうした人間の魂の最も暗い部分を見通すことができるのは、全能者以外に誰かいるものだろうか?

いかなる警察官も、犯罪捜査を解決するには、忍耐が報われ、なんらかの幸運が訪れる瞬間が必要である。もちろん、私もそうだった。その時、ダッハウでの仕事はすでに約3週間が経過していた。

私はそれまで接触していなかった国防軍兵士のグループに近付いた。将校がいないか尋ねると、部下たちがある人物を示した。その将校は、私の聴取に協力的だった。私は彼に尋ねた。

「あなたの部下の兵士たちは、全員ここにいますか?」

「ほとんどですが、全員ではありません」と彼は答えた。

「あなたの部隊、大隊、師団以外の見知らぬ人はいませんか? この場に、あなたの知らない人はいますか?」

「うちの部隊の者ではない、見知らぬ人がいます。私たちは、彼のことを知りません」

「その人物はどこにいますか?」

「そこですよ」

将校は、20歩ほど離れたところで物乞いのように地面にうずくまっている、かなり哀れな男を指さした。私はその人物に近付いたが、急に叫び声を上げ、走り始めた。その男は数サイズ小さすぎる、みすぼらしい国防軍の軍服を着ており、目立たないように努めていたが、どこにいても誰だか分かっただろう。

それはアーモン・ゲートだった。

やつれて、体重もかなり減っていたが、その残酷な顔を私は忘れようがなかった。プワシュフ収容所の多くの人々が、最期の時に見た顔である。私の内心が沸騰し、コントロールを失った。私は激情に駆られ、あいつを蹴り、ぶん殴った。

「Steh auf du Sauhund!(起きろ、このど畜生!)」と私は叫んだ。

「Sauhund, verfluchter Scheiss!(このど畜生、いまいましいくそったれが!)」

あいつは私の命令に従ったが、私が何者であるかを理解しているとは思えなかった。顔に唾を吐きかけてきた小柄な白いヘルメットの米軍憲兵は、十分な食事を摂っており、囚人だった頃の昔とは、まるで雰囲気が違っていただろうから、それも当然だろう。あいつが私の人生と最も深く関わっていた時期、私はあいつが犯す夥しい残虐行為の中で、1人のつまらない犠牲者に過ぎなかった。個人として認識されるに値しなかった。彼は私のことを知る必要などなかったし、私の方も彼に嫌悪感を抱いていた。

しかし、今や状況が異なるのだ。彼は、他人の生殺与奪の全権を握っていたかつての彼ではない。私は叫んだ。

「Sie werden dafür bezahlen, unschuldiges Blut zu vergießen!（無実の血を流した代償は、貴様自身が支払うのだ！）」

「Warum hast du das getan?（なんであんなことをした？）」

私は激怒していた。そこで頭の中に浮かんだドイツ語は、こういうものだった。

「Du warst bereit, mich zu ermorden!（俺が貴様をぶっ殺してやる！）〔直訳すると「お前は俺を殺すつもりだったよな！」〕」

彼は私の蹴りや殴打から身を守ろうとしたが、一言も発しなかった。いつかこんな瞬間がくる、と予期していたかのようだった。私を前にして、彼は思いがけない事実に直面したのであろう。取るに足らなかった私が、どういうわけか彼を追い詰める存在になっていた。怪物はずっとここまで逃げ延びてきたが、ついに捕らえられたのである。

その通り。感情的ではなく理性的でなければならない、と私はずっと述べてきましたよね？　まったくその通りです。しかし、あなたが私の立場だったらどうでしょう？

私と一緒にいた2人のＣＩＣ部員は、私を制止しようとはしなかった。しかし、彼らは驚いていた。そこで私は、このアーモン・ゲートというのが何者なのか、いかなる立場にあったのかを説明しようとしたが、あまり意味はなかった。私の論理的思考が下した判断として記憶に残っているのはただ一つ、この場でこの男を殺すことはやめよう、という内なる決意だけである。殺すことは簡単だったし、それでこいつが死ねば、ざまを見ろ、というところだったが、ここで生かしておいた方が、こいつの苦しみは長引くだろう、と私は考えた。

人々はしばしば、なぜその場で彼を撃たなかったのか、と私に尋ねる。だが、彼の犯罪はあまりにも重大だった。言ってみれば、私は彼の偉大なる悪の所業に対して、金メダルを授与してやったのである。私はこれについて、後の裁判で述べたことがあるが、今となってはあまり誇りに思える発言ではない。いささか青臭い発言だったような気がして、後悔しているぐらいだ。それはともかく、私はこう言った。「肉切り包丁を使って皮膚を切り、傷口に塩を塗ることで仕返ししてやろうと思いました」と。私は次の日も、また次の日も、この獣が生きる気力を失うまで、繰り返し戻ってきて、塩を塗り込んでやります――。

私がダッハウ収容所の米軍司令官、私の記憶が正しければ、某少佐だったと思うが、彼に戦犯の発見を報告した後、ゲートは独房に入れられた。私は彼の独房に入り、彼の隣の低いベンチに座った。しかし私は、ここでも不満を覚えた。私は彼に要求したのだ。「なぜお前はあんなに暴力的で、悪意があり、無感情だったのか知りたい」と。何がお前をそのようなサディストに変えたのか、説明してほしい――。だが、答えはなかった。

私は最後に、ドイツ語で熱弁した。

「Wenn du ein netter Mensch gewesen wärst, wärst du Welt berühmt. Du wärst ein Held. Die ganze Welt würdeüber dich reden und schreiben. Du wärst Multimillionär. Die Leute würden dir alles geben. Aber du warst ein Biest und du wirst dafür mit deinem Leben bezahlen」

ざっくり訳すとこんな意味だ。

「もし貴様が善人だったら、世界的に有名になっていただろうな。貴様は英雄になれただろう。世界中が、貴様のことを話し、書いたことだろうよ。億万長者になれたかもしれん。人々はすべてを与えてくれただろう。しかし、貴様は野獣だった。それで貴様は、自分の命で代償を贖うことになるだろう」

独房の石の壁に向かって話しているのも同然だったかもしれない。もう一度、同じことを言ったが、彼は一言も発しなかった。

ＣＩＣの連中は、私が捕虜に暴行したことを問題視して叱責した。私は相変わらず衝動的に、上官に反論してしまった。「もし、あなたがあの場におられて、彼の行動を見ていたなら、きっとあなたは、彼の体の一部を切り取ったことでしょう」。その日、私の中で何かが変わった。私はゲートが正義の裁きに直面することを熱望した。

ゲート発見の報は、すぐにポーランド政府のマリアン・ムシュカト中佐に届いた。私が正式な宣誓供述書を提出する前に、彼はダッハウの第29捕虜収容所を管理する米軍当局に書簡を送っている。その中でムシュカトは、ポーランド南部のユダヤ人の「粛清の指導者」としてゲートの名を挙げた。何千人もの死の責任が、ゲートにはある、と指摘したのだ。

ポーランドにはスターリン主義の新政府が成立し、ムシュカトは法務省の重要人物として絶大な政治力を持つようになっていたので、この書簡は重要であった。国際法の専門家であるムシュカトは、ポーランドの最高軍事法廷（Najwyższy Sąd Wojskowy）の代表となり、ニュルンベルク裁判ではポーランド代表団長を務めた。彼は最終的にイスラエルに定住し、後のアドルフ・アイヒマン裁判〔アイヒマンＳＳ中佐はユダヤ人移送の責任者で、戦後に逃亡。アルゼンチンで逮捕され、１９６１年にイスラエルで裁判を受けた〕においては、ヤド・ヴァシェム研究所からコーディネーター兼顧問として選任されることになる。

そしてこれが、ゲートの「終わりの始まり」なのだった。

13章　罪と罰

オスカー・シンドラーの苦悩

オスカー・シンドラーは問題を抱えていた。お金の問題に悩まされ、孤独だった。そして、過去のことに怯えていた。元ナチスの何人かは、彼の命を狙っていた。一方で、彼をナチスの協力者と見なす者たちもいた。シンドラーは戦後、ミュンヘン北部のレーゲンスブルクに住んでいたが、そこからオーストリアのバート・イシュル難民キャンプまで、300キロメートルもの道のりを、わざわざ旅してきた。彼は私に会いにきたのだ。戦時中の自分の行動の意味を説明するために。

それは1946年4月19日、私がプワシュフ収容所の生存者として、ダッハウでアーモン・ゲートの起訴に備えた最初の宣誓供述を行ってから13日後のことだった。私がなぜ正確な日付を知っているのかというと、シンドラーがこの時にくれた写真が残っているからだ。彼が小さなバッグから取り出したそれは、特大の肖像写真だった。その裏にサインと日付が入っている。オスカー・シンドラーの物語は、やがてハリウッドの伝説となるのだが、その何十年も前に、彼は映画スターのような写真を作っていた。

身を乗り出してカメラに視線を向ける彼は、わずかに微笑んでいる。ドイツ語の為書きは、芸術的とも言える大胆な手蹟で認められている。残念ながら、時間の経過とともに色あせてしまっているが、こう書かれている。「最も親愛なる友人、ヨセフ・レフコヴィチへ。永遠の思い出と共に。いつもあなたの友人、オスカー・シンドラーより」。彼は今や、歴史的重要人物である。それで私は、この写真をエルサレムのヤド・ヴァシェム博物館に寄贈した。

なぜ彼は私の承認を求めたのか？　彼は確かに、生来の日和見主義者だった。彼は私のこのところの動きを知っていた。ゲートの追跡捜査に協力したことや、その前の週に開廷されたダッハウ裁判で、私がユーリウス・ルードルフに関する証言をしたことなどだ。そして彼は、私がプワシュフにいた事実も知っていた。シンドラーは当時、ゲートの取り巻きとして、定期的に彼と会っていた。彼は当時の行動について、あくまで目的を達成するための手段であった、と私に知ってほしかったのだろう。「私は善人ですよ」と彼は私に言った。「私は戦争犯罪者じゃない」。私は彼の肩に腕を回した。「心配しないでください」と私は言った。

「法廷の連中があなたのところに来たら、私があなたのことを保証します。あなたが戦犯ですって？あなたは誰も撃っていない。誰も吊るしていない。あなたの従業員を殴ったりしていないじゃないですか。あなたは、強制収容所にいた誰よりも多くの食べ物を、彼らに与えましたよね。彼らは、ほとんどが生き残りました。あなたは物を奪ったので、まあ最高に善人だった、とはいえないかもしれない。しかしいずれにせよ、そういった物はナチスが奪ったでしょうからね」

シンドラーは、私を信じていいのか見極めているようだった。長い間、困惑したような表情で私を見ていた。私は彼について思った。自分自身に不安を抱いている男だな、と。彼が救ったユダヤ人たちは、すでに別の場所に移り、以前の生活を再建するか、新しい生活を築こうとしていた。

シンドラー夫妻は離婚していなかったが、妻は彼の激しい女遊びに堪忍袋の緒が切れていた。それで彼女は、夫を家から追い出した。

彼は、自分が多くのユダヤ人の救世主であったことを誇りに思っていたが、感謝の気持ちだけでは報われなかった。いくつかのユダヤ人組織から支援を受けていたが、戦後の彼の事業は苦戦していた。彼が私に写真をくれたのは、それが彼としてプレゼントできる唯一のものだったからだ。そこで私は、ユダヤ人のコミュニティ内で、彼の存在をもっと広めてやろう、と思った。

私はシンドラーをラビ・ヒルシュに紹介した。彼はホテル・ゴルデネス・クロイツに泊まっている約３００人の収容所生存者の精神的指導者として選任された人物である。私はシンドラーの経歴を説明し、コーシャの夕食に招待した。それは楽しいひと時となり、私たちは新しいアイデア、古い話、壮大な計画について話し合った。これで彼は落ち着きを取り戻し、心配事から一時的に解放されたようだった。

彼は自分が抱えている問題を隠すことができなかったし、私としても、ドイツ人と取引する気にはなれなかったが、彼は言ってみれば同盟者であり、今は困っている友人だった。彼は本質的には、がめつく現金な人間であり、ナチス政権とも政治的つながりを持っていた。だが、彼はユダヤ人に対してどんな犯罪でも行えたのに、そうしないことを選択したのだ。

シンドラーは私に酒のボトル、できればシュナップスを探してほしい、と頼んだ。彼はどうしてもそれが欲しいようだった。闇市場にも限界があるので、これは大変だったが、シンドラーはお酒がないと生きていけない状況だったので、私はなんとかしてやった。また、彼のシャツが擦り切れていたので、地元の知人から新しいシャツを数枚、入手した。やがてシンドラーは帰ることになったが、別れ際に彼は、私にキスをした。

これから彼はどうやって生きていくのだろう、と私は思った。世界中に散らばる「子供たち」の支援にもかかわらず、彼の生活は楽ではなかった。ナチ党員だった過去を理由にアメリカへの入国を拒否されたシンドラーは、１９４９年にアルゼンチンに移住した。この時には、ブエノスアイレスまで命の恩人を追ってついていった人もいた。彼はその地で農業を試みたがうまくいかず、１９５８年にドイツに帰国し、ついに破産した。

１９７４年に肝不全で亡くなったが、エルサレムに埋葬されたい、というシンドラーの最後の願いは叶えられた。何事も忘れ去られがちなこの時代に、今でも彼の墓所が観光客の人気スポットであることは心強い。シオン山墓地のローマ・カトリック区画に、シンドラーの墓がある。彼は93年にイスラエル国家から、「諸国民の中の正義の人」として顕彰された。これは、ホロコースト中にユダヤ人の救出に貢献した非ユダヤ人に与えられる栄誉である。

ゲート裁判の証言者たち

私はシンドラーに聞かなかったが、彼がバート・イシュルに現れた背景に、ある新聞広告があったのではないか、と思っている。ゲートの件で私の供述書を受け取ったヒューゴ・ロメロ大尉率いるアメリカの捜査陣営が、その広告を出稿していた。ゲートに関連して残虐行為の証人となってくれる人を求める内容である。

私は証言する人の大義を支援するために、できることは何でもしよう、と決意した。

シンドラーは、生存者たちとの絆の強さを頼りにしていた。私は、ゲートもそれとは逆の意味で、生存者たちとの関わりが深い人物だと思った。彼が殺害した何千人もの人々を想い、正義を求める証言者が集まるに違いない。私は、デッゲンドルフ第7難民キャンプにいるユダヤ人のグループを知っていた。ジャウォシツェ出身の若い人々である。１９４６年4月7日、つまり、私が供述書を提出した翌日には、その人たちが名乗り出て証言を申し出たので、すぐに米陸軍ＣＩＣのＬ・Ｓ・ストーリ中佐がこれを受理した。

20人以上の証人が供述する準備ができた。まずはナテクとハイムのシュラモヴィチ兄弟だ。ハイムは後に、ヘンリー・スラモヴィッチと改名している。2人はバスを借りてダッハウまで行き、そこでゲートを見て、本人である、と確認した。他にモネク・フッペルト、ベゼク・ユリスタ、リバ・シャヤ、モニエク・サルナ、アバ・バリツキ、モリク・ゼルマノヴィチなど、かつてシュテトルに住んでいた人たちが、次々に名乗り出た。彼らは5月16と17の両日、デッゲンドルフを訪れたアメリカの捜査官に証言した。

それらはすべて、私の記憶を裏付けるものだった。ハイムの証言では、ヨハン・シュトラウスのワルツが演奏される中、「子供たちがトラックに追い立てられて、連れ去られ、処刑された」とあった。ナテクは駐車場での記憶を語っている。車の窓をきちんと掃除しなかった、といって、ゲートがある女性を撃った。彼女がまだ生きていることに気付いた彼は、看守のヤニツに命じたという。「このユダヤ女に、あと2発ほど撃ち込め」。

リバ・シャヤは、作業現場に引き出された後、殺害された50人の囚人の埋葬を強制されたことについて語った。モニエク・サルナは、夜を徹して続いた殺人について詳しく語った。朝、彼はいとこの遺体を埋葬しなければならなかった。このサルナとは、ジャウォシツェで破壊工作に私を誘った人物である。

私の友人ハイム・シュピールマンは当時、バート・イシュル難民キャンプの住民代表になっていた。彼は46年4月24日、ダッハウで私に続いて宣誓供述した。弟のシュロモの遺体の前を歩かされ、苦痛を覚えた回想などである。彼の母親は、プワシュフからアウシュヴィッツのガス室に送られた。

ランツベルク難民キャンプにいたプワシュフの生存者7人も、ゲート本人を見て確認し、5月10日に供述した。その1人、ヨセフ・ケンプラーはゲートについて、「死者から泥棒をして莫大な富を築いた」と述べた。彼はまた、超過密な家畜貨車でプワシュフからマウトハウゼンまで運ばれ、4日間の旅の途中で、4人の男性が手首を切って自殺した、と報告した。

やはりランツベルクにいたフリダ・コルチンの言葉には、私も非常に共感した。「ゲートの最大の喜びは、人間の鮮血を見ることであり、私が収容所にいる間、彼はそのような喜びを求め続けたのである」。

主な捜査官だったヘンリー・M・W・ウィンチェスター・ジュニア中尉、ハーベイ・ザンガー中尉、アラン・D・キャメロン中尉は、すでにゲートの罪の重さを確信していた。アメリカ側はゲートをダッハウで裁判にかけるつもりだったと思う。だが、情勢は変わりつつあった。政治家たちが介入し始めたのである。ポーランド側は、ゲートの犯罪はポーランド国内で行われたものであるため、ポーランドで裁かれるべきだ、と主張し、マリアン・ムシュカトを通じて身柄の引き渡しを迫ってきた。

これは国家としての沽券にかかわる問題だった。1945年11月10日、「ポーランドにおけるドイツ犯罪調査委員会」が設立されており、地域チームが関連文書を収集していた。46年の5～6月にかけて、ゲートの裁判のために31人の証人の供述が集められた。こうして彼の身柄引き渡しが、6月28日に決定した。

ナチス・ハンターを解任される

ところで私は、そのずっと前、供述書を出した直後にCICから異動させられていた。ゲートを殴って叱責され、さらに上官に口答えした私は疎外されたようだ。これを契機として私は、戦時中のアメリカ合衆国の態度に対し、自分の内面に広範な憤りがくすぶっている事実をはっきりと自覚した。彼らは、ナチスがユダヤ人に対して行っている残虐行為の程度を知っていたが、断固とした行動を取る意志を欠いていたのではないか。

何百万人もの老若男女のユダヤ人が殺害されている時、なぜ自由と民主主義を奉じる偉大なるフランクリン・D・ルーズベルト大統領は、もっと積極的な行動を起こさなかったのだろうか？　博愛と人間性はどこへ行ったのか？　大きな夢と希望を持った多くの若者が絶滅に追い込まれていく間、なぜ彼は行動を起こさなかったのか。私たちが虐殺され、助けが必要だった時、アメリカ人はどこにいたのか？

もし彼らが強制収容所を爆撃していたら、数百万ではないにしても、数十万の命が救われただろう。彼らは何を恐れていたのだろうか？　報復？　あるいは爆撃で罪のない囚人を殺すリスク？　だが、囚人たちは、そのままでもどうせ殺されるのである。私もまた、常に死の射線上に立っていた人間なので、〔収容所が爆撃されていたら〕喜んで、むしろ好機到来、と思ったに違いない。

1946年、ダッハウの合衆国戦争犯罪法廷を、マーク・クラーク大将が訪問した。将軍は当時、オーストリア進駐軍総司令官だった。私は将軍と会った際、自分が疑問に思ってきたことを伝えた。クラーク将軍が、未来の合衆国大統領ドワイト・D・アイゼンハワー元帥と非常に近い立場にあることは知っていた。元帥は45年にクラーク中将を昇進させ、大戦中において最年少の4つ星〔陸軍大将〕にしていた。将軍は、戦後の共産陣営との交渉の中心人物である。私はこうした大物に、体験を踏まえて意見をぶつける権利が自分にはある、と考えた。

クラーク将軍は、側近が私たちを紹介した時、温かく握手をし、敬意を持ってじっと私の話を聞いてくれた。私も同様に敬意を表し、法廷の法的手続きを支援するべく全力を尽くします、と述べた。まずは私の誠意を伝えて安堵してもらい、そのうえで、答えを求めているのです、ということを理解してほしかったのである。もちろん私は、エーベンゼーから解放してくれたアメリカ軍への感謝の気持ちをいささかも失っておりません。しかしながら、と私は続けた。

私は解放前の最後の日々に空を見上げ、ドイツ本土の爆撃目標に向かう数百機の連合軍機を見上げた話から始めた。そして「閣下」と私は呼びかけた。
「その光景は私たちに大きな喜びを与えてくれました。強制収容所があることも、ガス室があることもご存じだったのに、なぜ爆撃されなかったのですか？　もちろん破壊されても、ナチスはそれらを再建したに違いありません。しかし、破壊から再建までの間に、何万人もの人々を救うことができたでしょう」

彼は無表情だった。「我々は軍事目標を狙っていた」。さらに言葉が続いた。「強制収容所は軍事目標ではなかった」。将軍の口調は、議論に応じる気がないことを示唆していた。その後、私はこれらの問題について、多くのアメリカのユダヤ系の人たちと議論した。彼らは、〔合衆国が具体的な行動を〕何も行わなかったことを恥ずべきことと捉えていた。それはともかく、私はこの時、〔この疑問は置いておいて〕自分は前に進まなければならない、と思った。

ゲートの処刑

合衆国への不満はともかく、私はゲートの件に関しては、公言した通りに全力を尽くした。ポーランド最高裁の審理で、検察官タデウシュ・ツィプリアンが、31人の証言の中から、被告人に不利なものとして私の供述を証拠に採用した。私はそれを誇りに思った。法廷での冒頭陳述で、彼はこう述べた。

現在のこうした訴訟手続きは、被告人が大量殺人の罪で直接起訴される世界初の事件であり、明らかにこれらの大量殺人は、被告人らが従事していた絶滅計画における、ドイツの慣例的な行動様式となるものでありました。

特に被告人ゲートの活動の枠組みにおいて、大量殺人への彼の個人的、かつ直接的な関与とは、たとえ明らかであったとしても、問題全体のほんの一部に過ぎません。被告人ゲートの活動を完全に認識し、理解し、評価するべく、ドイツ人によって考案され、我が国に導入された殺人システムの全容を解明することこそ、当法廷の検察官たる私の義務であります。

これらのドイツの残酷な措置は、全力をもってユダヤ人に向けられました。ユダヤ人ほど明確、かつ直接的にそのような犯罪にさらされた人々は他におりません。被告人ゲートは、収容所内の活動を外部から監視できないように、プワシュフ収容所のレイアウトを計画しました。すべての監房は、視界を遮るように配置されていました。

ポーランド南部の全人口の殺害が、ナチス親衛隊の主な目的であることは、収容所周辺では周知の事実でありました。ドイツ人は、ユダヤ人に対する漸進的な弾圧と殺害というこれらの活動を正当化しておりましたが、その理由は、彼らがユダヤ人であり、したがって生きる権利がない、という理由以外になかったのであります。

もちろん、ナチスは他の人々の殺害も計画していました。しかしながら、これらの計画は、ユダヤ人に対する政策において達成された規模に近い規模をもって実行に移されることは、決してありませんでした。ユダヤ人の絶滅計画はヨーロッパ全土で徹底的、かつ迅速に実行され、ポーランドはすべての死体と、その後に亡くなった犠牲者の遺灰の受取人となりました。検察の任務は、稼働中の殺人機械の完全なメカニズムを法廷に提示することであります。

しかし、ここで私が強調しなければならないのは、本件を告発している原告として、ポーランド国民はユダヤ人と肩を並べ、正義が行われるよう努めている、という事実であります。プワシュフには数え切れないほどのポーランド人の犠牲者がいた、という理由だけでなく、ポーランド国外から移送された少数のユダヤ人を除いて、実際に多くのユダヤ人が〔ポーランドの〕文化とその伝統を実践しており、あらゆる意味でポーランド国家の正当な国民であったからであります。

それは力強い言葉だった。今でも私の心の奥深くで、琴線に触れるものがある。

かつて誰かが、私に言ったことがある。「ゲートを見つけた時、君のポケットに世界〔を決定する手段〕があったじゃないか」。なるほど、あの場で彼を撃てたかもしれない。彼をさっさとこの世から追い出すのが、一番簡単だっただろう。しかし、私の考え方からすると、それでは駄目なのだ。そもそも私には、犬のように人間を撃つことなどできない。なぜ人の命を奪うのか？　それでは私も彼と同類ではないか？

法廷を見回して、元ナチスの被告人たちを見た時、哀れなものだ、と感じた。彼らが犯した残虐行為を忘れることなどできないが、実際に彼らを見て、みんな絞首刑になり、恐ろしい死を迎えることになるだろう、と確信した。彼らにも家族や愛する人がいるのだろうが、こいつらは、自分の死に向かって努力してきたようなものだ。要するに自業自得である。

ゲートの裁判は、１９４６年８月27日から９月５日まで続いた。ここでその審理の詳細には触れないことにするが、その最期はまさに因果応報、彼にふさわしいものとなったことは無視できない。アーモン・ゲートは同年９月13日、プワシュフ収容所に近いクラクフのモンテルピヒ刑務所で絞首刑に処された。遺体は火葬され、遺灰はヴィスワ川に捨てられた。

それで彼が殺した何千人もの人々が戻ってくるわけでも、歴史の均衡が取り戻せるわけでもない。しかし、とにかくゲートによるゲットー解体は、私の人生の方向に大きな影響を与えた。私は、自分に与えられた第二の人生を価値あるものにしたい、と思った。解放後に考えたことは実現したので、これからはもっと大きなことをしたい、と感じたのだった。

共産主義者との接近

私たちユダヤ人コミュニティの大きな特徴は、互助の精神である。ユダヤ人の生活は相互依存性が強いもので、それは試練や艱難の時代にこそ、はっきりする。たとえば私はウィーンで、シュライバー家の支援を受け、彼らが提供してくれた人脈を通じて恩恵を受けた。そこで私は、これからはユダヤ人の孤児を救い、彼らに人生の新たなチャンスを与えてはどうか、と思い始めた。

ああ、小さな子供たちはどれほど苦しんできたことだろう。それを考えると、胸が張り裂けそうになる。アーモン・ゲートは、ゲットーでの非人道的な作戦中に、冷酷にも無数の子供たちを殺害した。プワシュフ収容所の初期の頃、父がよく話していた。収容所で待ち受ける運命を知って、絶望した両親が、多くの赤ん坊を手放した、と――。

そうした赤ん坊は僧院や修道院、教会に隠された。農場の庭や廏舎、玄関先や街角に放置されたのである。多くはクリスチャンの家族に引き取られたが、中には見返りとしてお金をもらった人もいた。こうした子供たちは、集団墓地を最後の安息の地とした多くの人々とは異なり、生き残った。そういう子供たちが本来の家族と再会し、本来の信仰を再認識する可能性は甚だ低いと思われたが、それでも私は、彼らを見つけ出そうと思った。

これは、一個人や単一のグループの能力を超えた大事業である。制度整備や公式政策の形成に影響を及ぼし得る協力的な人々が不可欠だった。私が最初に相談しようと思ったのは、バート・イシュルに私たちを訪ねてきたラビ、エリエゼル・シルヴァーである。彼は北米における最も重要な正統派ユダヤ教指導者で、戦時中にも数千人の命を救った。彼が組織した団体ヴァード・ハッツァラーはＳＳと直に交渉し、現金やトラクターと引き換えに強制収容所の囚人を救い出したこともある。

小柄で、長い白ひげを生やしたラビ・シルヴァーは、占領軍からも敬意を払われており、なんと米陸軍大佐の軍服を着て到着した。彼は何を支援してほしいか、と尋ね、コーシャ食品を送ることにすぐに同意し、数週間後に正式に箱が届いた。しかし、さらに私が孤児たちの窮状を話す前に、彼は側近たちによって、次の場所に連れ去られてしまった。

私のアイデアは決してユニークなものではなかった。他の人たちも、同様の考えを持っていたのである。当時の私はまだ知らなかったが、ポーランドでは「子供たちを救済するためのシオニスト調整機構」が1946年1月に設立されていた。これには最終的に、9団体が所属することになる。いずれも、失われた子供たちの発見と社会復帰という共通の目的を持って活動する組織である。

ところで、他人を助ける前に、まず自分たち自身を助ける方法を学ばなければならない。そこで私たちは、クラクフ、ウッチ、ワルシャワのユダヤ人コミュニティの連合会議を組織した。それぞれの代表者はフィンケルシュタイン、ミンスク、ヤコボヴィッツという名前だったが、残念ながらフルネームは失念した。ここから新たな救出委員会が設立され、子供たちの居場所を知るための手がかりをつなぎ合わせる長期プロセスが開始されたのだった。

捜索リストには、行方不明となっている子供たちの名前と年齢、彼らを引き取ったと考えられる家族の身元、そして論理的に彼らが見つかる可能性のある村や街が含まれていた。それは善意によってまとめられたリストだったが、完全だったとはいえない。情報の中には、根拠のない伝聞に過ぎないものもあった。繰り返しになるかもしれないが、こういう捜索には、もっと強力な調査力や強制力が必要だった。

さらに問題になることがあった。戦後のポーランドは共産圏の衛星国となったため、ユダヤ人という概念そのものが、共産思想によって否定されたのだ。子供たちを家族に再会させる、という私たちの活動の具体的な性質は、理想としては、彼らをユダヤ教の信仰に復帰させることにつながった。しかし、そんなことを明確にしてはならないのである。そこで私たちは、あくまでも「ナチスによって引き離された家族を結び付ける」というスローガンの下に活動した。

長らく囚われの身にあった私は、知的な部分で自分に限界を感じていた。収容所では、その日その日を生き抜くために、すべてのことを頭から追い出さなければならなかった。生き続けることだけに気を取られ、とにかく大きな問題とか、複雑な状況を理解するための人生経験が不足していた。自己防衛手段としてずっと、意識的に何も考えないようにしていたのに、急にすべてを考えなければならなくなった。そのためには、頭の中の霧を晴らさなければならない。

すると、記憶の底に深く隠されていたある名前が浮かび上がった。ダニウシュ・ゴウバルトという名のユダヤ人のことである。彼は戦前、ポーランドで共産主義の扇動者と見なされ、国家への脅威として刑務所を出入りしていた。彼は私の母の遠い親戚、アンカと結婚していた。夫婦にはステファンカという娘がいた。

ダニウシュが投獄されると、家族は経済的にも社会的にも困窮したが、母はアンカを助けた。アンカも母の優しさを、決して忘れなかったようだ。私は母に頼まれて、安息日の前とか、お祭りの日であるヨム・トフ（Yom Tov）の日に、クラクフの私たちの家から数本離れた道沿いに住む彼女の家に、食べ物を届けたものである。母はまた、夫が不在のアンカと娘のステファンカを誘い、しばしば我が家に泊めていた。

しかし戦争が勃発すると、刑務所の扉が開かれた。ダニウシュはソ連軍に連行され、彼の家族もそれに続いた〔1939年、ポーランドはドイツとソ連に分割占領された〕。彼はモスクワで、影響力のあるアパラチク〔共産党官僚〕として育て上げられた。戦後のポーランドはソ連軍の占領下に置かれ、ダニウシュは共産主義指導者、政治局の主要メンバーとして颯爽と帰国した。彼は今、私たちの活動の後ろ盾となってくれそうな権力者であった。

私の一家とダニウシュのつながりについて話したところ、フィンケルシュタイン氏はクラクフ周辺の人脈をフルに利用して、彼の所在をつかんだ。

「これは天からの贈り物だぞ」とフィンケルシュタインは私に言った。「血縁関係にあるなら、すぐ彼に連絡したまえ」。しかしダニウシュは、ユダヤ的な名前をポーランド風に変えて、ダニエク・ダヌシュと名乗っていたので、話はそれほど単純ではなさそうだった。

彼は主にワルシャワの事務所で活動していたが、すぐにクラクフ郊外の広大な敷地にある大きな別荘に居を移したことが判明した。彼の家は厳重に要塞化されており、兵士が巡回していたため、私が接近するやいなや、即座に排除された。私服の刑事たちは、何度も私を追い払ううちに、徐々にイライラを募らせた。彼らは決して、忍耐力がある連中とは思えなかった。

私はコミュニティの指導者たちに報告した。ダニウシュは今や重要人物であり、政治的な同志以外には、ほとんど接触不可能です——。すると彼らは、警備する部隊の指揮官に話してみろ、と勧告した。ホロコースト生存者としての立場、家族が親しかったという事実、そしてダニウシュの妻が、おそらく生き残った唯一の親戚であることを話せば、君のことを理解してくれるに違いない、というのである。

そういわれても、簡単にうまくいったわけではない。しかし最終的に、ポーランド人の将校が、別荘に続く私道の入り口まで出てきてくれた。私はダニウシュ側のルールに乗ることにした。つまり、ポーランド名のヨゼク・レフコヴィチと名乗ってみた。私が家族との絆を説明すると、将校は慎重に紙片にメモを取り、その後、厳しい声で「その場にとどまれ」と指示した。私は逆らうことなく、じっと待った。

数分以内に将校は、アンカを連れて戻ってきた。彼女は激しく感情的にむせび泣き、私をしっかりと抱き締め、「祈りが聞き届けられたわ」と叫んだ。彼女もまた、戦争中にすべての親族を失った。

遠い親戚とはいえ、私は彼女に初めて連絡を取った血縁者だった。「どこにも行っちゃ駄目よ」と彼女は言い、私の手を引いて家に連れて行った。

その後、私たちは思い出に浸りながら、あっという間に一日を過ごした。アンカは、私の両親と弟たちに降りかかった運命を知って悲しんだ。ご両親の思いやりは、決して忘れません、と彼女は言った。無論、彼女たちがソ連へ行った後のことや、夫の政治的な出世はデリケートな話題であり、安易に触れるべきではないことは弁えていた。どうもダニウシュは、今でもめったに家に帰らず、妻にとって遠い存在のようだった。

おそらく寂しさ、あるいは安心感、それとも感謝の気持ちだったのかもしれないが、私が立ち上がって辞去しようとすると、彼女は私に、泊まっていってほしい、と言った。彼女は私を部屋に案内し、私が望む限り、ゲストとして歓待したい、と言う。彼女は新しい服や、その他の必要なものを手配してくれた。そもそも下心があってここに来たのだったが、こうなったら、彼女の申し出を受け入れるしかあるまい。

奇妙な状況だった。確かにダニウシュは、めったに帰ってこなかった。しかし、私が初めて紹介された時、彼は礼儀正しさを保ちつつ、私の出現に驚き、喜んでいるようだった。その後も、彼の姿を見ることはめったになかった。ようやく彼が、私と夕食のテーブルをともにしたのは、私がその家に来てから数週間も経ってからのことである。今度こそチャンスだった。何を言うかは、ずっと頭の中で練っていた。

「ダニウシュ」。私は子供の頃から知っている名前で呼びかけ、親しみを込めてみた。

「私には大きな問題があるのです」

「ああ」。彼は、お願い事を予期していたかのように答えた。

「それは君の問題かね？」

「いいえ、それは個人的なものではありません。コュミニティとして解決しなければならない問題です。ナチスがポーランドを占領した際、非道な不当行為が行われました。ドイツ人は、戦争中に多くの家族を引き離しました」

「それは分かっているけど、それで？　君がいう大きな問題とは何かね？」

「私たちは、そういった家族を再会させたいのです」

「どうやって、それを実行するつもりなのかね？」

「あなたの助けがあれば、それは実行できますし、実現するでしょう。私たちは方法を知っております。必要な調査は完了しているのです。私たちに本当に必要なのは、その仕事をするための権限です。成功するには、治安部隊の支援が不可欠です」

「君は今、『私たち』と言ったね。私たち、というのは誰のことかね？」

「私のチームです。当局から救出委員会に、権限を委譲していただきたいのです。つまり、行方知れずになった子供たちを見つけて、実の親の元へ連れ戻す権限です。彼らはやむなく捨てられたわけで、そういう子供たちを見つけ、本当の家族の元に返す必要があります。私たちは、その家族も探します。あなたなら、私たちにこの権限を与えていただけると思います。あなたはきっと、私たちの使命の成功に貢献してくださると信じます」

彼は、あまり爽やかではない笑みを見せた。彼がいつも被っている、理想主義的な活動家としてのマスクが、ちょっと外れた瞬間だったかもしれない。自分の信念のためには何でも利用する、利己的で打算的な政治家としての一面である。彼は必要に応じて、自分の冷酷さを魅力で隠すこともできたが、権力を行使することに慣れており、それが人々に与える影響力をよく理解していた。おそらく、私の嘆願が、彼のエゴを刺激するものだったのだろう。

自分の伝統や宗教を蔑ろにすることを選んだユダヤ系の共産主義者は、何も彼だけではない。ヤクブ・ベルマンも戦時中にモスクワに逃亡し、ポーランドからの難民活動家を訓練した。戦後はソ連政府を支持するポーランド労働者党の重要メンバーとして、国家安全保障を担当した。ベルマンは、ユダヤ系ポーランド人と同じくらい多くの非ユダヤ系ポーランド人が戦争で亡くなっており、その数は３００万人に及んだ、という神話を広め、ポーランド世論を喚起した人物である。

　これらはすべて、共産主義政権下においてはどの人種、民族も平等である、と証明するものであった。すべての本の表紙はエンゲルス、マルクスであり、機会の平等、抑圧の終結というストーリーが語られるべきであった。イデオロギーは重いものである。それは人々の考え方を変え、心を破壊する。要するにダニウシュのような共産主義者は、実際には政治的同志のこと以外、ほとんど気にかけない連中だった。

「ビエレツキに会ってみるべきだな」と彼は言った。その名前を聞いて、私がどんな反応をするかを待っているようだった。

　クラクフの秘密警察、いわゆるＵＢの長官ヤン・ルードヴィク・フレイ＝ビエレツキは、クラクフでは泣く子も黙る男だった。彼もユダヤ人の家系に生まれたが、近ごろも〔ソ連の影響力を離れた〕独立を支持する抗議活動を残忍に弾圧したばかりだった。彼は自ら装甲車を運転してデモ隊に突入し、部下に発砲を命じた。

　ＵＢは何千人もの政敵を投獄、拷問、殺害する責任を負っており、逮捕された者はモコトゥフ刑務所に連行された後、跡形もなく失踪した。この刑務所とは、〔大戦中、ナチスの部隊に対して抵抗した〕ワルシャワ蜂起の初期段階で、悪名高いナチスによる虐殺の舞台となった場所である。ビエレツキはデモの鎮圧に際して、学生８００人を含む１０００人以上の逮捕を指揮し、この功績でＵＢ中佐に昇進した。

　ダニウシュが自説を述べたので、私は率直に「そんなことは可能でしょうか」と尋ねた。彼は笑って答えた。「そこは私に任せてくれ」。彼は席から立ち上がりながら、そう言った。私はその日、前に彼に会ってから約2週間ぶりに会ったのだが、その後もまったく会えなくなった。私が連絡待ちをする間、ユダヤ人コミュニティの指導者たちは心配し始めた。救出委員会にはすでに、ラプカ・ズドルイの街にある元スパの建物が与えられ、最初の子供たちの到着を待って改装中だったのである。

私は彼らを安心させようとしたが、とにかく待つことしかできなかった。この間、アンカは夫に無視されていたが、非常に素晴らしい女性で、完璧なホストであり続けた。やがてある夜の11時半ごろ、寝室のドアをノックする音がした。私はパジャマを着て、まさに眠ろうとしていた。ドアを開けると、なんと笑顔のダニウシュがいた。

「ズボンを穿いて、すぐに評議室に来たまえ」。もちろん、それは絶対に断ることのできない申し出であった。

14章　子供たちを救え

ビエレツキと会う

評議室は薄暗く、葉巻とタバコの煙が充満していた。それは権力と取引、利権の臭いだった。ウォッカとウィスキーの香りが混じり、よどんだ息の酸っぱい臭気が空気中に漂っている。私の目が薄暗さに慣れてくると、ソ連軍の元帥たちや、ポーランド軍の将官たちがいるのが分かった。彼らの軍服の刺繍や勲章が、暗がりの中でも奇妙に煌めいて見えた。

不安と好奇心が入り混じる中、私は急いで服を着て、そこに行った。ダニウシュ・グーバルトは重要人物であり、なんの魂胆もなく、私を政権の中枢部の人々に引き合わせるはずはない。彼には私を殺したり、危害を加えたりする理由はないだろう。おそらくそこには、かつての善き時代、異なる時代への懐古とか、なんらかの恩返しという要素もあったのかもしれない。ダニウシュの動機が何であれ、私は新たな現実に直面しなければならない。善を行うには、悪党たちに頼らなければならないこともあるのだ。

ドアを開けた制服姿の将校が、私の腰のくびれに手を当て、私を前に誘導した。ダニウシュは大きなテーブルの上座に着いて、私を手招きした。私が数歩離れたところに歩み寄ると、彼は立ち上がって短い演説をした。彼はまさに本領を発揮していた。「ビエレツキ」と彼は言った。「この人が、私が話していた人だ。彼は私たちに対して、何か重要な支援を求めているそうだ。彼を助けるために、できることは何でもしてやっていただきたい。さあジョー（ＪＯＥ）、君の要望を、彼に伝えたまえ」。

高級将校や高位の文官たちに囲まれ、テーブルの脇の席に座っているその男性に気付いた時、私は一瞬、背筋が凍りついた。その場にいた人々は、私を穴が開くほど見つめていた。ヤン・ルードヴィク・フレイ＝ビエレツキは、ソビエト連邦が背後で糸を引く汚れ仕事を一身に担い、影の人物たちを統括する組織、ＵＢの地方長官である。普通なら、決してお近付きになりたくない人物だった。

彼は驚くほど若く、30歳くらいだった。かなり長い顔に茶色の口ひげを生やし、額が高い。私の目は彼に引きつけられた。非常に端整で、奇妙な強さが内から輝いていた。人間の姿をしたキツネのような印象だった。

「こちらへ」と彼は言い、身振りで私を隣の席に招いた。

「すべてを話してくれたまえ」

ここは大事な瞬間だった。背景でざわめくような会話が続いていた。おそらくこの後も、会議はずっと続くのだ。一座の人たちは、長い夜の間に、さまざまな大きな決断を下す必要があるに違いなく、自分の要望を伝える時間はごく短い。要点を簡潔、かつ正確に話さなければならない。幸いなことに、私はずっと、何を話すべきか心の中で反芻していた。

ユダヤ人だとか、ユダヤ教について言及してはならない。共通の敵、ナチスに話題を集中しなければならないのだ。それで私はこんなことを述べた。ナチスが破壊した家族の絆を取り戻し、再会させるのは私たちの義務である。あなたが決して会うことのない子供たち、会うことのない見知らぬ人たちが、あなたの助けを必要としている。私たちは子供たちを収容する建物をすでに保持しているが、正しいことを行うには力が必要である――。

私は催眠術にかかったように、彼の目を見ていた。その目が、急に細められた。

「私たち、というのは誰かね？」と彼は尋ねた。

「君は何者だね？　仲間は何人いる？　やりたいことを、どうやってやるつもりなのかね？」。私は、教会、修道院、孤児院、個人の家、組織、団体などのターゲットのリストを持ち出した。それから、少年時代に私を反ナチス活動に勧誘した友人、モニエク・サルナが私の右腕になるだろう、と付け足した。

ビエレツキは一瞬、考えていたが、私には1か月ほども経ったような気がした。

「それは大作戦だね」と彼は言った。

「それを実施するには、君たち2人では足りないな。もっと多くの人手が必要になるだろう。明日、ワルシャワのUB本部に来てくれたまえ。入り口に着いたら、担当者に声をかけてくれ。暗号を教えるので、それを伝えればいい」とビエレツキは一息に言った。

「君はプウコヴニク（Pułkownik：大佐）・コヴァルスキに会うことになる。彼は何をすべきか、心得ているはずだ――私から要請しておくから。私服20名、制服20名の部隊が、君のために用意される。彼らは非常に勇敢で、英雄的な戦士ぞろいだが、何をするべきかについては、君が指示する必要がある。君はその部隊の指揮官にならなければならない、ということだ」

私は彼の意外な提案に仰天し、まともな言葉が出なかった。

ビエレツキは、私が同意したという前提で、ニヤリと笑いながら後を続けた。

彼によれば、この任務は危険性を帯びるものである。アルミア・クラヨヴァ（Armia Krajowa：AK）、いわゆる「国内軍」が妨害する可能性があるからだ――。このAKは、戦時中にナチスに対する地下抵抗活動を展開した後、1945年1月に正式に解散した。しかしその残党の分子は、亡命ポーランド政府〔非共産主義政府〕に忠実であり続けた。ソ連は彼らを国内の敵と見なしていた。

参加するＵＢ隊員は完全武装する。それだけではなく、必要なら戦車、各種の自動小銃や小銃、迫撃砲、大砲まで提供する、とビエレツキは約束した。私は全権を委任された旨を記載した公式文書を携え、他の治安当局者に邪魔されることなく、作戦を遂行する完全な権限を賦与される。地元の警察官を一時的に動員する権限まで与えられる、という。

「ＡＫは、私たちが行うことすべてに攻撃してくる」と彼は言った。「それで、連中は森から君に襲いかかるだろう。君は自衛する手段を持つべきだ。子供たちを連れて行く際は、君の施設の屋上に機関銃を設置したまえ。彼らは夜に襲ってくるだろう。なに、心配しないでいい。私が君に貸す男たちは、戦い方を心得ているからね」

私の持ち時間は終わりに近付いていた。実を言うと、怖くてたまらなかった。あまりにも深みにはまってしまい、もうそこから足を引き抜くことはできそうにない。急いで行動しなければならなくなったので、その夜はほとんど眠れなかった。私は眠っていたユダヤ人の委員会メンバーをベッドから叩き起こして、どういう事態になったかを説明した。彼らも一様に驚き、興奮した。ワルシャワへの私の旅行に必要な食糧その他を提供する、と約束した。

秘密警察の本部にて

ＵＢ（Urząd Bezpieczeństwa）とは、公安部隊の意味であるが、ワルシャワ中心部のコシュコヴァ通りに本部を置いていた。ここは反体制派に対する秘密戦争の中枢であり、何千人もの密告者が業務に関与していた。対諜報活動、監視、取り締まりが彼らの仕事で、その結果、数千人がシベリアの強制収容所に送られた。

ビエレツキが教えた暗号は、言葉の順序をランダムに入れ替えたもので、今ではまったく思い出せない。言われた通り、私はコヴァルスキ大佐の部屋に案内された。ビエレツキは、大佐の副官でもあることが分かった。大佐もまた、私たちの意図の範囲を知りたがり、その任務を完遂する決意ができているか、を質問した。そして彼もまた、我々が直面する可能性のある敵勢力からの攻撃について、危険性を強調した。

「多くの者が君たちを傷つけ、計画を妨害しようとするだろう」と彼は警告した。

「この作戦を実行しなければならないのは、あくまで君である。私たちが君に付ける隊員たちは、君の意図を知らない。よって、彼らに何を伝えるかは、まったく君次第である。彼らは正規軍人であり、武器の扱いに関しては高い練度にある。彼らは非常に有能で、非常に信頼できる。間違いなく、彼らは与えられた任務に忠実であるだろう」

またまた、私はへどもどし、言葉を呑み込んでしまった。私は20歳になったばかりの若僧だった。それが、いきなり百戦錬磨の兵士たちの指揮を任されたのだ。解放直後、エーベンゼー強制収容所の外で拾ったリボルバー拳銃をぶっ放した以外、銃を扱ったことすらなかった。私がそれを白状すると、コヴァルスキは無表情で、まぶた一つ動かさなかった。彼はただ、部下の将校を呼んだ。「彼を射撃訓練場に連れて行け」。そこでその将校は、私に1時間ほど、武器の取り扱いに関する初歩的な訓練を施した。

コヴァルスキは私個人のために拳銃を用意し、機関銃まで提供した。その後、彼はポーランド語とロシア語で書かれたUBの証明書に署名し、公印を押した。大佐は私たちに、捜査権や逮捕権まで与えたが、考えてみれば、これはダニウシュの絶大な権力の顕著な表れだった。彼はいつも家を留守にしていたが、なるほど、こういう仕事に夢中になっていたわけだ。

こういう権力亡者の行く末というものは、往々にして歴史の審判を受けるにあたり、あまり優しく裁かれないものである。ダニウシュは1950年代初め、妻子をポーランドに残して、愛人と一緒にソ連に行った。その後の彼の運命は不明である。スターリン主義ががっちりと統制していた当時、数多くの粛清の犠牲者の一人となった可能性が最も高い。

ビエレツキはもっと世渡り上手だった。１９４７年10月、彼は中佐の階級を維持してＵＢから陸軍に転属した。政治的なコネを活用してモスクワ郊外のモニノにあるソ連空軍航空士官学校に入校し、空軍に移籍。最終的にはポーランド空軍総司令官にまで昇り詰めている。彼は94年６月に77歳で亡くなり、軍の最高の栄誉礼をもって埋葬された。

もちろん当時の私は、共産主義を熱心に支持する若者のリーダーという役を演じていた。実のところ、私はソビエト政権が象徴する一切のものが大嫌いだった。ただし、私の中には敬意もあった。戦争中にナチスと戦い、多くの犠牲を払った赤軍のことは忘れるわけにはいかない。彼らが戦場で前進を続けたことで、プワシュフやマウトハウゼンなどの最も悪名高い強制収容所は解放されたのである。

救出作戦の実施

私に付けられたＵＢ隊員たちは、上官の言葉どおり優秀だった。彼らは私に素晴らしい対応をしてくれて、私の経験の浅さを理解し、国をまたいだ捜索活動の間、文字通り私の背中を守ってくれた。彼らはすぐに、ユダヤ人のつながりが背景にあることを理解したが、子供たちがどういう目にあったかを知っていたため、任務に忠実であり続けた。予想されたことだが、捨てられた子供たちを見つけ、保護し、コミュニティに連れ戻すという私たちの仕事は、各地で強い反発を呼び起こした。私はすっかり嫌われ者になった。

一定のパターンが見られた。新しい街や村に到着して、私たちが最初に立ち寄るのは地元を所轄する警察署である。ＵＢの証明書を提示し、まずは私たちが何者であるかを所轄の署長に告げるが、その人にも署員たちにも、私たちの意図は教えない。彼らは信頼できず、行方不明の子供を抱える家に警告するリスクがある、と思われたからだ。

追加情報を自発的に提供してくれる近所の人たち、関連した修道女や司祭たちと話をして、事実確認してから初めて、私たちは所轄警察に具体的な支援を求めた。私たちが里親家族に疑惑や意図を突きつける際、UB部隊だけでなく、地元の警察官が立ち会ってくれると安心だった。

私が非常に厳しい態度だったことは確かで、今の私は、それを自慢できる話とは思っていない。しかし、そうでなければ実行できなかった、あるいは、そうでなければ達成できなかった、と申し上げるしかない。

一目見て、明らかな違和感を察知する能力が、自然に高まった。里子の中には、そもそも肉体労働のために養われている子もおり、約90パーセントが女の子だった。ある家では、8歳か9歳の女の子が、大きくて非常に重い水の入ったバケツを2つも抱えて、井戸から運ぶ姿を見た。彼女のドレスは数サイズ大きすぎて、着古され、汚れていた。また別の事例では、キッチンのレンジの横にある藁のベッドで眠る、やはり同じくらいの年齢の女の子を発見したことがある。

物理的な手がかりが大事だった。そういった子は、里親とは異なる顔立ちをしている。髪の色が違い、生活習慣さえも違うことがある。しかし、ほとんどの場合、たとえ明らかにひどい扱いを受けていたとしても、そういった子供たちは、ポーランド人一家と別れることを拒んだ。その多くは里子になった時、幼かった。以前の生活の記憶がないのである。

子供たちは戦時中、ゲットーから密かに連れ出されている。実の両親が強制収容所に移送される数分前に、階段や屋根裏部屋、溝に隠されていたところを連れて行かれたケースが多い。自分たちの状況を理解できる年齢の人々の多くは、私たちに身柄を確保されることを恐れながら暮らしていた。ほとんどの人々は、すでにユダヤ人の伝統とは相反するキリスト教徒としてのアイデンティティを持っていたからだ。

彼らを連れ去ることは、多くの場合、非常な苦痛を伴った。私はいつも、美しい言葉で説得を始めた。まずは子供たちの命を救った里親たちの善意を称賛した。お金を要求する人もいたが、これには応じられない。多くの人は頑なになり、協力を拒否した。私としては、賦与された力を使う以外に選択肢はなかった。

子供たちの苦悩や戸惑いを見て、私の胸も張り裂けそうだった。戦争中、ずっと一緒に暮らしていた里親が、自分たちを正式に養子にしたのだ、と主張する子供もいた。しかし、それが証明できない場合、子供たちは涙を流した。大人たちは私たちの権威に疑問を抱き、公式文書を見ても納得しなかった。警察に訴える人もいて、ビエレツキとUBのやり方に抗議してくれ、と言われたが、所轄署は大抵、何もしなかった。

私たちは彼らに行き先を告げることはせず、とにかくよい保護をする、と約束することしかできなかった。私たちが子供を車に乗せて出発しようとした時、ある男性がジープに飛び付き、車体にしがみついた。村の端に着いたところで、彼は突き飛ばされた。私たちの車は加速して、その村を立ち去った。村人たちは、私たちに石を投げ付け、手に入るあらゆるもので私たちを攻撃した。銃を撃つ者まで現れた。ここで銃撃戦をする余裕はなかったので、とにかくできるだけ早く撤退した。

振り返ってみると、実に極端な話だったと思う。親切だったのか、残酷だったのか――。

子供たちの苦悩

ラプカ・ズドルイの収容施設は、戦前はスパだった。ミネラルウォーターの治癒効果により、結核患者の療養に使われていたのである。元ホテルの建物を中心に、3、4棟の別々の建物があった。子供たちの世話をするために、看護師や心理学者が採用されたが、子供たちは新しい環境に慣れるのが難しく、信頼を築くのに時間がかかった。

親切な女性たちが髪を調えにきてくれた。子供たちに服を着せたり、食事を作ったりしてくれる人もいた。シオニスト地下組織から資金提供を受けた教師たちが、授業を始めた。私はこの作戦の行政面には関与しておらず、あくまでも彼らの社会復帰の可能性を追求し、施設を守ることに専念していたが、子供たちと静かな時間を過ごす時は楽しかった。

私は子供たちにユダヤ教のアルファベットと、起床前に唱える「モーデ（Modeh）」などのユダヤ教の基本的な祈りを教えた。子供たちはそれまでの短い人生の中で、多くの忍耐を強いられてきただろう。それは悲しいことだが、私たちは彼らにより良い未来を与えることができる、と信じていた。

残念ながら、彼らのほぼ全員が親を失っており、孤児であることが判明した。私の記憶では、実の母親との再会に成功した子供は1人だけだった。彼女はマリンキと呼ばれていたが、記憶が確かであれば、ロシア語の影響を受けた名前である。彼女は母親を認識できず、母親と暮らすことを拒否した。そこで私たちは、娘との関係を再構築できるよう、苦しんでいる母親が私たちと一緒にいることを許可した。

少女は徐々に強い態度を取るようになった。ユダヤ教の信仰に熱心な母親に、キリスト教の教会に連れて行ってくれるよう頼み始めた。彼女は明らかに、養家族との生活に慣れ切っていたのである。彼女は、なぜそれができないのか、という母親の言い訳を毎日のように聞かされ、ついに切れてしまった。

「ママ。なぜあなたは教会に連れて行くのを嫌がるの？　理由は分かっているわ」。少女はとうとう、びっくりするような叫び声を上げた。

「なぜって？」

「あなたはとてもケチだから。お坊さんがお皿を持って、お金を集めに回っても、あなたはケチだから目をそらすに違いない。お布施として何グロシュか入れるのも嫌なのよ〔グロシュはポーランドの通貨単位。1ズウォティ＝100グロシュ〕」

もっともこれで、コミュニケーションが取れるようになったともいえる。あの母娘に何が起こっていたのか、その後はどうなったのか、私は今でも疑問に思っている。

あの少女も、今では80代後半になっているだろう。多くの移住計画があったので、そのままポーランドに留まったとは思えない。それはデリケートで、非常に困難な状況だった。とにかく私たちは、子供たちにユダヤ人コミュニティでの新しい生活を提供するという点で、正しいことをしている、と信じていた。

戦後も続いたユダヤ人弾圧

戦争が終わっても、世界はいまだ危険な場所だった。他にも厄介な問題が山積していた。１９４６年7月初旬のある朝、私たちはキェルツェの街に行った。当地では、反ユダヤ人のポグロム〔弾圧〕が進行中だった。攻撃に備えて、私はラプカ・ズドルイに強力な警備部隊を残しておいた。UBの戦車に乗ってキェルツェに到着すると、メインストリートは斧、鎌、金属棒、シャベルで武装した暴徒で埋め尽くされていた。

このような状況ではよくあることだが、憎しみが理性を圧倒していた。この時、ある噂が広がっていたのである。キリスト教徒の少年ヘンリク・ブワシュチクがユダヤ人に誘拐され、殺された、というのだ。ユダヤ人たちは、少年の血液を使って、過ぎ越しの祭りで食べる種なしパン、マッツァー（Matzah）を作った、という話になっていた。いわゆる「血の中傷」である〔ユダヤ人がキリスト教徒の血を使って儀式をする、という根拠のない噂を、一般に血の中傷という〕。

実際には、この少年は近くの森で迷子になっていた。だが、2日後に発見された時、ヘンリクは道に迷ったことを認めず、「街の中心部の小さな通りで誘拐され、地下室に監禁された」という作り話をした。犯人は地元の難民施設の特定のユダヤ人男性である、と名指しし、これを信じた父親は激昂した。

その難民施設の建物には、地下室などなかった。しかし、約160人のユダヤ人が住んでいた建物は襲撃され、虐殺事件に発展した。女性や子供を含む42人が死亡した。彼らは3日後に集団墓地に埋葬された。襲撃犯9人は、すぐにポーランドの法廷で死刑判決を受けたが、兵士や民兵、民間人たちが新たな主張をし、再審が請求された。その調査が進む間、私たちは不穏な状況下で治安維持に加わることになった。

ここで私たちが報復すれば、さらに多くの死者が出ていただろう。そして実際、キェルツェのポグロムは、すでに戦争で心に傷を負っていたユダヤ人コミュニティの人々に大きな影響を与え、その後の3か月で、約10万人のユダヤ人が東ヨーロッパから脱出した。

予想通り、我々は標的となった。ラプカ・ズドルイでも、私たちのジープは何度か屋上の狙撃手から銃撃された。夜間にも襲撃されたので、これを撃退した。

こうしたポグロムの動きは、クラクフのユダヤ人委員会で働いていた著名な教育者・心理学者のレナ・キュヒラーにも大きな影響を与えたようだ。委員会は孤児となった3歳から15歳までの子供に衣食住を提供しており、キュヒラーはその教育を担当していた。

彼女は文句なく勇気のある女性だった。戦時中は別名を使い、ユダヤ教徒であることを隠し、ローマ・カトリック教徒の乳母として生きた。故郷ヴィエリチカのゲットーが解体された際も、ベウジェツ絶滅収容所への移送を回避して、終戦まで生き延びた。このヴィエリチカとは、私が岩塩坑で強制労働に従事した、あの場所である。

キュヒラーは深い慈悲と抵抗精神の持ち主として知られている。戦時中の有名な逸話として、母親の死体の上に横たわる生きた赤ん坊を見つけた時の彼女の行動がある。割礼を受けた子供の引き取りをキリスト教の僧侶たちは拒否したが、彼女は赤ん坊をコートの下に隠してゲットーから密かに持ち出し、修道院に避難したのだった。

戦後になって、彼女は保護している子供たちを、40キロメートル南のザコパネに移した。しかしこも、反ユダヤ主義的な村民の攻撃にさらされた。ポグロムの動きが続く中、１９４６年3月、彼女は約１００人にまで増えた自分のグループをチェコスロバキア、ドイツ、フランスに移し、49年にはイスラエルのキブツに移動させた。レナ・キュヒラー自身もテルアビブに住み、１９８７年に77歳で亡くなるまで、保護した子供たちと連絡を取り続けた。

その当時、私はキュヒラーとの関わりはなかった。私個人がよく知っていた人物というと、ポーランド陸軍の従軍ラビ、イェシャヤフ・ドルッカーである。彼もまた、ポーランド南部のカトヴィツェ近郊のザブジェで、私たちと同様の救出計画を実行していた。その縁で、ドラッカーは何度かラプカ・ズドルイにやってきたことがある。私たちは同様の信念を持っており、シオニストの宗教組織、ミズラヒ（Mizrachi）に属していた。彼はまた、軍事組織の力を理解しており、どんな状況でも軍の少佐の軍服を着ていた。

彼は思慮深く、静かで情熱的な30代前半の男性で、１９４５～48年にかけて、約７００人の子供たちの居場所を特定し、その後の保護も監督した。私は彼を非常に尊敬していた。私は警備隊長とソーシャルワーカーを兼務するには経験が足りなかった。だから、私たちが直面していた教育と組織上の課題に関し、彼から受けた実践的なアドバイスは有り難かった。

ドルッカーはまた、９つのシオニスト団体の行動を調整するコールディナツィア（Koordynacja）と連携し、ウッチに2軒、シレジアに2軒の家を用意して、49年6月にポーランドの国内状況が変わるまでの間、約１０００人の子供を保護した。彼らはまた、戦争中にソビエト・ロシアに連れて行かれたユダヤ人の未成年者を援助する活動もした。

私たちは２人とも、ミズラヒでの活動を通じて、ポーランド陸軍の首席ラビ、ダヴィド・カハネのことも知っていた。カハネは両親をベウジェツで殺害され、本人も危ないところだったが、統一カトリック教会のウクライナ大司教が、彼を僧院の屋根裏部屋に匿ってくれたため、戦争を生き延びた。彼もまた、いつも軍服を着た堂々たる人物だった。キェルツェ・ポグロムの犠牲者の葬儀で、カハネは熱のこもった説教を行った。

カハネはバート・イシュルの難民キャンプでもよく知られており、その知人を通じて、アメリカ人後援者がドルッカーのプロジェクトに資金を提供していた。１９４９年に〔ポーランド軍が従軍ラビを廃止したため〕、カハネはイスラエル空軍の首席ラビに就任し、ヨーロッパを去ることになった。しかしその前に彼は、バート・イシュルにいた私の友人、ハイム・シュピールマンの結婚式に出席した。それほど親しかったのである。彼は後に〔１９６７～75年〕、アルゼンチン軍でも首席ラビを務めている。

子供たちをパレスチナへ送る

さて、私は一連の活動で広範囲に移動し続けていた。作戦状況が進むにつれて、ポーランド南東部から、現在のウクライナ西部にまたがるガリツィア地方に重点を置くようになった。私はこの時期の行動について、正式記録の文書化プロセスに関与していないのだが、１年以内に約６００人の子供たちを保護することができた。

ミズラヒは、ユダヤ人のナショナリズムには宗教的な側面があると信じていた。それで私も、孤児たちに未来を提供する上で、パレスチナの地は前にもまして重要である、と思った。パレスチナを管理するイギリスの統治機構が、大規模なユダヤ人の移住にずっと抵抗していた。こうなったら、地下組織のブリハ（Bricha）と協力する可能性も模索するしかない、と思われた。このブリハとは、「逃避」とか「逃亡」という意味だ。ブリハは当時、いわゆる「アリヤー・ベト（Aliyah Bet）」に関与していた。すなわち、パレスチナの地に秘密の違法移民を送る活動である。現代的な用語でいえば、ヘブライ語のハアパラ（Ha'apala）、つまりアセンション〔昇天〕のことだ。

　この動きには、民兵組織ハガナー（Haganah）など、他のシオニスト組織も関与していた。ハガナーは1948年にイスラエル国家が樹立された際、イスラエル国防軍に吸収された。しかし私としては、ああいった武闘派の闘争ではなく、可能な限り非政治的で中立的な活動を望んでいた。

　この問題は非常に重要で、困難だった。私はより正統派のルートを通じて、ユダヤ機関（Jewish Agency）と密かに連絡を取ることにした。ユダヤ機関ではイツハク・ラファエルとエリーゼル・ウンガーが、子供たちをパレスチナに送る計画に取り組んでいた。ラファエルは後にイスラエルの宗教大臣と保健副大臣を務め、ウンガーはシオニスト組織ハショメル・ハダティ（HaShomer HaDati）の指導者だった。

　彼らは、実践的にも哲学的にも、現代イスラエルの形成に貢献した人々といえる。ラファエルは批判を無視し、1948〜51年にかけて、68万5000人ものユダヤ人難民の公式移住を組織化した。彼の父、イェフダ・レイブ・マイモンは、新国家の独立宣言の起草に協力し、初代の戦争犠牲者大臣に就任した。ウンガーは一般的に、ナチスのホロコーストで600万人のユダヤ人が命を落とした、と計算した最初の人物であるとされている。

　彼らはまた、パレスチナの首席ラビ、イツハク・ハレヴィ・ヘルツォーグの力を積極的に借りた。ヘルツォーグの息子のハイム、孫のイツハクは後にイスラエル大統領になる。偉大な人物である彼は、ヨーロッパで孤児となった子供たちを助けることを戦後の責務としていた。ヘルツォーグはバチカンに支援を求め、公式的には断られたものの、ポーランドのカロル・ヴォイティワ司祭から秘密裏に支援を受けた。このヴォイティワとは、後のローマ教皇ヨハネ・パウロ2世のことである。

遠距離のコミュニケーションは難しく、通常は電報で行われたが、ヘルツォーグは私たちの意図と、財政的および組織的な援助の必要性を理解してくれた。彼は、資金、人材、そして実際的なリソース〔資源〕を見つける、という約束を、十分以上に果たしてくれた。表面的にはいつも通りの平常運営、という印象を保ちつつ、水面下で私たちの計画は形になった。

私にとっても、つらい時期だった。保護している子供たちに、私もすっかり情が移っていたからだ。当然のことながら、彼らの将来や福祉が心配だった。私にできることは、可能な限りやった、と理屈では分かっていたが、今後は子供たちを、秘密作戦の経験が豊富な他の人たちに委ねなければならない。そういう人たちは、どの国境警備隊員に、いくらぐらいの賄賂を贈ればよいのか、どのルートを通ればよいのか、といったことを熟知しているのだ。

子供たちがイタリア国境を越えたところで、移住作戦に対する私の関与は終わった。子供たちは40人ずつトラックに乗り、チェコスロバキアとオーストリアを通って、イタリアに入ったのだ。子供たちが去っていくのを見て、私は傷心気味だった。港町トリエステに向かった子供たちは船に乗り、ハイファ港に停泊したが、そこでイギリス当局に拿捕され、キプロスの強制収容所に送られたようだ、と後で聞いた。

今回の計画では、ロ・タフヒドゥヌ（Lo Tafchidunu：我らを怖がらせる者なし）といった勇ましい名前の船が使われ、民兵組織ハガナー内のエリート戦闘部隊、パルマッハ（Palmach）の海事部門パルヤム（Palyam）が船団を護衛していた。イタリアの他、フランス、アルジェリア、ルーマニア、スウェーデンなどから、はるばる多くの船が海を渡ったが、半数以上は武装哨戒中の英国海軍の8隻の艦艇に捕らえられてしまった。

私たちが保護していた子供たちのグループは、建国直後の1948年5月にイスラエルに入ったようだ。その後の足取りは分からない。秘密が守られているため、彼らのその後を特定する記録はないし、彼らの新生活がどうなったのか、私が知らないのは当然である。ただし、後に私がアウシュヴィッツ・ビルケナウを訪れた際、2人の女性に偶然、出会った。「子供の頃、ポーランドのラプカ・ズドルイに滞在していました」というのである。あまりにもびっくりしてしまった私は、名前と連絡先を聞くのを忘れてしまった。

私の子供たちや孫たちは、孤児たちのその後の運命に関する情報を求めて、イスラエルで新聞広告を掲載すべきだよ、とよく勧めてくれる。これは神のみぞ知るところだが、もし生きている人がいるとしたら、その人たちも今では私と同じ高齢者だろう。彼らは私を認識しないだろうし、私も彼らを認識できまい。おそらく、この本を読んで、自分自身をそれと認識される方もいるかもしれないが。私の本当の報酬は、偉大な使命の記憶である。この計画への関与は、私の人生でも最大の仕事の一つだったと思っている。

さて、戦後ポーランドの危険地帯にいた私は、いつも足早に歩いていた。のんびり市場に行ったり、通りを歩いたりするのは危険で、私は定期的に殺害の脅迫を受け、何度も銃撃を受けた。銃声を聞くたびに、UB隊員たちは私を地面に引き倒し、上に覆いかぶさった。ある時など、ジープで移動中にバルコニーから斧を投げられた。それはズボンに当たったが、かすめただけで済んだ。

私はプロジェクトの残りを、部隊の次席指揮官モニエク・サルナに引き継いだ。さらに私の命を狙う者の追及をかわすために、自分宛てに偽電報を送った。父がウィーンで重病にかかっており、すぐに来てほしい、という内容だ。私はそのまま急いでバート・イシュルに行った。ハイム・シュピールマンがUNRRA（連合国救済復興機関）を代表して、私を職員として採用してくれた。

私は難民キャンプ（現在は集合住宅となっているホテル）の警備を監督することになった。入り口の小さなオフィスで、誰が出入りしたかを記録した。オーストリアの地元住民は、ユダヤ人に対する優遇措置に憤慨しており、ここでも緊張が高まっていた。私たちの牛乳配給を巡り、地域社会から大変な不興を買い、小競り合いに発展して地元の警察署長に届けたこともある。

かつてハプスブルク家の皇帝フランツ・ヨーゼフ1世が夏を過ごしたこの小さな街も、他のヨーロッパ諸地域と同様に、流動的な状態にあった。古い神話が新しい現実と衝突していた。

マウトハウゼンとその補助収容所の生存者、約300人がここに残っていたが、今ではみんな無国籍で、1部屋に5人ずつで暮らし、プライバシーはなかった。家族もいない。自分たちには未来がないのではないか、と誰もが思い詰めていた。

そこで私は、残りの人生をまったく違うものにしよう、と決断したのである。

15章　新しい地平

イスラエル国家の独立

白状しよう。強制収容所から解放された直後、私は人間という生き物にとても嫌悪感を抱いていた。逃げたり隠れたりしたかった。私は人間がいかなる残虐行為を犯し得るのか、いやになるほど目撃した。同じ人間を同胞と思えず、恐怖を抑えるのに苦労した。いっそのこと人里離れた農場に定住し、鶏や牛、犬、馬に囲まれて、シンプルに暮らしたい、と思った。

動物たちは、私を傷つけることはあるまい。彼らは私の信仰や家族的背景を理由に、私を迫害することもあるまい。馬鹿げているように聞こえるかもしれないが、そうした思いは、私がその時、耽溺していた素晴らしくも儚い幻想である。その後すぐに、私には自分が生き延びた事実を最大限に活用する義務がある、と悟った。ナチスの大量殺人者は裁かれなければならない。彼らが生み出した孤児には、二度目の人生を生きるチャンスが与えられなければならない。

それらの使命が達成された時、違う世界が私に見え始めた。各国から次々と移民担当の官吏がバート・イシュルを訪れ、我々に「新天地で新たなスタートを切りませんか」と勧めてくれた。オーストラリアは地球の果てのように思えたので、行きたくなかった。同じように無知さから、カナダに行くチャンスも断った。イグルー〔氷の家〕にイヌイットが住んでいる土地だと思ったのだ。しかし後になって、私はモントリオールに何年も住むことになる。

伝統的にチャンスに恵まれた国とされてきたアメリカには、確かに魅力があったが、私は哲学的な部分で、イスラエルを新しい国民国家として建設するのを手伝う、という考え方に惹かれた。私はユダヤ人の祖国を求めるデモに参加し、ダビデの星が描かれていない半分青、半分白の古い旗を掲げて、ウィーンやミュンヘンの街路を練り歩いた。

私はホヴェヴェイ・ツィオン（Chovevei Zion）、つまり「シオンを愛する者たち」という独立したクラブに所属していた（シオンとはエルサレムの古名だ）。このクラブは19世紀後半、ルーマニアと帝政ロシアで迫害されたユダヤ人が形成し、世界的なネットワークに発展した。イスラエル国家への帰属意識を高め、古代の故郷たるエレッ・イスラエル（Eretz Yisrael）、つまりイスラエルの地に回帰する、という原則を打ち出すものである。それは政治的というよりも文化的な運動で、その理想は、私が子供の頃から聴いていたイディッシュ語の童謡が表現するものであった。

私の翻訳の拙さをお詫びするが、その童謡は以下のような内容である。

「イスラエルの地は、我が大切な土地。世界があまねく知るところ。川、湖、谷の間にあって、これに並ぶものぞなき。我が愛する国は比類なし」

他の多くの国々にも、似た感じの歌は多々あると思うが、このシンプルな童謡は、理屈抜きに心に響くものだった。何百年も前、神がアブラハム、イサク、ヤコブに与えた土地に回帰するという夢が、この歌に託されたものと想像している。シオニズムという言葉自体、今もそうかもしれないが、一層、けしからぬ言葉と見なされていた時代背景があった。

政治的側面は、宗教組織ミズラヒが担っていた部分であり、私がそのメンバーであったことはすでに述べた通りだ。この団体は、コーシャ食品を管理する一連の食事法カシュルート（kashrut）および、職場での安息日の遵守を政策的に掲げる初の公式宗教政党を結成した。私たちは、律法がシオニズムの中心であると考えていた。

ミズラヒはまた、今日まで運営されている宗教学校システムを確立し、国家としての基礎を築いたが、このような活動には、思想や信念と同じくらい人そのものが重要である。私は自分自身の戦後の仕事で、ミズラヒ・メンバーのネットワークを活用した。

希望と幸福感があった。私の世代の多くは、あえて口にするでもなく、国家としての力を確立する準備をしていたのである。

強制収容所の良心的なカポ、ロロの話を思い出していただきたいが、彼がウィーンで引き合わせてくれた人脈から、私はシュライバー家の知遇を得た。この家は、オーストリアの社会的、政治的中心地にあって非常に有力だった。シュライバー家は個人と組織を結びつけ、自然にリーダーたちが現れる雰囲気を醸成して、これが我々の間に、ある種の楽観主義を生んだ。しかし、それはウィーン社会の既存の体制と折り合うものではなかった。

ある晩、ウィーンのシュライバー・アパートメントで会合が開かれ、大盛会となった。その後、私たちがホテルに戻ると、外の歩道に私たちのスーツケースや私物が積み上げられていた。ホテルの経営者は、私たちの歌声が他のゲストの迷惑になっている、と主張し、ユダヤ人の宿泊予約をキャンセルしてしまった。私たちのグループのモシェ・シャピラは、宿泊費をすぐに全額支払うから、と申し出たが、とにかく立ち去るように言われた。

闘士シャピラのその後の人生には、もっと大きな戦いが待っていた。その一件から1年ほどのうちに、イスラエル独立宣言が出され、シャピラはこの文書に署名した人々の一人となった。彼はダヴィド・ベン＝グリオン政権で保健大臣と移民大臣を務めるなど、要職を歴任した。

また、この当時の私の同志には、ピンハス・シャインマンもいた。彼は入植運動ハポエル・ハミズラヒ（Hapoel HaMizrachi）の事務局長を務め、後にイスラエル国会の副議長になった。他にも最高に有能で輝かしい人材が、綺羅星のようにいた。モシェ・クローネはトーラー・バヴォダ（Torah V'avoda）の事務局長を務めた。この団体は寛容と平等を説く宗教的シオニスト運動組織で、ユダヤ法に関する議論を奨励し続けた。ハイム・ハミエルは後に有名な作家になった。ユダヤ機関で活動していたラビ、弁護士、政治家であるゾラフ・バルハフティクも当時の私の知人で、イスラエル独立宣言に署名した。

ミズラヒの指導者たちは、私の中に何らかの素質を見出したようだ。正式な教育を受ける機会がなかった私に、オックスフォード大学で学ばないか、という申し出をしてくれた。それから、ニューヨークにあるイェシヴァ大学のラビ・シュムエル・ベルキン学部長も、私に手紙を何度か送ってきて、入学しないか、と勧めてくれた。著名な律法学者だった同氏は、イェシヴァ大学を改革中だった。同大学はそれまで、ごく小規模な大学兼ラビ神学校だったが、北米で最も重要な教育機関の一つに変貌しつつあった。

結局、私はそうした申し出を受けなかったのだが、後で思い返してみると、あんな機会を逃してしまったことが悔やまれてならない。当時の私は、新国家での政治的公職を担っており、それが神聖な大義である、と認識して活動に邁進していた。私は主にユダヤ人互助団体ブナイ・ブリス（B'nai Brith）の支部を通じて、亡命ユダヤ人の生活支援に積極的に取り組み続け、１９５６年には南米コロンビアでミズラヒ運動をスタートさせた。

ベギンとの交流

私が申し上げたかったのは、あの当時、最高の政治家たちが、現実主義と大胆さ、そして時には冷酷さすら持ち合わせ、それらを組み合わせながら、激しい理想をバランスよく現実化させていった、という事実である。その中で私は、後にイスラエル首相となるメナヘム・ベギンと知り合った。1950年にアルゼンチンを訪れたベギンを空港で出迎えたグループに、私もいたのである。私は自分が得ていたセキュリティ・クリアランス（適格性審査）資格を使って飛行機に乗り込み、ベギン本人に代わって入国手続きを行った。

ベギンは首相となって多くの偉業を成し遂げ、1979年にエジプトと平和条約を結んだ後、同国大統領アンワル・サダトとノーベル平和賞を共同受賞した。しかし彼は、歴史が浅いヘルート（自由）党党首であり、この党には荒削りな部分が依然、残っていた。そうした面の表れと言えようが、彼自身、パレスチナにおける英国支配に反対する過激派民兵組織イルグン（Irgun）〔ユダヤ民族軍事機構〕を率いて戦っていた時期があった。

英国は反乱の勃発中、ベギンの首に1万ポンドの「デッド・オア・アライブ（生死を問わない）」懸賞金をかけていた。ある人々から見れば単なるテロリスト、別の立場の人々から見れば自由の戦士、というのは歴史上よくあることだが、当時のベギンはまさにそういう人物だった。私は彼の謙虚な人柄や情熱を大いに尊敬したが、初対面の際、彼の服装の地味さに衝撃を受けた。スーツは古く、シャツもボロボロで、靴だってもっと磨きをかければよいのに、と思った。ベギンが公の場に姿を現す際に、トレードマークとなった青いコートに白いスカーフと帽子を着用し、身分に応じた服装をするようになるのは、後のことだ。

アルゼンチンには約50万人の大規模なユダヤ人コミュニティがあった。彼の訪問の主な目的は、彼らにイスラエル国債を購入するよう説得し、新国家とのビジネス関係を改善、構築してもらうことにあった。

ベギンは演説が上手で、ブエノスアイレスのルナ・パークに18万人が集まった集会で雄弁なスピーチをしたが、さらに各地のシナゴーグやホールなどの小規模会場でも同様に熱弁を振るった。私はこの遊説に同行したので、ベギンとかなり長い時間を共に過ごすという特権に恵まれた。私たちはそれぞれの背景について、イディッシュ語で話した。お互いに伝統的なヘデル〔私塾〕で教育を受けており、戦時中の経験によって、それぞれの人格がどのように形作られてきたかについて話し合った。ベギンはソ連軍に捕らえられ、拷問を受けて頑なになったという。彼はソ連のグラーグ〔矯正労働収容所〕で8年の刑を言い渡された〔その後、釈放されて中東に渡っている〕。

彼は、キング・デイビッド・ホテルの英国司令部爆破事件で自身が果たした役割について全く後悔していない、と述べた。この事件で91人が死亡し、ユダヤ人の武装抵抗勢力の間に分裂をもたらすことになった。だがベギンの主張によれば、あれが英国の撤退を早めたのだ、ということである。彼はそれよりも、テルアビブの警察署を襲撃中に捕らえられ、イギリス軍に処刑された経験の浅いイルガン工作員、ドブ・グルネルの死を悼んだ。

彼は私の収容所での体験を熱心に聞きたがった。よくあることだが、私たちはお互いの個人的な悲劇を共有することで、絆を深めた。私は、あの大家族の中で、生き残ったのは自分だけ、という状況を話した。ベギンは、同じくホロコーストで殺害された両親と兄ヘルツルについて語った〔大戦中、ベギンの一家はリトアニアに逃れたが、ベギンはソ連軍に、家族はナチスに捕らえられた〕。悲劇の思い出が、私たちの印象的な交流のきっかけとなったのは間違いない。

ところで当時、ドイツ側はある申し出をしていた。戦争により教育を受けられなかった若いユダヤ人への賠償として、当時としては巨額の５０００～８０００ドルの一時金を提示していたのである。私はこれを受け取ろうと思っており、ベギンに話したところ、急に押し黙った。見慣れた角縁の眼鏡の奥の目が、突然、ぎらりと輝いた。

「ヨッセル」と彼は私に指を突きつけて言った。

「父親の血、母親の血、兄弟の血、家族全員の血を、臭いのする数ドルで売り飛ばしてはいかん。それはやめたまえ」。ベギンは厳しい視線を数秒間、私に向けてから、「やめたまえ」と繰り返した。私は「しません」と約束した。だが、後で後悔したものである。

南米各国を転々とする

ところで、ベギンの遊説時に、どうして私がアルゼンチンにいたか、説明が必要だろう。バート・イシュルの難民キャンプでは多くの人々と友情を築き、夢を共有したが、実のところ私は、この世界で孤独を感じていた。私は、親族が誰か生き延びていないか、と心待ちにしていた。だが、国際赤十字社から悲報が届くのではないかと、内心ではずっと恐れていたのである。

ところが赤十字社によれば、「アルゼンチンに住む誰かが手紙を送り、家族の一員を探している」との回答があった。その時、私は地図上でアルゼンチンを指すことすらできなかった。だが、子供の頃に、遠い国から届いた封筒に貼られた色とりどりの切手が好きだったことを思い出した。私は友達と切手を交換して、集めていた。

手紙を送ったのは、大叔父のイスラエルだった。彼は生き残っている親戚を探していた。私は自分の幸運が信じられなかった。周りに誰も家族がいないと、どれだけ虚しさを感じるかは、多くの人には理解しがたいと思う。肉親になら、正直に、恐れることなく、遠慮なしに話せることも、友人にはそうはいかないもので、秘密を共有することも難しい。

私の心はすぐに決まった。アルゼンチンに渡り、南米で新しい生活を築くことを決心したのである。大叔父は私を見付けて大喜びした。だが、彼が大切にしていた多くの人々の運命を知って、打ちのめされた。彼はすぐに約束を果たし、客船フォルモサ号の乗船券を私に送ってくれた。フォルモサ号はかつて牛の輸送に使われていた船で、乗客約１０００人を乗せられるように改装された船だった。

私の当面の問題は、身分の証明である。私はオーストリアでアメリカ当局が発行した身分証明書しか持っていなかった。

「これは囚人番号８５３１４の元囚人の個人カードである。マウトハウゼン・エーベンゼー強制収容所から解放。Staatenlos（無国籍）」とあるだけで、私の出生地と生年月日が記載されていた。前にも言ったが、その生年月日はでたらめなものである。

こうなると、絶対にパスポートが必要となったので、シュライバー家に雇われていたユダヤ人書記、ソフェルに連絡してみた。彼はフランス行きの鉄道の切符を買ってくれて、彼の友人であるトゥールーズのポーランド領事を訪ねるようアドバイスし、私を一晩泊めてくれる家族の住所も教えてくれた。

そのホスト家族は、単に泊めてくれただけではなく、私のパスポートの写真まで手配してくれた。私が領事館に行くと、たまたま閉館中だった。するとその一家は、必要なだけ、何日でも滞在していい、と許可した。彼らは必要書類をそろえ、改めて領事館に向かう際に、自分たちの経験を話してくれた。だが、全部を聞く前にそこに着いてしまった。

ポーランド領事は、明らかにユダヤ系だった。だが共産主義政府の下にあったので、彼はそれを公にしていなかった。彼はどうも、私のように正式な身分証明書を持たないパスポート申請者の扱いに、異常に慣れているようだった。そういう者のほとんどは、私と同じホロコースト生存者だったと思われる。

私は、新しいポーランドのパスポートを持ってバート・イシュルに戻った。次のステップは、ウィーンのアルゼンチン総領事館からビザを確保することだった。私は必要な書類やチケットを持っていることを係官に証明し、用紙に正しく記入した。執務室から姿を見せた総領事は私をにこやかに迎えたが、こう言ったのだった。

「あなたがユダヤ人ではなく、キリスト教徒であると述べれば、この場でビザを発給します」

なんだって。私は激昂してしまった。どうして私の生得の権利に挑戦するようなことを言うのか？ 私の信仰を否定する権限が彼にあるのか？ 私はずっと、自分がユダヤ人であるためにひどく苦しんできたが、ここで役人を満足させるために嘘をつくのは嫌だった。「ねえ、あなた」と総領事は冷静に答えた。

「そういうことでしたら、あなたを助けることはできませんな」

数日後、私はミュンヘンのアルゼンチン領事館でビザを取得しようとしたが、ここでも同じことを言われた。

フォルモサ号はフランスのル・アーブル港から出航する予定だったので、パリのアルゼンチン総領事館でもう一度、試みたが、結果は同じだった。私は絶望しかかっていた。あらゆるルートを試したが、失敗してしまったのだ。ここで思い出していただきたいのだが、この当時、多くの元ナチスとその協力者は、南米全土に密かに渡り、歓迎されていたのである。この世の正義は放棄されたのか、と思われた。

しかし私はそれまで、決して退かない、諦めない、という信条を持ってきた。多くの場合と同じように、私は欲しいものを手に入れるために、自分の持てる魅力と狡猾さをすべて振り絞り、組み合わせなければならない。そこで私は、フォルモサ号が最初にブラジルのリオデジャネイロ港に停泊し、コーヒー豆を積載する予定であることに気付いた。私はブラジル総領事館を訪れ、最高の笑顔を振り巻いて、係官に取り入った。あなたの国について素晴らしい噂をたくさん聞いています、旅を終える前に、ぜひ御国も訪れたいです、と言った。

計画はうまくいった。自分の宗教について嘘をつく必要はなく、通過ビザが発給された。私はフォルモサ号に乗って出航し、５週間の船旅を過ごした。何百人もの男性、女性、子供たちが、甲板の上や下にある仮設ベッドで寝ていた。時間はたっぷりあり、今こそ内省すべき時だと私は思った。私は、船で知り合ったハナニア・グルンブラットという若いハンガリー系ユダヤ人の難民と一緒に、律法の勉強に何時間も費やした。

私はポケットに7ドルしかなく、身の回り品を小さなスーツケースに入れてリオに上陸した。クリスチャンであることを装うのは断固、嫌だったから、地元の領事館でまたしてもアルゼンチン入国のビザ発給を拒否された。問題はより深刻になった。言葉も分からず、とても暑かった。私は船を降りるしかなく、美しい公園のベンチで数日間、眠った。船が港を出てしまう前に、キッチンからかき集めた食べ物だけで過ごした。

私の信仰が、この旅行を複雑にしたが、救いをもたらしてもくれた。地元のシナゴーグが私を歓迎し、パンと牛乳を買うために数クルゼイロ〔当時のブラジルの貨幣単位〕を与え、宿泊も許可した。イディッシュ語を話し、同じ神に祈る仲間がいることに安堵した。

誰もが知りたがった。私が何者なのか、なぜここにいるのか、どこから来たのか——。ブラジルに住む彼らは、ポーランドのユダヤ人がホロコーストで何を経験したか、漠然としか認識していなかった。

ユダヤ人コミュニティが私に仕事を見つけてくれ、マットレス工場で働くことになった。そのおかげで部屋を借りることができ、街を探索できるようになった。リオは私にとって啓示に満ちた都市だった。これまで経験したことのない光と色の果物や食べ物のある場所だった。私は通過ビザを延長し、セーターを編む工場に移って、高賃金の仕事を確保した。

その間ずっと、私は市場や路上で、初歩的なポルトガル語を練習していた。これから自分の身の上に起こることを予期していなかった私はこの時、ベルギーから逃亡してきたダイヤモンド・ディーラーのグループと仲良くなった。私はブエノスアイレスにいる大叔父のイスラエルと、手紙や電報を通じて連絡を取り続けた。

た。大叔父はそこで、彼がパラグアイで取引している顧客、シュナイダーマン氏を訪問するよう提案した。大叔父は同国の首都アスンシオン行きの航空券を買うお金を送ってくれた。今回はビジネス上のつながりが考慮され、パラグアイの入国ビザが問題なく発給された。驚いたことに、私が到着した時、同国では内戦の最終段階に入っていた。それは4か月前の1947年3月に始まったものである。

いわゆる「裸足革命」というもので、靴も履かず、破れたシャツの兵士に呼び止められた時、私は「裸足」という名称を納得した。スペイン語はほとんど話せなかったが、兵士が私の胸に向けた小銃が何を意味するかぐらいは分かった。私はできるだけ慎重に、ポーランドのパスポートを差し出した。パラグアイのビザは、リオにある同国の領事館が発給したものだったが、教育を受けていない兵士は、要するに私が外交官である、と理解したようである。

彼の気分はすぐに変わった。彼は笑顔になり、私を空港からシュナイダーマン家まで送り届けてくれたのだった。彼らは私を信頼し、内戦の状況について説明した。独裁者イヒニオ・モリニゴと、軍部、銀行家、実業家の大多数が支援する反政府勢力との間で、戦いが続いているようだった。

こうして私はシュナイダーマン家を訪れることができたが、同氏は強力なコネをあちこちに持つ人物で、内戦の先行きを見通した。つまり、モリニゴはアルゼンチンの独裁者フアン・ペロンの支援を受けているため、反乱は失敗するだろう、という見立てだ。シュナイダーマン氏は地元の警察軍司令官の妻に賄賂を渡し、私のために偽の書類を用意した。私がパラグアイの僻地にある熱帯雨林、コロニア・ヌエボ・ヘルマニアで生まれたことを示す書類と身分証明書だ。

その地名は、アーリア人の覇権を信じる反ユダヤ主義のドイツ民族主義者が設立した入植地のものであるが、今回は私もその点には目をつぶり、恩恵にあずかることにした。パラグアイは危険な政情不安定の状態にあり、人口の3分の1近くが避難していた。私はアスンシオンからブエノスアイレスまで水上飛行機で行くことにした。機内に乗り込んできたアルゼンチンの入国審査官は、私の偽造書類を見てまったく不審を抱かなかった。

ダイヤモンド商になる

ブエノスアイレスでは、大叔父のイスラエルが妻のマルカ、娘のエステルと一緒に私を待っていた。一家は市内中心部の南西にあるカニングに居を構えており、私は寝室に案内された。大叔父はその父親、つまり私から見て曾祖父が亡くなったことは聞いていたが、その後の一族の話題については、何も知らないようだった。3人の兄弟をすべて失ったことを知り、彼は深く傷ついていた。

イスラエルは祖父の弟なので、顔は生き写しだった。しかし今の大叔父は、かつてのような気ままな自由人ではなかった。彼は自分の工房を経営しており、私はそこで働くことになった。金箔をスプレーした装飾的なベッドのヘッドボードや額縁、鏡などを製作する工房である。それは汚れるし、埃っぽい仕事だ。マスクをしていても空気は悪く、常に牛乳を飲んで、喉を潤す必要があった。

すべてが順調に進んでいるように思えた。ある晩、私は大叔母と一緒にベランダに座っていた。彼女は、明らかに彼女が気にしている話題を取り上げたが、それは私を不快にさせた。それは彼女の娘エステルのことだ。地元の少年たちは、私がエステルと結婚するために連れてこられたと思い込んでおり、彼女を連れ出さなくなったそうだ。しかしそれは、私の意図にない邪推であって、どうも私は不必要な問題を引き起こしているらしい。私は激怒してしまった。

いや、今ではあの時の自分の反応を後悔している。私は短気で鼻っ柱が強い若僧だった。後ろも見ずに、大叔父の家を飛び出してしまった。あれは信じられないほど愚かな行為だった。私はこの時、まだ21歳。私を導いてくれる人はなく、どう振る舞うべきかを教えてくれる人もいなかった。自分が大切にすべきものをすべて無視し、かけがえのないものを振り捨てて、もう行き場がなくなってしまった。

私が大叔父の家の敷居を再びまたいだのは、それから5年も後のことだ。大叔父が病気だと聞いて、私は病床を訪ねた。エステルはとっくに結婚しており、2人の子供がいた。私の人生は、この件で再び方向を変えた。その5年の間に、私はダイヤモンド・ディーラーになっており、いくらか成功し始めていた。放浪のユダヤ人の若僧も、知恵を絞って生き、多くの国で多くの言語を学び、ようやく大人になれたようだ。

しかし、それはちょっと先走った話だ。大叔父の家を出た時点に話を戻そう。私の生存本能は、自分自身が軽率に引き起こした危機に対処しなければ、と警告していた。私はドイツ系ユダヤ人イェッケが所有する屋根裏部屋に泊めてもらい、新聞を山のように敷いて眠った。それから、ハッタリをかまして編み物工場で採用された。確かにリオデジャネイロで編み物工場の仕事をしたことがあったが、床を掃除していただけだった。しかし私は「機械の動かし方は知っています」と嘘を言った。その後の数日の間に、私は細い編み針を何本も折った。経営者は私を工場からつまみ出した。

ここで2人のポーランド人の兄弟が、カニングの反対側にある工場での仕事を世話してくれた。同じ間違いを犯してはならない、と決意した私は、同僚たちの動きを観察し、よく学んで仕事を覚えた。兄弟は私が熱心に働いている、と認めてくれた。給料袋がもらえる金曜日まで、私はなんとか食いつなげた。

このお金で、まずマットレスを買って屋根裏部屋に置き、次にベッドと小さなテーブルを購入した。歩合制でもっと稼げる仕事はないか、と思った私は、ある金属製品メーカーの営業マンに転職した。台所のキャビネット用のハンドルやヒンジが詰まった重いスーツケースを持ち運び、多くの注文を獲得したが、製造会社が注文に応じるために調達できる原材料には限度があったため、屋根裏部屋から脱出できるほどは稼げなかった。

幸いなことに、私はすでに新しい人生のヒントを見つけていた。その後の私にとって重要な人物となるイジー・ラーナーとの出会いである。彼は私より6か月前に、ベルギーのアントワープからアルゼンチンに到着していた。彼の一家はダイヤモンドのディーラーで、製造業者も兼ねていた。彼はラーナー家の商品を路上で売買することで生活を始め、宝石業界での第一歩を踏み出した。

私たちの友情がパートナーシップになるまでには、少し時間がかかった。イジーのアドバイスに従って、私は地下鉄に乗り、街のプレッツツル、つまり広場に行った。ユダヤ人コミュニティはバー・レオン（Bar León）という名前のレストランの周りに集まって暮らしていた。

ほとんどの宝石ディーラーは屋外に小さなテーブルを置き、そこで取引した。イジーは私にビジネスの初歩を教えてくれたが、私はそれだけでは飽き足らず、時計などを購入し、交渉スキルを駆使してそれを転売し、さらに数ペソ〔アルゼンチンの通貨単位〕を稼ごうとした。商売をする中で、金の価値が分かってきた。それが12カラットなのか、14カラットなのか、24カラットなのかが判断できるようになり、コイン、指輪、宝石類を売買しながら、その傍らでダイヤモンドについても知識を学んだ。

この商売は、まさにソーシャル・ビジネスであることにすぐに気付いた。会話は楽しく、適度にリラックスしたものとし、一方で誤解を避けるために、常に正確な言葉を使う必要がある。とにかく顧客から信頼を獲得しなければならない。ここで得た教訓は、以後の人生において、私の大きな支えとなった。

私の生計は、評判に左右された。子供時代、母の店の店番をした頃から、いったん誰かに価格を提示したら、たとえそれで損をすると思っても、私はその価格を守った。顧客は財産であり、自分の言葉は重いものでなければならない。自分の正直さを証明するには、常に一生懸命、働かなければならない。やがて広場に、私の専用テーブルができ、顧客の長いリストができた。

私が広場に店を出す最年少のディーラーだったので、同業の連中は私を妬み始めた。私を経験の浅いカモだと思い、引っかけて騙してやろうと思ったようだ。だが、彼らはすぐに、私がダイヤモンドの種類に精通し、相場をよく知っている事実に気付くことになる。個人から宝石を購入した場合は、アメリカ宝石学会に品質を確認した。徐々に私は、実績のある仕入先からのみ購入するようになり、リスクを減らすようになった。

独裁者ペロンと会う

私は十分な実績を積み、宝石商として正式ライセンスを取得し、初めての銀行口座を開設した。ダイヤモンド原石を購入するために、リオデジャネイロまで定期的に旅行するようになったが、税関職員や警察官には、彼らが密輸品と判断したものを「没収」する、という悪い癖があったので、帰国時には注意が必要だった。

汚職はいたるところに存在し、それを有利に利用するには、賢さが必要だった。私が大事にしてきた正直な生き方、という原則に反する行為もあえてした。アルゼンチン軍の将校と軍医に、多額のお金を入れて立てることができそうな封筒を渡した。軍務に就き、国家への奉仕をする義務を免れるためである。彼らは私を正式に軍務不適格者として登録した。それは双方にとって、有利な取引だった。

しかし、もっと面倒な相手もいる。悪名高き秘密情報部の連中だ。ダイヤモンドのディーラーを追跡して、商品を盗む諜報員が多かったのである。抵抗した者が2人も冷酷に殺害されていた。ある朝、私が借りていた小さなアパートのロビーに「政府関係者」を名乗る2人の男が訪ねてきた。私の不安は的中した。

彼らは「お前を逮捕する」と言った。私はできる限り丁寧に理由を尋ね、朝食を摂っていなかったので地元のレストランに行きたい、とお願いした。彼らも同行することで、これを許可してもらった。

店に着くと、今度はトイレに行かせてくれ、と願った。諜報員の1人が私についてきた。そこで私は、いくら払えばいいのか、探ろうとした。彼は頑固だった。

その男は、私を連行して、彼らが属する政府部門の委員会に出頭させる、と言った。私はできる限り無邪気な感じで尋ねた。「で、私がそれに応じたとして、あなた方にはいくらかお手当てが出るわけですか？」。案の定、これで取引に関する交渉が始まった。銀行に行くつもりだった私は、かなりのお金を持っていたので、それを彼に渡した。翌日、さらに合意した金額の残額を渡す、と約束して解放された。

この賄賂はビジネス上の必要経費のうちだったが、こんな危険な目に遭うのは二度とご免だった。彼らに逆らうことは致命的な結果を生むので、むしろ彼らの側に加わる必要があった。裕福な友人で、政権与党とのつながりが深いケンプラーという男がいた。私は彼の口利きで、政治団体「コンセホ・スペリオル・ペロニスタ」の会員になった。彼がどういう手を使ったのかは聞かなかった。この団体は、やがてペロン政権でアルゼンチン副大統領になるアルベルト・テイサイレ海軍少将が率いていた。これにより、私は完全な身の安全を確保し、体制側から保護されることになった。

ビジネス環境が改善したため、私はイジー・ラーナーの正式パートナーになることに同意した。これにより、ユダヤ人コミュニティ内での私の立場も確立し、宗教的青少年運動ブネイ・アキヴァ（Bnei Akiva）を率いる立場となった。アルゼンチン—イスラエル相互協会（Asociación Mutual Israelita Argentina：AMIA）に加盟したのもこの頃である。私はまた、傘下組織ダイア・アミア（Daia Amia）のメンバーでもあり、ミズラヒの文化、芸術、宗教問題委員会の委員長も務めた。

私はユダヤ人コミュニティの代表団に招かれ、ファン・ペロン大統領に会うことになった。ブエノスアイレスの五月広場（Plaza de Mayo）の東端にあるピンク色の邸宅、カーサ・ロサダを訪問した私たちを、ペロンはエスプレッソを差し出しながら歓迎してくれた。私たちは、アルゼンチン政府がイスラエル国家を承認するよう、ロビー活動をしにきたのである。

ここで私は、いつも通りの軽率で、政治的慣例に無頓着な粗忽ぶりを発揮してしまった。私は大統領に、閣下はヘブライ語の名前をお持ちです、と口走ってしまった。

ペロンの表情がこわばった。仲間のユダヤ人の代表たちが、私に非難の目を向けた。大統領は私の目を真っ直ぐに見つめた。

「どういう意味かね？」

一座の者が息を呑む中、彼は尋ねた。

「閣下」と私は答えた。「ペロンはヘブライ語です。Peは口を意味し、RonはRina、つまり歌うという言葉が語源であります」

「それで、どういう意味になるのかな？」

私はスペイン語で答えた。

「ボーカ・カンタンテ（Boca-cantante：歌う口）」

ペロンは呵々大笑し、随員に紙と鉛筆を用意させた。そして私に、今の言葉をヘブライ語とスペイン語で書くように、と指示した。私がその紙を彼に手渡すと、彼はふざけてそれを熱心に読むような振りをし、あたかもその意味を解読しようとしているかのような仕草をしたが、紙を逆さまに持っていた。その後、紙を半分に折って自分のポケットに入れた。

「気に入った」と彼は叫び、随行する制服の将校に命じた。「皆さんにエスプレッソをおかわりだ」。

さて、この私とのやり取りが関係したかどうかは分からないが、少なくとも私たちの訪問は無駄ではなかった。アルゼンチンは１９４９年５月にイスラエルと国交を樹立したのである。

だが、２度目の訪問では、ソ連のスターリンがユダヤ人医師を迫害していることに対し、外交的な圧力をかけてくれるよう大統領に求めたが、今度はあまり成功しなかった。

別居中の画家

私はベルギー、南アフリカ、アメリカのダイヤモンド市場に定期的に足を運ぶようになった。最大の取引所はマンハッタンの47番街にあった。私は自分のビジネスと洞察力に自信を持っていた。

しかしある日、ブエノスアイレスのバー・レオンの私のテーブルに、ある男がランダムに近付いてきた時、私の目は曇っていたと言えよう。私だって、決して間違いを犯さなかった、というわけではない。その男、マリオはひときわハンサムな男性で、私から少量のダイヤモンドを購入し、さらにいくつかをスペインの自分の知人の元に持って行きたい、と言った。先方に委託販売してもらうため、商品を見せたい、というのだ。私は彼を信頼し、この冒険に賭けた。数千ドルのリスクを負う覚悟はあった。

やがてスペインから戻ってきたマリオは、収益性の高い新しい市場が開けた、と興奮して語った。彼の知人というのは、画家の夫と別居中の妻で、オルガという名の女性らしい。マリオは私に、7枚の絵画を見せた。オルガは、私たちの間に提案されているパートナーシップの資金として、絵画を1枚あたり2000ドルで売りたい、と申し出てきた。私が見たのは奇妙な形と、カラフルな色彩の点々で、絵の全体はよく見なかった。

私は、君の考えは愚かだと思う、と伝えた。マリオは、これらの絵画は大金の価値があるのだ、と抗議したが、私は彼みたいなタイプの男は信用できなかった。どうせマリオは、そのオルガと一緒に踊ったり、飲んだり、その他にも、もっとたくさんのあれこれをして楽しんだに違いない。だが、私は分かっていなかった。オルガの別居中の夫とは、あのパブロ・ピカソだった。それらの7枚の絵画には、今日の市場価格にして数億までは行かないまでも、軽く数千万ドルで取引される値打ちがあったのだ。

それにしても、当時の私には、もっと深刻で差し迫った心配事があった。１９５０年夏に朝鮮戦争が始まった。ダイヤモンドは伝統的にプラチナ台にセットされてきたが、アメリカ政府が戦争支援のために世界中の在庫を使い果たしたため、突然、希少になってしまった。私の顧客は金にダイヤモンドを付けることを望まなかったので、これでは廃業するしかない、と私は焦った。

プラチナの価格はほぼ一夜にして、１キログラムあたり３５０ドルから、一気に７０００ドルまで急騰した。アフリカやアジアで手に入れようとしたが、うまくいかなかった。コロンビアで入手できるかもしれない、という噂を聞き、アルゼンチンからの直行便はなかったので、チリのサンティアゴ、ペルーのリマ、エクアドルのグアヤキルを経由し、４日目にボゴタに到着した。

これが、私の人生の中でも最も重要な旅となるのだ。

16章　ラブストーリー

コロンビアに向かう

ホロコーストの生存者は、独自の互助グループを結成している。私たちは性格も信念も、ライフスタイルも異なっているが、強制収容所で経験した恐怖を完全に理解できるのは、お互いだけだ。誰かが願い事をすれば、それは全員に届けられる。困難な状況に陥った人は、1人で苦労することはない。私たちはもう年を取ってしまったが、今でもできる限り、お互いに支え合っている。

私たちの間では、噂はあっという間に広まる。だから、私がボゴタに旅行する、と聞いた生存者仲間から、「コロンビアにいるはずの親戚に連絡を取ってくれ」といった依頼がくるのはいつものことだった。みんな戦時中に、家族が崩壊した人々である。人との触れ合いの重要さは、私も理解していたので、喜んでそういった依頼に応じていた。

ようやくコロンビアに到着し、首都ボゴタのホテルに落ち着いた私は、ある女性から託されたリストの最初の人名、ナフタリ・レーダーマン氏を見つけようと決心した。地元の電話帳にはレーダーマン姓の人が約20人、掲載されていた。順番に6人にかけてみたが、いずれも人違いだった。しかし、ついに突破口が開いた。電話の向こうから「それは私の父です」という男性の声が聞こえた。

すぐに質問が続いた。「あなたはどなたですか？」「なぜこちらに？」「何をなさりたいのですか？」「どこに滞在しておられますか？」。私が、友人の依頼であなたのお父さんと連絡が取りたいのです、ブエノスアイレスに住む友人というのは、あなたのお父さんの姪に当たる方です、と説明すると、ナフタリは用事のために外出中です、という返事だった。息子は、「父が帰ったら、あなたに電話させます」と約束してくれた。

ナフタリ・レーダーマンは、息子の言葉通りに電話してきた。私は改めて事情を説明したが、彼は自分の姪がアルゼンチンにいることを知って、興奮しているようだった。レーダーマン父子は4軒の雑貨店を経営しているという。その日、彼らの店が閉まった後で、私が滞在するホテルに来てもらうことにした。ホテルのバーで一杯やりながら、私は改めて背景を詳しく説明した。こうして私は、レーダーマン家でのお茶会に招かれた。

見知らぬ人の好奇心には慣れていたが、それにしても、私を出迎えた人の多さにびっくりした。ナフタリは、ありとあらゆる親戚縁者や知人を招待したらしい。彼の家族と、前後の数世代にわたる多くの友人は、私がナチスの収容所で経験した生死にまつわる体験談を聞きたがった。私の訪問は、かなり大きな反響を呼んだようだ。それは、後でナフタリが招いた客の1人、アヴラム・リフから連絡を受けた際に分かったことである。

アヴラム・リフは戦時中、2人の姉妹と一緒に修道院に隠れていたところを救われ、今はイスラエルに定住する準備をしている、と話した。何年も後になって、リフは私を訪ねてきたが、その時の彼は、イスラエル国防軍の将軍になっており、イツハク・ラビン首相とも非常に近しい立場だった。ラビン首相は1995年11月、テルアビブで過激派によって暗殺されることになる――。

それはさておき、この時のアヴラム・リフは、ブエノスアイレスの友人に贈る物を私に託したい、とのことだった。ナフタリも一同を代表して、車で私をホテルまで送ってくれた。その車は非常に美しかった。黒いビュイック・ロードマスターだ。残念ながら、彼はプラチナ取引に関わる人物を個人的には知らなかった。ナフタリ自身は特に信心深くなかったが、シナゴーグの敬虔な信者に私を紹介してくれた。私はそこで温かく歓迎され、コロンビア国内の3都市に住む心当たりのある人物の連絡先を教えてもらった。

カリとバランキージャに住む人とは、結局、連絡が取れなかった。最後に行ったメデジンで私の運命は変わった。その男性の名前は思い出せないが、私が電話した時、彼は外出中だった。彼の妻が、私をリビングルームに案内し、しばらく待つように勧めた。リビングには宗教的な絵画や工芸品がたくさんあった。当然のことながら、私は彼女とそれらについて世間話をした。

彼女は毎週、金曜日に地下室に行き、後ろ手でドアをロックし、2本のろうそくに火を灯しています、と言う。私はいたく驚いた。私がその理由を尋ねると、彼女は母親から教えられた伝統を守っているのだ、という。その儀式を、娘にも継承するつもりだ、とのことだった。その一家は敬虔なローマ・カトリック教徒であるように見えたので、デリケートな話になるのは分かっていたが、その儀式の重要性を説明した。つまり、ろうそくに火を灯すことによって、安息日を神聖化する、というのは、元々はユダヤ教のものである、と。

歴史は繰り返されているのだった。秘密の礼拝は、フェルナンド2世とイサベル1世の治世にまで遡る儀式である。この時代〔15世紀〕、スペインのユダヤ人はカトリックへの改宗を求められ、異端審問所が設立された。多くのユダヤ人は、家の壁をイエスやその母マリア、その他のキリスト教の聖人の像で埋め尽くし、表向きは熱心なキリスト教徒であることを示しつつ、こっそり命令に反して、死の危険を冒す儀式を続けた、というわけだ。

その女性は聡明で、私の指摘の意味を理解した。やがて帰ってきた彼女の夫は、とても親切な人で、500グラムほどのプラチナを探してくれた。それは粒状であり、銀である可能性もあったが、私は彼の言葉を信じた。重さを量るとか、等級を付けて純度を確認するとかはできなかったので、品質については、彼の保証に頼るしかない。

ありがたいことに、私の信仰心は報われたようである。大切な友人兼ビジネス・パートナーが増えた。私がこのプラチナで得た利益は、出費をカバーし、アルゼンチンの顧客たちも安心させた。コロンビアのユダヤ人コミュニティでも、私のダイヤモンド取引に多くの関心が集まったので、私は販売するための商品をいくらか携えて6か月後に当地に戻った。

シナゴーグを中心とする社交界の人脈が私に有利に働き、取引は順調に進んだ。私は多額のお金を稼ぎ、多くの個人的かつビジネス上の有意義なつながりを構築できた。著名な人々と接するのに苦労したことはない。ナフタリ・レーダーマンはコロンビア社会で大変な名士であることも分かってきた。彼の影響力により、店舗網を超えてつながりが広がった。

ナフタリは私を夕食に招待し、別の友人や家族に引き合わせてくれた。仕事が順調だと聞いて、彼も喜んだ。私がブエノスアイレスに拠点を戻した後も連絡を取り合ったが、数年後になって、ようやく彼は、自分のそれまでの歩みを詳細に明かしてくれた。

ナフタリ・レーダーマンは若い頃、故郷のポーランドを出国し、義理の弟とシリアのダマスカスへ旅した。2人のアラブ人を雇い、ロバも何頭か飼い、パレスチナに入植して家族と新生活を築くつもりだった。しかし、イギリス当局は彼らの入国を拒否した。仲間たちはその地域に留まり、銀行を設立したが、ナフタリは落胆し、エジプトのポートサイドからアメリカ行きの船に乗った。

コロンビアのカリブ海沿岸にあるカルタヘナに入港した時、ナフタリはデッキからコーヒーが船に積み込まれる模様を眺めた。ある港湾労働者が長いコート姿でひげを生やしていることに気付き、同じユダヤ人だと思って声をかけた。「どこから来たのかね」と尋ねたところ、驚くべきことに、彼らは子供の頃、故郷のシュテトルでほとんど隣人だったことが判明した。

ナフタリが入国ビザを持っていない、ということを知った新しい友人は、「アメリカに上陸した瞬間に逮捕されてしまうよ」と警告した。コロンビアこそあなたのチャンスの地だ、と力説したその人は、税関を通過できるように身分証明書を貸してくれる、と申し出た。「だけど君はどうする？」と聞くと、彼は「俺はここの波止場では非常によく知られているからね、身分証の提示を求められたことなんて、一度もないよ」とのことだった。

ナフタリは、ここで人生を変える決断を下し、下甲板の客室に急いで戻った。ひげを剃り落とし、わずかな手荷物を持ち出した後、いかにもユダヤ人に見える長いコートを海に投げ捨てた。税関を通過した後、その人の友人ドヴィト・マヤ・ルーベンシュタインがベッドを与え、地元の市場で働けるようにしてくれた。ナフタリは小さな鏡、櫛、かみそりの刃、靴の紐などを商った。2人ともここで順調に成功した。ドヴィトはコーヒーの袋を運ぶ港湾労働者だったのだが、やがてスカーフや帽子、セーターを作る機械を購入した。さらに複数の機械をそろえ、ついには繊維業者として億万長者に成り上がった。

ナフタリのビジネスも急速に成長し、首都ボゴタに移住した最初のユダヤ人の一人となった。最初の店を購入し、製造業に投資して大きな収入を得た。こうして1930年代を通じ、故国ポーランドから南米に親戚を次々と呼び寄せたそうである。

運命の出会い

ナフタリ・レーダーマンは地域社会のリーダーとなり、地元の子供たちにヘブライ語と祈りを指導するメナシェという学者を雇った。メナシェが亡くなると、ナフタリは学者にふさわしい墓地を整備しようと考えて土地を購入した。これがボゴタ市内で初のユダヤ人墓地となった。ナフタリの影響力は、コロンビア社会でも最高位のレベルにまで及んだ。

彼とドヴィトはコーヒー業界のビジネスを通じて、マリアーノ・オスピナ・ペレスを知っていた。実はこの3人は、同じフリーメーソン・ロッジのメンバーでもあり、ペレスがコロンビア保守党内で政治的地位を高めると、結び付きを強めた。

やがてこのペレスは、コロンビア大統領になる。戦争直後の混乱期に、彼はナフタリにある願い事をした。ペレス大統領は若い頃、ルイジアナ、ロンドン、パリで学んだ。彼は教育を重視しており、自分の娘をパリのソルボンヌ大学に送った。ここで彼の問題となったのは、留学資金を外貨で支払わなければならないことだった。当時、外貨との両替は禁止されていた。しかし、ナフタリは秘密裏にスイス・フランと米ドルを貯蓄していたので、大統領の令嬢のために支払いを代行することにした。こうして彼は、大統領用便箋に手書きした借用書を受け取った。

ナフタリはその借用書をずっと手元に置いていたが、現金化はしなかった。ナフタリが亡くなった後、私はそれをナフタリの孫のデーヴィッドに渡した。彼は当時、一族のアーカイブを収集していたからだ。デーヴィッド・レーダーマンはアメリカのコーネル大学を卒業し、ボストンに定住した。1981年に最初の人工心臓の開発企業、アビオメッド社を設立することになる。しかし気の毒なことに、彼は妻と2人の幼い子供を残して夭折した。残念ながら、そしてどうにもならないことなのだが、ペレス大統領の借用書も、彼の死後に跡形もなく紛失してしまった——。

さて、こうしたわけで、1950年代のレーダーマン家は人数も多く、コロンビア屈指の名門一族だった。隠然たる権力を持っていたのである。1953年に私が3度目のコロンビア訪問をした際、彼らは私を主賓とする夕食会を開催した。

夕食前の一杯を飲みながらナフタリと語らっていた時、部屋の隅にいる美しい若い女性に気付いた。当然のことながら、私は彼に「彼女はどなたですか」と尋ねた。

「ああ」と彼は言った。「あの娘は私の秘蔵っ子でね」。

私は図々しくも、当たって砕けろ、という覚悟で賭けに出た。

「今まで彼女を、どこに隠しておられたのですか？」。ナフタリが答えた。彼女はアメリカのカリフォルニア大学バークレー校で細菌学を勉強していたのさ——。ナフタリには3人の息子がいたが、娘は彼女だけだった。彼女も出生地はポーランドで、クラクフから約180キロメートル離れたオストロヴィエツで生まれた。

彼女はペルラといった。私は彼女の母語のスペイン語で話しかけた。ペルラは、英語はもちろん、イディッシュ語も知っていた。彼女は、私がアルゼンチンに帰国する直前の土曜の夜に、一緒にクラブに出かけることに同意してくれた。私たちは踊ったり、飲んだり、話したりした。私たちは意気投合した。彼女は大変な才媛で、美しく、賢く、知的だった。

私は衝撃を受けていた。プラチナよりも価値のあるものを発見したのだ。

彼女は豊かなブロンドの髪を結い上げ、当時流行のピルボックス形の帽子を被っていた。内面の輝きも際立っていた。彼女は生き生きとしていて、知識が豊富で、実践的でもあった。私はそれまでも、結構たくさんの女の子と出かけたことがあった。大抵は友達とグループでクラブやレストラン、映画館に出かけたものだが、誰に対しても、こんな感情を抱いたことはなかった。要するに、私は恋に落ちた。彼女のことばかり考えるようになってしまった。

彼女は筋の通らないことを嫌う女性でもあった。北米大陸に向かった彼女は初め、モントリオールのマギル大学で学ぶつもりだった。しかしこの大学は、ユダヤ人学生の入学枠を厳しく設けており、10パーセントに制限していた。これを知ったペルラは激怒した。

現地のコロンビア総領事は、彼女が公に告発するなら支持する、と表明した。しかし現地コミュニティの指導者たちは、これを諫めた。結局、そういうことをすると、彼女にとって悪い状況が、さらに悪化するだけだろう――。ペルラはその助言を受け入れた。

こうしてペルラはカリフォルニアに行ったが、ここでの彼女の活躍ぶりは目覚ましかった。学業に優れていただけでなく、家族に代わってアメリカの大手企業と連絡を取り、コロンビアでの独占契約を得るべく、次々に交渉した。彼女は生来のビジネスウーマンで、カミソリのような鋭い頭脳を持っていた。記憶力と、頭の中で複雑な数値計算を行う驚異的な能力は頭抜けたものだった。

彼女はロンソン社のライターを輸入し、これはコロンビアから他の南米諸国に輸出された。アロー・シャツの独占的なサプライヤー契約も獲得した。ここのシャツは裁断が良く、ファッショナブルな高級品として有名だ。さらに彼女は、アンソン社やスワンク社のネクタイピン、カフリンクスなどの販売も手掛けた。これらはゴールド製で、ルビーとブルームーンストーンがはめ込まれていた。私がペルラと知り合った時、彼女はコロンビアに帰国し、友人とボゴタに研究室を設立したところだった。

私はロマンチックな手紙やら、電報を送って長距離をものともせずアタックした。花やプレゼントも送った。秘蔵のダイヤモンドで特製の指輪を作り、可能な限り間を置かずにコロンビアに戻った。指輪のサイズが彼女の指に合うかどうかも分からなかったが、なに、私もジュエリー業界の人間だから、修正はいくらでもできる、と思った。

私は彼女にプロポーズした。ペルラは受け入れてくれた。そして、指輪は誂えたかのように、彼女の指にぴったりとフィットした。彼女の目に涙が浮かんでいるのが見えた。私も感動の涙にくれたのは言うまでもない。

怒濤の新婚生活

レーダーマン家は豪華な婚約パーティーを開催し、私たちの結婚計画は加速した。ペルラと彼女の父親は、アルゼンチンにいる私を訪ねてきた。私もアルゼンチン社会ではひとかどの有名人になっていたので、ある晩、夕食を中断して新聞社の取材を受ける羽目になった。この新聞というのは、ブエノスアイレスのユダヤ人社会で初の日刊紙「イディッシェ・ツァイトゥング（Yidishe Zeitung）」である。その記事を見たら、私と婚約者の写真がでかでかと掲載されていた。これで私は面目を施した。ナフタリは新聞を見て、娘婿、義理の息子としてふさわしい男、と思ってくれたようだ。

私はアルゼンチンでの事業を清算し、政治的にも経済的にもアルゼンチンより安定していると思われるコロンビアに移住することにした。私たちは１９５４年３月７日に結婚した。私は当地でも、公正で誠実なダイヤモンド・ディーラーとしての評判を再構築しようと努めた。ペルラは研究所を共同設立者の友人に譲り、エリート層向けの事業を経営して大成功を収めた。

１９５４年12月28日、待望の子供、シムハ・メイルが生まれた。この名前は、私の亡き父にちなんだものだ。スペイン語名は「セヒスムンド」で、ここからニックネームは「ジギー」になった。57年10月12日には娘が生まれた。今度は私の母シェインデルにちなんでシェイラと命名した。人生は順調だった。私たちは子供たちのために、乳母と家政婦を雇った。

さて、私は物質的には、これまでにないほど恵まれていた。しかし精神的な部分で物足りなさを感じてもいた。私の優先事項は、私が受けたことのないちゃんとした教育を、子供たちに与えることだった。ペルラも私も、子供たちに強い道徳的、宗教的根拠を与えたいと考えていた。しかし、当時のイスラエルのダイヤモンド・ビジネスはごく初期段階で、とても移住する気にはならなかった。とはいえ、この新しい国を助けるために、何かをしなければ、とも感じた。

そこで私たちは、自宅で夕食会を開催し、ペルラが知っている著名な顧客たちを招いた。コロンビアの外務、財務、法務、経済大臣たち、軍の首脳たちが出席した。食べ物は豊富で、ウィスキーの品揃えもよく、出席者は感嘆した。食後の飲み物をとるため、食卓を離れた際に、私はさりげなく切り出した。「皆様、なぜコロンビアとしては、イスラエルと外交関係を持たないのでしょうか」。

予想通りの答えが返ってきた。政治家たちの考えでは、コロンビアはバチカンが主導権を握るローマ・カトリックの国である。ユダヤ人国家との関係は複雑になるだろう――。そこで私は、相互に有益な商機を逃しているのではありませんか、と力説した。そこで閣僚たちはこう言った。「ここ数日のうちに、我が政府の特使として、緊急にイスラエルに行く気はありませんか」。私は当然ながら、これを二つ返事で引き受けた。

私は、イスラエル側担当者に渡すため、公式の外交印章が入った大きな3個のスーツケースを託された。コーヒー、タバコ、繊維などのコロンビアの特産品がぎっしり詰まっていた。私がテルアビブのロッド空港に到着すると、オーストリア以来の旧友、モシェ・シャピラが出迎えてくれた。私はスーツケースを彼に委ね、そこで地面にキスをして見せた。象徴的なジェスチャーを演出したのである。

モシェ・シャピラは当時、イスラエルの内務大臣だった。彼は私をモシェ・シャレットの執務室に連れて行った。シャレットは外務大臣を経て、当時は首相を務めていた。私は自分の使命の背景を首相に説明した。首相は意図を理解し、以後の交渉をペレツ・バーンシュタイン貿易産業大臣に委ねた。大臣は、自分の所管省の南米担当部局に話を下ろした。

ところがここで、そのイスラエルの官僚たちが私を攻撃してきた。主要な当局者らが、公式の許可なしにこのような取り組みを行うことは厚かましい、と私を痛烈に非難するスペイン語の文書を私に送ってきたのである。「あなたには、イスラエルの駐コロンビア大使になるという野望があるのではないか」などと、痛くもない腹を探られた。結局、実際には彼らがそうした役職に任命された。

私は自分の努力に対して何も要求しなかったし、なんの見返りもなかった。とにかく、それから1年ほどのうちに、両国は外交関係を樹立した。だが、そういう経緯もあり、その頃までにペルラと私は、一家でしがらみのない新天地に移住する決意を固めていた。ジギーは学齢期に近付いており、私は急いで新たな計画を実現しようとした。

カナダに移住する

私たちの当初の計画は、かなり有望なものだった。私たちはブラジルに拠点を移そうと思っていた。リオデジャネイロにシャツ工場を建設しようと考えたのだ。私たちは、アメリカのアロー社の経営者と交渉していた。ブラジル政府は、建物を建設するための土地を無償で提供すると約束してくれた。10年間の非課税措置も与えるという。だが、結局はこの有利な条件を生かすことができなくなった。地元の工場が、低品質で安価なシャツを市場に氾濫させたため、この高級シャツ事業は成り立たない、と判断したのである。

私は新たな問題を抱えた。ちょっと先走ってしまったのである。すでにブラジルに移住することを前提に、パナマの自由港コロンにすべての家財や商材を集めてしまっていた。そこからリオに送る手配も済んでいた。私たちは新規の移住予定者だったので、すべては無料で倉庫に保管されていたため、ただちに損失を被ることはなかった。

しかし、とにかく私たちはブラジル定住計画を断念したため、困ったことになった。私たちの荷物を、経費をかけてコロンビアに持ち帰ることに、意味はない。これらの商品は、ブラジル市場で売りさばいてこそ価値がある。なんとしても、ここで誰かと取引する必要がある。私は、既存のビジネス上のつながりを通じ、ブラジルのダイヤモンド鉱山の経営者、ハノホ・ハデリッツキーと話し合いの場を持った。

　彼は、私が保管している商材に興味を持ち、すべてを買い取りたい、という意向だった。一方の私は、そこで彼が研磨中のダイヤモンド原石に興味を抱いた。28個のカラーダイヤモンドのコレクションで、大きさは1・60〜7・00カラットだった。それらは、赤いピジョンブラッド、青、ピンク、緑、コニャック、透明な黒など、様々な色彩の美しい宝石だった。これは国際市場でよく売れる、と確信したので、ストレートスワップ〔お互いの商品の交換〕という条件で、すぐに取引成立の握手をした。

　ちょっと自慢話をさせていただくが、私はおそらく、かなり時代を先取りしていたのだろう。その当時、ヨーロッパや北米のディーラーは、カラーダイヤモンドについてほとんど、あるいはまったく知識がなかった。私はこの時に入手したコレクションを数年間、手元の金庫に保管し、次いでニューヨークの私の代理人モシェ・エリアスに送った。彼は数年がかりで、購入してくれそうな顧客をパリで見つけた。結局、さらに1年ほど交渉期間が続き、私が適正価格だと感じた金額で、そのコレクションを売却した。

　しかし、結局のところ、私は相場を読み間違えたようだ。カラーダイヤモンド、特にピンクとイエローのダイヤモンドはその後で大流行し、非常に価値あるものになった。最近の例を挙げると、ジュネーブのサザビーズ・オークションハウスで、1カラット未満のピンク・ダイヤモンドが１００万ドル〔1・5億円前後〕で落札された。28個のコレクションなら、今日の価格で約５０００万ドル〔70億〜80億円前後〕の価値があると思う。

　私の売却価格は、そこまでには至らなかった、とだけ申し上げておこう——。

　逃した魚を惜しんでも、意味はあるまい。意図しようとしても、できなかった話だからだ。神はその叡智によって、私が持つべきと定めたものを、分不相応にならない範囲で、私に与えてくださった。

神は与えることもできるし、奪うこともできる。それを躊躇せずに受け入れるべきであろう。こうした姿勢は、後にペルラと私がニューヨークへの移転を検討した際にも役に立ったと思う。その時も、自分の決断は疑わしいものだった。

当時、私には投資資金が約30万ドルあった。そこで不動産投資の可能性を考え、仲介業者に連絡した。彼は私を、マンハッタン66番街にあるビルに案内した。約１２０万ドルで入手可能だ、という。住宅ローン金利は1パーセントか、それより数ポイント高かったので、おそらく購入する余裕はあっただろうが、収入のほとんどが返済に消えてしまう。

家族の引っ越し資金も必要だし、生活水準を維持する必要もあるため、興味がない、と説明すると、仲介業者はこう答えた。「あなたの考えは間違っています。これは今の話ではありません。未来のために買うのです」。ああ、そうか。なるほど、と私は思った。しかし、私は将来の収益を先食いすることはできない、と思った。当時の私たちは、投機的な冒険ではなく、安全性と安定性を必要としていたのである。

その後の私は、ダイヤモンドの仕事でマンハッタンに行く度、そのビルの前を通りがかった。私はいつも小声でビルに話しかけたものである。「お前は簡単に私のものになったのだけどね」。さらに私はぶつぶつ言う。「私はお前さんを買わなかったのさ」。もちろん、私は不動産の専門家ではない。だが専門家によると、その建物の不動産価値は現在、約1億ドル〔150億円前後〕だという――。

こうして私たちはニューヨークではなく、モントリオールに引っ越すことに決めた。今度こそ、と思った私は、アルゼンチンの友人が仲介業者を紹介してくれたので、思い切って不動産投資をしてみた。残念ながら、このビルには大した価値がなかった。定期的な修理が必要で、テナントは家賃を期日通りに支払わない者ばかり。どうにか利益を上げようとしていた矢先、電気のショートで火事になり、全焼してしまった。ほとんど損益分岐点、つまり儲けはなしである。欲をかくと、お金を失い、上がるはずだった収益も失われて命取りになる。他にも数え切れない分野で、私は祝福を受けてきたからいいではないか。私は家族に恵まれた。とても、とても幸運ではないか——。

私たちの3番目の子供、トゥヴィアが1961年7月に生まれた。もっと子供が欲しかったのだが、ペルラは医師から止められた。彼女がさらなる妊娠かと思って診察を受けた際、それは違っていたのだが、医師は警告したそうである。あなたのお子さんは、3人とも帝王切開だったので、これ以上は致命的な危険にさらされるかもしれません——。とにかく、妻は私の宝物だった。私の子供たち、孫たち、ひ孫たちは、とても大きな喜びを与えてくれた。

真の友情もまた、お金で買えるものではない。私はモントリオールに来て、遠い親戚のエレインが住んでいることを知った。彼女から見て私は、戦時中のホロコーストを生き延びた唯一の親戚である。彼女の旧姓ポトクを私は覚えていた。彼女もまた、ホロコースト生存者の夫、ラルフ・アブラモヴィッチとの間に3人の子供と6人の孫をもうけ、新しい家族を築いていた。エレインは夫ラルフの死後7年あまり生き、2021年1月2日、95歳で安らかに息を引き取った——。

というわけで、私たちはカナダにやってきた。イグルーはどこにもなかった。私たちはアパートを借りることから始め、その後、自分たちの生活に合わせた家を建てた。自分たちは1階に住み、地下室と2階の2部屋は他人に貸した。

私のダイヤモンド・ビジネスはカナダで進化した。平均所得は南米よりモントリオールの方が高いので、新しい顧客たちはより大きな、より高品質の石を求めた。

私はブルー・アンド・ホワイト・ダイヤモンド社を設立し、輸入ライセンスを得た。さらに遠く、極東やソ連、アフリカにまで目を向けた。外貨を減らさず、人件費が低い場所に進出することを考えた結果、フィデル・カストロ政権のキューバにダイヤモンド工場を設立することにした。しばらくはうまくいったが、政権が方針を変え、経営陣全員を解任し、微塵も専門知識のない強硬な共産主義者を配置したため、撤退した。

杉原千畝を迎える

ともあれ、新生活は順調だった。私たちはモントリオール島のリッチモンドの高級住宅街にある大きな家に定住した。ここの住民の約75パーセントがユダヤ人であり、これはカナダのどの地域よりも比率として高い。というか、イスラエルを除けば世界で3番目にユダヤ人の比率が高い地域である。私たちは、活気に満ちた宗教コミュニティの中で、生き生きとした日々を送ることができた。とても幸せだったと思う。

私たちの子供たちは、バランスの取れた素晴らしい教育を受けた。我が家では、子供たちが友達と遊ぶ声や物音がいつも響いていた。子供たちはカナダの高校を卒業すると、イスラエルとアメリカに留学した。ペルラは、ヒスパニック系ユダヤ人のためのセファルディ女子学校で働いた。彼女はまた、弱い立場にある子供たちを支援する団体「エムナー（Emunah）」の会計係も務めた。

私はモントリオールの互助団体ブナイ・ブリス創設メンバーとして、またカナダ・ミズラヒ副会長兼財務担当として、ユダヤ人コミュニティに深く関わった。ユダヤ人の伝統的な祈りの形式を維持するために、特別なシュティベル〔小会堂〕を建設し、アメリカでハシディズム派の教団を再興していたレブ・シュロモ・ハルバースタムを迎えた。

シュロモのカナダ訪問は成功を収め、彼が経営するイェシヴァ（yeshiva：神学校）のために、多額の寄付が集まった。この学校はラビ文献を研究する教育機関である。この結果、ヨーロッパと北米のラビたちが、私たちカナダのユダヤ人グループに注目した。そこで、日本の杉原千畝氏を迎えたレセプションを、カナダで開催することになったのである。同氏は戦時中の英雄的な努力により、「諸国民の中の正義の人」として栄誉を受けた唯一の日本人である。

杉原千畝は、日本の駐リトアニア領事代理だった。自国政府の方針に逆らい、ユダヤ人が日本の領域を通って逃亡できるよう、大量の通過ビザを発給し、5500人以上の命を救った。これは彼の立場を悪くするだけでなく、家族の命も危険にさらすものだった。この点について彼は後に、私に説明してくれた。実際に選択の余地はなかった、と彼は言った。政治的な上司に服従するよりも、神と人類の普遍的な法に従う方が正しい、ということだ。

彼はベルリンに異動することになり、列車が出発する数分前まで、ベラルーシ国境を越えたグロドノ駅のホームで最後のビザを発給した。私は彼の淡々とした口調、静かな強さに非常に感銘を受けた。杉原の例は、まことに感動的である。私たちの今の行動が、明日に影響を与える、という証拠である。

彼が救った人々の多くは地域のリーダーになった。杉原が助けた人々の子孫は10万人に及ぶと言われている。彼なしでは、誰も存在しなかっただろう。私は神の計画を心から信じている。ある人々は、その人を定義するたった一つの行為をするために、この地球に生まれてくるに違いない。

妻とポーランドを訪れる

とはいえ、もちろん人生は予測不可能である。ペルラの母親エステルが1961年に亡くなり、父親のナフタリが、カナダで私たちと一緒に暮らすようになった。当時、コロンビアでの彼のビジネスは急激に行き詰まっていた。ナフタリはボゴタの息子たちに、残ったものをすべて譲って引退した。彼は魂を失ってしまったようで、立て続けにさらに2回結婚し、その後、すぐに亡くなった。そんな父の最期をペルラは悲しみ、私も心が痛んだ。

年齢を重ねるにつれて、人生の原体験を振り返りたくなるのは自然な感情だと思う。ペルラは私より2歳年下で、ホロコーストの時期には南米にいた。それがどういうものだったのかを、詳細に知ることもなかった。しかし、おそらく体験者である私をもっと理解したい、と思ったのだろう。私たち夫婦は1990年と93年の2回、ポーランドを訪れた。

ペルラには、自分の生まれ故郷であるオストロヴィエツの記憶はなかった。しかし、私たちが訪れた時、ちょうど彼女の両親が住んでいた家が取り壊されようとしていた。彼女は心を痛めた。さらにクラクフとジャウォシツェに行ったのだが、彼女は私の子供時代や、抑圧と死の体験を現実的なものとして共有したようである。ツァディキム（tsaddikim）、つまり精神的指導者たちの墓所や、その他のユダヤ文化にまつわる有名な土地を巡った後、いよいよ収容所の跡にも行った。

どこに行っても、墓の上を歩いているような気分だった。多くの初めての訪問者と同様に、ペルラもアウシュヴィッツの犠牲者の捨てられた靴、眼鏡、スーツケースなどの展示物を見て深刻なショックを受けた。プワシュフ収容所跡には大して遺構がなかったため、彼女もそこまで強烈なトラウマにはならなかったようだが、集団埋葬地を示す塚には、恐ろしい精神的ダメージを受けた様子だった。

私もまた、自分の最悪の時代を追体験し、心の底に眠っている悪魔と対峙するしかなかった。この訪問で、歴史が微妙に書き換えられていくのを見聞きした時は、特に心が痛んだ。それはある程度、予想していたことではあった。アウシュヴィッツの展示室の壁に、収容所当時の映像が流れているのを見た。その案内表示にこう書かれていた。

「150万人のポーランド人が、ここで命を落としました」

私はどうしても、管理事務所の係官に自分の意見を言わなければならない、と感じた。係官の上司に私の経歴を説明すると、その人は私の意見を丁寧に聞いてくれた。

「教えていただきたいのですが」と私は言った。

「アウシュヴィッツで絶滅させられたユダヤ人は、いなかったのでしょうか？」

「確かに、いました」と彼は答えた。

「では、なぜ案内板にはポーランド人としか書かれていないのですか？」

「彼らは全員ポーランド国民でした。私たちは国民の宗教的信念を差別しません。すべてのポーランド国民は、同等の権利を持っているのです」

それは確かに、いわゆるポリティカル・コレクトネス（政治的な正しさ）そのものの答えだった。だが、真実を覆い隠すような、少なくとも境界を曖昧にする答えでもある。

ポーランド人のキリスト教徒の中には、自らの身を危険にさらして、隣人のユダヤ人を守った者も確かにいた。だが、さらに多くのキリスト教徒が、ナチスに加担したのである。私は今でも、この国に根深い反ユダヤ主義を感じている。戦前のポーランドのユダヤ人人口の90パーセントに当たる300万人が、ドイツ人だけでなく、これに加担した様々な国籍の人々によって殺害された、という事実を、私は無視できない。

生き残った人々も、戦後のポーランドを統治した共産主義者によって、信仰か祖国かの選択を迫られた。ポーランドに残った人々は、自分たちの出自を隠し、血統を否定しなければならなかった。1968年の新たな粛清により、さらにその時点でポーランド国内にいたユダヤ人の半数が国外へ流出した。歴史家たちは、戦前のユダヤ人人口のわずか1パーセントしか国内に残らなかった、としている。

伝統を守るために、できる限りのことをしなければならない、と私は感じた。2度目のポーランド訪問の際、私は非ユダヤ人から密かにセフェル・トーラー、つまり律法が記された巻物を購入した。その人物は、ユダヤ人の骨董品として出回っていたそれを、カットして額縁に入れ、販売するつもりで保持していた。湿気の多い場所で保管されていたので、状態はかなり悪かった。

国外に持ち出すことができなかったので、まずはクラクフのヤギェウォ大学に寄贈し、その後、文化交流の一環としてハバナ大学に送ってもらう手配をした。次に私はキューバに旅行し、ハバナでそれを買い戻した。当時、すでに亡くなっていたダヴィド・フォイアーヴェルカー〔1980年に死去。戦時中、フランスでレジスタンスに加わったラビで、後にカナダに移住した〕の縁を頼り、ここからさらにモントリオール大学に送ってもらった。フォイアーヴェルカーは、ハバナ大学のユダヤ研究学部を創設した人物である。

今、一体何が起こっているのか？

人々は私に、ナチス収容所の生存者はいかなる精神性を持っているのか、と尋ねる。それを簡単に、またはうまく要約することはできない。真に理解できるのは、同じような収容所経験を共有し、再び自由の空気を吸った者たちだけなのだ。たくさんの書籍が書かれているが、説明するのは容易ではない。

私は、自分の子供たちにトラウマを与えたくないと思っていた。だが、子供たちは自分の子供を育てるにあたり、私の体験を書き留めるように勧めた。私はヨエル書1章3節の言葉に留意した。「これをあなたがたの子供たちに伝え、子供たちはその子供たちに、その子供たちは後の世代に伝えよ」。私は過去を残そうとした。過去の方も、私に付きまとった。

振り返ってみると、解放後の数年間、私は虚脱状態だった。しかし、連合国軍最高司令官だったドワイト・アイゼンハワー元帥が、「獣性と残虐行為の圧倒的な証拠」を世界と共有するべく、アメリカの議員、ジャーナリスト、写真家に呼び掛け、ぜひ収容所を訪れてほしい、と述べた時のことを、鮮明に覚えている。

アイゼンハワー自身、恐ろしい真実をよく知っていた。彼はドイツのオーアドルフ強制収容所に散乱する死体の山を見た際、いずれホロコーストの恐怖が否定される日が来ることを、早くも予見していたのだ。政治家やメディアを招待することに加え、彼は地元の住民たち、非番のアメリカ兵たちに、残虐行為の証拠を自分の目で確認するよう命じたのだった。

ホロコーストの事実は、十分に文書化されている。これを否定することは、人道に対する犯罪である。私はそのような人物に、実際に会ったことはない。だが、もしそういう人がいたとするなら、私は自分にとって耐え難い事実を質問するしかない。

「では、私の家族はどこにいるのだろうか？　私の両親、弟たち、親戚はどこにいるのだろうか？」。私がこの本を書くことにしたのは、そのような精神性においてである。あまりにもおこがましいことに聞こえないよう願っているが、将来の世代のために、語り継ぎたい、と思うのだ。私たちは、実際に起きた恐ろしい犯罪に立ち向かい、集団的な記憶に定着させなければならないのだ。

悪は蔓延しており、教育は非常に重要である。

周囲を見回すと、世相は1930年代に戻っているように感じる。世界中で反ユダヤ主義が見られ、記念碑にはスワスチカが描かれている。弾圧され、脅迫され、唾を吐きかけられる人々。今、ポーランドの民族主義者たちが、再び「ユダヤ人に死を」と叫んでいる。彼らが、国内のユダヤ人コミュニティの権利を守る歴史的な協定書を燃やした時、私の血は凍り付いた。

最近、ニューヨークの友人が、その人が住んでいるアパートのバルコニーから撮影した動画を送ってくれた。ひげを生やした、いかにもユダヤ人風の配達ドライバーが、バンから商品を運んでいた。2枚の後部ドアが開いていた。すると、通行人がドアをバタンと閉めた。ドライバーは仕事を続けるために、黙って再びドアを開けた。そこで突如、彼は襲われた。

通行人は彼を蹴ったり殴ったりした後、歩道から対向車線に投げ込んだ。このまま彼は殺されるだろう、と私は思ったが、通りがかった車が止まり、加害者は逃走した。ドライバーは何事もなかったかのように、毅然としてゆっくりと立ち上がり、姿勢を正して、再び自分の仕事に戻った。私たちユダヤ人は、まだ世界から憎まれているのだろうか？

かなりよくなってきている、と思っていたのだが、今では確信が持てない。

南アフリカのネルソン・マンデラは、真に偉大な人だった。彼が国民、国家、そしてこの世界を背後から導いたのだ、と言われる。それは、彼が一つの規範を示し、他の人がそれぞれの利害や個別の生き方の中で、その規範に従った、ということである。私もまた、私なりのささやかな方法で、かつて何があったのか、また何が再び起こり得るか、を人々に伝えるべきなのだろう。私は人類に普遍の問題を訴えたい。私たちは人種や宗教、信条や肌の色によって、人々を分けてはならないのだ。

私は、本当に恐ろしい人々の所業を、この目で目撃してきた。それでも人間を信じている。私は人生において多くの人を信頼してきた。今でもそうしている。彼らが私に話しかける時、私は耳を傾ける。彼らが私に何かを言う時、私はそれを信じる。しかし、私は彼らの心の中を覗いて、真実を語っているかどうかを窺い知ることはできない。このために、私は何度も失望を味わってきた。

今、私はエルサレムにあるアパートの3階に住んでいる。ドアをノックして救いを求める人がいたら、私は今でも、近くの棚に置いてあるコインの山から、いくばくかのお金を渡す。その人が、本当にそれを必要としているかどうかは、私にはよく分からない。とにかく、それが私の性分なのだ。他人を助けることができることを、私は神に感謝するのである。何かを受け取るには、何かを与えなければならない。慈善活動は社会の薬である。私は、1人の人を救えば世界も救われる、と信じるよう育てられた。

私たちは疫病が蔓延する時代に生きている。ヨーロッパ周辺では戦争が起きている。世界には非常に多くの破壊的な力が存在する。他の多くの人々と同じように、私も今、一体何が起こっているのか、疑問に思っている。ただの一過性の状況なのか？　神は美しい世界を創造したが、私たち人間は、それを台無しにしているのではないか。私の考え方では、神は私たちに暗号を送っているのだ。私たちはその暗号を解読し、謎を解かなければならない。「神は何がしたいのだろう?」と。

私たちの努力は、十分ではないと思う。おそらく神は、私たちに満足していない。神は私たちがより良くなることを望んでいるに違いない。では、どうすればもっと良くなるのだろうか? ヘブライ語に「ティクン・オラム(Tikkun olam)」という言葉がある。社会正義の探求を通じて、世界を正すことを指す言葉だ。私たちには何ができるか? 私たち個々人が、己の心を見つめるべきだ。自分の欠点はどこにあるのか? どこで失敗するのか? やるべきことをやっていないとしたら、どこなのか?

自分自身を正すことに専念すれば、より良い世界が訪れるだろう。だが、私は現実主義者であり、そこには問題があると思う。私たちは、決して満足してはならない。私たちは自分自身に、決して十分ではない、と常に言い聞かせなければなるまい。助けは内側からしか得られない。私たちは世界を台無しにしている。その損傷を修復しなければならない。個人ができることには限界があるが、心を開いて、広い心で正直に話す必要があるのだ。

17章　生き方を選ぶ

最愛の妻の死

私は70代になっても働き続けたが、2006年3月のある朝、私の人生が決定的に変わった。私はペルラと座ってコーヒーを飲みながら、おしゃべりしていた。すると突然、彼女はこう言った。「ああ、頭が！　ああ、痛い、痛い！　911に電話して！」。これが、彼女がこの世で最後に発した言葉となった。

私は電話をかけ、ちょっとした失神であってほしい、と願った。ペルラの首を優しくマッサージしようとしたが、彼女の頭は横に傾いた。そのまま顔面が蒼白になった。怖かった。彼女はそれまで、ただの一度も病気にかかったことがなかった。救急隊員がすぐに来てくれたが、私には分かっていた。これがきっと、彼女の終わりを意味するのだ――。

その後の3年間、彼女は昏睡状態だった。最初は病院で、次にモントリオールのコート・デ・ネージュ地区にあるユダヤ人高齢者ケアセンターのC棟3階の部屋で過ごした。私は毎日、彼女のベッドの横に座って、彼女と一緒に、そして彼女のために祈った。子供たちや友達が常にそばにいてくれたが、私は虚しさを感じていた。せめて「さよなら」と言えたら、どんなによかっただろう。

彼女は、目を開くことも、指一本動かすこともなく、80歳の誕生日から9日後の2009年3月24日火曜日に亡くなった。ペルラの死は、私の心に大きな穴を開け、いまだに癒されていない。

全能者によって死後の世界に迎えられた人にとり、死は最後の解放である。だが、嘆き悲しむまま残された人たちは、どうなるのか？　私の信仰では、死別のサイクルには6つの段階がある。これはタルムードを作成したラビによって、何世紀も前に確立された。儀式は慰めを与え、思い出は神聖なものとなる。だが、悲しみに対する反応は、人それぞれ異なる。

ペルラが亡くなってからの5年間というもの、私は放心状態だった。私の家族はいつも近くにいた。毎週の安息日や、ユダヤ教の祝日を長男のジギー、その妻のリヴィと一緒に過ごした。次男のトゥヴィア、娘のシェイラも、毎日、電話をかけてきた。友人たちは親切で、いろいろと気配りしてくれた。私はみんなから、優しさと敬意をもって扱われたが、襲ってくる悲しみの波は耐えがたいものだった。

私の結婚式の日は、私の人生で最も幸せな日だった。私の妻は本当に宝物だった。金の髪、金の心の持ち主だった。子供たちを見事に育ててくれた。完璧なバビ（bubbi）、つまり伝統的なユダヤ人の祖母の典型だった。彼女は私の人生に価値をもたらしてくれた。彼女は脳動脈瘤によって、一瞬のうちに意識を失ってしまった。私たちはイスラエルとカナダの専門医たちに協力を求めたが、何もできなかった。

今でも時々、彼女がそこにいるのではないか、とつい周りを見回してしまう。彼女のネシャマ、つまり魂を強く感じるのだ。

ある若者との問答

私はかつて、ポーランドへの研修旅行中に、ある若者と魂の問題について問答したことがある。彼は孫の友人で、アメリカ国籍である。彼は明らかに何かに悩んでおり、複雑な感情に苦しんでいた。彼は私に近付き、開口一番こう言った。

「僕は神を信じていません」。若者にはそう述べる権利があるし、そうする傾向もある。彼によれば、私は神を畏れる人間のようだった。それで、「なぜあなたが神を信じるのか、疑問に思います」と言う。「神の存在について、私を説得していただけませんか？」。

「この美しい世界は、人間が創造したものだと思うかね？」と私は彼に聞き返した。予想通り、彼は答えた。「それは自然に生まれたものです」。「ＯＫ」と私は言った。

「君には私の声が聞こえる、そして私にも君の声が聞こえる。君には私が見え、私も君が見える。それは神の御業だよ」。彼は納得しなかった。自分の高価な時計とか、高級車について話し始めた。そういったものも、目に見えない神からの贈り物である、などと信じることはできない、というのだ。

だが私は、そのような持ち物が彼を満足させていないように見えることに気付き、「亡くなった肉親を見たことがあるかね？」と尋ねた。彼は不思議そうに私を見て、「ええ。私の曾祖母が亡くなりました。私が幼い頃のことですが」。私は彼に、覚えていることを尋ねた。「亡くなった彼女には、〔生前と比べて〕際立った変化があったかな？　彼女の鼻は？　耳や手は？　彼女は美しく服を着こなしていたかな？　彼女はきれいに見えたかな？」。

彼は両手を大きく広げて、どういう質問なのか分からない、と言わんばかりのジェスチャーをした。しかし、彼は認めた。「曾祖母は生きている時よりも、死んだ時のほうが静かで、穏やかに見えましたね」。

「では、教えてほしい。君はそこで、彼女と話したかね？」。また彼は怪訝な表情をしたが、答えた。

「いいえ。だって、彼女は死んでいましたから」。彼は質問の意味が分からないようだった。私は問題を客観的に捉えて、こう言った。

「彼女は穏やかに見えた、と言っていたね。しかし外見上、君のひいおばあちゃんは、生前と同じ特徴を持っていたわけだよ。じゃあ、何が足りなかったのだろうか？」

再び彼は当惑した表情をした。

「彼女が失ったものを教えてあげる。それは神から一時的に借り受けるもの、つまり魂さ。私たちの中にある神性の輝きは、生命そのものだよ。それは神から一時的に借り受けるものだ。私たちに貸与されているものだよ。私たちは、それを私たちに与えた神に感謝しなければならないのさ。それは神のものだから。神はそれを私たちに与えてくださったし、いつでも取り去ることができる。だから、老後までできるだけ長く、私たちのもとに残してくださるよう祈るしかないわけだ。それが奪われてしまえば、私たちは何者でもない、ただの物質になってしまう、という次第さ」

彼を説得できたかどうかは、よく分からなかった。だが、彼に何かを考えさせたのは明らかだった。彼は帰りの飛行機の中で、私の孫に打ち明けた。彼は家族の問題を抱えていたようだ。彼の父親は、母親とは別の女性と駆け落ちしていた。60歳を超えた父親は、26歳の秘書と暮らしていた。彼の人生には、アンカーポイント〔錨を下ろす場所〕がなくなっていたのだ。

当然のことながら、彼は非常に混乱しているように見えた。おそらくそれは彼のせいばかりではなくて、私のせいでもあった。彼は、自分の世界観がまだ完全に形成されていない若者である。自分に最も近しい人たちが示した生き方の規範が、知恵や確実性に欠けている場合、信仰の基本的な問題に折り合いをつけることは特に難しい。

私は彼のことをあまり知らなかったのだが、思い切ってメッセージを送ってみた。「君は実家から出て、ユダヤ人コミュニティを受け入れる必要があると思うよ」。人生でより良いものを目指して努力するのは好ましいことだが、彼にも大人になる時が来たのだ。宗教的信念の規律によって根付いた倫理、道徳、行動は、彼に慰藉を与え、人生を安定させるだろう。私たちは、自分にふさわしいと思うように、自分の人生を形作る自由意志がある、と私は心から信じる。私たちは善を行うように命じられているが、従うか従わないかは、自分自身にかかっている。何も分からないで終わる者もいよう。もっと明確なビジョンを持っている人もいるだろう。私は自分が賢者だとは思っていないが、善なるものを信じている。私が完全に失望し切ってしまわない限り、人間には善意がある、と私は信じる。私たちは選択する力に恵まれているのだ。

生き方を選ぶのだ。善なる生き方を選択しようではないか。私に道を尋ねる人には、そうお答えしたい。

相手のことを考えよう

私はすでにこの本の中で述べた。全能者にいつ呼ばれても、私には心の準備ができている。その時が来たら、私は神に何と言うのだろうか？

「もっと良い仕事ができたはずなのに、できませんでした、お詫びします。私は、自分の個人的な欠点を理解し、修正し、より良い人間になろうと努力しましたが、おそらく多くの悪いことをしました。私は、すでに不幸になっている人たちに意地悪な言葉をかけて、事態をさらに悪化させたことを告白します。私は不必要に彼らの苦々しい思いとか、自尊心の欠如を深めてしまいました」

それは私自身にも起こったことだ。誰かにアドバイスを求めに行くと、ひどい扱いを受けることがしばしばあった。それは私をイライラさせた。どうでもいい人間のように無視された、と感じ、さらに傷ついたものである。

唯一の慰めは、私たちの中で最も正義の人であっても、常に善人ではない、ということだ。私たちは皆、人間として欠点や失敗を抱えているが、他の人を助ける機会もある。私たちは、この世で行った善行を、次の世界にも引き継いでいく、と強く信じている。もしあなたが前向きな慈善の精神を持っていれば、きたるべき世界で、より良い人生を歩むことができるに違いない。

こんな小話がある。成功した実業家が自分の死期を悟り、子供たちを死の床に集めた。彼は自分の工場、家、その他の資産を彼らに残したが、何百万ドルもの価値がある金貨コレクションは彼らに譲らなかった。

彼は死後、炎が燃え上がる地獄に行き、苦しみ、汗を流した。

突然、誰かが炭酸水を販売している屋台があることに彼は気付く。彼は貴重な金貨のコレクションを抱えて、そこに向かって急いだ。

「水をください」。彼は喘ぎながら、代価として金貨を取り出した。

「それは何かね？」。配膳口の向こうから、天使が言った。

「知らないの？」と男は叫んだ。「このコインには１００万ドルの価値があるのに」。すると天使は彼に言う。

「その金貨だがね、ここでは使えないよ」。男は愕然とする。

「じゃあ、何だったら使えるのですか？」

「生前、あなたが貧しい人々に与えた10セント硬貨と4セント硬貨、それだけだね」と天使は答えた。「あなたがここで使えるお金は、それだけだ。あなたは生前、与えなかったのだから、ここで受け取ることはできないのだよ」。

さて、私のアドバイスは？　できるだけ多くの人に対して、できるだけフレンドリーに寄り添ってみよう、ということだ。失恋している人を見たら、接触してみよう。話しかけてみたり、近付いてみたりしよう。相手が何を感じ、どのように苦しんでいるのかは決して分からない。それでもあなたは、目に見えない傷を癒す薬になることができるかもしれない。

人々が悪いことをしているのを見ても、私は彼らに対して怒らない。むしろ、彼らが可哀想だと思う。彼らが、自分たちの行動をもっと理解できるよう祈っている。彼らは霊的に癒される必要がある。私の原則は非常に単純なものだ。家庭を築こう。良いことからも、悪い例からも学ぼう。そして、自分よりも大きな存在を信頼しよう——。

とはいえ、控えめに言っても、気分が良くない時は私にもある。

私はいつも、ホロコーストで失ったものを思い出している。母や弟たちのことをよく考える。家族がどのようにしてガス室に連れ込まれ、どのように窒息したのかを想像してしまう。弟たちは、まだほんの子供だった。小さな男の子だった。おそらくナチスの連中は、ほんの出来心で私の母を捕えたのだろう。彼女はそのすべての過程を通して、何を感じたのか。最後の瞬間に何を伝えたかっただろうか——。

ある時、これらの不安で答えのない疑問にとらわれ、眠れない一夜を過ごした後、私は何かを買おうと店に行った。ところがそこの店員は失礼で、ひどく無愛想だった。私はますます嫌になって、立ち去った。その男も不幸だったのだろうが、それが私に影響を与えたため、家を出た時よりも気分が悪くなってしまった。私は重要な教訓を学んだ。誰かが悲しい気分になっているのを見た時は、相手のことを考えよう。目先のものを超えて、相手を見よう。

私たちはそれぞれ、独自の悩みを抱えている。おそらくその店員の仕事はうまくいっていなかったのだろう。もしかしたら、彼はお金を失ったのかもしれない。もしかしたら家庭内でトラブルがあったのかもしれない。分からないが。いやいや、おそらく彼の子供たちが病気だったのだろう。私は彼の落胆ぶりを察するべきだった。仕事が終わったら、座ってコーヒーでも飲みながら、あれこれ話すよう誘うべきだった。彼の機嫌を取り、士気を高めることができたはずだ。

イスラエルへの移住

こんな人生の教訓を、私はちゃんと子供たちに伝えられた、と思って、そこは誇りに思っている。一例を挙げると、次男のトゥヴィアだ。彼は国際的にも知られるウォール街の経済ストラテジストとなり、大統領を始め著名な政治家、影響力のある財界リーダーと接するほどの人物になった。非常に多くの人が彼のアドバイスを求めたため、彼のスケジュールは数分単位で管理された。それでも彼は、会う人には誰に対しても礼儀正しく、常に敬意を持って接した。相手が大物であろうが、そうでなかろうが、決して差を付けなかった。どんなに忙しくても、絶対に手抜きをしなかった。彼は、自分にとってメリットがあるかどうか、などと考えず、どんな人にも誠実に話した。

彼は献身的で、自分の得た富と影響力を賢明に活用した。母ペルラの闘病中、そのケアに尽力してくれたテルアビブ最大の病院に対し、感謝の気持ちとして資金を提供した。これで最先端のCATスキャン〔コンピューター断層撮影〕装置が導入された。ニューヨークのイェシヴァ大学が、毎年恒例のハヌカ〔12月の光の祭典〕集会で基調講演者を必要とした際には、個人的な友人を紹介した。その人物は、1000人ほどのユダヤ系学生と慈善家が集まる集会で喜んで講演してくれた。元米国大統領ジョージ・W・ブッシュである――。

ところで、人間は複雑な生き物だ。私も例外ではない。私は家族を求めてアルゼンチンに行った。3人の子供、9人の孫、13人の曾孫に恵まれた。では、なぜ私は88歳にもなってアリヤー(Aliyah)、つまりイスラエル移住を決断したのか。霊的に遠く離れることは決してないにしても、とにかく物理的に、そういう家族たちから離れるようなことを?

実は私も、何年間も迷ったのだ。何度か考えが変わった。妻を亡くした後、私は精神的に落ち込み、恵まれていた生活の記憶も忘れてしまった。だが、多くの友人がいた。私は1969年にカナダ市民権を取得したことを、今も誇りに思っている。モントリオールは心安らぐ、馴染みのある街だ。私はその雰囲気が気に入っていたし、他に何も欲しくはなかった。子供たちも私に、カナダの家を出ないでほしい、と懇願した。しかし、ユダヤ人の祖国に焦がれる抗しがたい気持ちが、私の内面で勝《まさ》ったのである。

　私は、イスラエルへの移住を計画する際に、ネフェシュ・ブネフェシュ（Nefesh B'Nefesh）に大いに助けられた。この非営利団体は、英語名のJewish Souls United〔ユダヤの魂連合〕でも知られている。同団体は2002年以来、6万人以上のオリム（olim：アリヤーする人々の総称）を援助してきた。彼らはユダヤ機関と協力し、物理的な輸送の面や、移住後の経過期間のプロセスについて、私を的確に導いてくれた。

　私はカナダの家と、ほとんどの所有物を売却し、最も大切にしていたものだけ、先にイスラエルに送った。離陸前に壮行会が開かれ、私は88歳だったので、席をファーストクラスにアップグレードしてもらえた。2014年7月21日、私はニューヨークのJFK空港から、テルアビブのベン・グリオン空港に向かうエルアル航空の便に搭乗した。私は一行の中で最年長（oleh）で、最年少は生後3か月の赤ん坊だった。

　多くのメディアが関心を持った。イスラエルのテレビ局の4人のクルーが、1週間にわたって私を密着取材した。番組のプロデューサーは、私の物語が非常にイスラエルの今を反映している、と考えたらしく、粋なお膳立てまでした。局の力を使ってイスラエル国防軍（IDF）を説得し、軍務に就いていた私の孫、ノアムに一時休暇を出させたのである。そういうわけで、そのノアムが私を出迎えてくれた。

　孫と抱擁した時の私の感情を、言葉で説明するのは難しい。喜びと誇りと、形のない何かが入り混じっていた。未完成だった運命の輪が、ついに完成する感覚だったのかもしれない。私の孫世代の多くはイスラエルで学んだが、ノアムは長男ジギーの息子である。彼はアリヤー新世代の最初の一人で、ＩＤＦの中佐にまでなった。後には経営学の学位も取得することになる。

私は誰よりも幸運だった。私はすでに、投資対象として住宅開発地にアパートを所有していたのだ。そして、その建設プロジェクトを担当していた北米の企業は、シェケル〔イスラエルの通貨〕の切り下げを受けて倒産してしまっていた。そこはしばらく空室だったので、引っ越し前にリノベーションをした。

現地に行って、私はすぐに違いを感じた。主に正統派の人々が多く住み、地域社会が緊密に結びついている。シンプルな生活を満喫した。私は毎朝、建物内のシナゴーグを訪れ、トーラーとタルムードの勉強会に没頭した。毎日、近くの公園を散歩するようになったが、たくさんの人が私を認識しているらしく、驚いた。皆、この上もないほど親切だ。

聞くところでは、有名なアドルフ・アイヒマン〔元ＳＳ中佐〕の裁判と処刑の後、ホロコースト生存者の社会的地位は大きく改善されたそうである。彼は１９６０年5月11日の夜、ブエノスアイレス郊外で捕らえられ、９日後に極秘にイスラエルに移送された。あのアイヒマンが、アルゼンチンの首都に住んでいた私の隣近所にいたのだ。そして、同じくナチスの怪物、ヨーゼフ・メンゲレ〔元ＳＳ大尉。アウシュヴィッツの医師で、79年にブラジルで死亡〕とよくお茶を飲んでいたというのだ。まことに驚くべき事実である。

まさに灯台下暗し、である……。

子供たちについて

振り返ってみると、過去から逃れたい、と思ったのが、そもそも間違いだったのかもしれない。自分の体験の歴史的価値を理解するまでには、時間がかかった。ペルラと結婚する時、私には壮大な計画があった。自分は懸命に働いて、子供たちに素晴らしいユダヤ式の新しい教育を授けたい。そのうえで、ユダヤ人であるために苦しまなければならない、というコンプレックスを持ったまま成長してほしくはない。

私は子供たちとよく一緒に座って、ホロコースト以外のことについて話した。楽しく過ごし、友達のように扱った。私は子供たちの価値観と、彼らが選んだ生き方を誇りに思っている。彼らもまた、その価値観を自分の子供たちに伝えた。子供たちは毎日、電話をくれ、気を配ってくれる。私はエルサレムに1人でいるが、決して孤独ではない。

長男のジギーはラビになったが、医師の資格も持っている。彼は経典に対して学術的なアプローチをとり、その意味について人から相談を受ける立場にある。彼は児童心理学を専門とし、勤務医や開業医として働いていたが、急に医師を辞めた。私がその理由を尋ねると、息子はこう言った。「患者の苦しみを見ることに、もう耐えられない。彼らの苦しみとともに生きるのがつらい。本当に、もう限界だ」。

彼はビジネス面ではうまくいかなかったが、話し上手で手先も器用だ。車からコンピューターまで、何でも修理できる。幸せで、素晴らしい父親、祖父にもなった。彼の妻のリヴィは文学修士号を取得しており、大学向けの試験問題を作成している。彼女はまた、中国の教育システムが世界水準に追いつくまで、オンラインで中国人の学生に英語で教えていた。

私の娘のシェイラは、母親と同じように私の宝物である。彼女はニューヨーク州シダーウッドにあるロングビーチ・ヘブライアカデミー（ＨＡＬＢ）で、30年間にわたり教鞭をとってきた。この学校の目的は、「道徳的に、市民として共同体の呼びかけに応える、思いやりと誇りを持ったユダヤ人を育成する」ことだ。最近、娘は引退について話すようになったが、私は言っている。「お前は間違いなく仕事を楽しんでいるじゃないか。なんで辞めたりするのかね？」。

年をとっても、脳を活発にしておかなければならない。私は２００７年に事実上、引退したが、頼まれれば副業として、少しだけ仕事をすることもある。子供たちが暮らし向きの面倒を見て、毎月の仕送りもしてくれるので、お金には困っていない。だが、完全にスイッチを切るのは難しい。アメリカからも、ちょっとした収入がある。私の軍人恩給として、時々、いくらか送金される。月に23ユーロ〔３５００円前後〕相当額という立派なものだ！

繰り返しになるが、家族はかけがえのないものだ。それは豊かで深い、大きな喜びをもたらすが、時として悲しみももたらす。２００２年、ウォールストリート・ジャーナルの記者、ダニエル・パールが、パキスタンでテロリストに誘拐され、斬首されてこの世を去った〔当時、38歳〕。実は彼は、亡き妻ペルラの叔父、ハイムのひ孫だった。殺害された主な理由は、彼がユダヤ人だったためである。私はダニエルが活発な少年だった頃を覚えている。彼の名前と理念は、両親のジュディアとルースが創立した慈善財団〔ダニエル・パール財団〕に今も受け継がれている――。

２０１６年、イスラエルで私の90歳の誕生日を祝うために、家族４世代が集まった。その日、家族全員が一緒に写った写真を、私は大切に思っている。私は今でも、幼い子供たちにアイスクリームを食べさせるのが大好きで、両親はそれで困ってしまう。私のある孫は、状況をとてもうまく言い表した。「ねえサバ（Saba：おじいちゃんを意味するユダヤ人の言葉）、あなたがいなかったら、私たちの誰もここにはいなかったんだね」。

私はその写真を見る度、胸が痛む。私のすぐ後ろに立っているのが、次男のトゥヴィアだ。彼は兄の肩に腕を置き、素敵な柔らかい笑顔を見せている。トゥヴィアは２０２１年10月１日、ニューヨーク州ロングアイランドのヒューレットで、自宅に近い道路を横断中に車に轢かれた。午前６時に、シナゴーグに向かって歩いている途中だった。それから１か月後、トゥヴィアは亡くなった。

警察の発表によると、当初、病院に運ばれた際の容体は安定していた。だが、事故の衝撃は大きく、首にかけていた5ズウォティ銀貨のペンダントが切れて紛失していた。それはメルク収容所で、私がユーリウス・ルードルフ所長の官舎から食べ物をくすね、中国人の囚人に与えた際に、感謝の気持ちとして加工してくれたものだ。この銀貨はその後、どこかの家の前庭で発見された。

トゥヴィアは60歳だった。33年間、シティグループの米国株式部門でチーフ・ストラテジストを務めていた。彼はウォール街のアイコンで、イシュ・アナク（Ish Anak：巨人）という異名で讃えられていた。彼が埋葬された時、その息子のアレルは父親を評して述べた。「父はまさに、タルムードの言葉を体現していた人物でした。Eizehu Chacham? Ha'Ro'eh Et HaNolad」――。この意味を、大まかに翻訳するとこうなる。「賢者とは誰か？　努力の結果を見極める力のある人のことである」。

たしかに、そんな息子だった。国際的に知られており、父親にとって、ダイヤモンドのような宝だった。そして、いつも忙しい男だった。

「父さん、今、走っているところでね。会議の間に2分あるからさ。それで、ちょっと挨拶してみようと思ったんだけど、調子はどう？」

息子は多くの責任を負っていた。高度な教育を受け、業務に大きな貢献をしていた。子供を失った後、突然、構築されていた世界が、がらがらと崩れてしまった。

ああ、世の子供たちよ。あなた方は絶対に両親を看取り、埋葬すべきだ、と思う。

私は息子の死に際し、伝統に従い、体を洗うことも、ひげを剃ることもせず、1週間の服喪、シヴァ（shiva）をした。数百人もの人々が訪れた。聖賢たち、著名なラビたち、そしてエルサレム市長さえも、トゥヴィアのことを知っていた。市長は、ホロコースト生存者である私に敬意を表したい、とのことで、弔問時にとてもたくさんの食べ物を持ってきてくれた。キッチンはいっぱいになった。それはご近所の皆さんにお裾分けした。

娘のシェイラは、トゥヴィアの葬儀の後、そのまま私がニューヨークで家族と一緒に暮らすことを望んだが、私はイスラエルに戻ることを希望した。それで彼女は、飛行機で私と一緒にイスラエルまで来てくれた。彼女が私を慰めている間、料理や掃除をしてくれる素晴らしい友人の女性グループが同行していた。私たちの儀式の作法は、聖書の時代にまで遡る。私たちは喪失について話し合い、愛する人の思い出に敬意を表し、悲しみと向き合うのだ。

息子が関わった人たちに大きな影響を与えていたことは、ずっと後になってよく分かった。誰もがトゥヴィアの精神性や思いやり、人間性を称賛した。彼は「偉大な国際的名声と称賛を得ながら、謙虚な人物」と評された。私は特に、彼の親友の一人、ダグ・カスが書いた回想を読んで感動している。「トゥヴィアは特別な人だった」と彼は書いている。「優しくて謙虚で穏やかな性格。彼には正義感があった。彼は人々の良いところを探し求め――、そして私のような者は、彼のアドバイスを求めた。彼は熱心に、献身的に取り組み、友人、シティグループの同僚、顧客、そして投資の世界以外の多くの人々と、個人的なつながりを築き上げた。彼は家族とコミュニティを愛していた。正義の人であり、慈善家であり、そして非常に信心深い人だった。彼は、成功者も失敗者も分け隔てなく、誰とでも友人になり、投資コミュニティの内外に何千もの誠実な個人的つながりを築いた。彼は気付いていた。私たちは、この世界に自分自身のために生きているのではない、他人のために生きているのだ、と。トゥヴィアと一緒にいられて、私は本当に楽しかった」。

トゥヴィアは亡くなる直前に、聖典の特別な巻の研究を後援していた。いつも献身的だった彼が遺した言葉に、こういうものがある。「私たちに律法の価値観を吹き込んでくれた両親、祖父母、曾祖父母の記憶を愛すること。それが私たちの役割さ。だよね？」。

私たちは、信仰の炎を燃やし続ける。

ウォール街での彼は、トビアスという名で知られていた。彼の家族や友人、そしてユダヤ人コミュニティではトゥヴィアと呼んでいた。ヘブライ語でこの名前は「神は善なり」という意味である。文字通り、それを納得することは難しい場合もあるが、私はそれが真実であると信じなければならない。

信仰のない人間とは何であろうか?

18章　生存者《サバイバー》

人生の疑問

私の曾祖父はかつて、こんな話をしてくれたことがある。モスクワのすぐ北にある古代都市からやってきたシモン・ヤロスラヴォワという男のことだ。彼は敬虔な人だったが、これまでの人生で、ついぞ一度も報われたことがなかった。彼は体が動かなくなり、寝たきりになった。子供たちは先に亡くなった。そして、彼は一文無しだった。

それでも彼は満足しており、ついに100歳の大台に達した。

同世代のある著名な賢者がシモンの噂を聞き、彼の長寿の秘密を解明しようと決意した。その当時、一般に男性は50歳ともなれば老人と見なされる時代だったから、その賢いラビは、できるだけ早く行動しなければならない、と思った。彼は支援者を通じてシモンにメッセージを送ったが、届くまでに何か月もかかった。ラビはその時間を賢明に使って旅に備え、お金を貯めてバロゴラ（balogola）という馬車を買った。ラビの旅は、長くて大変なものとなったが、彼はやりがいを感じており、ついにシモンに出会った。

シモンはためらいながら、丁寧にラビに挨拶した。彼はラビに、自分などに関心を持っていただいてありがたい、と感謝し、ラビのインタビューを受けることに同意した。「あなたの長生きの理由はなんでしょうか」という質問に答えるのに、長い時間がかかった。結局、彼は言った。「疑問を持たないことです」。

ラビは当惑した。少し会話を止めて自分の考えをまとめたが、この老人が多くの挫折や悲劇にもかかわらず、どうして自分の境遇に満足し続けているのか、いよいよ不思議に思った。シモンは再び時間をかけて、「疑問を持たないことですな」と言った。これは有名な賢者であるラビを困惑させた。

「人生に疑問はないのですか？　いろいろな悲劇があなたの身の上に起こったのに、どうしてそんなに平然としていられるのです？」

シモンはベッドの中で少し身じろぎし、咳払いをしてから、ラビに率直に語り掛けた。

「私は、この世界に疑問を抱いておらんのです」。彼はとてもゆっくりと、すべての言葉を吟味しつつ繰り出した。

「理由が必要でしょうかな？　上がって、上がって、あちらの世へ、天国へ行く。そこには疑問などなく、光る文字で書かれた答えがあるばかりではないですか」

さて、私にはあまたの疑問がある。なぜ神は、ユダヤ民族があのような大惨事に見舞われることを許されたのか？　無実の人々が虐殺されることを許された主の目的は何だったのだろうか？　自分たちを守るために、もっとできることがあったのではないか？　これらは個人的な問題に通じる疑問で、非常に悩ましいことである。しかし、シモンが言いたかったことは理解できる。

お話ししたいことはたくさんあるが、もうあれこれ申し上げることもあるまい。私の身の上に起こった悲劇によって生じた疑問については、これ以上、深くは述べない。私が別の世界に行かない限り、答えが出ないことは分かっている。神は私に、それを受け入れる静けさと、自分の経験を分かち合う強さを与えてくださった。人々は、私が年を取ったという。なに、私は単に、他の人より年を取っているだけさ、と答えることにしている。年を取ったことを受け入れる。それは諦めの境地に至ることに等しい。

私たちは人生において、3つの異なる段階を経験すると思う。第1段階は、母親の子宮の中。そこですでに、律法の知識を吸収する、と経典が教えている。私たちはそこを住まいとし、そこで暮らし、そこで食事をするのだ。第2段階は、誕生から幼少期、成人期、老年期、そして死に至る旅路である。そして第3段階とは、霊的な永遠の世界である。

全世界的に、私の世代は数を減らしつつある。ホロコーストの生存者たちも、死すべき運命の限界を避けることはできない。最近どこかで読んだことだが、ゲットーの粛清と強制収容所での生活を耐え抜いた者の中で、現在、イスラエルに暮らしているのはわずか300人ほどだという。

そのような背景を持つポーランド系ユダヤ人として、私が個人的に知っているのは、私自身の他には1人だけである。その人は私より数歳年下で、テルアビブに住み、我が祖国に生きている。生存者仲間に会う時は、私たちが共有するあの時代の経験を語らないようにしている。私たちは恐怖と野蛮、苦しみと犠牲を知り抜いている。今になって、それらの記憶を思い巡らせても、得られるものはほとんどない。私は、子供が何人いるとか、孫に恵まれたとか、そんな話題を好む。

私は彼らに、戦後のビジネス、築いた友情、見た場所などについて話すようにしている。みんな年寄りなので、必然的に健康について話し合うことも多い。私たちは皆、なんらかの不具合や痛みを抱えている。多くの人は、すでに配偶者を亡くしている。

私たちは、先立った夫や妻のことを思い出し、ソウルメイトと経験した幸福を分かち合っている。そうやって私たちは、人生の小さな奇跡を祝うのである。私たちは皆、大きな可能性の中で長い人生を乗り越えて、ここにたどり着いたのだ。

すべては神の意志

私は自分なりに、ナチスに対して仕返ししてやった、と感じている。それは悪意のある、復讐的な方法で行ったのではない。もっと穏やかで、人間的な方法で行ったのだ。私の復讐とは、大家族が集まる喜び、以前にもまして華やかな結婚の儀式、孫たちの笑い声——などである。ナチスの「最終解決」政策は、ユダヤ人家系が確実に根絶されることを目指した。ナチスは愛よりも憎しみを選んだ。アーモン・ゲートのような怪物は、何も考えずに幼い子供の頭を撃ち抜いた。

悪に取り憑かれた人々を見ると、それがどこから来るのか疑問に思う。どういう観点から、ああした行為が日常化できたのか？　ユダヤ人の殺害に一日を費やした後、夕食のテーブルに着くSS将校を想像してみる。彼はその日の自分の仕事ぶりを、誇らしげに妻に話す。すると彼女は「よくやったわね、ダーリン。素晴らしいわ」などと言ったのだろうか？　私はとても理解できないのだが、おそらく彼女たちは、そのようなことを言ったに違いない。

計り知れない疑問が多々ある。他でもないヒトラーその人はどうであろうか。地球上で最も文化的な国の一つで、彼はいかにして教養ある人々を洗脳することができたのか？　ヒトラーは、官僚でも議員でも知事でもなかった。いやいや、村長ですらなかった。この孤独な画家志望の男は、第一次世界大戦でも無名の伍長勤務上等兵だったに過ぎない。そんな彼が、全ヨーロッパのユダヤ人を滅ぼし、世界で5500万人の命を奪った大戦争を引き起こす死の天使となり得たのはなぜか？

私たちは人生の主人ではない。命を与えるのも奪うのも神で、一切はその御手の中にある。彼は創造の責任者である。

私の〔妻の方の〕甥に、とても有名な医師がいる。彼はずっと無宗教だったが、私が信心深いことは知っていた。ある日、甥は私のところに来て、こう言った。「ジョー叔父さん、僕は神の存在を100パーセント信じるよ」。私は怪訝に思ったが、笑いながら答えた。「おお、それは嬉しいね、ありがとう。しかし、どうして考えが変わったのかね?」。彼の答えは興味深いものだった。

「僕は人体のことをよく知っているからさ。それは僕らの理解を超えるほど完璧に機能する。そんなものを作ったのは、神以外の誰かではありえない。だから僕は信じる」

何百万人もの人が亡くなったのに、あなたはなぜ、どうやって生き残ったのか、とよく聞かれる。本当の答えはないが、それは奇跡の連続だった。私に言えることは、私は昔も今も信仰の人だ、ということである。それは、最悪の状況でも、しがみつけるものがあることを意味した。もしあなたに信念の体系がないとしたら、何にしがみつくだろうか? 街灯の柱? 新しい車? 高価な時計?

すべては神の意志ゆえに起こる、と私は信じている。私は善悪の区別を信じる。正しい行いをすることで、私は神が私に命じられたことを行っている、と信じている。最も暗い瞬間にも、神はそばにいてくださる、と信じてきた。

私たちは自由意志を持っており、自分の人生の生き方を選択することができる。ゆえに、霊的な意味をまったく持たない、現代的な態度を当然視している人たちもいる。

ゲットーの粛清中に死を悟って絶望した親たちは、馬小屋、農場の建物、教会、修道院に子供を置き去りにした。ああした孤児たちを救出するために行動することで、私は自分の生存の意味を正当化しなければならない、と感じたのだった。人々は、私が奪われたものに対してもっと怒ることを期待するが、怒りとは、いわばロッキングチェアのようなものである。いつまでもそれに腰かけて揺られていても、どこにも移動できないのだ。私たちの仕事は復讐ではなく、コミュニティを修復することだった。

若者たちに思う

私は賢人ではないが、最近、イスラエル国防軍の将官がやってきて、私に講演の依頼をした。高級将校たちを対象に、戦時中の体験を話してほしい、という。その将軍とは2時間ほど話したのだが、私は彼に尋ねた。「どうして私の証言が、それほど重要だと考えておられるのですか？」。それに将軍は答えた。「私たちは、隊員たちを鼓舞したいのです。彼らは世界のどこであれ、ユダヤ人の命を危険にさらす可能性のある、あらゆる事態に備えなければならないのですから」。さらに彼は続けた。「私たちは過去を知ることで、将来においていかに反応し、行動するかを学ばなければなりません」

私はいつも人々に、人生を選択し、善を選択するように言う。暗闇が迫っているかもしれないが、命の光はまだ輝いている。神が私に不屈の精神と年月を与えてくださる間、私は自分の使命を果たし続けていく。私の人生最後の仕事は、話し、伝え、教え続けることだ。我が同胞を、物理的かつ組織的に絶滅させせようとした過去があった。それを疑う者たちには、必ず異議を唱えなければならない。読者の皆様にも、ぜひ事実を共有し、声を上げていただきたい、と思う。

私は今、若い人々の教育に情熱を傾けている。彼らの理想と、より良い人生を築こうとする熱意が、私にエネルギーを与えてくれるのだ。もちろん、疲れてへとへとになるときもある。家にいるときはソファに座り、特別なクッションに腰を落ち着かせる。靴を脱いで、10分か15分ほど目を閉じると、気分がすっきりしてくる。

若い学生たちと話すことは疲れるのだが、得られるものも計り知れないほど多い。ある若いグループが私のところにやってきて、歌を歌ってくれた。それから、「今の歌、気に入ってくれましたか？」と尋ねられた。実を言うと、私はいい加減に聞き流していた。半分しか覚えていなかったのだが、

「ああ、とてもよかったよ」と答えた。

「どんな歌詞だったか、分かりましたか？」と尋ねられた。もちろん、何だったかよく分からなかった。「完全には、分からなかったなあ」と白状した。

若者たちは笑い、もう一度、それを歌い始め、一斉に手拍子をし、体を揺らした。その時になって初めて、彼らが私のことを歌っているのに気付いた。

「ラブ・ヨセフ、あなたは本当に私の人生を変えた。あなたはマミシュ（mamish：ヘブライ語で「本当に」）私の人生を変えてくれた」

いいや、私はそのような名誉に値する者ではない。私がしたことは、ただ若者たちに、彼らの伝統を思い出させただけである。

Am Yisrael Chai（イスラエルの民は生きている）。

記憶を思い出すことは、今でも辛い。しかしここ10年ほどで、私の世代の数が減り、その声が薄れ始めるにつれ、生存者に対する世間の態度も変わった。私たちが生命の神聖さ、精神的な修養の意味、アイデンティティについて語ると、より多くの人が、喜んで耳を傾けてくれるようになった、と感じる。私は、18世紀のハシディズム派ユダヤ教の創始者、ラビ・イスラエル・ベン・エリエゼルの叡智を心に留めている。「忘却の中に亡国の根があり、記憶の中に救いの種がある」。

これは大事な考え方だと思う。本書の冒頭で、ベウジェッツ収容所の跡を訪れた話をしたが、あの時、私は自分自身の中に引きこもっていた。だが、実際には1人だったわけではない。ユダヤ人の学生グループが同行していたのだ。私は彼らの反応を注意深く観察しながら、自分の気持ちや経験を話した。涙を抑えきれず、静かに目をぬぐう人もいた。特に印象に残ったのは、座って宙を見つめ、物思いにふけり、拳を額に当てる少年の姿だった。

諦めたら負けだ

若者たちが、聖火を継承してくれることを私は願っている。新型コロナのパンデミックが広がる難しい状況下でも、私は慈善団体を通じて、収容所の跡地を訪ねる研修旅行に十数回も参加した。そうした団体の一つ、J Roots の創設者が、本書の序文を書いたラビ・ナフタリ・シフである。彼は、私に対するそのような支援と、精神的な慰めの源である。イスラエルでは、学校や大学、企業やコミュニティグループで講演している。私が求めるのは、ただ聞いてもらう機会だけだ。

私は最近、ポーランドを訪れた。この時も約１００人の学生たちと共に、一連の訪問を通じて私の人生の流れをたどり、話をした。彼らはクラクフに残る私の子供時代の思い出の地や、収容所の跡地を訪れた。彼らも私と同じように、ベウジェツの跡地は幽霊がいそうな場所だ、と感じたようである。彼らは滞在中に、私の家族の追悼もしてくれた。

私は学生たちに囲まれ、できるだけ多くの質問に答えた。最後に大勢が私の周りに群がり、祝福をし、写真撮影を求めてきた。ふと私は、彼ら全員が異なる色のリストバンドを着けていることに気付いた。それぞれのバンドに、私の母や弟の名前が記されていた。なんとも特別な、心が揺さぶられる瞬間だった。

感動して、涙が出た。

道に迷っているように見える若者も、たくさん見かける。そういう人は、私たちの歴史について何も知らない。お金や浪費に満ちた生活に甘やかされて生きているのだ。彼らは、空腹のまま寝たことがない。失われたものに感謝せず、目先のものに夢中になって生きるのは、実に簡単だ。

しかし、希望が失われたわけではない。私が若い世代に希望を抱くのには、理由がある。学生たちが私の周りに集まってきたその瞬間、私は大きな満足感と、新たな決意を感じた。未来を形作る人々が、時間をかけて、私のような者の人生と、生きた時代を大切にしてくれている。今、自分の言葉を広め続けずにはいられないではないか？　それはとても重要なことで、そうしなければならないのだ。

そこで出会った学生たちから、メッセージを寄せ書きしたサイン帳を贈られたが、まことに嬉しかった。私の物語は、私自身よりもはるかに大きなものなのだろう。それを振り返ることには、意義がある。こんな言葉が書かれていた。

「あなたの力は、私たちの民にとって光です。……炎は最も暗い時代でも灯されることを教えてくださいました、ありがとう……。あなたの光は、あらゆる暗闇と破壊を照らし、無限のユダヤ人の誇りを呼び起こしました……。あなたは光とポジティブさに満ちています……」

生命の光である。常に思い出すべきイメージである――。

現代社会では、特に理由もなく、簡単にそれが消し去られてしまうことがある。若者の自殺率が急上昇している、という記事を読むと絶望的になる。それぞれの死は、恐ろしい悲劇であり、計り知れない喪失といえる。若者の中には、単に人生に退屈している人もいるようだ。彼らの存在には空虚さがある。誰も信じず、何も信じないのが今どきの流行である。それで、内なる存在に栄養が与えられるわけがない。

96歳の私が、前途洋々たる16歳の若者に何を言うべきなのか？

その年齢の私は、収容所にいた。困難の極みの中にいた。当時、自分に言い聞かせたことを、若者にも伝えたい。「強くなって。諦めないで。人生を受け入れよう。人生において、意志はとても大切だ。諦めたら負けだ。命を保ち続けよう。信仰を持ち、折れないことだ。堕落しないことだ。少しでも多くパンを手に入れるために、お世辞を言い、なだめ、すかし、あらゆる努力をしよう……」。

すべてのために戦おうではないか。ビジネスに携わるなら、競争力を高めるために、ほとんど何でも試してみてほしい。幸運にも、適切な伴侶を見つけて家族ができたとしても、時には家族と離れなければならないこともあろう。私はビジネスの全盛期、商品を仕入れるために、いつも旅行をしていた。愛する人たちと離れるのは嫌だったが、そうすることで中間業者を通さない売買ができたのだ。

ライバルより1インチでも先を行っている場合は、すでに自分が成功していることを忘れないように。全力で戦うべきだが、その中でも、できる限り良い行いをしてほしい。それは報われるだろう。慈善活動は薬に、優しさは癒しとなろう。

敵がお腹を空かせていたら、一切れのパンを与えてやろう。喉が渇いているようなら、水を飲ませてやろう。敵を助ければ、その敵はあなたの味方になってくれる。私たちは1人では生きていけない。私たちは他者を理解し、彼らのニーズや動機に敏感でなければならない。何よりも大事なのは、ヘブライ語で言えば「Chazak v'ematz（強く、勇敢であれ）」だ。

人生に乾杯！

弁護士に法律相談するとか、あるいはそれを通して話す場合はなんでも有料だ。しかし、多くの話は安いものである。意義があるかないかは、聞き手次第だといえる。2022年4月下旬のホロコースト犠牲者と英雄の記念日に、私は講演するよう頼まれた。イスラエル駐在の各国大使35人を含む100人以上の高位高官がいた。重苦しい象徴的な日であるが、そうした有力者たちに真実を語るにはふさわしい機会だった。

イスラエル全土でサイレンが鳴り響き、ホロコーストで殺害された600万人のユダヤ人を追悼するために国全体が一瞬、停止した。歩行者はその場に立ち止まった。ドライバーは停車して降り、群衆に加わって頭を下げ、黙禱を捧げた。式典は国立ホロコースト記念碑のあるヤド・ヴァシェムと国会で行われた。

私はいい加減に臨んだつもりではないが、原稿を一切、準備しなかった。台本に基づいて話すのではなく、心からの声で話したかったのだ。私はまず、希望に満ちていた世界が恐ろしい教訓を学んだことをＶＩＰたちに伝え、ホロコーストを再び起こしてはならない、という明白な主張をした。その後、私は自分の生涯を振り返り、当初の楽観主義は正しくなかった、という我が人生でも最大の失望を強調して、近年の状況を述べた。

――私たちは再び戦争の時代にいます。私が育った場所のすぐ近く、ウクライナで戦争が始まりました。ロシアは国家の拡大、専制君主的で邪悪な政治的野心だけで、人を殺しているではありませんか。身近なところでは、イランからパレスチナに至るまでの多くの子供たちが、ユダヤ人は地球上から一掃されるべきだ、と教えられています。確かに、ヒトラーなら承認するような教育でしょう。

私たちは皆、ルワンダ、ビアフラ〔ナイジェリア南東部〕、そして旧ユーゴスラビア全土のような場所で、民族浄化の悲惨な結果を見てきました。カンボジアでは、狂った政治哲学のために一世代が丸ごと虐殺されました。アフガニスタンでも苦しみが続いています。神は美しい世界を創造されたのに、人間の弱さがすべてを危険にさらしています。反ユダヤ主義の脅威が増大しており、微妙にホロコーストを否定する形が、特定の政府の最高レベルに根付いてしまっております。ネオナチ組織はさらに大胆になっています――。

私は聴衆に対し、直接的に挑むように話した。彼らには力があり、自分たちの影響力を賢く利用するのが彼らの責任だ、と私は思った。彼らには、決して許したり、忘れたりしない義務を負ってほしいのだ。

予定時間を20分ほどオーバーしてしまったが、聴衆はどう反応するだろうか、とずっと考えていた。私が話し終えた瞬間、万雷の拍手の波が押し寄せた。私が水を飲みにステージ脇に移動しても、スタンディング・オベーションが続いた。それはたっぷり5分間も続き、その後、聴衆が前に出て、私の周りにやってきた。

最初に私に話しかけてきたのは、フランス大使だった。彼は私のスピーチの誠実さを称賛し、私も彼を大いに祝福した。なぜなら、彼の政府の長であるエマニュエル・マクロン大統領が直近の選挙において、極右の敵対者マリーヌ・ルペン候補の挑戦を退けたばかりだったからである。スペイン大使は、スペイン系ユダヤ人に市民権を与える自国の政策について、誇らしげに私に語った。

ドイツ大使は本当に真摯な態度で近付いてきた。私も嬉しく思った。彼は私を抱きしめ、こう言った。「私もお話ししなければなと感じました。私の先祖があなた個人に多大な苦痛を与えたことを、お詫びしなければならない、りません」。大使はきっと、ずっと居心地が悪かったはずである。彼はまことに善良な人だった。私はポーランド大使とも話したかったのだが、彼は私に近付いてくることはなかった。

いずれにしても、その夜の残りの時間は、抱擁やキス、好意的で最善の意図を決意するような言葉が交わされ、あっという間に過ぎた。おそらく多くの人々は、外交儀礼に従っていたのだろうが、とにかく私のメッセージが、これほど重要な人々に受け入れられたことを光栄に思った。私は、ホロコーストのサバイバー（生存者）全員が、尊厳を持って、そしてもう少し挑発的に表現できればいいのに、と願っている。

このような状況ではよくあることだが、私は話すのに忙しすぎて、提供された食事を食べることができなかった。ある素敵な女性が、困っている老人に気付いてくれた。「お皿に食べ物を取ってきてあげますよ」とささやいた彼女は、カナッペ、小さなサンドイッチ、クッキー、ケーキを組み合わせた盛り合わせを手に戻ってきた。人間の優しさのちょっとした表れであるが、私は思った。「世の中、まだまだ捨てたものじゃないよな」。

私は、これからまだ何年も生きていきたいと思うが、もし私が後世の記憶に値すると思われるのであれば、自分自身には特別なことは何もない、と思われたいと願っている。その時が来たら、謙虚で、現実的な人間だった、と言われたい。この本の冒頭で言ったように、私はヒーローではない。私は奇跡の連続で生き残ったが、ごく普通の人間である。

私は他の人を気遣おうとした。たとえ2人で食べるには小さ過ぎるパンしかなくても、それを分け合ってきたのだ。私が懸念しているのは、この種のことを言うと、私個人がヒーローか何かのように扱われるのではないか、という点である。

しかし、私はエゴイストでありたくない。自慢話で増長することは罪である。私が避けたいのはそこだ。「神は高慢な者たちを排除し、打ち倒す」という律法の言葉に留意している。私はただ、やるべきことをやっただけである。

人生は貴重であり、これを味わうのは、生きている者の特権である。故人の追悼という行為も大事だが、日々のささやかな喜びを妨げるものであってはなるまい。私にとってそれは、うまいスコッチ・ウィスキーを一口飲むことだ。

さて、私の話に興味を持っていただき、ありがとうございます。そして、あなたと将来の世代の幸運を祈るばかりです。ぜひ乾杯にご唱和いただければ幸いです。

ルハイム〔L'Chaim：人生に〕。

謝辞

「もしかしたら、彼らの明日は、私の昨日の経験によって豊かになるかもしれない」ヨセフは終始、孫や曾孫、そして将来の世代について特に熱く語っていた。彼らがナチズムの永続する悪に抗い、拒否する存在となるからだ。この本を読んだ後、彼のメッセージの普遍性が皆さんの心に響くことを願っている。

彼と一緒に仕事をすることは、個人的にも職業的にも、私の人生で最も豊かな経験の一つとなった。彼は生来の温かさ、偉大な信念、そして真剣な意志力を持った人だが、しばしば悪戯っぽい笑い声によって、そのイメージが崩れる人物でもある。彼の人間性と謙虚さを通して、歴史に触れる機会を与えられたことに感謝したい。

強制労働中の負傷の痛みに耐えるのが難しい日もあるが、彼の体調は、同年齢の男性としては、驚くほど良好だ。彼は精神的にも非常に鋭い。故郷ジャウォシツェの生存者たちの回想がネット上に出回っており、彼の記憶を裏付けたり、明らかにしたりすることもある。

私は本書の共同著者という立場により、プロセスに完全に密着できた。彼がほぼ80年ぶりに、アーモン・ゲートに対する自分の宣誓供述書を聞いた瞬間を鮮明に覚えている。私がパソコンの画面を見てそれを読み聞かせると、まるでその言葉と、それが呼び出すイメージが磁気を帯びているかのように、彼はテーブルに身を乗り出して聞き入っていた。

そのアーカイブ文書は、ジョナサン・カルマスによって明らかにされたものだ。カルマスは他にも何千もの文書を研究し、文脈を調査した。ジャーナリストとして最高の称賛と、最も幅広い尊敬に値する驚くべき偉業である。私たちは彼の仕事ぶりに心から感謝している。私は非ユダヤ人なので、カルマスの存在は、ユダヤの文化と経験を理解する上でも、特に助けになった。

私も広範にわたって研究したが、彼の仕事に比べればお粗末だったかもしれない。私は、素晴らしい人生のリアルな記録を読者に提供する、という自分の責任の重さを痛感しており、ヨセフの経験を最も広い視野から理解する機会と洞察力を与えてくれたエルサレムのヤド・ヴァシェムのスタッフたち、特にララ・クワルブルンに感謝しなければならない。

私はまた、ラビ・ナフタリ・シフに多大な恩義を感じている。彼なしではこの本は書かれなかった。彼は、無尽蔵のエネルギー、本能的な優しさ、そして不屈の精神で、真相がぼやけがちなホロコースト体験に関して積極的に取り組む、世界的な専門家である。非営利団体「Roots」に所属する彼のスタッフは、彼の意欲と理想主義を広めることに貢献している。彼らは、善をなすための集合的な力なのである。

ナフタリ・シフは、ヨセフの物語が持つ力と可能性を、最初に認識した。彼の先見の明は、私とヨセフの代理人、ブレア・パートナーシップのロリー・スカーフによって認められ、高く評価され、出版化に向けた行動に移された。さらに、激励と知恵を与えてくれたニール・ブレアとジョーダン・リーズの両氏にも感謝したい。

私たちの編集者、ヘンリー・ヴァインズは、この本のビジョンを共有してくれた。彼は絶え間ないサポートの源であり、私たちは彼に深く感謝している。トランスワールドの彼のチーム、特にリチャード・メイソン、ヴィヴ・トンプソン、リチャード・シェイラーは、私たちのために素晴らしい仕事をしてくれた。

いつものように、私は膨大な字数になる長いインタビューをしており、それを文字に起こしてくれたクリスティーヌ・プレストンに感謝している。彼女もまた、今回の経験で特別な感動を覚えたという。

この本の執筆は、まことに没入的なプロセスだったので、夜明け前の執筆作業と、絶え間なく気が滅入る作業に付き合ってくれた私の妻、リンに感謝しなければなるまい。ヨセフは私たちの家族についても興味を持ち、家系図をしっかり覚えてくれたので、私はまことに感動した。彼は私の子供たち、ニコラス、アーロン、ウィリアム、リディア、そして孫のマリエリ、マイケル、ジェス、インディアのことを絶えず尋ねたものである。

信仰と家族は、ヨセフの人生の2本の柱である。私は彼の優しい妻ペルラの思い出に深く感銘を受けた。彼の子供たち、ジギー、シェイラ、そしてトゥヴィアの強さは、父親が自らの話を子供たちと共有しようという信念の下、長年にわたって努力した結果だ。子供には励ましやサポートが非常に重要である、という彼の考え方や性格の反映である。彼が子供たちに伝えた教訓は、時代を超えて受け継がれよう。

本書はトゥヴィアに捧げられているが、その急逝は悲痛なものだった。彼は父親から受け継いだ最高の特質を体現し、まさにChazak V'amatz（強くて勇敢）な人だった。

さらに別のヘブライ語の言葉を掲げて、本書の締めとしよう。「ha'mishpakha hi akhat mi'yetsirot ha'mofet shel ha'teva（家族は自然の傑作なり）」。

２０２２年11月
マイケル・カルヴィン

訳者あとがき

本書は2023年に英国、カナダで出版された *The Survivor: How I Survived Six Concentration Camps and Became a Nazi Hunter* の日本語版である。サバイバーとは「ナチス強制収容所の生存者」を意味する。著者はヨセフ・レフコヴィチとマイケル・カルヴィンの2人となっているが、実際のサバイバーはヨセフで、マイケルがヨセフの話を聞いて執筆している。

とにかくヨセフの経歴がすさまじい。この種の生存者の本は他にもあるが、何しろその中でも際立ってひどい施設を生き抜いてきている。ポーランド生まれのユダヤ人ヨセフは、ナチス・ドイツ軍の侵攻後、実に6か所の強制収容所を渡り歩いた。この他に、民間企業が運営する労働収容所も経験している。その収容所というのが、もちろんどの収容所もこの世の地獄なのだが、特に悪名高いところばかりだ。列挙してみると、プワシュフ、アウシュヴィッツ・ビルケナウ、マウトハウゼン、メルク、アムシュテッテン、エーベンゼーとなる。プワシュフ強制収容所は、スティーブン・スピルバーグ監督の映画『シンドラーのリスト』の舞台として有名である。アウシュヴィッツは言わずと知れた最大の殺人工場、そしてマウトハウゼンは、ナチス時代において最高レベルの重罪人を収容した「カテゴリーⅢ」の施設だった。メルク以下の3つの収容所はマウトハウゼンの補助収容所で、いずれも戦争末期になればなるほど、管理する親衛隊（SS）がまともな運営をしなくなり、環境の劣化に拍車がかかっていく。

ヨセフは間違いなく、確実に2回は死ぬ寸前に追い込まれている。プワシュフ時代には、『シンドラーのリスト』の登場人物として有名な所長、アーモン・ゲートに拳銃を突き付けられた。ここから死なないで済んだのは、まったく奇跡としか言いようがない。さらにメルク収容所でも、所長のユーリウス・ルードルフに目を付けられた。この時も、普通なら完全に処刑の対象なのだが、なんとか殺されないで済んだ。

強運の持ち主としか言いようがない。そしてまた、不屈の精神力の持ち主でもある。戦後はアメリカ軍情報部に採用され、短期間だが、潜伏する元ＳＳ隊員を捜索するナチス・ハンターとして活動。そして、ここが本書の最大の山場となるが、かつて自分を殺そうとした張本人、アーモン・ゲートを発見して逮捕したのは、このヨセフなのだという。

さらに戦後、ポーランド共産政権の秘密警察と手を組み、ユダヤ人孤児の奪還活動を行った後、親戚を頼って南米に渡り、ダイヤモンド・ディーラーとして成功。妻の死を経て、長年住んだカナダから88歳でイスラエルに移住し、原書の刊行時点で96歳になって、ますます意気盛ん、という人物だ。とにかく、その波乱万丈の人生は驚くべきものである。

とここまで書いて、私も気になっていることがある。まさに本書の翻訳作業をしている最中に、イスラエルから大きなニュースが飛び込んできたからだ。ガザ地区を実効支配する武装組織「ハマス」が、ロケット弾でイスラエル領内を攻撃。もともと複雑だったパレスチナ地域の情勢がさらに悪化し、戦争状態に入ってしまった。本書の結末部分でヨセフは、「自分の生涯を振り返り、当初の楽観主義は正しくなかった、という我が人生でも最大の失望を」感じており、「私たちは再び戦争の時代にいます」と懸念を表明している。よりにもよって彼は、90代後半になって、自国の関わる戦争に巻き込まれてしまうのか。どんな思いで事態の推移を見守っているのだろうか。

ところで、本書はホロコーストをテーマにしたノンフィクション作品だが、いくつか際立った特徴がある。ひとつは、全体が一人称で語られる「私小説」のような形式である。実際には共同著者や、その他の協力者が裏付け取材、情報の収集に努めているが、あくまでも体裁はヨセフ個人が人生を語る、という形を貫いている。よって、いささか主観的な内容があったり、細かい部分が史実と食い違う可能性もあったりするのだが、それらもそのまま、書かれている点に留意したい。たとえば本人も、戦後のアーモン・ゲート裁判で自分が提出した供述書を久しぶりに読み、記憶と合わない点が多々あることを認めている。

そしてもうひとつ。ヨセフは最初から最後まで、自分は敬虔なユダヤ教信者である、という点を強調している。これについては、まったく中立的ではない。一人称作品なのだから、そこは当然と言えるが、あくまでもユダヤ教的な世界観を軸に据えているので、そこも理解して読む必要がある。たとえば、やはり結末部分に近いところで、こんなことを書いている。「イランからパレスチナに至るまでの多くの子供たちが、ユダヤ人は地球上から一掃されるべきだ、と教えられています。確かに、ヒトラーなら承認するような教育でしょう」。最初から最後まで、ヨセフは超正統派ユダヤ教を信奉する者である。そして現在は、イスラエル国民である。以上の特色を理解したうえで読んでいただければ、多くの日本の読者にとって、本書はまことに貴重な一冊となるのではないか、と感じる。ユダヤ教の教えや文化について、生活について、考え方について、イディッシュ語やヘブライ語について、多くの情報が盛り込まれている。

また、ヨセフは元々、ポーランド系ユダヤ人であり、どうもキリスト教徒のポーランド人に対しては、一貫して厳しい見方があるようだ。このあたりも、そういうものとして受け止める必要があるだろう。

私自身も翻訳をしていて、14章「子供たちを救え」というパートでは、いささか驚くような要素があった。ヨセフは、戦時中に孤児となったユダヤ人の子供たちを、ポーランド人のキリスト教徒から奪還しなければならない、と考えるのである。そのために、共産政権でナチス同様の反体制派弾圧を繰り広げていた秘密警察と手を組み、ポーランド人に養われていた子供たちを強引に拉致する、という展開になる。子供たちは、自分がユダヤ人であることを知らず、泣いて嫌がる者もいるのだが、これをユダヤ人社会に復帰させ、正しい信仰の道に引き戻すことは、自分の義務であり、正義である、というのがヨセフの論理である。

このあたりについて、日本の読者の中には違和感を持たれる方もいるかもしれない。おそらく日本人的には、「まずは子供本人の希望を尊重して」となるだろう。しかし、ユダヤ教徒としては、信仰上の正しさがすべてに優先するのである。こういう部分も、それはそれとして、ありのままに理解することこそ、本書の情報を有益に受け取る姿勢だろうと感じる。そのうえで、どうお考えになるかは読者に委ねたい。

本書では、戦争末期になって、急激にハンガリーからの強制移送者が増え、収容所がパンクして環境が悪化した状況が克明に語られるが、これは当時の戦況が大いに関わっている。東部戦線でソ連軍に追い込まれていたヒトラーは、同盟から離脱しようとするハンガリー政府に圧力をかけ、ユダヤ人を徹底的に弾圧し、収容所に送るよう要求した。これはつまり、大量殺人の共犯者にすることで、同盟を抜けられないようにする、という意味である。この結果、毎日、万単位のユダヤ人を強制移送することになり、ここで移送計画の中心を担ったのが、本書でも言及されるアドルフ・アイヒマンだ。

SSというのは非常に歪んだ組織で、アイヒマンのような能吏タイプが中枢部にいて、事務的な仕事を仕切っていた。特に最高幹部層は、博士号を持っているような気鋭のナチ党員で固めていた。一方、収容所を管理する看守などは、ほとんど犯罪者や、精神的に問題がある者、普通の時代なら居場所のなさそうな人物が多かった。特にサディスト傾向の強い人物が多く、ゲートやルードルフもその典型である。所長といっても、階級としてはSS内でも尉官止まりで、決してエリートではない。こういう屈折した連中が、率先して人殺しを楽しみ、個人的な趣味として殺人を犯していた実態が、本書では赤裸々に語られる。

SS隊員たちが屈折しているように、それに媚びへつらうウクライナ人の補助警備員、囚人の中から選抜されて、仲間の囚人を監督する「カポ」、さらにユダヤ人なのにユダヤ人を取り締まる「ユダヤ人警察」、犯罪者が務める牢名主など、もっと屈折した連中がいた。強制収容所と言っても、SS隊員が弱いユダヤ人を虐待していた、という単純な図式ではなかった事実が、次々に語られる。

このような複雑な構造の中を、巧みに生き延びてきたのがヨセフなのである。彼は、なぜ自分が生き延びられたか、分からない、と繰り返している。信仰が助けになったのは間違いないが、他の人たちも信心深かったはずである。なぜ「自分が」生き残ったのか――。

語学面で監訳を担当した辻元玲子に厚く感謝したい。そして、河出書房新社編集部の渡辺史絵氏に感謝申し上げる。なお、訳者註は〔　〕で表記した。

２０２４年春

辻元よしふみ

監訳者あとがき

本書はレフコヴィチ本人の証言を忠実に書き留めたものだという。

しかし、イギリス人による聞き書きであり、このため、ドイツ語やイディッシュ語、ポーランド語等（特に人名）が正しく表記されているのか、疑問が残る部分もある。レフコヴィチ本人の記憶が正しいという保証もない。また、イディッシュ語といってもドイツのものが基本だが、実は方言が非常に多い。ポーランド、ハンガリー、ロシア、はてはアメリカのものまであり、スペルや発音が微妙に異なる。ここが特に難しく、読者はこの点を留意して読んでいただきたい。さらに、レフコヴィチは世界中を移動してきた人で、彼のイディッシュ語も、その時々でどの方言であるか、判断が難しいのである。本書で語学的に大変なのは、特にこの点であった。

ドイツ語に関しては、明らかなスペルミスや文法ミスがある箇所については、一部、修正をした。

こうした状況で、複数の言語を日本語特有のカタカナ表記へ音訳する、というのは非常に困難であったことをご理解の上、お読みいただければ幸いである。

辻元　玲子

２０２４年春

【著】ヨセフ・レフコヴィチ（Josef Lewkowicz）
ポーランドに生まれ、家族とクラクフ近郊のジャウォシツェに住んでいた。ナチスの侵攻後、6つの異なる強制収容所で3年間を過ごし、その後、潜伏するナチスを捜索するハンターとしてオーストリアとドイツを駆け巡った。戦後、南米へ行き、ダイヤモンド・ディーラーとして働いた後、エルサレムに移住。2024年3月時点で97歳。

【著】マイケル・カルヴィン（Michael Calvin）
受賞歴のある作家であり、サンデー・タイムズ〔英タイムズ紙の日曜版〕のベストセラー・ライターでもある。その著書は、洞察力と影響力で高く評価されている。

【訳】辻元よしふみ（つじもと・よしふみ）
服飾史・軍事史研究家、翻訳家。陸上自衛隊需品学校部外講師。早稲田大学卒業。訳書に、マクドノー『第三帝国全史上：ヒトラー 1933-1939』『第三帝国全史下：ヒトラー 1940-1945』、バックレー『第二次世界大戦運命の決断：あなたの選択で歴史はどう変わるのか』、ダビンズ『フロッグマン戦記：第2次世界大戦米軍水中破壊工作部隊』など、辻元玲子との共著に『軍装・服飾史カラー図鑑』『図説戦争と軍服の歴史』などがある。

【監訳】辻元玲子（つじもと・れいこ）
歴史考証復元画家（ヒストリカル・イラストレーター）、陸上自衛隊需品学校部外講師。桐朋学園大学音楽学部演奏学科卒。ドイツ国立ミュンヘン音楽・演劇大学にてハンノ・ブラシュケ教授に声楽を師事、同大学特別課程修了。日本で数少ないユニフォーモロジー（制服学）と歴史復元画の専門画家。辻元よしふみとの共著、共訳書は上記。

Japanese translation rights arranged with The Blair Partnership LLP
through Japan UNI Agency, Inc., Tokyo

私《わたし》はアウシュヴィッツと５つの収容所《しゅうようじょ》を生《い》きのび
ナチス・ハンターとなった

2024年3月20日　初版印刷
2024年3月30日　初版発行

著　者　ヨセフ・レフコヴィチ／マイケル・カルヴィン
訳　者　辻元よしふみ
監　訳　辻元玲子
装丁者　松田行正＋杉本聖士
発行者　小野寺優
発行所　株式会社河出書房新社
〒151-0051 東京都渋谷区千駄ヶ谷2-32-2
電話（03）3404-1201〔営業〕（03）3404-8611〔編集〕
https://www.kawade.co.jp/
組　版　株式会社キャップス
印　刷　株式会社暁印刷
製　本　大口製本印刷株式会社
Printed in Japan
ISBN978-4-309-22915-7